Chrismegan

Beltainè
Die Eine Welt

Buch 2
Die Suche

Chrismegan

Beltainè
Die Eine Welt

Buch 2
Die Suche

Weltenhüter
Verlag

Is Buaine Port na Glor N-ean!
Is buaine focal na Toice Ac Tsael!

(Ein Lied überdauert alles Vogelgezwitscher der Welt.
Ein Wort hält sich länger als jeder Reichtum.)

ISBN 3-929681-27-7

1. Auflage Oktober 2002

Satz: Ralph Peters
Umschlaggestaltung: Ralph Peters
Umschlagzeichnung: H.-R. Jahrbeck
Weltenhüter Verlag GmbH, Scharnhorst

Printed in Czech Republic

Zueignung

Ich widme diese Erzählung
meiner Schwester Evi, meinem Schwager Andi
und ganz besonders Sara Lena und Niklas,
denn unsere Kinder sind unsere Hoffnung,
Lichter in einer finsteren Welt

Die Bedeutungen der Namen,
feststehende keltische Begriffe und
die Übersetzung der geographischen Ortsnamen
werden im Anhang erklärt.
Angefügt ist auch ein Überblick über
die verschiedenen Völker Erius,
den keltischen Baumkalender,
Tafelbilder zu den einzelnen Gruppen,
ein Quellenverzeichnis und
eine Landkarte Erius (Irlands).

Inhalt

Die Suche

Anhang

Vorwort

Sei mir gegrüßt ein zweites Mal, werte Leserin, werter Leser. Wie schön, dir wieder auf diesen lichten Pfaden zu begegnen, auf dem Weg in die Eine Welt. Aufgebrochen aus dem sicheren Heim und mutig den Spuren unserer Gefährten folgend, machen wir uns nun auf die Suche, harren der Dinge, die da auf uns zukommen und wissen doch, wir sind nicht allein.
Die Birke, unter der wir rasten, ist sie wohl ein schlafender Waldelb, der Fels dort in der Dämmerung ein stiller Zwerg? Und Manchmal, wenn wir wandeln allein in Düsternis und sicher sind, daß kein anderes Wesen an unserer Seite ist, geht dann vielleicht nicht doch ein anderer einsamer Wanderer neben uns, verborgen durch einen sanften Schleier der Zeit?
Wo sind wir, wenn wir unsere Augen schließen? In dieser Welt, in der Anderen Welt oder in der Einen Welt? Wer vermag das zu sagen, oft genug ist Salz süßer noch als Zucker. Oft genug sind wir Begleiter, ohne es zu bemerken, sind wir Schatten in der sengenden Sonne eines anderen. Auf die eine oder andere Weise sind wir einander alle Gefährten und Begleiter, Stab, Laterne und Wegweiser, Hüter und Behütete auf unserer eigenen Suche.
Und plötzlich führen die Wege aus Beltainè in dein Leben und du findest Elben an deiner Seite, Freunde, wo du keine vermutet hast, weil du durch das Tor des Unerwarteten geschritten bist, einen Zwerg, der magische Türen öffnet, einen Menschen, der dir unverhofft die Hand reicht und lächelt. Jetzt schon befindest du dich auf neuen Wegen, begleitest du die Gemeinschaft auf ihrer Suche, hältst du den Atem an in Bedrängnis, damit sie die Schergen im Dunkeln besser hören können, schickst du ihnen Mut und Hoffnung, wenn alles aussichtslos erscheint. Jetzt schon bist du Teil der Einen Welt, und war es nicht leicht, die Seiten aufzuschlagen und zwischen den Zeilen zu verschwinden?
Komm, laß uns nicht weiter verweilen, der Weg ist noch lang, und er wird länger mit jedem Schritt, den wir nicht gehen!
Du bist nicht allein, immer liegt die Hand einer dich liebenden Seele auf deiner Schulter.

Chrismegan

Was bisher geschah

Hoch im Norden liegt Eriu, die Grüne Insel. Cormac mac Art, der gütige und gerechte Hochkönig und Fionn mac Cumhail, sein treuester Unterkönig und Anführer der Fianna, sind seit mehr als 20 Jahren tot. Seitdem liegt die Macht in den Händen des geizigen und trunksüchtigen Hochkönigs Broc mac Cíocras, der auf der Hochburg Tara herrscht, dem weltlichen Sitz der Macht Erius.
Broc, der auch der Dachs genannt wird, veranlaßt kurz nach seiner Krönung die Auflösung, Verfolgung und Ausmerzung der Fianna. Für ihn sind die Volkstreuen längst zu Feinden geworden, die er auch noch die Hälfte des Jahres durchfüttern und mit Pferden versorgen soll, weil es so Brauch ist. Das hat zur Folge, daß Erius Grenzen für Eindringlinge weit offen stehen. In den Wirren dieser Zeit wird Solasard geboren, Sohn des Fionn mac Cumhail und dessen Geliebter Sáile. Gleich nach der Geburt muß sich die Mutter von ihrem Kind trennen, damit es vor den Schergen des Hochkönigs in Sicherheit gebracht werden kann. Diese wollen den Jungen töten, um zu verhindern, daß das Kind einst Unterkönig und Anführer der geächteten Fianna wird und sich Fionns Blutlinie dadurch weiter fortsetzt. So kommt Solasard, nachdem er Jahre versteckt wurde, nach Inis-Diomain an der Westküste Erius, wo er von Carraig, dem cenn-fine des Dorfes und Tiné, der ehemaligen Zofe seiner Mutter, als Ziehsohn angenommen wird. Fortan lebt er mit ihnen und seinem eifersüchtigen Ziehbruder Dreoilín unter einem Dach, während sich seine leibliche Mutter auf die Suche nach ihrem Sohn macht.
Als Solasard achtzehn Jahre alt ist, verliebt er sich in Amhrán, die Tochter des Dorfschmiedes Shem, deren Mutter bei der Geburt starb und die von Goleudydd, der Hohepriesterin aufgezogen wird.
Gemeinsam feiert das Paar das Hochfest Beltainè, und vierzehn Tage später findet der Versprechungsabend statt. An diesem Abend darf sich die Braut aus der Dorfjugend ihren Bräutigam aussuchen. Alles verläuft nach den Wünschen von Amhrán und Solasard bis Dreoilín, Solasards Ziehbruder, Amhrán ebenfalls einen Antrag macht.
Zwar lehnt sie diesen ab und erwählt den Ziehsohn des cenn-fine, doch der Vorfall führt zum Bruch in der Familie, so daß Dreoilín aus der Familie

ausgestoßen wird und beschließt, sich finsteren Geschäften im Osten der Insel zu widmen.
Je näher der Tag der Hochzeit heranrückt, um so mehr versucht Tiné, die Ziehmutter Solasards und ehemalige Dienerin seiner Mutter, das Fest aus fadenscheinigen Gründen zu verschieben. Schließlich setzt Carriag die Hochzeit auf das Hochfest Lughnasadh fest.
An diesem Tag nun überschlagen sich die Ereignisse. Während draußen ein Sturm tobt, lauschen die Gäste, die Familie und das Brautpaar den Worten der Hohepriesterin Goleudydd. Plötzlich jedoch wird diese derb unterbrochen, als ein schwarzer Reiter eindringt und Solasard eine Botschaft seiner Mutter überbringt. Diese muß in der anderen Welt leben, nachdem sie sich das Leben in einem See nehmen wollte und durch ein Weltentor dorthin gelangt ist. Nun erfährt Solasard, zum Leidwesen seiner Ziehmutter, vom Geís, der bei seiner Geburt gesprochen worden ist und unbedingt erfüllt werden muß.
Laut diesem darf er nur heiraten, wenn er das Blaue Schwert der Wahrheit Fionn mac Cumhails an seinen rechtmäßigen Platz gebracht hat.
Für Solasard und Amhrán bricht eine Welt zusammen. Die beiden ahnen nicht, wie weit sich die Kreise dieses Geís ziehen. Denn der rechtmäßige Platz des Blauen Schwertes ist in der Hand des Hochkönigs über ganz Eriu.
Doch nicht nur das Brautpaar ist in diese Geschichte verwickelt. Im Südwesten der Insel erfährt eine Splittergruppe der immer noch heimlich bestehenden Fianna unter der Führung des erfahrenen Dreigestirns Iolaranam, Dúghorm und Camchéachta von dem Schwertsucher und seiner Geschichte. Unter der Leitung dieser drei Männer setzt sich eine Gruppe von sieben Männern und fünf Frauen auf die Spur dieses Gerüchts, um herauszufinden, wer den Thron ihrer geliebten Heimat besteigen will.
Währenddessen hat sich Solasard auf den Weg in die Berge gemacht, wo ihm in der Samhain-Nacht etwas gegeben werden soll. Nach einer merkwürdigen Begegnung kehrt er mit einem Pferd als Geschenk der Götter nach Hause zurück, um endlich an der Seite von Athraigh, einem Mann aus dem Fahrenden Volk, zu seiner Suche aufzubrechen. Schon zu Beginn stoßen sie auf Schwierigkeiten, als sie eine Nacht beim Fahrenden Volk verbringen und Cluanaire, deren Anführer, das Göttergeschenk stehlen will. Mitten in der Nacht brechen die beiden Männer mit dem Pferd auf und verstecken sich in einer Höhle im Wald.

Währenddessen hat sich Amhrán entschieden, nicht auf Solasard zu warten. Die energische Kindfrau will in der Abgeschiedenheit des Covens der Danu über ihr weiteres Schicksal nachdenken. Auf dem Weg dorthin findet sie in Rhiannon, einer Hohepriesterin, die scheinbar zufällig auch auf dem Weg dorthin ist, eine gute Freundin und Lehrmeisterin.
Und sie trifft Misnéachard, den Sohn des Königlichen Paares von Tir na Samradh, dem Sommerland, das ein Teil der Anderen Welt ist. Dorthin hatten sich die Tuatha de Danaan zurückgezogen, um sich eine neue Heimat zu schaffen. Selten nur besuchen die Hochelben ihre Alte Heimat. Das Mädchen verliebt sich unsterblich in den Prinzen, und auch an ihm geht diese Begegnung nicht spurlos vorüber.
Wieder im Sommerland findet er Sáile, Solasards Mutter, die ihrem Leben ein Ende setzen wollte, und Gealán, ihre treue Dienerin, die ihr in den Tod gefolgt wäre, hätte sich der See nicht als Tor in die Andere Welt erwiesen. Für Gealán ist dies die Gelegenheit, ein neues Leben zu beginnen. Sie freundet sich mit Máthair an, die sie versorgt und ihr auch die Wilden Gärten zeigt, wo sie Báistigh, einen Flötenspieler, kennenlernt. Ihr Herz jedoch gehört Misnéachard.
Sáile aber will zurück in die Alte Welt. Sie ist fest davon überzeugt, daß Solasard sie aus Dankbarkeit zu seiner Hochkönigin machen wird.
Bei einem Comoír, der Versammlung der Hochelben, entscheiden Lá und Oiche, das Königliche Paar, daß die Frau nicht wieder in ihre Welt zurückkehren darf. Daraufhin verbündet sie sich mit Madhra, dessen Mutter ein Verhältnis mit einem Hochelben hatte und der daher zwischen beiden Welten wandern kann. Ihn bittet sie, Solasard das alte Schwert im'ri seines wahren Vaters zu bringen und ihn an den Geís zu erinnern.
Im Osten der Insel, auf Tara stehen die Zeichen der Zeit nicht gut für den alten Hochkönig. Tuan, der Hochdruide auf Tara, hat ebenfalls von einem neuen Thronanwärter erfahren und Rabharta, den ersten Hauptmann des Hochkönigs, in das Geheimnis eingeweiht.
Doch während der Hauptmann treu hinter dem alten König steht, versucht Tuan den Weg für einen besseren, jüngeren Hochkönig, der der Sage nach auftauchen wird, wenn Broc seine drei Gessa gebrochen hat, zu bereiten. Rabharta, der Tuan in dieser Angelegenheit zutiefst mißtraut, sendet einen Boten aus. Denn durch Deirdre aus dem Coven der Danu hat der Hochdruide von Amhráns Aufenthalt dort erfahren. Nun soll sich Scathcrobh

ein finsterer Krieger, auf den Weg zu dem Mädchen machen, um von ihr mehr über Solasard und seine Absichten zu erfahren.
Unterwegs trifft er auf Saileach, einen Jungen aus dem Kleinen Volk, dessen Vater eigentlich den Späher Taras begleiten sollte. Mit Halil, dem besten Sperber des Stammes, verfolgte er Scathcrobh, bis dieser ihn gefangen nahm. Gemeinsam machen sie sich nun auf den Weg zum Coven.
Doch nicht nur der Hochdruide will Broc so schnell wie möglich loswerden. Auch Réalta, die Hochkönigin und Cruimh, der Königliche Berater, sind den alten Mann leid.
Rabharta erfährt durch Dair, den Weisen des Kleinen Volkes, von Eala, einer Schattenbringerin, die ausgesandt worden ist, den Hochkönig dazuzubringen, seine drei Gessa zu brechen.
Dragan, ein scheinbar aus dem Nichts aufgetauchter Räuber, möchte das Blaue Schwert ebenfalls erlangen. Gemeinsam mit Cluanaire heftet er sich an die Fersen des Schwertsuchers und des Namenlosen, Athraighs neuer Spitzname, den er erhielt, weil er keine Eltern hatte, die ihm einen Familiennamen hätten geben können.

Die Alte vom Berge

Mühselig schleppte die alte Frau ihre gefüllten Wasserbeutel vom See hinauf zur Höhle. Der Weg, dem sie folgte, war so ausgetreten, daß sie ihm wohl hunderte von Malen gefolgt sein mochte.
Allein in dem hohen Gebirge und doch nicht allein. Denn zuweilen hatte sie Gesellschaft gar besonderer Art. Es war nicht so, daß die Götter sie heimsuchten, nein, es war eher so, daß sie sie besuchten wie Hirten, die nach ihren Herden sahen. Die Alte Bärin war noch immer nicht sehr erpicht auf diese Besuche, die stets unerwartet kamen.
Sie diente der Großen Mutter und dem Allvater treu, doch seltsamerweise spürte sie die Macht, die ihr die Götter geschenkt hatten, dann am schwersten, wenn jene anwesend waren. Trotz all ihrer großen Macht sah sie sich stets nur als Werkzeug, das den Göttern diente. Die Alte Bärin wußte, sie wäre nichts, ohne die Liebe der Götter. Erst jene machten es ihr möglich, in den Brunnen des Connla zu sehen.
Erschöpft setzte sie sich auf die Bank vor ihrer Höhle. Weit unten im Tal auf der anderen Seite des Sees sah sie die Steinhäuser ihres Covens. Es hatte lange gedauert, sie zu errichten. Denn nur Frauen fanden hier Einlaß. Zarte Hände, die Steine sammelten und sie Stück für Stück zusammensetzten. Es war ein entbehrungsreiches Leben und doch gab es viele Frauen, die sich für dieses Schicksal entschieden und bereit waren, den Preis für das Erlangen der reinsten Weisheit zu bezahlen. Sogar solche, die den Weg der Schattenbringerin zu gehen begehrten.
Siúr, eine junge Hohepriesterin, leitete die Frauen. Die Alte Bärin indessen hatte Wichtigeres zu tun.
Sie erhob sich und ging in die Höhle. Der Eingang war so eng, daß sie nur noch mit Mühe hineingelangte. Dann stellte sie einen Holzrahmen, der mit dem Fell eines Hirschen bespannt war, wie eine Tür davor. Ein mächtiges Feuer brannte in der Felswand und wärmte die Frau. Sie nahm die Beutel von ihrem Rücken und schüttete das Wasser in ein dafür vorgesehenes Becken.
Aus Connlas Brunnen hatte sie noch nie getrunken, zu groß war die Ehrfurcht vor diesem Ort. Nichts hatte sich hier verändert seit dem Tag, an dem die Große Mutter sie in der Gestalt einer trächtigen Ricke hierher

geführt hatte. Schon damals brannte das Feuer, das niemals erloschen war. Das einzige, was auf die Anwesenheit eines Menschen schließen ließ, waren zwei sehr große Bärenfelle, die vor dem Feuer lagen, die Nachtstatt der Wächterin dieses Ortes.
Auf einem dieser Felle stehend zog sich die Alte Bärin jetzt aus und wusch sich sorgsam mit dem Wasser aus dem Becken. Dann zog sie sich wieder an und schritt zum steinernen Brunnenrand.
Ein Lichtstrahl, so klar wie das Mondlicht in einer Sternennacht, flutete aus der Tiefe empor und gab den Blick auf eine grüne Insel in stürmischer See frei.
Ein anderes Bild von zwei jungen Männern, die in einer Höhle schliefen und von einer wunderschönen Schimmelstute bewacht wurden, trat hervor. Auch dieses Bild verschwamm und zeigte nun ein Mädchen, das in einer Hütte schlummerte, eingehüllt in einen Sidhi-Mantel. Fast sah es aus, als liege sie auf einer grünen Wiese.
Jetzt offenbarte das Wasser im Brunnen eine kleine Gruppe, die schlafend um ein Lagerfeuer verteilt lag. Nur ein Mann und ein Junge schienen in Erwartung auf etwas hellwach zu sein.
Anschließend sah die Alte Bärin eine Frau an einem Bach in der Anderen Welt. Sie kannte sie wohl. Doch die Götter selbst hatten verhindert, daß sie starb, als sie sich so an ihnen verging.
Dann strahlte es nur so aus dem Brunnen. Was sie sah, war die Halle auf Tara, nicht die große Festhalle außerhalb der Burg, sondern die gemütliche kleine in der Festung selbst, die dem ganzen Hofstaat Platz bot. Sofort erfaßten ihre Augen ihre einstige Schülerin, Eala, die Schattenbringerin. Sie würde ihren Weg gehen. Das stand außer Frage.
All diese Bilder zeigten die Gegenwart, die sie nur zu genau kannte. Jetzt folgte sie ihnen in die Zukunft, um zu sehen, was sie für die einzelnen Figuren in diesem Königsspiel bringen mochte.
Die Alte Bärin nahm etwas Moos vom Rand des Brunnens und bröselte es ins Wasser. Sie schloß für einen kleinen Augenblick die Augen, sammelte sich und ließ ihre Energie über die Fingerspitzen in jeden Stein des Brunnenrandes fließen, bis sie selbst ein Teil davon war. Danach öffnete sie ihre Augen wieder.
Dunkelheit legte sich über den Brunnen, nur in großer Tiefe glomm ein sanftes Licht auf. Es wurde heller und heller und lenkte den Blick auf ein Kind, einen kleinen Jungen. Immer deutlicher wurden die Züge des Ge-

sichts, bis auch die Alte Bärin sah, daß dies kein Kind, sondern ein sehr kleiner Mann war. Mürrisch blickte er drein aus seinem schwarzen Lockengewirr, wie er so an einem Wegrand saß.
Langsam wurde es wieder dunkler.
Ein Katzengesicht strahlte nun aus der Tiefe, eine junge Waldelbin. Ihre sternenklaren Augen waren grün wie die ersten Blätter im Frühling, dann erlosch dieses Bild, und das entstellte Gesicht eines jungen Mannes erschien. Eine Narbe zog sich von der Schläfe bis zum Kinn, und kalter Haß loderte aus schwarzen Augen, die von ebenso schwarzen, langen Locken umrahmt waren. Auch dieses Gesicht verschwand in der Finsternis.
Schließlich erhellte sich der Wasserspiegel und zeigte eine häßliche Alte, die ein schwarzes Pferd am Zügel führte, auf dessen Rücken ein krächzender Rabe saß.
Nebel wallte aus dem Brunnen. Nur noch das Licht des großen Feuers brannte.
Die Alte Bärin lächelte leise in sich hinein.

Die Suche

Tauben zum Frühstück

Das erste, was Solasard sah, als er am Morgen die Augen öffnete, waren zwei große, feuchte, sandige, schwarze Löcher, aus denen Macha ihren warmen Atem in sein Gesicht schnaubte.
Sofort war er aufgesprungen und hatte sich mehrmals über das Gesicht gewischt, um dann die Stute mit einem Schlag auf die Hinterbacken aus der Höhle zu befördern.
„Athraigh, aufwachen, auf!“
Vorsichtig blinzelte dieser und murrte dann:
„Was ist denn? Ich habe gerade so schön geträumt.“
„Du fragst mich, was los ist? Unsere Freundin hier hat das Wecken übernommen, und unser Weg ruft. Hörst du es nicht?“
Nur sehr langsam setzte sich der Weggefährte auf. Solasard war vor die Höhle gegangen. Die Morgenluft tat ihm gut. Die Kühle erfrischte seinen Geist und machte ihn richtig wach.
Der Winter würde nicht mehr lange so zahm sein. Bis Schnee die Wege unpassierbar machte, mußten sie unbedingt einen Platz zum Verweilen gefunden haben und so weit wie möglich in die Nähe von Cill-dara gelangt sein. Sie würden nur noch ein kleines Stück durch den Wald laufen und dann wieder an die Küste kommen.
Solasard fühlte sich am Meer einfach wohler, dort war er groß geworden, und er kannte seine Launen und Tücken. Die Unübersichtlichkeit des Waldes verunsicherte ihn eher.
Als er in die Höhle trat, war sein Gefährte schon wieder sanft entschlummert. Wenn das die ganze Reise so bliebe, würde er wahrscheinlich verzweifeln. Er war zwar kein Frühaufsteher, aber wenn er wach war, dann blieb er es auch. Der Schwertsucher kniete neben Athraigh und schüttelte ihn leicht an den Schultern.
„Komm schon, Freund! Wir müssen weiter. Das Wetter ist nicht das beste, und ich will heute abend aus dieser Gegend raus sein. Bitte, Athraigh, ich bin nicht sehr gut im Leute wecken! Mein zweiter Aufruf wird auf jeden Fall unangenehmer.“
Neugierig um sich schauend setzte sich der Mann aus dem Fahrenden Volk zum zweiten Male auf.

„Ist schon gut. Ach, ich erinnere mich, wir mußten ja gestern unser Nachtlager frühzeitig räumen. Wo ist Macha?“
Solasard drehte seinen Kopf zum Höhleneingang:
„Draußen, Athraigh. Aber um sie müssen wir uns am wenigsten Sorgen machen. Unsere kleine rassige Stute kann sich nämlich hervorragend selbst verteidigen. Das habe ich gestern Nacht gelernt.“
„Wie kommst du denn darauf, Solasard?“, fragte Athraigh.
„Nun, Cluanaires Männer haben versucht, sie zu stehlen. Aber sie muß so heftig ausgekeilt und gebissen haben, daß sie sich das schnell anders überlegt haben“, berichtete ihm der Schwertsucher.
„Und du, hast du dich nicht eingemischt?“
Athraigh war enttäuscht.
„Ich glaube nicht, daß ich dann hier so friedlich bei dir sitzen würde.“
„Da hast du recht, Solasard. Warum willst du eigentlich bis heute abend von hier verschwunden sein? Oder habe ich dich falsch verstanden? Der Wald bietet doch den besten Schutz, den man sich nur wünschen kann.“
Der Schwertsucher stand nun am Eingang der Höhle und blickte in das endlose Tannengrün.
„Da magst du ja recht haben, Athraigh. Aber er bietet diesen Schutz nur, weil er so unübersichtlich ist. Es mag sein, daß uns jemand folgt, ohne daß wir es bemerken.“
Athraigh war jetzt aufgestanden und brachte seine Sachen in Ordnung.
„Das stimmt schon, aber du kannst dich doch auch gut im Wald verstecken und in seiner Unübersichtlichkeit verschwinden.“
„Weißt du, Athraigh, ich habe mich nicht auf den Weg gemacht, um mich vor irgend jemandem zu verstecken. Du weißt selbst, wie das mit einem Geís ist. Ich will, ich muß und ich kann nichts anderes tun, als dieses Schwert zu finden, aber dann will ich auf dem schnellsten Weg wieder nach Hause, um Amhrán zu heiraten.
Ich werde mich vor nichts und niemandem verstecken.
Versteh doch, ich mag Wälder einfach nicht. Du siehst Bäume, und vor lauter Bäumen siehst du den Wald nicht. Sicherlich kann man sich herrlich heranschleichen, aber was ist, wenn du die auserkorene Beute bist? An der Küste siehst du jemanden schon auf Meilen herankommen. Hier weißt du manchmal erst, daß du verfolgt wirst, wenn dir das Messer im Hals steckt.

Nein, Athraigh, wir werden den Wald verlassen. Auf der Breiten Straße werden wir lange genug von Wald umgeben sein. Und selbst, wenn man uns am Meer schlecht mitspielt, können wir im Zweifelsfall immer noch in den Wald zurückkehren. Bist du jetzt endlich fertig?"

Leicht gereizt nahm Athraigh seinen Reisesack auf und trat das Feuer gründlicher aus, als es hätte sein müssen.

„Und was ist mit Frühstück, Herr Schwertsucher?", rief er Solasard zu.

„Später, Namenloser, später! Laß uns doch erst ein Stück Weg zwischen uns und das Fahrende Volk bringen. Dann können wir auch in Ruhe frühstücken."

Schweigsam machten sie sich auf den Weg. Wieder führte Solasard Macha am Zügel. Athraigh lief neben ihnen her. Die Stille war bedrückend. Der Himmel war bewölkt, und doch blendete sie die Sonne durch das Weiß der Wolken. Ein kalter Wind strich durch den Wald und machte Athraigh auch nicht gesprächiger.

Solasard ließ ihn seine schlechte Laune genießen. Aber er hatte sich nun einmal für die Küste und gegen den Wald entschieden. So kurz nach dem Anfang der Reise legte er keinen gesteigerten Wert auf einen Streit und hatte dafür lieber einen mürrischen Gefährten an seiner Seite als gar keinen.

Sie kamen gut voran und suchten sich abends in einem struppigen Ginstergebüsch einen Schlafplatz. Am nächsten Morgen waren sie schon wieder früh auf den Beinen. Der Weg war durch die vielen Tannennadeln so gut gepolstert, daß sie noch nicht einmal ihre eigenen Schritte, geschweige denn die eines Verfolgers hätten wahrnehmen können.

Jetzt in der Stille fiel Solasard erst auf, was ihm fehlte. Das Rauschen der Blätter, die Musik des Waldes. Er fühlte sich noch immer sehr unsicher hier. Auch wenn er sich ständig umdrehte und dennoch nichts sah, kam ihm der ganze Wald seltsam vor, fast so als hätten die Bäume Augen. Macha hatte ihre Ohren ebenfalls gespitzt und lauschte aufmerksam auf die Stille des Waldes. Unmerklich beschleunigte Solasard seine Schritte und preschte ein gutes Stück voran, bis ihn Athraigh gegen Mittag am Arm packte und anhielt.

„Er verfolgt uns seit heute morgen, ist leise wie ein Fuchs, vorsichtig wie ein Hase, und er liebt Malzbier und gut geräuchertes Fleisch, daß es einem das Wasser im Munde zusammenlaufen läßt. Er ist noch ein gutes

Stück hinter uns. Willst du ihm entgegengehen und ihn selbst in unserer Runde begrüßen, oder möchtest du abwarten, bis er höflich anklopft?"
Verblüfft ließ Solasard den Zügel los und schaute erstaunt in die strahlend blauen Augen Athraighs.
„Was meinst du damit, Athraigh?", fragte er verdutzt.
„Ich meine, wir sollten unauffällig weitergehen. Er ist ein Mann von Ehre, kein Schlächter oder Meuchelmörder. Vielleicht möchte er sich uns anschließen. Geben wir ihm Gelegenheit, an unserem Abendfeuer mit uns Kontakt aufzunehmen. Tut er es nicht, werden wir ihn ansprechen."
„Das ist ein guter Gedanke. Komm, laß uns weitergehen. Ich werde so tun, als entferne ich einen Stein aus Machas Hufen."
Gesagt, getan. Nachdem sie einige Schritte gegangen waren, fragte Solasard:
„Woher weißt du eigentlich, daß er ein Mann von Ehre ist?"
„Ganz einfach, wäre er es nicht, wären wir jetzt tot, und Macha hätte einen neuen Besitzer gefunden. Deshalb! Außerdem glaube ich, wollte er, daß wir ihn sehen und daß wir erkennen, daß er es so wollte."
Verwirrt fragte Solasard:
„Wie kommst du denn darauf?"
„Es ist ganz einfach. Wenn ich nicht auffallen will, brutzele ich kein gewürztes Fleisch, das meilenweit riecht und trinke auch kein noch so leckeres Malzbier, dessen Duft mir fast die Sinne raubt. Oder würdest du das tun?"
Immer noch verwirrt schüttelte der Gefragte den Kopf.
„Siehst du, Solasard? Er wollte etwas damit bezwecken. Deshalb hat er uns erst verfolgt und erst später angefangen, die ganzen Leckereien aufzuessen. Das hoffe ich jedenfalls für uns."
Sie marschierten weiter durch den Wald. Schließlich wurde das Geäst der Bäume so dicht, daß sie manchmal kaum mehr den Himmel über sich sehen konnten. Einige Amseln zwitscherten ein Lied, ansonsten herrschte Stille. Kein Reh, das ihren Weg kreuzte, kein Raubvogel, der auf Beute aushob, kein Fuchs, der an ihnen vorbeischnürte. Nichts!
Macha zog sie vorwärts, als wäre es auch ihr recht, diesen seltsamen Ort der Stille zu verlassen. Dann setzte die Abenddämmerung ein. Abseits des Weges fanden sie eine Stelle, an der sie ihr Nachtlager aufschlagen konnten. Zwei Steine lehnten sich wie zwei betrunkene Großväterchen aneinander und boten zu ihren Füßen den müden Wanderern ein Nachtlager. Die Hinterseite war durch dichtes Tannengebüsch so geschützt, daß der Wind kaum

durchdrang. Hier hielten sie an, legten ihre Reisesäcke ab und sammelten eifrig Holz für ein kleines Feuerchen. Als dieses entzündet war, packten sie ihre Vorräte aus, spießten ein wenig hartes Brot auf ein paar Ästchen und rösteten es. Das Brot war steinhart, auch durch das Rösten wurde es nicht weicher, aber es war nun einmal alles, was sie noch hatten, und so ließen sie es sich schmecken.
Macha stand etwas abseits neben einem Baum und fraß von dem Hafer, den ihr Solasard hingestreut hatte. Dann kniete sie sich hin und wälzte sich genüßlich in einem Bad aus Tannennadeln.
Lange saßen sie vor dem Feuer, jeder seinen Gedanken nachhängend, als es im Unterholz laut knackte. Schnell sprang Solasard auf. Macha wieherte laut und warf ihren Kopf auf und ab. Langsam zog Solasard sein Schwert aus der Scheide. Auch Athraigh griff unter sein Hemd und zog eines seiner scharfen Messer aus dem Gürtel.
„Komm raus, oder wir werden dich als ehrlos betrachten und auch so behandeln“, rief Solasard in die Finsternis.
Ein zweites Mal knackte es im Unterholz. Diesmal warf Athraigh sein Messer in die Richtung, so daß es federnd in dem Stamm einer Tanne stecken blieb.
„Zu hoch und in die falsche Richtung“, schallte es über ihren Köpfen aus dem Wald.
Blitzschnell drehten sich die zwei Gefährten um und starrten in die Höhe. Was sie dort sahen, ließ Solasard das Schwert aus der Hand gleiten und Athraighs Mund weit, weit offen stehen.
„Wenn ihr immer so handelt, wenn ein Fremder an euer Feuer tritt, wundert es mich nicht, daß ihr immer noch nur zu zweit seid. Mein Name ist Goworr, und ich stehe euch zu Diensten, Solasard mac Annir.“
Mit einem kühnen Satz sprang der kleine Herr auf den Boden und landete vor den Füßen der Gefährten. Ein seltsames Wesen hatte sich da vor ihnen aufgebaut. Er war nicht so klein wie ein Kind, aber auch nicht so groß wie ein ausgewachsener Mann. Solasard mochte er wohl bis an den Bauchnabel gehen. Eine Kleidung wie seine hatten die beiden jungen Gefährten noch nicht gesehen.
Schwarze Stulpenstiefel, in denen eine schwarze Hose steckte, darüber eine erdfarbene Lederjoppe. Zusammengehalten wurde sie und wohl auch der dralle Bauch von einem prächtigen schwarzen Gürtel. Welch eine herrliche Arbeit war die Gürtelschnalle, ein fein ausgearbeiteter silberner Drache,

in dessen furchtgebietenden Augen rote Rubine brannten. Links und rechts davon hingen zwei kleine Beile, und ein kleines merkwürdiges Silberhämmerchen pendelte auch daran. Freundlicher wurde die gesamte Erscheinung durch ein sonnengelbes Halstuch, das von einem veilchenblauen Rand durchflochten war.
Athraigh fand zuerst seine Sprache wieder.
„Du, du bist ja ein Zwerg!"
„Nun, wenigstens verweigern euch eure Augen nicht den Dienst, mein Werter!", gab der ihm zurück. Felsgraue Augen folgten aufmerksam jeder Bewegung der beiden Männer. Seine Lippen waren umrahmt von einem kurzen Spitzbart, der sein hervorspringendes Kinn zierte und einem fein gezwirbelten Oberlippenbart, den er auch jetzt nachdenklich zwischen seinen Fingern drehte.
„Verfolgst du uns mit guten oder schlechten Absichten? Oder folgst du uns vielleicht gar nicht, und wir träumen das alles?", fragte Solasard.
„Was meine Absichten angeht, so sind diese nicht ehrlos. Doch dies zu entscheiden, schätze ich, muß ich euch überlassen", fuhr der kleine Mann fort.
„Sprich geradeheraus, Zwerg, oder wir müssen dir dabei behilflich sein. Ich werde mich jetzt langsam nach meinem Schwert bücken und es aufheben. Und sollte ich nicht bald ein klare Antwort haben, weiß ich nicht, wie ich damit verfahren werde. Sprich jetzt!", sprach der Schwertsucher ungeduldig.
„Nun gut, kurzum. Ich will mich euch anschließen. Ich meine, ich möchte euch ein wenig eures Weges begleiten. Wenn euch das recht ist."
Athraigh schüttelte mißtrauisch den Kopf, wartete aber ab, was Solasard sagen würde, bevor er sich dazu äußerte. Dieser schob sein Schwert wieder in die Scheide und winkte den Fremden ans Feuer.
„Schön, Goworr. Und warum willst du dich uns anschließen?", wollte Solasard erfahren.
Der Zwerg setzte sich ans Feuer. Auch Solasard und Athraigh ließen sich wieder nieder.
„Nun, ich komme von jenseits des Meeres, von Thule, einer anderen Insel im Hohen Norden, wo ich ein Meister der Schmiedekunst bin. Doch immer häufiger zeigten mir dort die Händler wunderschöne Schwerter und Geschmeide von seltsamer und doch köstlichster Machart.

Wie ihr vielleicht wißt, ist Gold ein Metall, das uns Zwerge schon allein dadurch glücklich macht, weil wir wissen, daß es in den Tiefen der Welt zu finden ist. Können wir es aber noch bearbeiten und so die Seele des Gesteins hervorbringen, sind wir selig.
Als ich nun erfuhr, daß diese Meisterwerke von einer sagenumwobenen grünen Insel stammten, entschloß ich mich, hierher aufzubrechen, um meine Kunst zu verbessern. Ich verließ unsere Minen und zog ans Meer, wo ich das erste Schiff bestieg, das mich an eure Südwestküste bringen sollte. Vor acht Tagen nun hörte ich an einem Feuer unten in Cill-airne eure Geschichte und entschied, mich euch anzuschließen."
Da hakte Athraigh dazwischen:
„Einen Augenblick mal! Du willst mir doch nicht erzählen, daß du innerhalb von acht Tagen von Cill-airne bis hierher gelaufen bist. Oder ist dir dein Pferd unterwegs eingegangen, weil ihm seine Last zu schwer war?"
Der Zwerg blieb gelassen.
„Nein, mein Werter, ein Pferd hatte ich nicht, wohl aber zwei gesunde, stramme Füße, die weit ausgreifen und so manche lange Strecke in kurzer Zeit laufen können. Wir Zwerge sind ein zähes Volk, und wenn wir ein Ziel vor Augen haben, folgen wir ihm, bis wir es erreichen, was auch immer dazwischen liegen mag."
Aufmerksam hatte Solasard dem weitgereisten Herrn zugehört. Neugierig fragte er:
„Aber warum willst du dich denn uns anschließen? Was erhoffst du dir davon? Ein paar abwechslungsreiche Abenteuer, mit denen man zu Hause prahlen kann?"
Freundlich antwortete der Zwerg:
„Mit Verlaub. Abenteuer sind nicht das Ziel meines Weges. Vielmehr hoffe ich, daß bei dem Schwert, das ihr sucht, vielleicht ein Schatz zu finden ist. Zwerge lieben Kostbarkeiten über alles, und ich dachte mir, das wäre doch eine gerechte Entlohnung für meine Begleitung, und vielleicht finde ich auch einen Schmiedemeister, der mich in eure Schmiedekunst einweist. Gleichwohl ich auf soviel Glück nicht hoffen darf."
„Nun gut, Goworr, und was machst du, wenn du weder Gold noch Silber findest? Vielleicht finden wir ja noch nicht einmal das Schwert selbst", gab Solasard zu bedenken.

„Vertraut mir, Solasard mac Annir, ich werde einen Schatz finden, ob mit oder ohne Schwert, sonst säße ich jetzt nicht so seelenruhig an deinem Feuer."
Immer noch mißtrauisch fragte Athraigh:
„Und warum suchst du dann das Schwert nicht allein? Dann müßtest du auch nicht durch drei teilen, wenn du einen Schatz findest."
„Weil ich leider nicht weiß, wo es ist. Ihr aber habt schon einmal eine Richtung, sonst wärt ihr ja nicht unterwegs. Außerdem dachte ich, könntet ihr vielleicht meine Hilfe gebrauchen und so, wie ihr euch anstellt, habt ihr sie auch mächtig nötig."
Solasard legte noch etwas Holz ins Feuer und sagte dann:
„Wir wollen es für heute dabei bewenden lassen und uns ausruhen. Sei eingeladen, an unserem Feuer zu sitzen."
Der Zwerg nickte dankend, erwiderte aber:
„Mit Verlaub ziehe ich ein Plätzchen im sicheren Schatten der Bäume vor. Ein guter Schütze zielt erst ins Licht, denn dieses ruft, hier stehe ich. Ruhet sanft. Wir sehen uns dann morgen früh."
Dann stand er auf und zog sich unter die weiten Äste einer Tanne zurück. Solasard und Athraigh unterließen es tunlichst, sich über den Neuankömmling zu unterhalten. Man konnte ja nicht wissen, wie gut er hören konnte. Aber vielleicht war es ja auch vorteilhaft, einen derart zähen Wanderer bei sich zu haben.
Dennoch schossen den beiden merkwürdige Gedanken durch den Kopf, bis das Feuer ganz heruntergebrannt war. Müde sanken sie in sich zusammen und schliefen.
Jedenfalls hatte das diesen Anschein für eine Eule, die über ihre Köpfe hinwegstrich. Doch sie waren viel zu mißtrauisch, um sich einem Fremden auszuliefern. So wach wie es ihnen nach einem solchen Tag möglich war, lagen sie in der Finsternis und lauschten auf jedes Geräusch. Aber es tat sich nichts.
Der nächste Morgen fand sie völlig übermüdet an einem Feuer, das sie mit viel Mühe, ob ihrer klammen Finger, entzündet hatten.
Der rätselhafte Herr Zwerg indessen war genauso geheimnisvoll verschwunden, wie er aufgetaucht war. Jedenfalls lag er nicht mehr unter seiner Tanne. Die Gefährten nahmen einen Schluck Wasser aus ihren Beuteln und kauten lustlos auf ihrem harten Brot herum. Gerade als sie wieder begannen, alles zusammenzupacken, um aufzubrechen, kam der Zwerg

aus dem Unterholz hervor und winkte ihnen freudig mit drei leblosen Wildtauben entgegen.
„Guten Morgen, werte Herren! Ich dachte mir, nach diesem kargen Abendmahl wäre ein üppigeres Frühstück mehr als angebracht! Ich habe zwar gestern mein letztes Malzbier getrunken und den letzten Schnitz vom gut abgehangenen Würzfleisch verspeist, aber die hier sind auch nicht schlecht, oder? Vielleicht betrachtet ihr sie als meinen Einstand."
Sprachlos schauten sich Solasard und Athraigh an.
Der Zwerg, sich mißverstanden fühlend, fragte:
„Habe ich etwas falsch gemacht? Dürft ihr vielleicht kein Taubenfleisch essen? Ich kann diese drei Hübschen natürlich auch allein verspeisen, aber ich dachte, es wäre wenigstens eine nette Geste."
Bevor Solasard Luft holen konnte, hatte Athraigh schon schnell geantwortet:
„Oh, das ist in der Tat sehr nett, wirklich, sehr, sehr nett. Wie wollt ihr sie denn zubereiten? Mit Äpfelchen gefüllt? Was wohl in Ermangelung der Äpfel scheitern wird. Oder vielleicht über einem Feuer von Tannennadeln? Oder ich könnte ein paar Kräuter sammeln gehen. Oder sag mir einfach, was ich tun soll und ich tue es."
Solasard war erstaunt. Wahrscheinlich würde Athraigh ihn schon für eine gebratene Gans im Stich lassen.
„Sag mal, Athraigh! Ob du wohl ein kleines bißchen verfressen bist? Ich meine nur ein klitzekleines bißchen? Das ist ja unglaublich.
Ich danke dir, Goworr, aber wir hätten auch ohne die Tauben nicht an deinem guten Willen gezweifelt. Dennoch teilen wir sie gerne mit dir. Ehrlich gesagt, so ein Täubchen zum Frühstück ist schon etwas Feines. Dann wirf mir mal eine rüber, damit ich sie entkleiden kann."
Das tat der Zwerg sogleich. Schließlich saßen sie zu dritt um das Feuer und rupften die Vögel, bis diese nur noch die Haut am Leibe trugen.
Sie nahmen die Tierchen aus, spießten sie dann auf drei Äste und drehten das Geflügel über dem Feuer, in das sie beständig Tannenzweige warfen.
Das war eine willkommene Abwechslung für ihren ansonsten so dürftigen Speiseplan.
Wie sie vor dem Feuer saßen, fragte Goworr:
„Jetzt da wir uns einig sind, könnt ihr mir ja auch sagen, wo es eigentlich hingeht. Habt ihr schon ein Ziel?"
Solasard ergriff das Wort.

„Nun, Goworr, Athraigh und ich müssen in die Nähe von Cill-dara. Das ist ein Städtchen an der Ostküste. Dort soll Fionn mac Cumhails alter Knappe leben, der könnte uns vielleicht weiterhelfen. Dazu müssen wir der Küste folgen, bis wir Gaillimh erreichen und weiter der Breiten Straße nach, bis wir nach Magh-Nuadhat kommen. Dann müssen wir nur noch südlich davon bis nach Cill-dara laufen."
„Sagt mal, ihr zwei! Wo ich euch doch nun einige Zeit folge. Warum habt ihr eigentlich ein Pferd dabei, das auch noch so häßlich ist wie die Nacht, wenn ihr es weder zum Reiten noch als Packpferd nutzt?"
Athraigh grinste verschmitzt und antwortete:
„Nun, da es nicht gewillt ist, uns zu tragen, mag es vielleicht dich tragen. Du kannst es ja gern einmal versuchen. Ich helfe dir auch hinauf. Oder bist du zu feige, Kleiner?"
Solasard verdrehte nur die Augen. Goworr strich sich durch sein dichtes, schwarzgelocktes Haar und raufte es sich ein wenig nachdenklich. Feige? Ein Zwerg?
„Eigentlich bin ich nicht für Pferde zu haben, aber vielleicht hat das Tier ja nur auf mich gewartet. Dann setz mich halt oben drauf, Athraigh."
Sofort war der Namenlose aufgesprungen und verbeugte sich formvollendet vor dem Zwerg.
„Stets zu Diensten, nicht wahr?"
Dann packte er den kleinen Mann an der Hüfte und ließ den Burschen auf Machas Rücken plumpsen. Kaum hatte dieser den Rücken berührt, begann Macha ihren üblichen Tanz aufzuführen. Sie buckelte und keilte aus, bis der tapfere Zwerg auf seinem Hosenboden landete. Goworr schaute wie ein beleidigtes Kind drein, stand, sich sein Hinterteil verdrießlich reibend, auf und schnaubte hochmütig:
„Von so einem war ja auch nichts besseres zu erwarten. Du Vagabund des Fahrenden Volkes. Ihr seid doch alle gleich, immer dabei auszuteilen, aber nichts einstecken können, oder?"
Athraighs Augen verengten sich zu kleinen Schlitzen. Kommt da einfach dieser Zwerg daher, hängt sich an sie und läßt sich auch noch über seine Herkunft aus. Der Namenlose mußte sehr an sich halten, um sich nicht kopfüber auf diesen Wicht zu stürzen.
Auch Solasard stand jetzt auf.
„Athraigh, mach keinen Fehler! Es ist nur gerecht, wenn er dir auch einen Denkzettel verpaßt. Hört auf mit diesen Kinderspielen und gebt euch die

Hände. Haltet Frieden, es reicht, daß wir vor dem Fahrenden Volk davonlaufen. Wir brauchen nicht noch einen Kampf in unserer Mitte."
Da drehten sich die zwei um, wechselten verheißungsvolle Blicke und fingen schließlich herzlich an zu lachen.
Auch Solasard grinste über beide Backen.
„Da bin ich aber froh, daß mir die Große Mutter in ihrer Güte gleich zwei solche Hitzköpfe zur Seite gestellt hat. Jetzt kann ja nichts mehr schiefgehen. Ihr habt Glück, daß ich ein Auge auf unsere Täubchen hatte, sonst wären die euren schon lange verkohlt. Dann laßt uns essen und aufbrechen."
So stopften sich die Männer die Münder mit dem köstlichen Mahl voll, bis nur noch drei magere Skelette übrig waren. Dann ging Goworr hinter die mächtige Tanne, die ihm Heimstatt für eine Nacht gewesen war und kam mit einem sehr großen Reisesack, der dazu noch prall gefüllt war, wieder hervor.
Scherzend fragte Athraigh:
„Sag mal, hast du da etwa noch einen von deiner Sorte drin?"
Darauf erwiderte der Zwerg:
„Zwerge sind nicht nur eifrige Wanderer, nein, sie können sogar fast ihr gesamtes Eigengewicht tragen und das über weite Strecken. Ja, ja, wir sind schon ein sehr genügsames Volk. Manche jedenfalls, aber es gibt so einiges auf das kann ich einfach nicht verzichten. Auf die leckere Erdbeermarmelade meiner Mutter zum Beispiel, es gibt einfach keine bessere oder ihr Himbeermus, ein Gedicht.
Aber im Ernst. Das kommt von der Arbeit tief im Innern der Erde. Da überlegst du es dir schon, ob du lieber dreimal gehst, um dein Erz nach oben zu bringen, oder lieber nur einmal, dafür aber mit dreifacher Last."
Verdutzt schaute Athraigh auf.
„Und was hast du noch so alles dabei, wenn man mal fragen darf?"
„Nun, so dies und das, was man in dieser Wildnis halt brauchen kann. Wir werden bald zum Waldrand kommen, dann müssen wir Abschied nehmen von seinem schützenden Dickicht und uns auf offenem Feld allem stellen, was uns über den Weg läuft. Kalt wird es da sein."
„Das schon, aber Zwerge sind doch bestimmt auch wetterfest, oder?"
Solasard gab Athraigh einen Stoß in die Rippen.

„Nun, um ehrlich zu sein, ziehen wir die Wärme, die uns die Mutter Erde spendet, dem Wind, der unsere Nase umweht, weit vor. Seid ihr fertig, dann laßt uns gehen.“
Solasard trat das Feuer aus und nahm die Zügel von Macha auf.
Als sie eine Zeitlang nebeneinander gelaufen waren, fragte Solasard:
„Wie hast du eigentlich die Tauben erlegt, Goworr. Ich habe keine größeren Verletzungen an ihnen gesehen.“
Sich die Locken kraulend antwortete dieser:
„Nun ja, das müßt ihr im Augenblick noch nicht wissen. Es reicht doch, daß wir ein gutes Frühstück hatten, oder?“
Obwohl unbefriedigt über diese Antwort, nickte Solasard dem Zwerg freundlich zu. Nach einiger Zeit lichtete sich der Wald, und der kalte Wind des Meeres suchte sich seinen Weg durch das Gehölz und unter ihre dicken Mäntel. Der Himmel war bewölkt. Graue Wolken jagten einander auf der Suche nach wärmeren Orten, nichts ahnend von ihrem Schicksal, das sie dort erwartete.
Die ersten Möwen ließen sich über ihren Köpfen im Wind treiben und sangen ihr Lied. Keine Bäume, keine Sträucher empfingen sie hier. Nur kaltes Gestein, das an das Meer grenzte.
Machas Mähne flog von einer auf die andere Seite, so unbeständig blies der Wind. Die drei Wanderer ließen den Wald hinter sich nicht aus den Augen. Immer wieder drehte sich einer um und suchte aufmerksam den Waldrand ab. Aber niemand schien sie zu verfolgen.
Solasard und Athraigh hatten ihre Mäntel eng um sich geschlungen. Goworr hatte seine Kapuze tief ins Gesicht gezogen, sein Mantel umwehte seine Knie. Neugierig schaute er sich in der Umgebung um. In gehörigem Abstand türmten sich gewaltige Berge auf, deren Spitzen noch von Schnee gepudert waren. Dieses Jahr hatte es noch nicht geschneit. Überhaupt war der Winter sehr mild.
Als es Mittag wurde, machten sie keinen Halt, um möglichst weit voranzukommen. Das Meer peitschte an die Klippen, daß sie zuweilen die Gischt zu schmecken bekamen, obwohl sie ein gutes Stück davon entfernt liefen. Die Sonne, umtost von den treibenden Wolken, hing wie eine leuchtende Kugel im Dunst und versuchte durch diese weiße Wand hindurchzubrechen.
Noch vor Sonnenuntergang suchten sie sich einen Platz zum Lagern. In der Nähe der Klippen hatten sie einen Felsvorsprung entdeckt, unter dem

sie sich niederlassen konnten. Sie hatten weder Holz noch Treibgut, so daß sie wohl oder übel auf ein Feuer verzichten mußten. Nur Macha war zufrieden und graste ein wenig. Mähne und Schweif tanzten zur Musik des Windes, und ihre Nüstern waren weit aufgebläht, als atme sie den Geruch des Meeres ein.

Es wurde früh dunkel und Athraigh war sofort eingeschlafen. Auch Goworr döste leicht vor sich hin. Der Mann aus dem Fahrenden Volk war ihm immer noch nicht geheuer, doch Solasard vertraute er. Aber über ihn hatte er ja auch mehr in Erfahrung bringen können und wie es aussah sogar vieles, was er noch nicht einmal über sich selbst wußte. Es war ihm bis jetzt sehr zugute gekommen, die Gespräche an den Feuern der Fianna belauscht zu haben. Es würde sich nicht schlecht machen, aus der Gefangenschaft heimzukehren und von dem Dienst bei einem König erzählen zu können.

Goworr mußte ja nicht jedem erzählen, daß er eigentlich aus seiner Heimat verbannt worden war. Zu neugierig war er im Herausfinden der Geheimnisse seines Schmiedemeisters gewesen.

Den Unwissenden allerdings plagten im Augenblick ganz andere Sorgen. Solasard fragte sich ernstlich, wie eine Reise gelingen sollte mit zwei solchen Kindsköpfen an seiner Seite. Aber er wollte und konnte auch nicht auf sie verzichten. Allein wäre er ganz verloren bei der geringen Erfahrung, die er auf Erius Wegen vorzuweisen hatte. Außerdem ergänzten sie sich auch irgendwie. Was Athraigh mit der Zunge löste, machte Goworr mit seiner Tatkraft wett.

Nie hatte er sich vorgestellt, wie es sein würde, Anführer einer kleinen Gruppe zu sein. Nun mußte er wohl oder übel in diese Rolle schlüpfen. Wer weiß, wer sich ihm noch anschließen würde, aus welchen Gründen auch immer?

Als er sich müde zurücklehnte, um ein wenig zu ruhen, tauchte eine Erinnerung an Amhrán vor seinem Auge auf. Sie war so schön, wenn sie auf ihrem Pferd über die Ebene galoppiert war. Ihr Haar im Wind und ein Lächeln, das im Wettstreit mit den Strahlen der Sonne stand.

Wäre sie jetzt nur hier. Sie könnte ihn im Arm halten und wärmen. Solasard schmiegte sich tiefer in seinen Mantel und versuchte zu schlafen und mit ihr über die Klippen zu galoppieren, den Wind in den Haaren, die Sonne im Gesicht.

Schwarze Lilien

Die Zeit schien unerschöpflich zu sein in der Anderen Welt. Es fiel Gealán und Sáile schwer, sich in der neuen Umgebung zurechtzufinden. Hier gab es keine Hast. Hier wurde jeder Satz ausgesprochen, ohne daß jemand dazwischen sprach.

Was die Sidhi auch immer taten, sie taten es von ganzem Herzen. Sáile hatte sich etwas mit Fia angefreundet, die in ihrer Kindlichkeit darauf erpicht war, der Fremden die ganze Stadt zu zeigen.

Sie zerrte die Frau von Zelt zu Zelt und stellte sie ihren Freunden und Bekannten vor. Aber diese Zusammentreffen mit den elbischen Sidhi zeigte Sáile nur, wie anders sie selbst war, wie menschlich. Hatte sie sich selbst anfangs dafür gehaßt, daß sie in diesen Lough gewatet war, gelang es ihr jetzt mühelos, diesen Haß auf die Sidhi zu übertragen.

Sie verbarg ihre dunklen Gedanken in ihrem Herzen und zeigte sich freundlich, aufmerksam und neugierig. Fast sehnte sie sich nach Madhra, dem sie nichts vorzuspielen brauchte. Aber auch er war nur ein Werkzeug für sie.

War er ihr erst einmal verfallen, würde sie ihn mit Haut und Haaren verschlingen und wenn sie ihn wieder ausspie, würden nur noch seine Knochen übrig sein. So ist das Leben. Motten verbrennen im Licht.

Seit Tagen gab es keine Nachricht von ihm! Wer weiß, ob er Solasard überhaupt gefunden hatte? Vielleicht verschacherte er gerade Fionns altes Schwert auf irgendeinem Markt. Es gab wenig mehr, was Sáile haßte, als abhängig zu sein von einem dahergelaufenen Kerl und dazu gehörte auch, jemandem vertrauen zu müssen. Zu gern hielt sie selbst die Zügel in der Hand und bestimmte die Richtung und die Geschwindigkeit. Ob sie den Plattkopf jemals wiedersehen würde? Nun denn, Ungewißheiten waren die Würze in der Suppe des Lebens.

Immer wieder drehten sich ihre Gedanken um Solasard, während sie einer angesehenen Familie einen Besuch abstattete. Endlich konnte sie sich verabschieden. Sie war es leid, diese Geschichten von der verlorenen Heimat zu hören. So sehr die Sidhi die Menschen auch verachteten, so sehr beneideten sie die Kurzlebigen um die Gnade, das wahre Sonnenlicht sehen zu dürfen.

Sáile schritt aus dem Zelt und machte sich auf den Weg zur großen Eiche. Immer wieder trieb es sie zu diesem Ort, von dem aus sie die Stadt und das umliegende Land betrachtete. Manchmal, für kurze Augenblicke, gelang es ihr, sich vorzustellen, sie sei in ihrer eigenen Welt, dann war auch sie glücklich. Auch jetzt hatte sie die Hand an die Rinde des mächtigen Stammes gelegt und fühlte die Furchen des Alters. Sie nahm jede Unebenheit wahr und verlor sich in den Linien, die ihre Finger nachzeichneten.
„Seid mir gegrüßt, Sáile. Geht es euch wohl?"
Unbemerkt war die Königliche Mutter an sie herangetreten. Noch immer konnte ihr Sáile das Urteil des Comoírs nicht vergeben.
„Nun, so wie es einer Fremden in einer fremden Welt nun einmal geht, Hoheit", erwiderte sie bitter.
„Ihr wißt selbst, daß nur ihr euch zu einer Fremden macht. Ihr selbst seid es, die mit ihrem Schicksal hadert, anstatt es anzunehmen. Ihr solltet lieber ein Licht anzünden und nicht wegen der Dunkelheit schimpfen. Ihr könntet das Beste aus eurer Lage machen, aber ihr wollt es nicht."
Augen voller Weisheit trafen auf haßerfüllte Blicke.
„Das Beste, nun, das Beste wartet in meiner Welt auf mich. Ich bin nicht bereit, diesen Schatz aufzugeben, bis ich tot zur Erde sinke. Könnt ihr das nicht verstehen, Hoheit? Gerade ihr?"
„Ich verstehe euch gut, Sáile, nur zu gut. Dennoch solltet ihr dem Essig in eurem Herzen auch etwas Honig beifügen. Zu scharfer Essig zerfrißt sein eigenes Gefäß. Das ist etwas, das ich weiß."
Damit drehte sich die Königliche Mutter um und ging davon. Es waren Augenblicke wie diese, in denen Sáile am liebsten die ganze Stadt angezündet hätte, oh, was für ein schönes Feuer wäre das. Aber ihre Zeit würde noch kommen. Würde nur dieser verfluchte Madhra endlich auftauchen. Langsam beruhigte sie sich und gewann ihre Selbstbeherrschung wieder. Freundlich lächelnd ging sie in die Stadt. Es war Mittag, und sie hatte Hunger.
Mochte Fia ihr etwas Leichtes zubereiten. Nicht daß sie Fett ansetzte. Sie mußte gut aussehen, wenn der Totenschädel zurückkam. Wie eine Spinne würde Sáile ihre Fäden um ihn knüpfen, bis er ihr völlig ausgeliefert war. Sie wußte, was Männer wie er begehrten, und genau das würde sie ihm geben.

Als sie in das grüne Zelt trat, fand sie Gealán packend vor. Die junge Frau hatte sich nun doch entschlossen, ihre verbitterte Herrin zu verlassen und zu dem Hausstand von Prinz Misnéachard zu ziehen. Sie begehrte nichts von ihrem neuen Herrn, aber sie war voll des Dankes, daß er sich um sie kümmerte und sie aufgenommen hatte. Auch Máthair lebte in diesem Teil der Stadt, der sich leicht an den Hügel, auf dem die mächtige Eiche stand, anlehnte. Gealán würde jetzt allein ein Zelt bewohnen. Dorthin wollte sie heute umziehen.
Sáile beobachtete Gealán argwöhnisch.
„Und Gealán, geht es dir nun gut, da du mich im Stich läßt?"
„Es ist schade, daß es euch immer noch nicht besser geht. Aber vergeßt nicht: Jeder ist König über seine eigene Welt."
Angewidert setzte sich Sáile auf ihr Lager.
„Du redest schon genauso altklug daher wie das Elbenpack hier. Wie kannst du deine eigene Rasse nur so verleugnen? Ich bin wirklich froh, daß du gehst."
Die junge Frau nahm ihr Bündel in die Hand und ging aus dem Zelt. Nach einigen Schritten kam sie noch einmal zurück und sagte:
„Wißt ihr, Sáile, daß ihr wirklich Glück habt?"
„Warum?", fragte diese gereizt.
„Nun, weil sich ein Messer, der Göttin sei Dank, nie in den eigenen Griff schneiden kann. Lebt wohl! Ich wünsche euch Glück. Ich denke, ihr könnt es gebrauchen."
Dann kehrte sie ihrer ersten Zuflucht den Rücken und schritt auf ihr neues Zuhause zu. Es war ein schönes Zelt mit eisblauen Stoffwänden, die zum Boden hin immer dunkler wurden, bis sie fast nachtblau waren. Der ganze Boden war bedeckt mit Kissen in den verschiedensten Blautönen und auch ihre Lagerstatt war mit blauen, flauschigen Decken ausgelegt. In einer Ecke stand eine Truhe, in der sie ihre Habseligkeiten aufbewahren konnte. Auf der Truhe stand eine von jenen Kristallampen aus der Alten Welt. Misnéachard hatte sie ihr als Willkommensgruß geschenkt, bevor er in die Alte Welt aufgebrochen war.
Als Gealán ein Stück gegangen war, begegnete ihr Máthair.
„Sei mir gegrüßt, Gealán, wie geht es dir? Ich habe erfahren, daß du jetzt ein Zelt in meiner Nähe bewohnst und nun auch zum Hausstand des Prinzen gehörst. Sei willkommen! Was machst du denn heute?"

„Oh, ich weiß es noch nicht. Wollen wir vielleicht wieder zu den Wilden Gärten reiten. Es war sehr schön dort."
Sanft lächelte die alte Frau.
„Mir ist es heute nicht möglich, aber du kannst auch allein gehen. Geh nur zu den Weiden. Den Weg wirst du schon finden, wenn nicht, weiß ihn dein Pferd. Manchmal ist es ganz angenehm, allein zu sein. Vielleicht besuche ich dich heute abend, dann könnten wir uns einmal in Ruhe unterhalten und ein paar Pläne für die nächsten Tage schmieden?"
„Ja, das wäre schön, Máthair", erwiderte Gealán. „Ich freue mich schon, dich in meinem neuen Zuhause begrüßen zu dürfen. Ich wünsche dir einen schönen Tag."
„Auch dir, junge Frau."
Gealán brachte ihre Sachen in das Zelt und ging dann über den Weg der Birken ins Tal zu den Weiden. Freudig wiehernd trabte die goldfarbene Stute heran, die sie schon das letzte Mal in den Garten getragen hatte. Das Tier folgte ihr willig zu dem Baumstumpf, damit sie aufsteigen konnte. Zuerst fühlte sie sich etwas unsicher, aber dann hatte sich ihr Körper an die Gangart des Pferdes gewöhnt.
Nach einem kurzen Ritt stand sie wieder in dieser grünen Halle voller schmackhafter Kostbarkeiten. Sie war nicht hungrig und pflückte sich nur einen Apfel, den sie sich schmecken ließ. Bewußt nahm sie das Zusammenspiel des säuerlichen und süßen Geschmacks wahr.
Glücklich setzte sie sich auf einen Stein an dem Weiher und lauschte den Oden des Baches. Die Vögel sangen leise ihr Lied. Sie spürte das Sonnenlicht auf ihrer Haut und nahm den süßen, berauschenden Duft wahr. Sie atmete tief in ihren Bauch und ließ den Atem nur langsam aus ihrer Lunge weichen.
Die Wärme des Steines durchdrang sie, und sie fuhr mit ihren Fingern über seine glatte Oberfläche. Gealán nahm sich selbst so bewußt wahr, daß sie ihr Blut durch die Adern rauschen fühlte. Sie fühlte sich leicht wie ein Blatt und glaubte auseinanderzufließen vor lauter Freude. Es schien ihr, als stünde sie in Flammen und doch konnte sie sich nicht bewegen in ihrer Leichtigkeit des Seins. Ein Windhauch liebkoste sie und blies ihr das lange Haar ins Gesicht. Als es ihr zu warm wurde, streifte sie ihr Kleid ab und glitt in das kühle Wasser.
Ein wohliges Kribbeln zog von ihren Zehen bis hinauf zur Stirn. Sie tauchte kurz den Kopf unter Wasser und prustete an der Oberfläche laut vor sich

hin. Sie genoß die Kühle, spürte jedes einzelne Härchen auf ihrer Haut, das sich empört aufgerichtet hatte.
Sie bewegte sich im Wasser hin und her, dann kühlte ihr Körper ein wenig ab und es zog sie wieder auf den Felsen. Erschöpft döste sie vor sich hin, bis sie sich plötzlich nicht mehr allein fühlte. Vorsichtig öffnete sie die Augen. Da stand neben ihrem Pferd noch eines, das friedlich vor sich hin graste. Gealáns Blick schweifte umher und hielt inne, als sie auf dem Felsen zu ihren Füßen den Flötenspieler sitzen sah.
Geschmeidig drehte sie sich auf den Bauch.
„Sei mir gegrüßt, Gealán. Ich bin Báistigh, der Flötenspieler der Wilden Gärten. Ein schöner Ort, nicht wahr?“
Dunkelblondes, schulterlanges Haar umrahmte ein freundliches Gesicht mit strahlenden, blauen Augen. Über einer kirschrot gefärbten Bracca trug er ein weites, weißes Hemd, das tiefe Einblicke auf seinen Oberkörper freigab. Mit feingliedrigen langen Fingern stützte er sich von dem Felsen ab.
Im Rausch der Betrachtung hätte Gealán fast vergessen zu antworten.
„Ja, sehr. Es ist schön ruhig hier. Nicht so laut wie in der Zeltstadt, obwohl es auch dort leiser zugeht als in meiner Welt. Hier ist alles so friedlich. Niemand, der etwas von mir will.“
„Du mußt es mir sagen, wenn ich dich störe. Dann gehe ich wieder“, bot er an.
„Nein, Báistigh, bleibe nur. Hier ist Platz für zwei.“
Sie verstand selbst nicht, wohin ihr Mißtrauen entschwunden war. Aber sie genoß die Wärme und Freundlichkeit dieses Mannes.
„Ich danke dir. Auch für mich ist das hier ein Platz, an dem ich Frieden finde.“
Dann zog er sich das Hemd über den Kopf und streifte seine Hose ab. Langsam glitt er in das kühle Wasser.
Gealán hatte sich auf den Bauch gedreht und beobachtete ihn. Sie genoß den Anblick, den ihr der Jüngling bot, und er genoß die Gewißheit, von ihr beobachtet zu werden. Nach einiger Zeit schwamm er zu seinem Felsen, ohne das Wasser zu verlassen.
„Gealán, komm doch auch herein. Das Wasser ist herrlich erfrischend und kühl.“
Schüchtern antwortete die junge Frau:

„Ich würde ja gerne, aber ich kann nicht schwimmen“, sagte sie verhalten.
„Nun, wenn du möchtest, werde ich es dir beibringen. Es ist ganz einfach.“
Gealán überlegte eine Weile, dann erwiderte sie:
„Gut, aber nur auf deine Verantwortung.“
Sie stand auf und stieg auf den unteren Felsen. Dort setzte sie sich so hin, daß ihre Beine bis über die Knie von Wasser bedeckt waren. Báistigh kam heran, umfaßte ihre Hüfte und zog sie ganz nah zu sich. Dunkle Rehaugen verloren sich in blauem Sternenlicht. Gealán spürte die Wärme seines Körpers, die Kraft, mit der er sie immer noch hielt.
Leise flüsterte er:
„Wie leicht du bist, wie eine Feder aus dem Gefieder eines silbernen Schwans.“
Sanft strich er ihr eine Haarsträhne aus dem Gesicht. Selten war Gealán einem Mann so nah gewesen. Sie fühlte sich unsicher und wußte nicht, was sie tun sollte. Vorsichtig drehte er sie mit dem Gesicht zum Felsen, damit sie sich mit ihren Händen dort festhalten konnte.
„Gealán. Du brauchst keine Angst zu haben. Ich werde dir nichts tun, was du nicht selbst willst. Hier, halte dich an diesem Felsen fest und lasse deine Beine an der Wasseroberfläche treiben.“
„Báistigh, ich habe Angst!“
„Gealán, du brauchst wirklich keine Angst zu haben. Ich werde dich halten. Es wird dir nichts geschehen. Komm, entspann dich.“
Er hielt sie sanft unter ihrem Bauch, als sie einfach still im Wasser lag. Vertrauensvoll ließ sie sich halten.
„Siehst du, es ist ganz einfach. Versuche jetzt, deine Beine zu bewegen, einfach abwechselnd auf und ab.“
Gealán kämpfte tapfer, bis sie ihr Gleichgewicht gefunden und ein Gefühl für das Wasser bekommen hatte. Báistigh merkte, daß sie erschöpft war.
„Es geht doch schon ganz gut. Aber nun laß es genug sein. Mir ist kalt, und ich will mich ein wenig aufwärmen. Komm, ich helfe dir hoch.“
Vorsichtig drehte er sie um und half ihr aus dem Wasser, um sich danach selbst auf den Felsen zu ziehen. Aufmerksam glitten seine Augen über ihren nackten Körper.
„Du verbindest die Schönheit eines Schwanes mit seiner Reinheit. Darf ich noch etwas bleiben und dich betrachten?“

Verlegen antwortete Gealán:
„Würdest du mir vielleicht ein Lied auf deiner Flöte vorspielen? Ich kenne bei den Menschen niemanden, der so schön Musik machen kann."
„Natürlich, gerne."
Er pfiff nach seinem Pferd, das sofort angetrabt kam und holte die Flöte aus seiner Satteltasche. Báistigh setzte sich und lehnte an einem Felsen, während sich Gealàn auf einen vom Licht umspielten Stein legte.
Er spielte ein getragenes Lied, und ihr Herz wurde weit und trieb mit ihren Träumen davon wie eine Wolke im Wind. Sie atmete langsam ein und aus und döste vor sich hin.
Er war schön anzusehen. Sein Gesicht war nicht so schmal wie die Katzengesichter der anderen Sidhi, was ihn ihr nicht ganz so fremd erscheinen ließ. Wann wurde sie zuletzt von einem Mann derart sachte berührt wie von ihm? Weit mußte sie zurückdenken. Als sie noch auf Fionns weißer Burg war, hatte sie einen der Fianna geliebt. Aber er hatte nur ein Spiel gespielt, um sie verführen zu können und ihre Ehre zu beschmutzen. Die Fianna waren kundig, wenn es galt, sich bei den Frauen am Hof einzuschmeicheln. Sie wußten, was diese von einem Manne wünschten und waren bereit, Liebe, Sicherheit und Geborgenheit zu spenden.
Der Preis dafür war die Selbstachtung der Frau. Wie viele schwangere Frauen hatte sie gesehen, die keinen Vater für ihr Kind hatten. Und obwohl sie all dies wußte und glaubte, dem widerstehen zu können, hatte die Leidenschaft ihres Körpers sie im Stich gelassen für diesen ersten Mann in ihrem Leben. Gealán war einsam gewesen. Die Stellung bei ihrer Herrin verhalf ihr nicht sehr dazu, beliebt zu sein, ganz im Gegenteil. Sie hatte nichts mit ihr gemein und wurde doch geschmäht wie jene.
Dann tauchte jener Fianna auf und machte ihr seine Aufwartung. Damit hatte es begonnen. Es endete mit dem Aufbruch ins Sommerlager. Er war kein Ehrenmann und hatte sie genommen, wie man eine Bauerntochter am Wegrand nimmt. Nachdem er sich angezogen hatte, sagte er zu ihr:
„Eine Frau sollte sein wie eine Frau und nicht wie ein Schaf. Hätte ich gewußt, was sich hinter dem roten Apfel verbirgt, hätte ich dich niemals angerührt. Geh mir aus den Augen, damit ich mich wenigstens anständig betrinken kann."
Seit jener Nacht hatte sie nie wieder bei einem Mann gelegen. Wie viele einsame Nächte hatte sie neben Sáile verbracht und sich nach einem guten Wort, einer liebevollen Geste gesehnt. Sáile lebte nicht sehr enthalt-

sam, für Mitteilungen über ihren Sohn verkaufte sie sogar ihren Körper. Und nicht nur dafür. So tief wollte Gealán nicht sinken. Sie verbot sich jeden Gedanken an Liebe und Lust. Doch nachts suchten sie die wildesten Träume heim. Nun lag Gealán hier im Sonnenlicht, zu ihren Füßen ein Flötenspieler, den sie begehrte. Schloß sie ihre Augen, fühlte die Frau ihren Körper erwachen, die Lust in sich brennen. Als sie es gar nicht mehr aushielt, stand sie auf und setzte sich zu ihm auf den Felsen. Sie konnte seine Nähe kaum ertragen, so sehr begehrte sie es, ihn zu berühren und von ihm berührt zu werden.

Langsam glitt sie in das Wasser. Báistigh beendete sein Spiel und ließ sich ebenfalls ins Wasser gleiten. Kühle umfing ihn und doch schien ihm der Weiher in Feuer getaucht. Vorsichtig näherte er sich Gealán. Verloren stand sie und still wie das Schilf an einem Lough. So sehr er sich zurücknahm, sein Körper zeigte ihm nur zu deutlich, was er von ihm erwartete.

Ihre Haut war warm an seiner. Sie schrak ein wenig zurück, als er die Arme um sie legte und sie an sich zog. Er verlor sich bei einem Blick in ihre Augen. Sanft suchten seine Lippen die ihren. Und sie öffnete sich ihm wie eine Knospe, nachdem sie der Morgentau begrüßt hatte.

Gealán lehnte sich mit dem Rücken an den Felsen und genoß die Aufmerksamkeit, die ihr zuteil wurde. Zärtlich glitt eine Hand an ihrer Seite zur Hüfte, während er mit der anderen über die Haare und ihren Nacken strich, sie an sich zog und ihr seine Begierde zeigte.

Gealán atmete heftig. Lust sprudelte aus ihrer Seele wie aus der Welt tiefstem Brunnen, und sie gab sich ihr hin. Ließ ihn eindringen und verweilen. Er stieß sie nicht roh wie ein unwissender Fianna, der sich nur ihrer bediente, sondern drang langsam, geschmeidig in sie ein, daß es sie fast zerriß. Er hielt inne, als ihr Schoß sich zuckend über den Besuch freute. Er ließ ihr die Zeit, sich zu beruhigen, um ihr seinen Leib wieder ganz zu schenken. Seine Lippen glitten über ihren Hals, an dem er sanft knabberte bis zu ihren Brüsten. Seine Zunge spielte mit ihren Warzen, saugte sich fest, biß leicht hinein, spielte mit ihnen. Gealán flüsterte seinen Namen, und der Wind trug ihn davon.

Er glitt völlig unter Wasser und küßte ihre Scham, schenkte ihr seinen Atem und ergründete den Garten der Wollust, bis sie ihn an sich heranzog und er wieder zärtlich in sie eindrang.

Sie klammerte sich an ihm fest, als wollte sie festwachsen. Sie hätte sterben können vor Lust. Als er dieses Mal einhalten wollte, trieb sie ihn weiter an, biß sich an seinem Hals fest, löste sich wieder und küßte seine Brust, saugte an seinen Brustwarzen und kniff ihn leicht. Sie krallte sich an seinem Körper fest und preßte ihn im Rhythmus ihres Liedes an sich, als wollte sie ihn verschlingen. Immer schneller stieß er in sie, trieb sie voran, daß ihr Herz raste, das Blut stieg ihr in den Kopf. Gealán stöhnte und gab sich völlig hin.

Gemeinsam leuchteten ihre Augen, als sich die Welle über ihnen überschlug und sie an den Strand der Erschöpfung spülte. Dann hielten sie einander, küßten sich und wußten nicht, daß sie noch atmen konnten. Wie eine Katze schmiegte sich Gealán an Báistigh und lauschte dem Rasen seines Herzens.

Vorsichtig kletterten sie auf den Felsen. Der Wind war kühl auf ihrer Haut, aber sie schmiegten sich aneinander und wärmten sich gegenseitig, bis das Sonnenlicht sie wieder aufgewärmt hatte. Sie lagen beieinander. Báistigh hielt Gealán in seinen Armen, schützte sie mit seinem Körper vor dem Wind, gab ihr die Geborgenheit, nach der sie sich all die Jahre so gesehnt hatte.

Stille hatte sich über die Gärten gelegt und Gealáns Worte erschienen wie Schreie darin.

„Báistigh, denke nicht schlecht von mir. Ich bin eine Frau von Ehre, und ich ...“

„Schsch“, sanft legte er ihr zwei Finger auf die zarten Lippen.

„Schweig. Ich weiß das. Schweig, und lausche dem Gesang unserer Herzen. Schweig, mein Herz.“

Müde lehnte sie sich an ihn wie an den Stamm einer starken Eiche und döste ein. Sie schlief lange und fest. Als sie wieder ihre Augen öffnete, war es dunkel. Hoch standen die Sterne über ihr und helles Mondlicht verwandelte die Wilden Gärten in einen Ort, an dem Götter im Schlaf wandeln und ihre Sorgen über die Menschen vergessen konnten.

Gealán war allein. Eine weiche, warme Decke war über ihr ausgebreitet worden. Sie rief seinen Namen, doch nur eine einsame Eule wollte ihr antworten. In der Ferne heulte ein Wolf. Traurig zog sie sich an, legte die Decke zusammen und ging zu ihrem Pferd.

Was mochte er wohl von ihr denken. Daß sie jeder haben konnte, für ein nettes Lied und ein bißchen Zärtlichkeit? Sie genoß die leichte Erregung, die sie erfaßte, als sie an den Nachmittag dachte, doch dann ärgerte sie sich wieder über sich selbst. Wie hatte sie sich nur so gehen lassen können? Sie

führte das Pferd an einen Felsen und stieg auf. Der Wald war jetzt so anders als am Tag. Äste knackten ohne einen Grund, und alte Baumstümpfe wurden zu Kobolden und Faunen. Sie war froh, die Weiden zu erreichen und die sanften Kristallichter der Zeltstadt zu sehen.
Erschöpft stieg sie ab. Die Stute schnaubte noch einmal freundlich und trabte dann zu ihren vierbeinigen Freunden.
Vieles ging ihr durch den Kopf. Sie sehnte sich nach ihm und war doch empört, daß er sie so einfach zurückgelassen hatte. Erschöpft und müde ging sie an den bunt schimmernden Zelten der Stadt vorbei. In manchen wurde gesungen, in anderen hörte sie Familien leise lachen. Irgendwo gluckste ein Liebespaar.
Sich an einem Weiher zu lieben, am hellichten Tag, Gealán erkannte sich selbst nicht mehr. Er hatte sie verzaubert, das mußte es sein. Ein Mensch konnte sich doch nicht so vergessen, daß er allen Anstand verlor? Oder war das ihre eigene Art, diese neue Freiheit zu entdecken? Schließlich stand sie vor ihrem Zelt.
Ein heller Lichtschein fiel aus diesem auf den Weg. Das mußte Máthair sein. Oh, Göttin, so weit war es mit ihr gekommen, daß sie Verabredungen vergaß, weil in ihrem Körper die Wollust herrschte. Gealán ordnete noch einmal ihre Kleider, als sie eine Stoffbahn des seidigen Eingangs in die Hand nahm und zurückschlug.
Der Anblick, der sich ihr bot, nahm ihr den Atem. Was da vor sich ging, sah nicht so aus wie eine Máthair, die auf sie wartete. Da waren goldene Schalen angefüllt mit Früchten und Kupferteller mit köstlichen Süßspeisen. Da waren silberne Platten mit leckerem Gemüse und frisches Brot. Und in alledem lag Báistigh freudig strahlend, als stünde er mit den Sternen im Wettstreit.
„Komm, tritt ein! Ich hoffe, meine Überraschung ist gelungen."
Traurig fragte Gealán:
„Warum warst du nicht da, als ich aufwachte? Ich fühlte mich allein und verlassen."
„Es tut mir leid, aber du warst mir so nah, und ich wußte mir nicht anders zu helfen, als fortzulaufen. Ich habe niemals dergleichen gefühlt, wenn ich mich an eine Frau verschenkte. Aber das Feuer deiner Leidenschaft schien mich zu verzehren. Ich kannte solche Gefühle nicht. Doch als ich dann fort war, kam ich mir herzlos vor, obwohl ich tat, was ich immer getan

hatte. Verstehst du? Und jetzt bin ich wieder hier. Du mußt nur ein Wort sagen, dann gehe ich."
Unsicher wartete er die Antwort der Frau ab, die sich zu ihm gesetzt hatte.
„Was soll ich sagen. Ich bin froh, daß du da bist. Deine Welt lehrt mich vieles über mich und meine Welt, was ich nicht wußte. Bleibe hier heute nacht. Ich möchte morgen früh nicht allein erwachen."
Zärtlich erwiderte er:
„Ich auch nicht. Máthair war vorhin kurz hier, sie wird dich morgen vielleicht besuchen. Komm in meine Arme, du Wunderschöne!"
Sáiles Tag hingegen war nicht so gut verlaufen. Mittags kam nicht Fia, um ihr etwas zu essen zu bringen, sondern Máthair, deren liebevolle, umgängliche Art sie für Hochmut hielt. Jede Freundlichkeit vergalt sie mit kühlem Schweigen. Hatte ihr diese Krähe nicht auch Gealán abspenstig gemacht? Jetzt hatte sie niemanden mehr als Fia, diese dumme Gans. Sie würde es heute nicht ertragen, noch einmal einer dieser aufgeblasenen Sidhi-Familien die Aufwartung zu machen. Es schien keine Seele zu geben, die ihr weiterhelfen konnte. Wie schwer fiel es ihr, Geduld zu bewahren und freundlich zu sein. Sie saß hier, und die Zeit zerrann ihr zwischen den Fingern.
Später war sie aufgestanden und zu den Koppeln der Pferde spaziert. Fohlen trollten umher, während ihre Mütter friedlich grasten. Ein paar einjährige Hengste übten sich im Großtun und stiegen auf, keilten aus, dann galoppierten sie davon.
Das war es, was ihr so fehlte, ihre Freiheit. Hier war sie gefangen in einer Traumwelt aus süßem Honig, aus dem zu gelangen sie immer mehr Kraft kostete. So ging es nicht mehr weiter. Sie mußte einen dieser Dummköpfe für sich gewinnen. Sáile brauchte ein Werkzeug und dazu waren Männer immer gut genug.
Später war ein hübscher Jüngling an ihr vorbeigegangen, sie von oben bis unten musternd. Er schien wohl zu wissen, was für eine Höhle sich unter ihrem Kleid versteckte. Er verweilte an den Weiden, schwang sich dann auf den Rücken eines Tieres und verschwand in Richtung Wald. Was mochte da wohl Großartiges auf ihn warten? Von ihr hätte er vielleicht noch etwas lernen können. Nun ja, sollte er zu seinem Liebchen eilen. Als sie es leid wurde, die Freiheit zu betrachten, die man ihr unrechtmäßig gestohlen hatte, brach sie wieder auf.

Wo nur Madhra stecken mochte? Mehr als zehn Tage wartete sie schon auf ihn. Nun denn, wenn er noch nicht wieder heimgekehrt war, hatte er das alte Schwert Fionns sicher gefunden. Vielleicht war er ja auch tot. Was hatte er da erzählt von einer Rechnung, die er begleichen mußte und davon, daß sie in ihrem Zelt ein Zeichen finden würde, wenn er aus der Alten Welt zurückgekehrt sei? Dafür daß er ein Mischling war, erschien er ihr doch sehr menschlich. Mit dieser Menschlichkeit konnte sie ihn für sich gewinnen. Sie würde alles tun, um seine Gunst nicht zu verlieren. Aber dann fragte sie sich auch wieder, ob er nicht vielleicht sie benutzte.
Müde schlug sie eine Stoffseite ihres Zeltes zurück, überrascht von dem Anblick ihres Lagers, schlüpfte sie schnell hinein. Ihr Nachtlager war über und über mit schwarzen Lilien bedeckt.

Ein neues Leben

Eine sanfte Hand rüttelte Amhrán wach.
„Guten Morgen, Amhrán. Ich hoffe, du hast gut geschlafen. Komm, es ist Zeit aufzustehen. Du wirst dich daran gewöhnen, so früh dein Schlaflager verlassen zu müssen. Jetzt ist die Zeit, den Tag zu begrüßen. Beeile dich, wir sind schon fertig angezogen“, flüsterte Sadv.
Im Halbschlaf zog Amhrán den Mantel Misnéachards, der ihr als Decke gedient hatte, zur Seite. Im Licht der Feuerstelle versuchte sie sich, so schnell es ging, anzuziehen. Schließlich war auch sie fertig. Gemeinsam schritten die vier Frauen vor die Tür.
Draußen war es noch dunkel, doch in der Ferne zeigte sich ein kleiner, dünner weißer Streifen. Am Ufer des Flusses standen Síochanta, Bó, Cláirseach, Rhiannon und die anderen Frauen des Covens in einem Halbkreis. Die vier Schülerinnen gliederten sich in diesen ein, wobei Amhrán sich neben Rhiannon stellte. Jetzt fühlte sie sich schon etwas sicherer. Kurz blinzelte ihr diese freundlich zu. Aufmerksam richteten alle den Blick zum Horizont. Es wurde immer heller. Alle knieten nieder, neigten ihre Köpfe und legten die Hände in den Schoß. Dann löste sich die rote Scheibe aus ihrer nächtlichen Umklammerung. Nun waren alle Augen auf diesen glühenden Quell des Lichts gerichtet, und obwohl es kalt war, brachten ihre roten Strahlen Wärme in jedes Herz. Amseln sangen ihr Lied, begleitet vom harmonischen Zwitschern der Kohl- und Blaumeisen.
Kalte Luft strömte durch Amhráns Lungen in ihr Herz. Wie schön, diesen Feuerball zu sehen, der von einem Violett über ein tiefes Rot hin zu glühendem Gelb am Himmel emporstieg. Frieden lag über der Welt. Ein neuer Tag war angebrochen. Ein Tag für neue Hoffnungen und Träume, für Taten und Gedanken. Was würde er ihr wohl bringen?
Nun reichten sich die Frauen die Hände. An ihrer rechten Hand spürte sie die feingliedrigen Finger Rhiannons, zu ihrer linken den unsicheren Griff Sadvs, die sie schüchtern anlächelte. Dann schloß Amhrán ihre Augen und ein Strom von Liebe und Kraft floß durch ihren Körper, wallte in ihr auf und kam in ihrem Bauch zur Ruhe. Entspannt lösten sich die Hände voneinander und alle beteten, jeder für sich.

Manche wie Eite hatten ihre Augen auf die Sonne gerichtet, als forderte sie jene zum Kampf heraus, andere wie Síochanta vollführten fast einen Tanz mit ihrem Oberkörper und den Armen, deren würdevolle und harmonische Bewegungen einer Anpreisung der Sonne und dem neugeborenen Tag glichen. Schließlich richteten sich alle wieder auf, verbeugten sich leicht voreinander und vor der Sonne und gingen zurück zu ihren Hütten. Nur Amhrán und Rhiannon blieben am Ufer zurück.
„Nun, mein Herz, hast du gut geschlafen?“, fragte die alte Frau.
„Oh, ja sehr, danke. Was war das hier, machen wir das jetzt jeden Morgen? Das war schön. An das frühe Aufstehen werde ich mich allerdings noch gewöhnen müssen. Und jetzt? Was machen wir jetzt? Gibt es vielleicht irgendwo etwas zum Frühstücken?“ Leicht fröstelnd erwartete Amhrán die Antwort ihrer Freundin.
„Nun, zuerst einmal freut es mich, daß du gut geschlafen hast und dir dein Vorrat an Fragen nicht über Nacht ausgegangen ist. Ich möchte nicht wissen, was noch auf mich zukommt, wenn ich dich erst richtig unterrichte. Zu deiner Frage, was das heute morgen war. Dies nennen wir die Begrüßung des Tages. Wir danken der Sonne über die Gnade auch heute wieder aufgegangen zu sein und sammeln unsere Gedanken und Kräfte, um uns auf das vorzubereiten, was der Tag uns bringt. Diese Übung dient dazu, dir bewußt zu werden, was du heute tun willst und wie du es tun willst. Wir beide werden heute die Umgebung erkunden und natürlich auch die Menschen und Tiere kennenlernen, die hier leben. Was das Frühstück betrifft, machen wir uns am besten auf den Weg, sonst lassen uns die anderen nichts mehr übrig.
Komm, es ist schön, dich hier zu haben.“
Arm in Arm schlenderten die beiden Frauen zu der Versammlungshütte, wo alle wieder an dem runden Tisch versammelt saßen. Zum Frühstück gab es ein leckeres Früchtemus, frisches, noch immer warmes Brot, süßen Sirup, köstlichen Honig und schmackhaften Käse. Amhrán aß, bis sie fast platzte. Erst dann fiel ihr auf, wie wenig die anderen zu sich nahmen und wie sie vor dem ersten Bissen noch einmal innehielten und erst dann langsam ihre Speisen aßen und den Morgentrunk tranken.
Als sie beschämt zu Rhiannon schaute, lächelte ihr diese verständnisvoll zu. Schließlich waren alle fertig und verließen die Hütte.
„Ich war wohl ein wenig zu gierig, oder?“ fragte Amhrán.
Rhiannon lächelte.

„Aber nur ein wenig. Laß uns den Abwasch machen und den Tisch abdecken! Es ist hier so, daß die letzten beim Frühstück diese Arbeit erledigen. Auf diese Art kommt eigentlich jeder einmal dran."
Nachdem Amhrán Wasser vom Brunnen geholt und die beiden Frauen gespült und abgetrocknet hatten, verstauten sie die Sachen in einem kleinen Raum, der von dem Versammlungsraum durch einen großen Stoffvorhang abgetrennt war. Hier gab es noch eine Feuerstelle, über der warme Speisen zubereitet werden konnten.
Dann führte die alte Frau ihren Schützling in der näheren Umgebung herum. Nebel stieg auf. Rhiannon wußte, wenn der erste Schnee fiel, würden sie noch lange genug in ihren Hütten sitzen müssen und sich langweilen.
„Siehst du drüben am Ufer die Häuser? Dort wohnen Collach und Carria. Vor langer Zeit haben sie sich diesen Hof gebaut und Síochanta angeboten, unseren Coven mit Lebensmitteln zu versorgen. Sie sind die Hüter eines geweihten Platzes in unserem Hain. Vor langen Jahren ließ Fionn mac Cumhail dort einen Hirsch aus Stein errichten, als Dank für seinen Gott. Aber nachdem die Fianna aufgelöst wurden, kümmerte sich niemand darum, bis die beiden ihn fanden und von dem Laubwerk befreiten. Seitdem wachen sie über diesen Ort. Manchmal nehmen sie an unseren Mahlzeiten teil. Sie kümmern sich auch um unser Vieh.
Deirdre hast du ja gestern schon kennengelernt. Sie ist das dürre Wesen, das dich den ganzen Abend nicht aus den Augen gelassen hat und eine Hohepriesterin wie ich."
Alles Gras war gelb und wirkte platt auf die Erde gedrückt. Das Schilf wehte müde im Wind. Den Bäumen des Waldes hätte Amhrán am liebsten ihren Mantel geschenkt, so erbärmlich nackt sahen sie ohne Blätter aus. Nur die Vorstellung, wie es hier im Frühling aussehen mochte, heiterte sie auf. Es war wohl das trübe Wetter, das ihre Stimmung so beeinträchtigte, auch Rhiannon war noch etwas müde und erschöpft von der Reise.
Als die beiden am Mittag zur Versammlungshütte kamen, um sich aufzuwärmen, da nur dort Tag und Nacht ein Feuer brannte, fanden sie die ganze Gemeinschaft um Bó versammelt vor.
„Ach Bó, erzähl uns doch eine Geschichte, bitte, bitte", bettelte Sadv und Caitín sagte:
„Jetzt zier dich nicht so, du sagst ja doch ja."
Bescheiden lächelte Bó.

„Nun gut, eine Geschichte. Dann setzt euch alle und nehmt euch einen warmen Schluck des guten Kräutertrankes hier, und ich will beginnen."
So ließen sich alle nieder und saßen auf dem Boden im Halbkreis um die dralle Frau, die auch gleich zu erzählen begann.
„Nun gut, heute erzähle ich euch die Geschichte von Albhine. Es geschah vor langer Zeit und geschah doch nicht, daß der Sohn des Königs der Meermänner, Ruad, seinen Ziehbruder besuchen wollte. Ruad war mit ihm aufgewachsen und als sein Bruder mannbar geworden war, von ihm getrennt worden. Sein Ziehbruder lebte jetzt jenseits des Meeres, so daß Ruad drei Schiffe mit Geschenken beladen ließ und in See stach.
Sie hatten noch nicht die Hälfte des Weges hinter sich gebracht, als sich die Schiffe plötzlich nicht mehr von der Stelle bewegten. Was immer die Männer auch taten, die Schiffe rührten sich einfach nicht vom Fleck. Schließlich sprang der Königssohn ins Wasser, um zu sehen, welche Kraft da am Werke sei. Als Ruad wieder die Augen öffnete, sah er neun wunderschöne Meerfrauen, die sich jeweils zu dritt an einem Schiff mit dem Steuerruder vergnügten.
Als die Meerfrauen Ruad sahen, schwammen sie freudig auf ihn zu und Ruad, geblendet von ihrer Schönheit, folgte ihnen. Immer tiefer tauchten sie in eine Welt der Ruhe. Kein Sturm, kein Wind vermochte sich hier auszutoben.
Bald kamen sie zu einem schönen Schloß, das hell erleuchtet im gewaltigen Maul eines Wales lag. Es war ein riesiges Schloß, denn es war der größte Wal der Welt. Die Frauen bewirteten Ruad und sangen ihm Lieder vor. Es war eine große Halle, in der sie saßen, und es war warm.
Neun Ruhebetten standen dort, neun Betten aus dem schönsten Holz gesunkener Schiffe, mit neun Daunendecken, die ihnen die Meeresvögel geschenkt hatten. Als Ruad gegessen hatte und den Meerfrauen Dank zugetrunken hatte, nahm ihm eine der Frauen den kristallenen Kelch aus der Hand und führte ihn zu ihrem Lager.
„Wer bist du?", fragte Ruad.
Leise sagte die Nixe zu ihm
„Ich bin der Schaum des Meeres, meine Haut ist weiß wie die Federn des Schwanes. Meine Liebe ist wie wirbelnder Schnee in der Winterluft, aber so vergänglich wie rinnende Tropfen."

Da verbrachte Ruad die erste Nacht mit ihr. Am zweiten Abend sah er wieder eine schöne Meerfrau, und als er den letzten Bissen getan hatte, fragte er sie:
„Wer bist du?“
„Ich bin die Welle, die Tochter des unberechenbaren Sturms, meines Vaters. Grün sind meine Haare wie Meeresgras und rosig meine Lippen. Meine Brüste sind wie die Blüten einer Seerose, doch flüchtig ist meine Liebe wie Tau auf der Spitze deiner Schiffsmasten.“
Da verbrachte der Mann die zweite Nacht mit ihr.
Am dritten Abend sah er wieder eine schöne Nixe. Sie war die Nebelfrau über den Wassern, ihre Mutter war die gute Mutter Grainne und ihr Vater der Herbst, denn sieh, ihr Leib war weiß wie der Wolken Schleiergespinste, und ihre Arme weich wie die Daunen der brütenden Eiderente.
„Oh, komm mein Geliebter, nie ruhtest du sanfter, doch wenn mich die Sonne sieht, werde ich dir entfliehen.“
Und so verbrachte der Mann die dritte Nacht mit ihr.
Die vierte Nacht verbrachte er mit dem Leuchten des Meeres, um deren Herkunft niemand weiß, und siehe, wie geheimnisvoll ein Feuer aus dem dunklen Stern ihrer Augen flammte.
„Meine Liebe ist wie flüssige Lohe und dein Herz träumt von unaussprechlicher Wonne, doch wie ein Traum verfliegt das Feuer zur Morgendämmerung.“
In der fünften Nacht weilte er bei der Muschelkönigin. Perlen bedeckten ihr nachtdunkles Haar.
„Ich offenbare dir das geheime Rauschen der Muscheln! Nichts spendet wohlsameren Schlaf, als die Musik der verborgenen purpurnen Meeresmuschel!“
Und tatsächlich hörte der Mann ein geheimnisvoll süßes Rauschen, während sie ihn liebkoste und unsagbar köstliche Vergessenheit senkte sich über ihn.
Die sechste Nacht war die Nacht der Abendröte, und die siebte Nacht die des Mondlichtes.
„Ich bin das Mondlicht über dem Meer, mein Schleier duftet herbsüß im Nachtwind, und meine Schenkel glänzen silberzart wie Schmuck aus funkelnden Fischschuppen. Sanft sind meine Küsse, und wen immer das stille Leuchten meiner Augen trifft, der wünscht sich Flügel, um sacht gegen den Sternenhimmel aufzuschweben.“

Die achte Nacht verbrachte er mit der Tochter des Lyr, des Ozeans, und einer Meeresfrau, man nannte sie auch die Strudelnixe.
Am neunten Abend aber trat die schönste und lieblichste Meerfrau an ihn heran und fragte ihn, wie es ihm denn in ihrem Schloß gefiele.
Da entgegnete ihr Ruad:
„Du edelste und hübscheste unter den Frauen hier, schenktest auch du mir deine Gunst, ich wäre der Glücklichste unter allen Sterblichen."
„Ruad, Rigdonns Sohn, willst du meiner genießen, so bleibst du mein und darfst nach keinem anderen Weibe verlangen. Flüchtige Zärtlichkeiten stehen nur im Sinne meiner Schwestern!"
„Wer bist du?", fragte der Königssohn.
„Einst war ich Tuadh, die Tochter des Königs Conaire Mór von Tara. Sorglos wuchs ich in der Obhut meines Vaters auf, bis der Zauberer Manannán mac Lyr mich begehrte und beschloß, mich zu rauben. Ein Bote, der mich gewaltsam von Tara entführte, schleppte mich bis zum Fluß Inbher Glai. Er legte mich schlafend an der Mündung des Flusses nieder, um ein Boot zum Übersetzen zu holen, denn auf der anderen Seite lag der Wohnsitz des Mächtigen.
Doch Tethra, der Gott der Wasser, erbarmte sich meiner und sandte mir eine Flutwelle, die mich hierher brachte, hierher, wo ich sicher bin vor den Nachstellungen Manannáns. Doch ich war der Herrlichkeiten überdrüssig. So stieg ich hinauf ins Licht, um einen Mann zu finden, mit dem ich zurückgehen kann an Land, in meine Heimat.
Nur dem will ich folgen, der mich von Herzen liebt ..."
Hingerissen vom Zauber ihrer Schönheit versprach ihr Ruad alles, was sie wollte. Unter der Bedingung, daß er, nachdem er seinen Ziehbruder besucht hatte, wieder zu ihr zurückkehrte, ließ sie ihn ziehen.
Ruad aber gefiel es bei seinem Ziehbruder so gut, daß er sieben Jahre dort blieb. Auf der Heimreise geriet er wieder an die Stelle, wo die Nixen einst seine Schiffe angehalten hatten. Als die Meerfrauen nun das Schiff sahen, schwammen sie ihm sogleich entgegen. Sie winkten und riefen Ruad zu, aber dieser sah sie nicht. So hielten sie das Schiff ein weiteres Mal an. Als Ruad über Bord sah, blickte er in die strahlenden Augen Albhines, neben der ein kleiner Meermann schwamm.
„Sieh her, dies ist dein Sohn, Ruad."
Aber Ruad leugnete es und verschwand in seine Kajüte. Da hörte er einen schrecklichen Schrei und einen dumpfen Schlag an der Außenwand des

Schiffes. Albhine hatte ihren Sohn getötet und gegen das Schiff geworfen. So schnell es möglich war, segelte das Schiff weiter, doch kurz vor der Küste seiner Heimat wühlte die Meerfrau eine Flutwelle auf und ließ das Schiff an den Klippen zerschellen. Ruad und seine Mannschaft kamen alle elendig zu Tode. Doch die Stelle, an der seitdem ein Fluß ins Meer mündet, heißt auch heute noch Inbher-Albhine, der Fluß der Albhine."

Sadv, die in einer anderen Ecke gesessen hatte, kam zu Amhrán herüber.

„Wie geht es dir? Es tut mir leid, daß ich dich so früh wecken mußte, aber du wirst selbst bald merken, wie wichtig dieser Ritus für dich ist, wenn du eine Weile hier bist.

Eine herrliche Erzählung war das. Niemand kann so schöne Geschichten erzählen wie Bó. Sie lehrt uns vieles durch die Geschichten, die sie an uns weitergibt."

Freundlich antwortete Amhrán.

„Das glaube ich auch, und das mit dem Wecken ist in Ordnung. Es ist ein neues Leben, das ich jetzt beginne. Ich werde mich schon noch daran gewöhnen, früh aufzustehen.

Nachdem ich heute nacht gut geschlafen habe und mein Körper sich ein wenig von der Reise erholen konnte, war das nicht schlimm für mich.

Sag, sind die Tage immer so ruhig? Ich dachte, hier wird Tag und Nacht gelernt und gebetet, und jetzt sitzen wir alle zusammen und hören Geschichten."

„Nun", erklärte Sadv, „das ist jetzt die Winterruhe. Die Zeit von Sonnenaufgang bis zu ihrem Untergang ist so kurz bemessen, daß selbst wenn wir unsere Arbeiten hier schnell erledigen, uns doch nur wenig Zeit zum Lernen bleibt. Auch können wir nicht in der Natur umherstreifen, da es zu kalt ist."

„Was meinst du denn für Arbeiten?", fragte Amhrán neugierig.

„Na, Holz sammeln, Kühe melken, Ställe ausmisten, waschen. Es wird Butter gemacht und Käse und manches mehr. Du wirst schon noch sehen, was es hier alles zu tun gibt."

Da drängelte sich eine magere Frau zu ihnen durch.

„Verzeiht, daß ich euch störe, Mädchen. Aber ich wollte es mir nicht nehmen lassen, meine zukünftige Schülerin schon jetzt zu begrüßen."

Ungeschickt schob sie sich zwischen Sadv und Amhrán, die sie mit forschem Blick musterte und fuhr fort zu sprechen:

„Sei mir gegrüßt. Amhrán, so ist doch dein Name, nicht wahr? War dein Weg weit?“
Amhrán kam sich vor wie eine Kuh auf dem Markt. Sie war nicht gewillt, die Unterbrechung des Gesprächs mit Sadv einfach hinzunehmen. Freundlich, aber bestimmt, antwortete sie:
„Sei auch du mir gegrüßt, wie sagtest du, ist dein Name? Nun, ich hatte eine gute Wegbegleitung und mit einer solchen ist kein Weg zu weit, nicht wahr, Rhiannon?“
Ihre Freundin, die zu der Gruppe trat, lächelte spöttisch, wenn auch honigsüß.
„Ich danke für dieses Lob, Amhrán, wenn ich vorstellen dürfte, das ist Deirdre, eine Hohepriesterin, die dich noch unterrichten wird.“
Das erwiderte Lächeln ließ Amhrán schnell erkennen, daß dies eine andere Hohepriesterin als Rhiannon war, mit ganz unterschiedlichen Zielen und Vorstellungen.
„Oh ja, das Vergnügen wird dir auch noch zuteil werden, Kindchen. Nun, sag mir, warum bist du doch gleich hierher gekommen?“
Ungeduldig räusperte sich Rhiannon.
„Deirdre, was glaubst du wohl, warum? Natürlich um zu lernen, oder was hast du gedacht?“
Spitz antwortete jene:
„Ich weiß nicht. Vielleicht, weil ihre Hochzeit verschoben werden mußte, damit ihr Versprochener das Blaue Schwert der Wahrheit suchen kann?“
Die Schamesröte stieg in Amhráns Gesicht und nahm ihr den Atem.
Fragend blickte Rhiannon auf. Schwach nickte das Mädchen.
„Ach, Unsinn, Deirdre. Sie ist doch viel zu alt zum Heiraten. Was du dir immer ausdenkst! Komm, Amhrán, ich zeige dir unsere Wasserhütte. Ich glaube, ich habe dir schon davon erzählt.“
Froh diesen Ort verlassen zu dürfen, antwortete diese:
„Oh ja, gerne! Deirdre, es hat mich gefreut, dich kennengelernt zu haben. Nun, wir haben uns ja heute nicht zum letzten Mal gesehen. Auf bald.“
Damit gingen die beiden hinaus.
Nachdem sie die Hütte einige Schritte hinter sich gelassen hatten, fragte Rhiannon:
„Ist das wahr, das mit dem Schwert?“
Verwirrt antwortete das Mädchen:

„Ja, es ist wahr! Aber das ist doch unwichtig für den Weg, den ich beschritten habe. Allerdings würde ich zu gern wissen, wo diese Frau davon gehört hat."
„Ach, Amhrán, du weißt noch wenig vom Leben. Es ist wie ein Fluß und jeder Tropfen, der ihn verläßt, wird eines Tages wieder zu ihm zurückkehren, als Regen, Nebel oder Schnee. Alles kehrt immer zu seinem Ursprung zurück. Weiß man bei dir zu Hause denn nichts über das Blaue Schwert? Und was hat das alles mit deiner Hochzeit zu tun?"
„Nun, Rhiannon, es ist wie Deirdre sagte. Mein Versprochener darf sich erst verehelichen, wenn er das Blaue Schwert der Wahrheit gefunden und an seinen rechtmäßigen Platz gebracht hat. Deshalb bin ich doch auch hierher unterwegs gewesen. Ich wollte nicht in meinem Dorf bleiben, und Goleudydd hat mir gesagt, das hier wäre ein guter Ort für mich.
Allerdings frage ich mich, wie Deirdre hierher gekommen ist. Ich dachte, in einem Coven wären nur Menschen, die mit sehr viel Liebe miteinander umgehen und ihre Schüler mit Weisheit und Güte erziehen."
Weise schmunzelte Rhiannon.
„Nun, mein Kind, Deirdre kam auf die gleiche Weise zu uns wie du. Sie suchte etwas. Aber sie verwechselte Weisheit mit Wissen. Schnell lernte sie alles und beherrschte die Heilkunde und anderes Wissenswerte besser als ihre Meisterin. Ihr Herz allerdings wuchs nicht im gleichen Maße wie ihr Wissen. Doch niemandem steht es zu, sie zu verurteilen, auch wenn sie eine harte Frau sein mag. Vielleicht wird sich ihr einst die Erleuchtung offenbaren.
Komm, wir wollen zurückgehen. Ich habe heute noch einiges zu tun. Denke nicht zu sehr über Deirdre nach und sage zu niemanden etwas über die Sache mit dem Schwert.
Sie hat Boten, die ihr alles zutragen und die mit der ganzen Insel in Verbindung stehen. Doch du mußt dich ihretwegen nicht sorgen. Ich zeige dir noch schnell unsere Wasserhütte. Dann kannst du dich heute vor dem Abendmahl richtig waschen."
Gemeinsam schritten sie auf eine etwas abgelegene Hütte zu.
„Siehst du, Amhrán, das ist unsere Wasserhütte. Hier gibt es Wasser in Hülle und Fülle, denn sie wird von einer unterirdischen Quelle gespeist, die auch im härtesten Winter nur selten zufriert."
Die alte Frau öffnete die Tür und führte das Mädchen in einen Raum, dessen Boden mit Holzplatten bedeckt war und dessen hinterer Teil zwei große

Becken beherbergte, von denen eines mit glasklarem Wasser gefüllt war. Auf einem Schränkchen lagen Tücher zum Abtrocknen. Auch eine Feuerstelle gab es, über der das Wasser in Kesseln gewärmt werden konnte.
„Hier ist es aber düster, Rhiannon, und kalt. Wie mache ich denn Licht, wenn ich mich später waschen will?“, fragte das Mädchen.
„Du findest alles, was du brauchst, neben der Feuerstelle. Du mußt dir eine Fackel mitbringen, bevor du herkommst. Düster sieht es nur aus, weil kein Feuer brennt und du bei dem geringen Tageslicht kaum etwas sehen kannst. Du kannst dir ja ein paar frische Sachen bei Bó holen und dich waschen. Ich habe noch zu tun. Laß uns jetzt gehen, Amhrán.“
Bald hatten sie die Hütte der vier Schülerinnen erreicht, wo sich Rhiannon von ihrem Schützling trennte. Schnellen Schrittes ging die alte Hohepriesterin zu Síochantas Hütte. Fest klopfte sie an, bevor sie das stets gleiche kühle und gelassene „Herein“ hörte.
Rhiannon trat ein und schloß die Tür hinter sich. Immer wieder befremdete sie diese Hütte, die so sidhihaft war. Die runden Wände waren mit einem dicken Stoff bespannt, der je nach dem Licht der Kerzen und der Feuerstelle die Farbe zu wechseln schien.
Verschnörkelte Linien, die allerlei Blumen und Tiere darstellten, zogen sich in einem warmen Goldton darüber hinweg. Von der Decke hingen Kräuter und Blumen, die einen beruhigenden Geruch in die Hütte zauberten. Überhaupt gab es immer frische Blumen in dieser Hütte, welche Jahreszeit es auch sein mochte. Um die Feuerstelle standen tönerne Gefäße mit allerlei Ölen und anderen kostbaren Flüssigkeiten.
Rhiannon fühlte sich nicht sehr wohl hier. Der Zorn darüber, daß Síochanta sie völlig unvorbereitet auf Amhrán treffen ließ, war verflogen. Ihr Körper entspannte sich, obwohl sie es gar nicht wollte. Es war immer das gleiche, wenn sie diese Hütte betrat. Alles, was sie an schlechten Gefühlen zurückgehalten hatte, wurde von der Reinheit dieses Raumes verschluckt. Vorsichtig ließ sie sich auf einem der vielen bunten Kissen nieder.
Síochanta saß vor einem sehr kurzbeinigen Tisch, der nicht einmal kniehoch war und bereitete einen Kräutertrank aus verschiedenen Kräutern zu. Die Tätowierung über ihren Katzenaugen schimmerte in geheimnisvollem Nachtblau. Immer wieder zog dieses Machwerk die Blicke Rhiannons auf sich. Zwei große flache Halbmonde schienen ihre Augenbrauen zu beschatten. Verbunden wurden diese durch ein helles Dreieck, auf dessen Spitze ein dunkler Mond thronte.

Dies waren die Symbole der Hohepriesterin, der Vollmond, der zunehmende und der abnehmende Mond. Gemeinsam stellen sie den ewigen Kreislauf des Lebens und Vergehens dar. Das Zeichen, das die Macht und Ohnmacht der Hohepriesterin in sich vereinigt, vor den Augen aller.
„Nun?“, Rhiannon wurde aus ihren Gedanken gerissen, „Sei mir gegrüßt, weise Rhiannon. So ist es dir denn doch gelungen, dieses kostbare Kleinod sicher zu unserer Gemeinschaft zu bringen. Ich bin sehr froh darüber. Hier, trink dies, es wird dir guttun.“
Mit einem freundlichen Lächeln reichte sie der alten Frau einen Holzbecher, aus dem es köstlich nach längst verwelkten Sommerblumen roch.
„Herrin, warum habt ihr mir nicht gesagt, wer sie ist und warum ich sie holen sollte? Vertraut ihr mir so wenig? Warum weiß sie selbst nichts von ihrer Bestimmung? Sie kommt mir vor wie ein neugeborenes Kitz, das seine ersten unbeholfenen Schritte macht und das in einem Wald, wo dunkle Schatten und wilde Tiere bald das Licht und das Heil unserer Welt verdrängt haben werden. Was soll nun mit ihr geschehen?“
Sorgenvolle Falten bildeten sich auf der Stirn der Greisin. Sanft antwortete ihr die Sidhé:
„Ach Rhiannon, ihr aus dem Kleinen Volk seid, auch wenn ihr unser Blut in euren Adern rauschen hört, sehr menschlich. Ich wollte nicht, daß du sie vorverurteilst, bevor du sie kennengelernt hast. Versteht du?
Ich traue dir sehr wohl und das weißt du. Aber ich kenne auch deine menschliche Schwäche, und um diese zu mindern, mußtet ihr zu gleichen Bedingungen eure Freundschaft beginnen. Denn dies ist es wohl, was euch verbindet, und so soll es auch sein.
Sie wird dich dereinst sehr brauchen, denn ob sie Königin wird, ist fraglicher als bei ihrem Versprochenen. Er ist es, der diese Entscheidung fällen muß, und er muß dies zum Wohle seines Volks tun.
Doch selbst, wenn sie nicht die Macht unserer Götter auf den Thron zu tragen vermag, will ich, daß du aus ihr eine gute Hohepriesterin machst, eine, die deiner würdig ist. Amhrán wird eines Tages sehr viel Macht in ihren Händen halten, und es liegt an dir, ihr beizubringen, diese gerecht und gut zu gebrauchen.“
Der warme Trank rann durch Rhiannons Adern.
„Und was ist mit Deirdre?“
„Sorge dich nicht um sie. Deirdre ist ein Werkzeug Tuans, des Hochdruiden. Sobald Solasard auf dem Thron des Hochkönigs sitzt, wird er

ihren Namen vergessen. Suche keine Schwierigkeiten, wo keine sind. Denn findest du keine, schaffst du dir dadurch nur welche. Sie wird keinem schaden, glaube mir. Kümmere du dich um Amhrán. Sie braucht dich.
Wie ich erfuhr, begegnetet ihr Misnéachard?"
„Es gibt wohl nichts, was euren hohen Augen entgeht. Ja, er traf auf uns an Samhain. Leider habe ich die Begegnung ziemlich verschlafen. Ihr wißt, verzeiht, die Sidhi sind ein seltsames Volk, und diese unerwartete Begegnung hatte mich doch sehr mitgenommen. Aber woher wißt ihr das?"
„Nun, er war auf dem Weg zu mir, als er euch begegnete. Dieses Mädchen muß eine außergewöhnliche Art haben. Misnéachard sagte mir, daß er sich nie einem Menschenkind so nahe gefühlt habe. Für ihn allein ist das schon eine sehr merkwürdige Aussage, aber es ist noch unglaublicher, da er ein Sidhí ist. Fast kam er mir seltsam berührt vor. Auch wenn ich nicht weiß wovon.
Nun denn, wenn sich das Mädchen hier eingelebt hat, wünsche ich sie zu sehen. Gib ihr als Zeichen meiner Zuneigung dies von mir. Du mußt jetzt gehen. Es wird Zeit, sich auf das Abendmahl vorzubereiten. Ich freue mich schon sehr auf ein Treffen mit ihr. Geh nun, und ich danke dir."
Rhiannon stand auf. Als sie die Hütte verließ, hielt sie in ihren Händen den blühenden Zweig einer Heckenrose.

Die drei Birken

Iolaranam und Oighrigh saßen vor einem kleinen Feuerchen, in das sie wie versteinert hineinstarrten. Immer kleiner wurden ihre Augen, immer öfter fielen sie zu und verlangten nach dem Schlaf, der ihnen zustand. Schließlich nickte Oighrigh ein. Auch Iolaranam döste vor sich hin.
Es war eine sehr ruhige und milde Nacht. Alle waren eingeschlafen, als sich auf einem der Hügel langsam drei Gestalten aus der Dunkelheit lösten. Sie waren sehr schmal und wirkten auf seltsame Art durchsichtig. Wehende Gewänder umgaben sie, viel zu leicht für diese Jahreszeit und außerdem waren sie barfuß. Doch obgleich der Weg steinig war, kamen sie leichten Fußes daher. Sie kicherten und lachten leise in einem fort, als sie das kleine Lager erreichten.
„Schau an, schau an, Menschenkinder! Fianna wie mir scheint. Den Dicken kenne ich! Erinnerst du dich, Anathahan, wie er uns einmal fangen wollte, um uns seinem alten Mütterchen zu zeigen und er dann in dem Fluß baden ging. Ich hätte nicht gedacht, daß er noch breiter werden könnte. Und wer sind die zwei da am Feuer? Die fallen gleich in die Asche. Anlaog, zieh sie mal ein Stück zurück, aber weck sie nicht auf. Wir wollen sie nicht unnötig erschrecken.
Diese Nacht hat bald ein Ende, und wir müssen uns langsam einen Platz zum Ausruhen suchen. Unser Weg ist lang gewesen, aber ich glaube, daß wir unser Ziel erreicht haben."
Eine der drei Gestalten berührte Iolaranam leicht an der Schulter, als dieser entsetzt die Augen öffnete.
„Wer? Was seid ihr? Ich ..."
Schon legte sich ihm eine frühlingsleichte Hand auf die Lippen.
„Anathahan, sprich mit dem Feuer, ich möchte in seine Augen sehen."
Sogleich setzte sich einer der drei vor das Feuer und sprach in einer sehr seltsamen Sprache auf die Asche ein. Langsam glomm sanftes Licht auf, bis ein kleines grünliches Flämmchen über der Glut stand.
„Sei mir gegrüßt, Menschenkind. Ich bin Shasza, ein Kind der Waldelben. Ich werde jetzt meine Hand von deinen Lippen nehmen. Du wirst hoffentlich nicht schreien, nein, das wäre gar nicht gut."

Langsam zog die Elbin ihre Hand zurück. Heftig schnappte Iolaranam nach Luft.
„Ihr seid was? Ich hatte die Sidhi erwartet. Solche wie euch sehe ich zum ersten Mal. Wo kommt ihr her, und was tut ihr hier?“
Verwundert musterte Iolaranam die drei Gestalten, die nun vor ihm standen. Auch er stand auf. Der Führer der Fianna mochte es nicht, wenn auf ihn hinabgeschaut wurde.
Das, was da vor ihm stand, waren auf keinen Fall Sidhi. Wie Kinder wirkten sie auf ihn, so verspielt und gewitzt wechselten sie die Blicke. Aber am meisten erschrak er über ihre Augen. Sie waren grün, und es kam ihm vor, als leuchteten sie. Ihre Körper waren so schmal, daß er schätzte, man könne ihnen nicht einmal mehr die Knochen brechen, sondern sie nur verknoten.
Als sie glaubten, er habe sie lange genug betrachtet, antwortete die Frau mit einer flötenden Stimme:
„Wir sind Waldelben. Wohl glaubte euer Volk, daß wir von unserer Insel verschwunden wären, aber es gibt uns noch. Auf unseren langen Wanderungen begegneten wir einem Gefolge des Hohen Volkes. Jene wissen von unserer Schnelligkeit, wenn wir des nachts still reisen, und sie baten uns, einem der Fianna eine Botschaft zu überbringen.
Nennt man dich Iolaranam, die Adlerseele?“
Verdutzt antwortete Iolaranam:
„Ja, das ist mein Name, aber wer schickt euch?“
„Nun“, fuhr die Elbin fort, „dies zu sagen wurde uns nicht gestattet, wohl aber sollen wir dir ausrichten, daß du nicht nach Norden ziehen sollst, sondern nach Osten nach Cill-dara. Am besten folgst du der Breiten Straße. Dort werdet ihr den Knappen Fionns finden.
Nun muß dein Geist aber ruhen. Schlafe wohl, Iolaranam, die Göttin möge deine Träume behüten.“
Dann berührte sie den Mann mit Zeige- und Mittelfinger an der Stirn, und Iolaranam fiel um wie ein Sack Mehl.
„Ob er sich erinnern wird, wenn er aufwacht, Shasza?“, fragte einer ihrer Begleiter.
„Das wird er. Laß uns nun einen Platz suchen, wo wir ruhen können. Die Anhöhe dort oben wäre gut.
Es wird zwar kein Wasser geben, und die Erde ist nicht fruchtbar, sondern steinig, aber wir werden guten Halt haben.

Auf, auf, Anlaog und Anathahan, meine Freunde, schon spüre ich das Licht des Tages nahen."
Nach einiger Zeit verstummten auch diese Stimmen im Morgenwind, der die müden Wolken der Nacht vor sich hertrieb. Dann tauchte die Sonne aus ihrem Nachtlager auf. Schützend wie man einen dicken Mantel überstreift, breitete sie ihre roten Strahlen aus, vertrieb das Dunkel der Nacht, bis auch der Morgenstern vor Müdigkeit seine leuchtenden Augen schloß. Nicht eine Wolke stand am Himmel, als die ersten Strahlen sich unter die Lider Iolaranams stahlen und hin- und hertanzten. Mit den Händen wollte er sie aus seinen Augen reiben, aber das Tageslicht ließ sich nicht vertreiben.
Neben ihm schlummerte Oighrigh friedlich, ein warmes Lächeln auf den jungen Lippen.
„Junge, wach auf! Du glaubst nicht, was ich geträumt habe. Niemals. Sieh dir das an. Wie die alle schlafen. Selbst Seabhaceo ist noch nicht wach. Das gibt es doch nicht. Auf Leute, wacht auf! Es ist Zeit zum Aufstehen!"
Nur sehr langsam gab jeder ein Lebenszeichen von sich. Mühsam krochen sie aus ihren Decken hervor, als schienen sie verwundert, sich hier in dieser Wildnis vorzufinden.
Camchéachta erhob als erster seine Stimme.
„Ich hatte vielleicht einen merkwürdigen Traum. Ich war wieder in der Hütte meiner Mutter, und sie erzählte mir eine Geschichte zum Einschlafen. Alles war genauso wie früher, als wäre es erst einen Augenblick her. Selbst an den Geruch ihres Apfelkuchens kann ich mich noch erinnern."
„Bei mir war es auch so", rief Sliabhan.
„Alles war genau wie damals, bevor ich meine Familie verließ. Ich höre noch das Flötenspiel meines kleinen Jungen."
So meldete sich jeder zu Wort bis auf Oighrigh. Der saß nur grinsend vor dem Feuer und sagte gar nichts, was aber nicht weiter auffiel in dem Durcheinander. Das Gezeter wollte auch nicht abbrechen, als alle ihre Sachen zusammengepackt hatten und um das Feuer saßen. Cionás Kräutertrank dampfte aus dem Becher eines jeden, und das Brot schmeckte heute morgen auch besser als gestern. Nur Cioná stand wieder bei den Pferden und hielt sich abseits.
Schließlich wurde es Iolaranam zu bunt und er rief dazwischen:
„Bitte, darf ich euch unterbrechen. Ich würde nämlich auch gerne noch etwas sagen."

Endlich wurde es still am Feuer. Iolaranam hob wieder seine Stimme an: „Wir sind nun in der Nähe von Traigh-Li. Von dort werden wir nach Luimneach ziehen und nicht, wie eigentlich geplant, weiter an die Mittelküste, sondern durch die Wälder unseres Landes quer hindurch nach Cilldara reiten. So sagte es mein Traum und so werden wir es auch halten. Ich denke, die Götter schicken solche Träume, um uns zu helfen, oder?"
Trocken antwortete Oighrigh:
„Es war kein Traum, Iolaranam. Alles, was du glaubst, geträumt zu haben, ist wirklich geschehen. Hier und heute nacht. Ich habe sie auch gesehen. Allerdings hat dir wohl niemand beigebracht, dich schlafend zu stellen, wenn es die Neugier der Mutter erfordert."
Crónachan und Gormeala lächelten sich zu. Sie hatten viele Dinge, die sie liebten, heimlich tun müssen, weil es Kindern oder vor allem Mädchen nicht erlaubt war.
Iolaranam fiel der Becher aus der Hand.
„Könntest du das bitte wiederholen?"
Über beide Backen grinsend sprach der Junge.
„Ich sah sie von der Anhöhe kommen. Du warst schon eingenickt. Niemals habe ich schönere Wesen auf dieser Welt gesehen ... besonders ihre Anführerin! Shasza ist ihr Name, und sie ist die Anmut selbst. Ihr Gewand war so zart wie die Gischt der Brandung, wie ein duftender, zarter Nebel umwallte es sie. Sie kam daher mit ihrem wehenden Haar, das die Farbe von Wasserlilien hatte, schimmernd wie glänzendes Gold.
Die Sterne ließen ihr Gewand funkeln, als trüge sie selbst welche am Leib. Herrliche Verzierungen zogen sich über das Kleid. Sie war so schön anzusehen. Ihre Haut war bleich wie der Schnee einer einzigen Nacht, und doch wußte ich, daß es keine weichere Haut gibt als die ihre.
Die Seiten ihres Körpers waren geschwungen wie eine Harfe. Ihre Hüften waren rundlich wie ein Sommerapfel und ihre Beine waren so zierlich wie die eines Rehs im Frühjahr, und sie sprang an unser Feuer fast mit eben solcher Leichtigkeit. Ich habe niemals ein schöneres Geschöpf gesehen.
Meine Augen sahen dies Antlitz neben mir. Sanft beschienen vom abnehmenden Mond. Ihre Augenbrauen waren schwarz wie die Flügel einer Libelle und ebenso lang. Ihre Augen waren leuchtend grün wie frisches Gras, auf dem die Sonne tanzt. Stolz sprang aus diesen königlichen Augen. Ihre Nase reckte sich witternd frech in die Nachtluft.

Ihre lieblichen Wangen waren wie der Fingerhut auf dem Moor und auf jeder Seite hatte sie Grübchen. Ihre Lippen waren rot wie der Klatschmohn auf den Feldern und ihre Zähne weiß wie Perlen. Ihre spitzen Ohren waren so schön wie die Enden eines weißen Fuchsohres.
Sanfte weibliche Würde lag in ihrer Stimme, gemessen war ihr Schritt, der Gang einer Königin. Sie ist die lieblichste und vollkommenste Frau der Welt: Sie muß eine Elbin sein."
Ungeduldig brummte Camchéachta:
„Jetzt ist es aber gut. Mir scheint, sie hat deine Stirn geküßt, bevor sie uns verließ und deinen Geist etwas mit ihrem Aussehen benebelt. Vielleicht könntest du dich ja doch etwas kürzer fassen und erzählen, was dann geschah."
Oighrigh, der es sichtlich genoß, im Mittelpunkt aller zu stehen, antwortete gereizt:
„Dann war alles genauso, wie Iolaranam es erzählt hat. Die Anführerin sagte, wir sollten gen Osten ziehen, weil wir dort den finden, den wir suchen. War das kurz genug? Hättest du sie nur gesehen, Camchéachta, du wärst ihr überallhin gefolgt, selbst in die Andere Welt, wenn es sein müßte. Ihre Augen ..."
„Ja, mein Junge, wir wissen, wie frisches Gras, auf dem die Sonne tanzt. Aber jetzt sollten wir endlich aufbrechen. Sonst sitzen wir nächstes Jahr noch hier und warten auf ein Wiedersehen", mischte sich Dúghorm ein.
Alle Augen waren auf Iolaranam gerichtet.
„Nun denn, Leute, auf zu den Pferden. Sehen wir erst einmal zu, daß wir von den verdammten Bergen herunterkommen."
Noch steif in den Gliedern rollten sie ihre Decken zusammen, verschnürten sie und knoteten sie an ihre Reisesäcke. Cioná rieb den Kessel mit nassem Gras aus und verstaute ihn. Seabhaceo trat das Feuer aus und versicherte sich, daß niemand etwas zurückließ, was später vielleicht gebraucht werden würde.
Alle stiegen auf und richteten sich nach der Geschwindigkeit, die Iolaranam vorgab. Der verschaffte sich einen Überblick über die Strecke, die noch vor ihnen lag.
Das Gebirge wurde immer öder und steiniger, bald war noch nicht einmal mehr Gras zu finden, nur harter Steinboden. In machen Tälern lagen Seen wie Pfützen. Hier gab es kein Leben. Nicht einmal Vögel waren zu sehen. Es schien, als meide alles Leben dieses Gebirge. Vorsichtig suchten sie

sich ihren Weg. Die Stille wurde fast hörbar und drückte auf ihre Gemüter, so daß die Fianna ein gutes Stück voranpreschten, um dem allen zu entfliehen.
Jedes Lächeln war aus den Augen der Gefährten gewichen. Voller Ernst waren sie auf dem Weg. Am Nachmittag ging es endlich bergab. Immer wieder stolperten die Pferde, aber niemand bat um eine Unterbrechung. Mehr und mehr Steine und Felsbrocken behinderten jetzt den weiteren Verlauf ihrer Reise. Bald mußten sie ihre Pferde an den Zügeln zwischen gewaltigen Steinen hindurchführen oder gar selbst einige kleinere Felsbrocken vom Weg schaffen, um manche Stellen zu passieren. Manchmal löste sich Geröll über ihnen und kleine Lawinen rasten über den Weg ins Tal. So wurde es immer mühsamer und schwieriger weiterzugehen.
Sie waren dennoch ein gutes Stück vorangekommen, als sie begannen, nach einem Nachtlager Ausschau zu halten. Abends fanden sie einen Schlafplatz hinter ein paar großen Felsen. Früh am nächsten Morgen brachen sie wieder auf, um ihre Reise fortzusetzen.
Diesmal ritten Crónachan und Gormeala voraus und schauten sich nach einem Platz zum Lagern um. Sie fanden einen kleinen Weiher, an dem sie wenigstens ihre Pferde tränken konnten und ritten dann zurück.
Mittlerweile war es nachts so kalt, daß Iolaranam beschloß, einen Teil des Schilfs zu schneiden und daraus ein Lager zu machen, auf dem alle schlafen sollten. Zu diesem Zweck schickte er Sionnach, Glaslasair und auch Cioná los. Eine schweigsame Gesellschaft, die aber viele Garben schnitten und diese dann mit Hilfe von Crónachan und Gormeala zu einem viereckigen Schlafplatz aufschütteten.
Nur noch wenig war von den Lebensmitteln, die ihnen der Gutsherr kurz vor Aufbruch der Reise geschenkt hatte, übrig. Hartes Brot und getrocknete Wurst. Nun, sie hatten schon weniger zu essen gehabt und beklagten sich nicht, auch wenn ihre Mägen ein herrliches Lied zusammen knurrten.
Dieses Mal wurde nicht am Feuer gelacht oder gescherzt. Jeder war müde und erschöpft, und alle schliefen ein bis auf Camchéachta und Dúghorm, die gemeinsam am Feuer saßen. Der Herrin sei Dank hatten sie dem Packpferd, das ihnen der freundliche Gutsherr ebenfalls geschenkt hatte, einiges an Holz aufgebürdet, das sie im letzten Tal gefunden hatten.
Gähnend ließ Camchéachta seinen Blick über das Lager schweifen. Da lagen Sionnach und Iolaranam eng aneinander geschmiegt unter einer Decke.

Auch Crónachan und Gormeala hatten sich ein gemeinsames Eckchen gesucht. Cioná hatte es sich bei den Pferden bequem gemacht und Gleannglas und Sliabhan schliefen in ihrer Nähe.
Glaslasair schnarchte ihre Lieblingslieder, und Seabhaceo hatte sich in den Schlaf gebetet. Nur Oighrigh döste neben Camchéachtas leerem Platz und blinzelte zuweilen aus seinen grünen Augen hervor, um die beiden Wachhabenden zu belauschen. Das Feuer, das sie entfacht hatten, brannte nur noch mit einer kleinen Flamme.
„Das ist schon merkwürdig, was uns da Iolaranam und der Junge erzählt haben“, brummte der Große Bär.
„Ja, wir sind in seltsamen Zeiten unterwegs. Alles scheint im Umbruch zu sein. Alte vergessene Geschlechter wandeln wieder über unsere Insel und helfen uns. Obwohl ich sagen muß, daß mir das Ganze schon sehr, sehr sonderbar erscheint. Ich meine, vielleicht haben sich die beiden ja auch einfach geirrt, und es waren keine Elben, sondern eben nur eine wunderschöne Frau und zwei Männer in ihrer Begleitung.“
Aufbrausend antwortete Camchéachta:
„Jetzt hör aber auf. Der Junge würde nie lügen und Iolaranam schon gar nicht. Jedenfalls würde er uns nicht anlügen. Wenn Iolaranam sagt, daß er eine Waldelbin gesehen hat, dann hat er auch eine gesehen.“
„Und wenn Iolaranam sagt, er hat ein fliegendes Pferd gesehen, hat er dann auch eines gesehen?“
Beleidigt antwortete der Dicke:
„Und ob!“
„Mit Sicherheit nicht!“, entgegnete der Blaublütige.
„Du glaubst wohl auch nur, weil in deinen Adern adliges Blut fließt, wärst du gleich ein besserer Mensch, was?“
„Gut, gut, gut. Ich gebe ja schon auf. Iolaranam und Oighrigh haben eine Waldelbin gesehen. Ist es jetzt wieder gut, alter Sturkopf?“
„Mmh“, knurrte der Angesprochene zurück und schwieg.
Dúghorm indessen setzte sein Gespräch fort.
„Nun ja, trotzdem würde ich einfach zu gerne wissen, warum uns diese Hochelben helfen und sogar noch Waldelben in diese Sache mit hineinziehen. Es könnte gewissermaßen so sein, daß die Hochelben ein Augenmerk auf diesen Thronfolger geworfen haben und wollen, daß wir ihn uns einmal näher ansehen.

Aber das könnten sie ja auch alleine tun. Dafür brauchen sie doch uns nicht. Was ist es demnach, was uns für die Hochelben so anziehend macht? Was haben wir, was sie nicht haben?"
Camchéachta blickte gleichgültig zur Seite und tat so, als ginge ihn das alles gar nichts an. Um dies ganz besonders zu unterstreichen, erhob er sich, ging einige Schritte vom Lager weg und summte leise ein kleines Liedchen, während er anderweitig beschäftigt war.
Als er nach geraumer Zeit wieder ans Feuer zurückkehrte, konnte er einen Dúghorm sehen, der sich fest auf die Schenkel klopfte und lauthals lachte.
„Ich hab's, Mann, ich hab's. Auf, frag mich schon warum, komm schon, alter Bär. Ich werde auch nie wieder behaupten, das wären keine echten Waldelben gewesen gestern abend."
„Das würde ich dir auch nicht raten, junger Mann", meldete sich da eine selbstbewußte, frühlingshafte Stimme aus der Finsternis.
„Camchéachta, hör auf mit dem Unsinn. Ich glaube es dir ja", antwortete Dúghorm.
„Ich, ich hab doch gar nichts gesagt, du Hampelmann. Du willst mich doch hier auf den Arm nehmen", brummelte der Angesprochene.
Da trat aus dem Schatten genau jenes Wesen, das Oighrigh so vortrefflich beschrieben hatte.
„Seid mir gegrüßt, meine edlen Herren. Mein Name ist Shasza, und wie nennt ihr euch?"
Verdutzt schnappte Camchéachta nach Luft, bekam aber kein Wort über seine Lippen. Dúghorm hatte sich zuerst wieder gefangen und antwortete höflich:
„Seid mir gegrüßt, edle Shasza. Dúghorm mac Bradán, zu euren Diensten."
Freundlich nickte ihm die Waldelbin zu und wandte ihren Blick auf einen sehr verlegenen und rotgesichtigen Camchéachta.
„Und ihr?"
„Ich? Camchéachta, Herrin, einfach Camchéachta."
„Verzeiht, Herrin, wenn ich unhöflich erscheine, aber wo sind eure beiden Begleiter?", fragte der Blaublütige.
Gekonnt zog sie eine ihrer Augenbrauen hoch und fragte:
„Welche Begleiter?"
„Nun", antwortete Dúghorm, „ihr hattet doch gestern zwei Begleiter bei euch, oder nicht?"

„Wie immer ihr das auch herausgefunden habt“, erwiderte die Elbin, „sie sind nicht mehr bei mir. Ich habe sie mit wichtigen Nachrichten weiter gesandt. Ich werde auch nicht lange bleiben. Wenn es euch recht ist, möchte ich nur ein Weilchen an eurem Lager sitzen und dann wieder gehen.“
„Ja, ja, und morgen früh wachen wir dann auf und haben alles geträumt. Nein, nein, so geht das nicht, nicht mit mir. Wenn es sein muß, halte ich euch die ganze Nacht fest. Aber ihr bleibt hier, bis ich das Lager geweckt und allen gezeigt habe, daß Iolaranam und Oighrigh nicht gelogen haben, Herrin. Dann könnt ihr gerne gehen, wohin der Wind euch weht.“
Mit einem Satz packte der Riese die zierliche Gestalt, die ihm blitzschnell mit ihren Fingern über die Stirn strich.
Noch im Angriff schloß Camchéachta seine Augen und fiel zu Boden.
„Nun, ihr gedenkt dies wohl später auch mit mir zu tun. Ich bin ja nicht so leidenschaftlich wie dieser Dickkopf. Aber wenn ich fragen dürfte, was führt euch heute wieder an unser armseliges Feuer?“
Aufmerksam beobachtete Dúghorm jede Bewegung der Frau, als sie sich zu ihm setze.
„Oh, das ist ganz einfach. Ihr habt meine Neugier geweckt. Die Hochelben erzählten mir so einiges über eure Reisegruppe. Da dachte ich mir, es könnte lehrreich für mich sein, eine Zeitlang mit den Menschenkindern zu wandern. Aber mein Erscheinen störte deine Gedankengänge. Laß mich nur einfach hier sitzen und dir lauschen. Vor Sonnenaufgang werde ich ohnehin verschwunden sein, und du wirst glauben, daß du nur geträumt hast.“
Dúghorm betrachtete dieses Wesen aus einer vergangenen Zeit, ließ seinen Blick über sie gleiten und erinnerte sich an all die Frauen in seinem Leben. Doch keine war bei weitem so schön, wie es sein Gegenüber war. Sie bedurfte nicht des Kohlestiftes für die Augen oder des Kalkes für ihr Haar. An ihr war alles gut, und alles war gut, wie es war. Noch einmal glitt sein Blick über die Frau, und dies Bild verschloß er tief in seinem Herzen. Niemals würde er sie vergessen.
„Nun, wenn ich dir helfen soll, du warst gerade dabei herauszufinden, warum ihr so wichtig für die Hochelben seid oder besser, was ihr habt, was sie nicht haben oder vielleicht brauchen. Nun, Dúghorm mac Bradán, ich höre.“
Wie aus einem süßen Traum gerissen starrte der Blaublütige sie an.
„Oh, ja, natürlich. Nun, ich denke, es ist das Herz und die Hand unseres Volkes, das ihnen fehlt. Sie können auf den Thron setzen, wen immer sie

wollen. Wenn das Volk ihn nicht als Hochkönig annimmt, muß er einem neuen weichen. Und ein Hochkönig, der mit dem Einverständnis der Fianna herrscht, herrscht auch mit dem Einverständnis des Volkes. Demnach ist seine Herrschaft zweifach gesichert."
„Bei dieser Rechnung habt ihr nur eine klitzekleine Kleinigkeit vergessen, werter Herr."
Schmunzelnd lächelte die Waldelbin und ihre grünen Augen blitzen gefährlich.
„Und dies wäre?"
Dúghorm wartete gespannt auf die Antwort seiner Frage.
Zuckersüß glitt ihr nur ein einziges Wort über ihre Lippen.
„Tara!"
„Wie meint ihr das?", fragte der Blaublütige.
„Nun, ginge es hier um den ersten König eines Landes, könnte ich deinen gescheiten Worten nicht widersprechen. Doch hier sieht dies ganz anders aus. Wir haben schon einen Kuckuck in unserem Nest, und wir wissen, was diese Vögel von Bruderliebe und vom Teilen halten, geschweige denn vom Abdanken. Broc mac Cíocras würde niemals freiwillig seinen Thron an einen anderen abtreten. Er wird mit allen Mitteln, die ihm zur Verfügung stehen, die Macht behalten, solange er kann. Er mag alt und gebrechlich, schwach und ängstlich sein, aber er wird sich diesen Thron nicht nehmen lassen."
„Aber was ist es dann, was die Hochelben an uns finden?", fragte Dúghorm ratlos.
„Die Antwort auf diese Frage wirst du dir eines Tages selbst geben können. Ich muß dich nun leider verlassen, edler Dúghorm. Die Sonne wird bald aufgehen, und bis dahin muß ich mir einen Platz zum Schlafen gesucht haben. Lebt denn wohl, vielleicht sehen wir uns wieder in deinen Träumen, edler Herr."
Mit einer sanften Bewegung strich sie durch sein weißes Haar, bevor sie ihn mit ihren Fingern an der Stirn berührte. Langsam schlossen sich seine Augen, fast als kämpften sie gegen diesen heilsamen Schlaf. Dann sackte auch er zusammen. Vorsichtig deckte sie ihn mit seiner Decke zu, bevor sie das Lager in Richtung Berge verließ.
Einmal noch drehte sie sich um, dann ging sie davon.
Die Sonne fand das Lager schlafend vor, als sie ihre Strahlen über das Land sandte. Überall lagen die Gefährten in ihre Decken gehüllt, diese bis unters

Kinn gezogen und merkwürdig lächelnd im Schlaf. Das änderte sich erst zur Mittagszeit, als Iolaranam endlich aufwachte. Das Sonnenlicht blendete ihn, und zuerst sah er gar nichts.
Laut rief er den Schlafenden zu:
„Auf, auf, ihr Krieger. Es ist schon mitten am Tage, wacht auf!“
Langsam nur erwachten alle, langsam und trotz des langen Schlafes noch sehr müde. Bei Camchéachta und Glaslasair war es unwahrscheinlich, daß sie heute überhaupt noch wach würden. Alle hatten sich wieder in ihre Decke gewickelt und haderten mit ihrem Schicksal, als Dúghorm anfing zu sprechen.
„Sie war wieder da.“
„Wer?“, fragte Iolaranam.
„Na, ja, die Elbin“, antwortete der Blaublütige.
„Ihr hättet sie sehen sollen. Ihre Augen waren moosgrün und ihre Lippen so rot wie ein Winterapfel, oh, war sie schön. Niemals sah ich eine Frau von solcher Anmut und klug war sie. Klüger noch, als sie schön war.“
„Dies, mein Lieber, sind ja wohl zwei Dinge, die sich bei Frauen ausschließen“, mischte sich Seabhaceo, der Nebelfalke, ein.
„Ach, schweig, du Narr, und bete. Niemals hattest du die Gnade ein solches Wesen sehen oder gar berühren zu dürfen, aber über mein Haar strich sie mit ihren holden Fingern und ...“
Gerade wollte Dúghorm wieder Luft holen, als Iolaranam fast zu platzen schien.
„Schluß jetzt damit, Dúghorm. Sind wir denn alle verrückt geworden? Was, bitte, Dúghorm, was hat sie gesagt? Das ist doch eine ganz einfache Frage, nicht wahr? Wäre es dir vielleicht möglich, sie auch einfach, kurz und bündig zu beantworten?“
„Nun, was sie sagte, war nicht wichtig für uns. Ich meine, es war keine Wegbeschreibung oder so etwas in der Art. Viel mehr lenkte sie mein verirrtes Augenmerk auf Tara, weil ich es außer acht gelassen hatte, und dann kam sie und half mir.“
Dúghorms Augen hatten einen sehr seltsamen glasigen Glanz.
Kaum hatte der Blaublütige geendet, fing Gormeala an zu sprechen.
„Es war wieder wie letzte Nacht. Ich war zu Hause am Hof meiner Eltern und mußte das artige Kind spielen. Es war furchtbar, obwohl ich mich irgendwie wohl gefühlt hatte in diesem Traum. Alles war so einfach. Je-

der gehorchte mir und schien mir gefallen zu wollen. Aber jetzt bin ich wieder hier, und, Freunde, ich bin sehr froh darüber."

Alle lachten laut auf.

Dann wachte, oh Wunder, auch Camchéachta auf.

„Wo, wo ist dieser blaublütige Kerl? Vorne Herrin, hinten Herrin. Oh, noch nie habe ich so einen schönen Hintern gesehen und die Vorderseite erst. Oh Herrin! Das nenne ich ein Weib. Aber dieser Schmalzlappen muß sie ja mit seinem vornehmen Gewäsch um die Finger wickeln. Wo ist sie?"

„Fort, mein Dickerchen, fort, der Herrin sei Dank. Ich komme mir langsam vor wie ein Aufseher über eine Horde Verrückter", fluchte Iolaranam.

„Aber Iolaranam, du hast sie doch auch gesehen", kam es den beiden Nachtwachen gleichzeitig über die Lippen.

„Meine Elbin schlief heute nacht in meinen Armen ein und wachte auch in eben jenen wieder auf. Als denn, erspart mir euer Geschwätz. Los, Aufbruch, damit wir wenigstens noch ein Stück vorwärts kommen."

Geschäftig eilten sie umher, um sich ein wenig an dem Weiher zu waschen. Wer wußte, wann sie das nächste Mal Gelegenheit dazu haben würden. Iolaranam packte gerade seine Decke, um sie auszuschütteln, als sein Blick an einem leeren Schlafplatz im Lager hängenblieb.

„Wo ist Oighrigh?"

Leise kamen ihm diese Worte über die Lippen und doch hatte sie jeder gehört. Alle Blicke wandten sich dem Schlafplatz des Jungen zu.

Aber so lange sie auch auf seine Decke starrten, der Junge blieb verschwunden.

Das Angebot

„So mein Junge, jetzt noch einmal ganz langsam von vorne. Wer bist du, woher kommst du, und warum verfolgst du mich?“
Saileach holte Luft und blies den Atem über die Stirn.
„Könnt ihr mir nicht die Fesseln lösen. Ich kann meine Hände schon nicht mehr spüren, Herr?“
Scathcrobh blieb hart.
„Den Vogel halte, wer ihn hält. Er wird ihn nicht so bald zum zweiten Male fangen. Sprich, Saileach, oder wie ist doch gleich dein Name?“
„Mein Name ist Saileach. Ich folgte dir seit Tara und gehöre zum Kleinen Volk. Als euer heldenhafter Hauptmann vor kurzem unseren Alten Mann besuchte, erzählte er davon, daß er einen Mann aussenden würde, der herausfinden sollte, wer der neue Thronanwärter ist. Dair versprach ihm, einen Mann auszuschicken, der euch helfen und unterstützen sollte, meinen Vater.“
Scathcrobh rieb sich über seinen Kopf.
„Wenn er aber deinen Vater schickte, warum bist du dann hier?“
Der Junge schmunzelte.
„Nun, mein Vater war nicht ganz wohlauf, so ging ich. Schließlich bin ich auch jünger, und eine solche Reise ist eine Bewährung für mich. Ich hätte dann endlich auch eine Geschichte zu erzählen an den großen Feuern.“
Das Auge Taras sah den Jungen ernst an.
„Du willst mir demnach sagen, daß Dair mir eigentlich deinen Vater zur Hilfe schicken wollte, und ich jetzt einen Jungen hier habe, der eher meiner Hilfe bedarf?“
Stolz streckte der Gefesselte seine Brust vor.
„Ich bedarf deiner Hilfe nicht! Ich kenne mich gut aus in Wald und Feld, und außerdem bin ich nicht allein.“
Scathcrobh sah sich um.
„Und wo ist dein unsichtbarer Freund, wenn ich einmal fragen darf?“
Ein seltsamer Pfiff entglitt Saileachs Lippen. Einige Zeit geschah gar nichts. Dann kam eine Antwort von oben. Scathcrobh hob den Kopf und über ihm stand wieder dieser Sperber in der Luft. Diesmal allerdings stürzte

er genau auf ihn zu. Mitten im Flug fing sich der Vogel ab und flatterte nun hin zu dem, der ihn gerufen hatte.
„Das ist Halil, eine Freundin. Sie begleitet mich, wenn ich unterwegs bin."
Das große Weibchen saß auf einem Ast, und das Sonnenlicht fiel auf ihr gräulich-weiß gestreiftes Gefieder. Neugierig blickte sie hin und her. Dann schüttelte sie sich und stieg wieder auf zu den Wolken.
„Schöner Vogel! Wird eine nette Mahlzeit, wenn wir einmal hungern sollten."
Zornesröte stieg dem Jungen in den Kopf, heftig rüttelte er an den Fesseln, die ihn hielten.
„Sie ist eine Freundin und kein dummes Huhn, das man schlachten kann, wenn es einem beliebt. Alles, was sie kann, habe ich ihr beigebracht, und du willst sie essen. Du Narr! Wenn du sie tötest, werde ich dich auch töten, Schwarzer!"
Dies war wohl der wunde Punkt des Jungen, gut zu wissen, dachte sich das Auge Taras.
„Mein Name ist Scathcrobh, nicht Schwarzer. Ich werde deinem geflügelten Freund schon nichts tun."
Dann zog er ein Messer aus seinem Stiefel. Saileachs Augen wurden groß und größer. Doch der Späher schnitt nur die Fesseln durch. Der Junge rieb sich seine Gelenke, bis wieder Blut in die fast abgestorbenen Finger floß.
„Und was machen wir jetzt? Wie geht es weiter, Scathcrobh?"
Der Mann fuhr sich grübelnd über seinen Kopf.
„Nun, wir werden heute bis nach Ath-Luain kommen. Dort werden wir auf einem Boot verschwinden. Ich hoffe zwar, daß du der einzige bist, der mich verfolgt, aber sicher ist sicher. Dann fahren wir nach Cluain-maccu-Nois und werden einer jungen Dame einen Besuch abstatten.
Wir sollten jetzt aufbrechen, der Tag wartet nicht auf uns mit seinem Fortgang. Ach, warte mal, in der Hose kann ich dich unmöglich herumlaufen lassen. Die Leute in Ath-Luain sind sehr neugierig, und jemand wie du würde ihnen gleich auffallen. Ich werde dir eine von meinen geben, die wird dir wohl passen."
Scathcrobh ging an seine Satteltasche und holte eine, wie sollte es anders sein, schwarze Bracca und ein Hemd dazu heraus. Beides war dem Jungen ein wenig zu groß.

Der Späher nahm die Zügel von Bás auf und los ging es. Schweigsam marschierten die beiden nebeneinander her. Neben ihnen das Pferd, über ihnen der Ruf des Sperbers.
Sie kamen gut voran. Am Nachmittag erreichten sie Ath-Luain. Sie hielten sich nicht lange in der Stadt auf. An einem Brunnen tränkten sie das Pferd. Dann zogen sie zum Ufer der Siona. Am Anlegeplatz lag ein größeres Schiff. Scathcrobh gab dem Eigner eines seiner kleineren Beile, damit er, Saileach und das Pferd bis nach Cluain-maccu-Nois mitgenommen würden. Halil würde ihnen in der Luft folgen. Sie konnte alleine für sich sorgen.
Am nächsten Morgen in aller Frühe sollte es losgehen. Schlafen konnten sie allerdings nicht an Bord, so daß sie sich nach einem geeigneten Schlafplatz umsehen mußten. Auf der Suche nach diesem fiel ihnen ein merkwürdiger Mann auf. Er hätte zu ihnen gehören können wegen seiner schwarzen Kleidung.
Saileach stutzte.
„Hast du den Kerl da gesehen, Scathcrobh? Ich habe ihn schon einmal auf der Breiten Straße gesehen, als ich dir folgte. Er reitet ein Pferd, in dem du Bás zweimal verstecken könntest, und es ist so schwarz wie die Seele seines Herrn. Er ist kein guter Mann."
Scathcrobh antwortete mit ernster Miene:
„Ich schätze, du hast recht. Komm, laß uns einen Platz zum Übernachten suchen. Bás werden wir in einer Schmiede unterbringen, da soll er sich auch endlich mal wieder richtig satt fressen.
Dann werden wir uns diesen Sonderling einmal genauer ansehen. Seltsamer Kopfschmuck, findest du nicht? Ich weiß auch nicht warum, aber Glatzköpfe habe ich noch nie gemocht."
Verwundert schaute der Junge auf die Stoppel, die auf Scathcrobhs Kopf sprossen.
Der Fremde verschwand in einem Gasthaus. Scathcrobh folgte ihm, während Saileach Bás bei einem Schmied unterstellte. Dann kam auch er in das Gasthaus. Hier wurde gesungen und getanzt. Ein paar Musikanten spielten auf ihren Flöten, andere trommelten auf den Tischen den Takt. Scathcrobh saß in einer Ecke, von wo aus er den ganzen Raum überblicken konnte. Saileach setzte sich zu ihm.
„Bás ist untergebracht. Der Schmied ist ein freundlicher Mann. Er kümmert sich bestimmt gut um ihn. Und wo ist unser Freund?"

Scathcrobh nahm den Krug, der auf dem Tisch stand, und den leeren Becher und goß dem Jungen köstlichen Met ein.
„Er steht bei dem Wirt und hält ein kleines Schwätzchen. Es muß ja nichts bedeuten, aber trotzdem finde ich es seltsam, daß der dürre Bock dabei mit seinen langen Fingern auf uns zeigt."
Saileach trank einen Schluck.
„Hast du ihn denn schon einmal irgendwo gesehen? Kennst du ihn vielleicht?"
Der Späher schüttelte den Kopf.
„So ein Rattengesicht hätte ich mir gemerkt."
Eine hübsche Magd brachte einen vollen Krug und nahm den leeren mit. Im Laufe des Abends sollte die Hübsche noch oft an ihren Tisch treten. Auch der Fremde verweilte lange in dem Gasthaus. Dann machte sich bei Scathcrobh der Trank bemerkbar, und er strebte zum Ausgang. Wie eine Wand schlug ihm die frische Abendluft entgegen. Doch nicht nur diese ließ ihn zusammensacken. Jemand hatte ihm gerade vorzüglich in die Kniekehlen getreten. Das nächste, was er fühlte, war eine Schlinge, die sich vorsichtig um seinen Hals legte und langsam zugezogen wurde.
„Sei mir gegrüßt, Auge Taras! Schlechte Späher sendet ihr aus, wenn man euch so leicht fangen kann wie Fliegen auf Kuhfladen. Du stehst jetzt ganz langsam auf und gehst um die Ecke des Hauses in das nette, dunkle Gäßchen. Ich habe dir nämlich ein einmaliges Angebot zu machen, Späher!"
Scathcrobh war hellwach, vergessen der Met und der Junge im Wirtshaus. Erinnerungen wurden wach. Er tastete nach dem Beil an seiner Seite.
„Denk nicht einmal an den Versuch. Du hast den Arm noch nicht gehoben und würgst schon Galle."
So blieb dem Späher nichts anderes übrig, als sich dieses Angebot anzuhören. Und er hatte geglaubt, die Schwierigkeiten würden erst auf dem Heimweg beginnen. Vorsichtig setzte er Fuß vor Fuß, bis sie die Gasse erreicht hatten. Jetzt bohrte sich ihm allerdings noch ein Messer in die Seite. Ruhig fragte er den Glatzkopf:
„Was willst du? Fang endlich an oder glaubst du, ich habe den ganzen Abend Zeit?"
Wieder trat ihn ein Fuß in die Kniekehlen und ließ ihn auf die Knie sacken. Der Fremde schnarrte in sein Ohr:

„Ich weiß, woher du kommst, und ich weiß, wohin du gehst! Dein Hauptmann hat keine Ahnung, wie gut er beobachtet wird. Das, was er vorhat, ist aussichtslos. Die Kleine weiß nämlich gar nichts, und das ist auch gut so. Eigentlich bedeutet das ja, daß dein weiter Weg vergebens ist. Aber vielleicht kann ich dir den Essig trotzdem etwas versüßen."
„Und wie, Rattengesicht?", fragte der Späher.
Ein weiterer Schlag ließ seine Oberlippe platzen. Der warme Geschmack von Blut verteilte sich auf Scathcrobhs Zunge.
„Das Mädchen ist doch so oder so nichts wert. Ich weiß, wer du bist, Marú, mein Freund. Ich meine, ich weiß, was du warst, bevor du nach Tara kamst, um dich reinzuwaschen. Du hast lange gebraucht, bis dich dein Gewissen aus der Gemeinschaft dieser Mörder getrieben hat. Aber kein Mensch kann seine Vergangenheit auslöschen, oder?
Und bei all dem, was du angerichtet hast, kommt es doch auf ein Gesicht mehr oder weniger in deinen Alpträumen nicht an, oder? Wenn du sie tötest, werde ich es dir vergolden. Hast du das verstanden? Es ist mir auch gleich, wie du sie tötest. Du kannst sie ruhig etwas leiden lassen. Das hat noch keiner Frau geschadet."
Scathcrobh überlegte und nickte dann.
Der Totenschädel schnurrte leise.
„Dann steh auf, wir wollen den Handel mit einem Handschlag besiegeln, wie es Männer unseresgleichen immer tun."
Der Druck an Scathcrobhs Hals löste sich und auch das Messer wurde weggesteckt. Mit einem falschen Grinsen schlug der Späher in die Hand des Fremden ein, zog sein Bein hoch und verpaßte ihm dann einen Kinnhaken, daß dieser nach hinten überkippte.
Schnell hatte sich Madhra wieder aufgerappelt, trat Scathcrobh mit Wucht mehrmals in die Rippen und stieß ihm auch noch das Messer in den Leib. Ein heftiger Schmerz durchfuhr ihn, dann traf ihn etwas Schweres am Schädel, und Bewußtlosigkeit verteilte sich wie Nebel in seinem Kopf.
Das nächste, was der Späher spürte, war eiskaltes Wasser, das über ihn geschüttet wurde. Immer noch regte er sich nicht, dann hörte er Saileachs Stimme.
„Scathcrobh, ist alles in Ordnung? Was ist geschehen?"
Doch als ihn der Junge umdrehen wollte, glaubte der Verletzte, daß ihn der Schmerz schier zerreißen wollte und stöhnte laut auf.

„Nein, nicht, laß mich liegen. Dieses verdammte Schwein! Ist er noch irgendwo, dieser Fremde? Geh ihm nach, aber folge ihm nur, und versuche herauszufinden, wohin er unterwegs ist. Aber laß dich nicht erwischen, sonst richtet er dich vielleicht auch noch so zu. Geh jetzt! Ich komme hier schon zurecht, wir treffen uns morgen am Schiff."
Saileach kniete jetzt neben ihm.
„Er ist fort, Scathcrobh! Nachdem er seinen Spaß mit dir gehabt hat, kam er wieder in die Stube und sagte, ich solle einmal nach dir sehen, dir ginge es wohl nicht so gut. Außerdem habe er eine Nachricht für dich: Dies sei erst der Anfang, wenn du dich nicht raushälst. Kleine Fische wie du hätten in diesem Spiel nicht mitzumischen. Dann ist er gegangen, und ich eilte nach draußen, wo ich dich fand."
Der Späher lächelte schmerzverzerrt.
„Na ja, dann hat es sich wenigstens für mich gelohnt, dich mitzunehmen. Zerreiße mein Hemd und verbinde die Wunde."
Hätte Scathcrobh das nicht schon öfter ausgestanden, er wäre liebend gerne liegen geblieben. Aber er wußte, auch dieser Schmerz würde irgendwann wieder vergehen.
Sehr, sehr langsam machten sie sich auf den Weg zum Ankerplatz ihres Schiffes. Dort fanden sie in einem Geräteschuppen einen Platz für den Rest der Nacht. Saileach war bald eingeschlafen. Das Auge Taras hingegen krümmte sich noch lange vor Schmerz.
Im Morgengrauen hatte Saileach den Hengst bei dem Schmied abgeholt. Als sie das Boot bestiegen, beäugte sie der Eigner mit schiefem Blick und sagte:
„Ich sage es euch lieber gleich, wenn ihr Schwierigkeiten machen solltet, werfe ich euch unterwegs einfach über Bord. Ist das klar?"
Saileach lächelte gewinnend und erwiderte:
„Herr, es ist nicht so, wie es aussieht. Mein Freund ist gestern abend schwer gestürzt."
Doch der Mann ließ sich nicht täuschen.
„Ja, ja, solche Stürze habe ich schon tausendmal gesehen, wenn ich nachts durch die Straßen ging. Denkt an meine Worte."
Bás wurde mit drei anderen Pferden an Deck gebracht und an der Reling festgebunden. Während der ganzen Zeit beobachtete sie ein finster dreinblickender Kerl, der Scathcrobh sofort aufgefallen war, als er das Schiff

betreten hatte. Irgend etwas stimmte nicht mit diesem Kerl. Aber solange das nicht ihn betraf, konnte es ihm gleichgültig sein.
Auf der Suche nach einem geeigneten Platz liefen sie das Deck ab und ließen sich am Bug nieder. Sie wickelten sich in warme Decken und machten es sich so gemütlich, wie es möglich war.
Gerade als das Schiff ablegte, entdeckten sie das Rattengesicht am Ufer. Das Sonnenlicht strahlte und blitzte auf dem Fell des schwarzen Pferdes. Mit einem verheißungsvollen Lächeln verabschiedete sich Madhra und ritt davon.
Scathcrobh strich sich über seine Stoppeln und dachte laut.
„Ich möchte nur zu gern wissen, was für ein Verrückter das ist. Er weiß merkwürdigerweise ziemlich gut Bescheid, warum wir unterwegs sind. Was ich allerdings nicht verstehe, ist folgendes: Wenn dieses Mädchen so unwichtig ist und dazu auch noch von nichts etwas weiß, warum soll ich sie töten? Worin liegt der Sinn? Das kann doch nur bedeuten, daß sie eben nicht so unwichtig sein kann, und daß sie doch eine nicht unwesentliche Rolle spielt. Ich frage mich nur, welche?“
Besorgt wandte sich Saileach an ihn.
„Du sollst dich doch ausruhen. Wie soll dein Körper sich erholen, wenn du deinen Geist so anstrengst.“
Der Späher schmunzelte.
„Ist ja gut, Mutter.“
Scathcrobh schloß seine Augen und beendete seine Gedankengänge schweigend. Über ihnen flog Halil, die ihren Schwanz gefächert in den Wind gestellt hatte und nach Beute Ausschau hielt.
Langsam glitt das Boot durch das Wasser, vorbei an brachliegenden Feldern und Wiesen. Kein Mensch war zu sehen. Auch das Vieh blieb jetzt den ganzen Tag im Stall, da es draußen nichts mehr zu fressen finden konnte. Trockene Binsenwedel wehten leicht im Wind. Nackte Bäume sehnten sich nach ihrem grünen Laub. Ein einsamer Rabe krächzte vor sich hin.
Dann fielen auch Saileach die Augen zu.
Plötzlich rüttelte ein Mann den Jungen wach und schrie:
„Feuer, aufwachen, los, alles von Bord. Das Schiff steht in Flammen.“
Verwirrt blickte sich Saileach um. An der Reling rissen und zerrten die Pferde an ihren Zügeln, sonst war nur noch Rauch zu sehen. Der Junge sprang auf und rannte zu den aufgeregten Tieren. Schnell packte er die

Landungsbrücke und schob sie durch den Ausgang auf das Wasser. Das Schiff machte langsame Fahrt, so daß das Brett ziemlich ruhig lag. Dann schnitt er die Zügel der Pferde durch. Eines keilte heftig nach ihm aus, traf ihn aber nicht. Dann trieb er sie zu der Landungsbrücke, über die sie ins Wasser gelangten. Schwimmend retteten sie sich an das Ufer.
Währenddessen bemerkte Saileach, daß alle Männer an Bord halfen, den Brand zu löschen, nur einer nicht. Der finstere Geselle, der ihnen schon beim Betreten des Schiffes aufgefallen war, stand an der Reling. Gerade war er dabei, sich einen wie es schien schwer gefüllten Gürtel um den Leib zu binden. Er schüttelte den Gürtel, und Saileach erkannte den fröhlichen Klang von Münzen. Schließlich machte der Kerl ein paar feste Knoten und sprang ins Wasser. Wie ein ertrinkender Hund hechelte er zum Ufer.
Alles an Bord stand in Flammen, schwarzer Qualm stieg auf, als sei Öl in das Feuer gegossen worden, um es möglichst lange am Leben zu halten.
Dann rannte Saileach zu Scathcrobh, um auch ihn zu wecken. Der verstand ihn nicht und fragte noch einmal:
„Was ist? Ich bin müde, laß mich in Ruhe. Endlich war ich eingeschlafen, und jetzt kommst du und weckst mich wieder."
Der Junge wußte sich nicht mehr zu helfen und schrie seinen Gefährten fast an:
„Das Boot brennt! Bás ist schon sicher am Ufer. Jetzt sind wir dran, kannst du schwimmen?
Scathcrobh schüttelte den Kopf.
„Wenn ich gesund wäre ja, aber so ..."
Saileach stand auf. Der Verband, mit dem er die Wunde notdürftig versorgt hatte, war blutrot. Aber er durfte jetzt nicht aufgeben.
„Gut, das schaffen wir schon."
Mittlerweile war niemand mehr auf dem Boot. Im Fluß schwammen die wenigen Sachen, die die Mannschaft über die Reling geworfen hatte. Der Junge rannte zur Kajüte des Eigners. Qualm schoß Saileach ins Gesicht, reizte seine Augen, hinderte ihn am Atmen.
Endlich fand er das Gesuchte und kehrte zu Scathcrobh zurück.
„Ich weiß, das wird jetzt weh tun. Aber wir haben keine andere Wahl. Ich binde dir das Seil um, und dann springst du über Bord. Ich werde mir das andere Ende umbinden und dich ans Ufer ziehen."
Scathcrobh verzog das Gesicht.

„Junge, ich bin doch zehnmal schwerer als du. Spring alleine und laß mich zurück. Ich finde schon einen Weg."
Doch der Junge blieb stur, und so fanden sich unsere Freunde bald im eiskalten Wasser der Siona.
Die leichte Strömung trieb sie zum Ufer hin. Dennoch mußte Saileach vorsichtig sein, daß er das Seil nicht zu sehr anzog. Scathcrobh hatte starke Schmerzen, auch wenn er so tat, als wäre ein anderer zusammengeschlagen worden. Jetzt würde noch eine starke Unterkühlung hinzukommen.
Am Ufer trabte Bás unruhig auf und ab und wieherte laut.
Saileach kämpfte sich mühselig zum Ufer, das er schließlich auch erreichte. Er war krebsrot. Durch die Anstrengung in dem kalten Wasser rieselte heißes Blut durch seine Adern. Alles bizzelte und kitzelte, ihm war heiß und kalt. Dann band er das Seil an Bás fest, der seinen Herrn an Land zog. Dieser krümmte sich vor Schmerzen, seine innere Härte aufgebend.
Lange lagen die beiden nebeneinander. Der nasse Verband färbte sich immer roter. Plötzlich tauchte ein Mann im Gebüsch auf. Saileach traute erst seinen Augen nicht und glaubte, er träume. Aber der Mann saß tatsächlich auf einem Hirschen. Schnell war er von seinem hoheitlichen Reittier gesprungen und zu ihnen geeilt.
„Ihr seid von dem brennenden Schiff? Bleibt hier, ich werde Hilfe holen."
Carria sprang auf sein Reittier und eilte davon. Einige Zeit später war er wieder zur Stelle. Ihm zur Seite Collach und Rhiannon, die sich die beiden ansahen. Sie trugen die Männer zu einem Wagen und brachten sie zum Coven. Saileach brauchte nur ein paar trockene Kleider, sonst ging es ihm gut. Bei Scathcrobh sah es etwas anders aus. Rhiannon machte sich ernste Sorgen, ließ ihn in die Wasserhütte bringen und nach Amhrán rufen. Das Mädchen eilte sofort herbei.
„Amhrán, erhitze Wasser in dem Kessel. Dann fülle die Wanne mit Wasser, aber nicht mit warmem Wasser, sondern mit Wasser aus der Quelle."
Das Mädchen tat, wie es ihr aufgetragen wurde. Vorsichtig hatten die Männer den Verletzten auf den Boden gelegt.
Rhiannon behielt noch immer die Oberhand.
„So, Männer, jetzt zieht ihn aus, und legt ihn in die Wanne. Dann wartet draußen, bis ich euch wieder rufe."
Mißtrauisch schauten sie in Amhráns Richtung. Rhiannon verstand.
„Ihr könnt ruhig gehen. Amhrán ist keine Jungfrau mehr und hat schon einmal einen nackten Mann gesehen. Aber jetzt raus mit euch!"

Scathcrobh lag wie ein Toter im Wasser, so bleich war er. Kaum verstand er, was um ihn herum vor sich ging.
Vorsichtig fragte die Heilkundige:
„Seid ihr wach, versteht ihr mich?"
Der Späher konnte kaum die Augen aufhalten. Rhiannon tätschelte seine Wangen, und als das nichts half, schlug sie etwas fester zu. Endlich öffnete der Mann die Augen. Benommen fragte er:
„Wo bin ich? Wer seid ihr?"
Die alte Frau strich ihm sanft über seinen Kopf.
„Ihr seid im Coven der Danu. Mein Name ist Rhiannon. Euer Schiff brannte und eure Verletzungen scheinen nicht von diesem Brand zu stammen. Ihr habt Erfrierungen und dagegen werden wir jetzt etwas tun."
Langsam glitten ihre Hände über die Arme und Beine des Verletzten, wurden selbst kalt durch das Wasser, während Wärme durch den Körper des Behandelten strömte. Scathcrobh ließ alles willig mit sich geschehen. Was konnte ihm eine alte Frau schon anhaben?
„Ihr tragt viele Narben auf eurem Leib, Fremder. Seid ihr ein Krieger der Fianna?"
Immer noch strich Rhiannon mit ihren heilenden Händen über den geschundenen Körper Scathcrobhs. Die Wunde begann wieder zu bluten.
„Nein, gute Rhiannon, ich gehöre nach Tara."
Schmerzvoll zuckte der Krieger zusammen, als Rhiannon über seine Rippen strich.
„Das sieht nicht gut aus. Ich glaube, ihr werdet noch einige Zeit hierbleiben müssen, bis das richtig verheilt ist. Amhrán, ruf Carria und Collach herein, wir müssen das Wasser wechseln!"
Erst da bemerkte der Mann das Mädchen. Ihn, den das härteste Los auf dem Schlachtfeld kalt ließ, überkam nun die Scham, als er der neugierigen Blicke gewahr wurde, mit denen Amhrán, die Kindfrau, ihn betrachtete. Mühsam bedeckten seine Hände das Geschlecht, senkte sich sein Kopf auf die Brust.
Amhrán eilte hinaus und kam mit den beiden Männern wieder herein.
Rhiannon hatte nun einen Tonkrug in der Hand, den sie in der Nähe der Glut unter den Kessel stellte.
„Holt ihn aus dem Wasser, aber seid vorsichtig, seine Rippen sind schwer geprellt und kommt nicht an den Stich. Dann leert die Wanne.

Amhrán, wenn du das warme Wasser in die leere Wanne füllen würdest. Aber mache sie nur halb voll und nicht heiß, sondern fülle kaltes Wasser nach, bis es lauwarm ist. Ich möchte seine Erfrierungen etwas lindern. Gib mir den blauen Tonkrug. Er enthält einen Absud von Kalmus und Roßkastanie, der seine Lebensgeister wieder aufleben lassen wird."
Nachdem Scathcrobh in dem Sud gebadet hatte, abgetrocknet und von Rhiannon richtig verbunden worden war, trugen ihn die zwei Männer in die Krankenhütte und betteten ihn auf eines der beiden Lager.
Saileach wich nicht von seiner Seite. Er hatte sofort erkannt, daß das gleiche Blut in seinen und Rhiannons Adern floß und vertraute auf die Kräfte der Heilerin. Erschöpft war Scathcrobh eingeschlafen, als Rhiannon und Amhrán gemeinsam die Hütte betraten. Die alte Frau trat an das Lager des Verletzten und schlug vorsichtig die Decke zurück.
„Sieh dir das nur an, mein Herz. Da hat einer gute Arbeit geleistet, wenn er seine Reise aufhalten wollte. Er wird Ruhe brauchen in den nächsten Tagen. Für seine Rippen werden wir ihm Wickel aus dem Absud der Weißwurzel machen und um ihn bei Laune zu halten, bekommt er täglich ein Schälchen Hagebuttenmus. Die Wunde muß jeden Tag gereinigt werden und mit einer Salbe aus Fett, Ringelblumen und zerstampften Wachholderbeeren bestrichen werden. Gut, daß ich im Herbst eine fleißige Sammlerin war. Er wird vielleicht unseren ganzen Vorrat aufbrauchen. Damit er aber nicht zu überschwenglich wird, bekommt er morgens immer einen Kräutertrank aus Kamille und Baldrian. Behandle ihn gut."
Amhrán verstand noch nicht ganz.
„Du meinst, ich soll ihn pflegen, aber ich weiß doch gar nichts darüber, wie man jemanden pflegt, fast nichts."
Auch Saileach war aufgesprungen.
„Was, dieses Kind soll ihn pflegen? Sie sieht mir nicht wie eine Heilkundige aus. Warum kümmert ihr euch nicht um ihn? Ich kenne weder ihn noch euch gut, aber von euch weiß ich wenigstens, woher ihr kommt."
Beruhigend redete die alte Frau auf den Jungen ein.
„Wenn sie nie die erste Möglichkeit erhält, eine Heilkundige zu werden, wird sie auch nie eine werden. Und was meine oder ihre Herkunft angeht, ob Mensch oder Kleines Volk, ob krummes oder gerades Holz, es vermag beides dem gleichen Zweck zu dienen.
Vertrau ihr nur ein wenig! Wenn eine Frau auf dieser Insel heilende Hände hat, dann sie. Ruhe dich jetzt aus. Dein Freund ist nicht lebensgefährlich

verletzt. Was er braucht ist Ruhe, und die wird er hier finden. Schlaft ein wenig, Amhrán wird euch etwas zum Abendbrot bringen.“
Dann lächelte sie den Jungen freundlich an und verließ mit dem Mädchen die Hütte.
Neugierig fragte Amhrán:
„Was meinst du damit, wenn es eine Frau mit heilenden Händen gibt?“
Die Heilerin lächelte weise.
„Ach, Amhrán, irgendwie mußte ich doch sein Vertrauen für dich wecken, und mir fiel nichts besseres ein. Vielleicht ist es aber auch so, wie ich es gesagt habe. Du hast wenig Erfahrung in der Heilkunde, und dieser Krieger kann dir nur helfen, erfahrener zu werden. Du hast sogar den Vorteil, daß er auf sein Lager gefesselt ist und dir nicht weglaufen kann, so wie bei meinen ersten Versuchen, die Heilkunde zu erlernen.“
Amhrán lachte laut auf.
„Das sind ja gute Aussichten, aber besser solche als gar keine. Ich habe einen Bärenhunger, komm laß uns in die Versammlungshütte gehen und nach etwas Eßbarem suchen. Ich giere nach einem Kanten Brot mit Butter und Honig.“
Die alte Frau schmunzelte.
„Wenn ich gewußt hätte, was ich für ein verfressenes Raubtier hierher bringen würde, hätte ich dich bestimmt am Wegesrand stehen lassen.
Nein, wir werden jetzt nicht zur Versammlungshütte gehen. Du mußt deinem Magen beibringen, daß es nur zu bestimmten Zeiten Nahrung gibt. Es ist nämlich besser, wenn du deinen Magen beherrschst als umgekehrt.“
Lachend gingen die beiden davon.

Der Kuß der Göttin

Eisige Kälte weckte die drei Reisegefährten unter einem strahlenden, wolkenlosen Himmel. Die drei waren so schnell wie möglich aufgebrochen, um sich warm zu laufen. Solasard und Athraigh knabberten dabei an einem harten Kanten Brot. Goworr hielt sich genügsam zurück. Das Sonnenlicht tat ihnen gut, wenngleich sie vor Kälte ihre Füße kaum mehr spürten.

Das Meer lag vor ihnen wie ein Raubtier, das vorgibt zu schlafen und doch im nächsten Augenblick angreift. Bald schon taten ihnen die Augen weh vom Gleißen des Sonnenlichts. Doch dann kam Bewegung in das stille Element. Wie aus dem Nichts tauchten erst ein, dann zwei, dann drei Rückenfinnen von Schwertwalen auf. Langsam und geschmeidig durchschnitten die Tiere die Wasseroberfläche, bliesen ihren Lost dampfend in die kalte Luft. Nichts schien sie aufhalten zu können. Das Meer war ihr Königreich und würdevoll glitten sie voran.

Lange standen die zwei Männer und der Zwerg da und beobachteten dieses Schauspiel. Dann ergriff Goworr das Wort.

„So, meine Herren, und jetzt wäre doch der beste Zeitpunkt, um an dieses Ereignis nahtlos ein Frühstück anzuknüpfen. Ich meine ein richtiges Frühstück. Das, was ihr da heute morgen verspeist habt, sah ja nicht sehr köstlich aus. Ich hingegen habe leckeres süßes Hartbrot und eine sehr schmackhafte und empfehlenswerte Marmelade aus dicken, fruchtigen Erdbeeren. Das ist doch auch mal eine süße Abwechslung zu dem harten Brot, an dem ihr herumknabbert wie Mäuse vor dem Hungertod."

„Und das sagst du erst jetzt. Da läßt du uns an unserem Brot nagen und hast die feinsten Speisen in deinem Reisesack versteckt! Solasard sag doch auch mal etwas!"

Dieser lachte laut heraus.

Um Verzeihung heischend sagte Goworr:

„Ihr hattet mich ja nicht gefragt. Na, dann wollen wir mal."

Der Zwerg zog seinen Reisesack vom Rücken und packte ein Brot und einen Tontiegel aus, in dem die Marmelade war. Schnell hatte jeder ein dick beschmiertes Brot in der Hand. Doch bevor Athraigh den ersten Bissen machen konnte, hielt ihn Goworr zurück.

„Nicht so hastig, alter Vagabund! Wenn du jetzt in das Brot beißt, wird es dir unter den Händen zerbröckeln und du hast gar nichts davon. Du mußt schon noch ein bißchen warten, bis die Marmelade das Brot etwas aufgeweicht hat. Dann schmeckt es ja auch viel besser."
Athraigh verdrehte die Augen.
„Du hast wohl eine Meise im Schädel. Das glaubst du doch nicht im Ernst, oder?"
Sprachs und biß herzhaft in das Hartbrot. Natürlich verwandelte es sich sofort in eine klebrige Masse aus Krümel und Marmelade, die er sich mit beiden Händen genußvoll in den Mund schaufelte. Als er die letzten Krümel von seiner Hand geschleckt hatte, grinste er über beide Backen.
„Siehst du, Herr Zwerg, warten ist nur was für Leute, die nie Hunger gelitten haben. Wie du siehst, geht es auch so und lecker war es alle Mal. Ich danke dir schön dafür ..."
Der Angesprochene lächelte gezwungen, ob des groben Umgangs mit seiner anbetungswürdigen Marmelade. Es war zwar kalt, aber die Sonne wärmte ihre Herzen und Gemüter, so daß sie nun weit ausschritten und gut vorankamen. Der Wald schlich sich immer näher an die Küste. Der Weg verlief manchmal ein ganzes Stück zwischen mächtigen Eichen und Buchen hindurch, die ihrer Blätter beraubt so nackt aussahen, daß Solasard schon anregte, ihnen ihre Mäntel zu geben. Aber Goworr und Athraigh waren diesbezüglich anderer Meinung. Wenn sie weiter so geschwind vorankämen, würden sie abends Gaillimh erreichen.
Dort gab es eine bekannte Schenke für Durchreisende, denn in Gaillimh war ein Wendepunkt der Breiten Straße, die bis nach Duibh-linn führte. Im „Schlafenden Eber" gab es den besten Met des Landes. Der machte sogar aus einem Eber im Rausch ein Lämmchen, das nach mehr bettelte. Allerlei Gesindel verkehrte hier und machte seine dunklen Geschäfte. Der „Schlafende Eber" hatte schon einiges erlebt.
Da wurde Prügel bezogen, daß mancher mehr tot als lebendig über die Schwelle getragen wurde. Es wurde bis zur Besinnungslosigkeit getrunken, und Seemannsgarn wechselte sich mit Jägergeschichten ab. Mädchen reizten die Burschen und trieben sie zu manchem Leichtsinn an. Einmal hatte die gewichtige Blonag sogar einen Bauern mit seiner Kuh verheiratet, weil er so sehr an ihr hing.
Alles Volk verkehrte hier, außer den vornehmen Hochelben, zu eng war ihnen der Raum. Sie brauchten den Atem der Freiheit um sich und nicht

den muffigen Geruch von Arbeiterschweiß und Kuhmist. Sogar Leute aus dem Kleinen Volk hatte man schon des öfteren dort gesehen. Sie waren ein neugieriges Volk und im „Schlafenden Eber“ wurde so manche Neuigkeit unter der Hand ausgetauscht. Auch heute tummelte sich wieder ein bunt zusammengewürfelter Haufen in der Schenke. Es waren Männer des Fahrenden Volkes anwesend und andere Strauchdiebe, Kaufleute, die allesamt damit prahlten, den größten Gewinn für die geringste Ware zu machen. Da waren Bauern, die von den Milchwundern ihrer Kühe erzählten und Fischer, deren Fang fast das Boot zum Kentern brachte.
Der Met floß in Strömen. Es wurde gesungen und getanzt, als die Tür aufging und unsere drei Gefährten eintraten. Die Leute des Fahrenden Volkes blinzelten sich grinsend zu, als sie Athraigh sahen und auch Solasard wurde ausgiebig gemustert. Aber als Goworr eintrat, brach jeglicher Lärm zusammen und versank in einem hörbaren Meer von Stille. Solasard versuchte zu retten, was zu retten war und begann zu sprechen.
„Seid mir gegrüßt, ihr lieben Leute, ist an eurem Feuer noch Platz für drei müde, verfrorene Wanderer?“
Quietschend wurde die alte Tür ins Schloß gezogen und der kalte Winter ausgesperrt. Bevor sich jemand rühren konnte, hatte Blonag schon einen kleinen Tisch und drei Stühle vor das Feuer gezerrt und die drei dorthin geführt. Gemurmel sprang von Tisch zu Tisch, bis einer am Tisch des Fahrenden Volkes fragte:
„Willkommen, Fremde, die Wege sind tückisch heute. Woher kommt ihr?“
Solasard hatte gerade Luft geholt, als Athraigh ihn in den Stuhl zwang und ihm zuvor kam.
„Oh, des Weges, der uns hergeführt hat. Und was sind eure Geschäfte?“
Bösartig antwortete der Sprecher:
„Man hat dem dicken Cluanaire ein Pferd gestohlen. Es soll ihm viel wert sein. Habt ihr es vielleicht gesehen? Er hat eine hohe Belohnung darauf ausgesetzt.“
Athraigh erinnerte sich nur zu gut an die überstürzte Flucht mit Solasard und der Stute, von wegen, sie hätten sie gestohlen. Das Pferd war des Schwertsuchers rechtmäßiger Besitz.
Mit einem Lachen auf den Lippen antwortete er:
„Nun, wie es das Schicksal gerade will, muß ich dir sagen, daß ich der Held bin, der dies vollbrachte. Geht nur vor die Tür, dort steht die Stute, jung und schön, wie am ersten Tag.“

Solasard erschrak zu Tode, als alles zur Tür stürmte, allen voran der Wortführer. Nach einiger Zeit kehrten sie wütend zurück. Einer der Strauchdiebe zog sein Messer aus der Tasche und legte es an Athraighs Hals.
„Das sind Scherze, die wir hier nicht sonderlich mögen, Fremder. Du hast Glück, daß Cluanaire nicht hier ist. Der hätte dir bestimmt die Zunge abgeschnitten und in deinen großen Rachen gesteckt."
Toit, der Anführer der Vagabunden, bestellte noch eine Runde Met.
„Aber wir wollen es gut sein lassen."
Der Mann steckte seine Waffe ein und setzte sich wieder zu seinesgleichen.
Macha hatten sie außerhalb Gaillimhs in einer Höhle zurückgelassen. Es hätte zuviel Aufsehen erregt, sie mit in die Stadt zu nehmen. Jeder hätte sofort erkannt, daß sie ein Pferd aus der Anderen Welt ist, und jeder hätte versucht, die zwei Kurzschwerter, die sie trug, zu ergattern. Wenn sie ihre Vorräte aufgefüllt hatten, würden sie die Stute wieder abholen. Solange hatte man ihr Futter dagelassen, das für zwei Tage reichen würde.
Athraigh hatte schon geahnt, daß sie hier auf Leute aus dem Fahrenden Volk treffen würden. Sie waren schon mit Goworr als Nachhut sehr auffällig, aber dann noch das Pferd hierher zu bringen wäre unverantwortlich gewesen. Gerade als der erste schäumende Met auf ihrem Tisch stand und sich jeder an dem kleinen Tisch wieder beruhigt hatte, löste sich aus einer dunklen Ecke ein Schatten und zog einen Stuhl zu dem Tisch der drei Wanderer.
„Das war sehr unvorsichtig, meine Herren. Sollte auch nur einer dieser Burschen noch einen klaren Gedanken fassen können, werdet ihr eure Nachtruhe unter diesem Dach vergessen können."
Der Fremde war in einen tannengrünen Mantel gehüllt, eine große Kapuze beschattete sein hageres Katzengesicht, das ganz von dem grünen Feuer seiner Augen beherrscht wurde. Seine Hände waren schmal und feingliedrig. Er hatte sie auf den runden Knauf eines Schwarzdorn-Stabes gestützt, der vor seinen Füßen stand.
Athraigh erwachte als erster aus der Erstarrung des Schreckens.
„Wer seid ihr? Und was meint ihr damit?"
Ruhig ließ der Mann seinen Blick über die Runde gleiten.
„Nun, ihr solltet wissen, daß es sich nicht geziemt, jemanden anzusprechen, ohne sich vorzustellen, Athraigh. Oder ist es euch lieber, wenn ich euch den Namenlosen nenne? Und ihr, Solasard mac Annir, seht ihr das

nicht genau so? Aber ich vergesse ganz unseren kleinen Freund hier, Goworr ist dein Name, nicht wahr? Oh ja, die Bäume haben Ohren und Münder in diesem Land.
Nun, ich bin Draighean aus dem Kleinen Volk. Ich warte schon seit Tagen hier. Aber es hat wohl eine kleine Verzögerung eurer Reise gegeben? Doch gut, ihr seid da, und ab morgen werde ich euch begleiten."
Athraigh entfuhr ein knurrendes „Wie bitte?", und auch Solasard schaute fragend drein.
„Keine Sorge, ich werde euch nicht zur Last fallen. Ich möchte nur dahin gehen, wo ihr hingeht, und das ist doch kein Verbrechen, oder?"
Athraigh, Goworr und Solasard wechselten bedeutungsvolle Blicke.
„Und was war sehr unvorsichtig von uns?", fragte Solasard neugierig.
„Nun, wenn das Tier wirklich gestohlen wurde, dann wissen nur zwei Leute, was für ein Geschlecht das Tier hat. Nämlich der Dieb und der Dieb, der es dem Dieb gestohlen hat, und ihr sagtet laut und deutlich die Stute, junger Freund. Ich an eurer Stelle würde mich nach einem anderen Nachtlager umsehen, wenn ihr nicht mit aufgeschlitzten Kehlen der Blonag als Weckschrei dienen wollt.
Doch ich muß jetzt gehen. Dringende Geschäfte erwarten mich, und ich darf nicht zu spät kommen. Wir werden uns dann morgen wiedersehen, ihr Herren! Möge die Herrin euren Schlaf hüten, und was noch wichtiger ist, euer Leben."
Somit stand der Fremde auf, nahm seinen Stock und ging hinaus. Die drei Gefährten schauten sich an, als seien sie soeben aus dem gleichen Traum erwacht. Doch die Überraschungen schienen nicht abreißen zu wollen. Als ihnen Blonag zum zweiten Mal Met nachschüttete, wisperte sie geheimnisvoll in Solasards Ohr:
„Was habt ihr zu schaffen mit dem da? Der Kerl ist ein seltsamer Kauz. Manchmal bleibt er Wochen, ja sogar Monate wie vom Erdboden verschluckt und kommt, wenn ihn schon alle tot gesagt haben, frisch und munter daher, als wäre er nie fort gewesen. Überhaupt ist er sehr elbisch selbst dafür, daß er aus dem Kleinen Volk stammt. Laßt lieber die Finger von dem, der macht euch nur Scherereien."
Blonag nickte Solasard freundlich an und lachte, als habe sie gerade den Scherz der Scherze gehört.
Der Abend ging vorbei, und die Nacht brach an. Kurz vor Mitternacht fragte Solasard die dicke Wirtin nach einem Nachtlager. Nun, sie hatte kein

Lager mehr im Hause frei, aber in der Scheune um die Ecke könnten sie es sich für heute bequem machen. Nachdem alle Gäste gegangen waren, führte sie die Wirtin dorthin und ließ ihnen eine Fackel da. Solasard verschloß die Tür von innen mit einem breiten Brett.
Alle drei hatten sehr dem Met zugesprochen und fielen fast gleichzeitig in einen tiefen Schlaf. Solasard träumte in seinem Rausch von seligen Dingen, als ihn immer wieder jemand leicht an der Schulter rüttelte. Er fand das ja ganz nett, aber es störte ihn eben doch ein wenig in seinem Traum. Es dauerte ziemlich lange, bis er merkte, daß das ständige Rütteln nicht zu seinem Traum gehörte. Ebensowenig wie das leise Flüstern, das ständig in seinem Ohr zwitscherte.
„Solasard, wach auf! Komm schon, bitte! Los, wach auf!"
Er hatte diese Worte schon einmal gehört, wenn er sich nur erinnern könnte. Wieder hörte er diese Stimme, und dann fiel es ihm ein. Das war die Stimme von ... Samhain!
Das war doch die Stimme von ...
Langsam öffnete Solasard seine Augen, er konnte nichts sehen. Es war stockdunkel. Doch dann hörte er ein seltsames Schnipsen und das Licht der Fackel leuchtete ein wenig heller auf. Er mußte noch träumen. Da stand sie. Ihr Haar war schwarz wie die Federn eines Raben, hüftlang fiel es über ihren Rücken. Er erinnerte sich genau an den Geruch ihrer Haut.
„Macha, ist das wieder ein Traum?"
Die Frau kniete jetzt neben ihm und strich mit ihrer kalten Hand über seine Stirn.
„Nein, Solasard, das ist kein Traum. Erinnerst du dich, als ich dir sagte, ich würde immer bei dir sein, wenn du Hilfe brauchst. Jetzt ist es soweit. Leute vom Fahrenden Volk sind auf dem Weg hierher. Sie wollen dich töten. Ihr müßt fort. Wecke deine Gefährten und dann lauft! Ich werde sie aufhalten."
„Aber ich kann doch nicht immer weglaufen."
„Das sollst du ja auch nicht. Aber heute habt ihr keine andere Möglichkeit, es ohne Schaden zu überstehen."
Solasard weckte Goworr, der sofort nüchtern war. Zu zweit schafften sie es, Athraigh auf die Beine zu stellen. Als sie ihre Reisesäcke aufgezogen hatten, hörten sie draußen schon leise Stimmen wispern.
An einer Seite der Scheune waren die Holzplatten zersplittert. Leise bogen sie diese weiter zurück und krochen hindurch. Sie liefen in Richtung

der Breiten Straße so schnell sie ihre Füße trugen. Als sie noch nicht einmal eine Meile entfernt waren, hörten sie hinter sich eine Stimme flüstern.
„Seid mir gegrüßt, ihr werten Herren, hatte ich es euch nicht gesagt. Nun, wir müssen fort, schnell, folgt mir."
Eine kleine grüne Flamme leuchtete auf und kam ihnen entgegen. Schließlich erkannte Solasard das Gesicht des Fremden, der sich im „Schlafenden Eber" an ihren Tisch gesetzt hatte.
„Wohin gehen wir?", fragte Goworr.
Der Mann aus dem Kleinen Volk antwortete ihm:
„Querfeldein. Es gibt einen Weg, der fast genau neben der Breiten Straße verläuft. Es gibt nicht viele, die davon wissen. Kommt jetzt. Wir haben keine Zeit zu verlieren."
Sie hatten keine andere Wahl, als dem Fremden zu folgen.
Müde kämpften sie sich vorwärts. Ständig mußten sie umgestürzte Bäume überwinden oder unter ihnen hindurchkriechen. Immer wieder hackte Goworr ihnen mit einem seiner Beile den Weg frei. Die grüne Flamme ihres Führers war wenig mehr als ein Lichtpunkt, der ihnen die Umgebung erhellte. Erst jetzt erkannte Solasard, daß es der Knauf des Stabes war, der leuchtete. Ob das die Magie des Kleinen Volkes war, von der er schon so vieles gehört hatte?
Immer wieder trieb sie Draighean zur Eile an. Sie waren bereits Stunden unterwegs. Solasard machte sich Sorgen wegen der Stute, die sie zurückgelassen hatten. Aber es war nun nicht mehr zu ändern. Es gab keinen Weg zurück. Wie schön war es gewesen, Taliesins Geschichten zuzuhören. Selbst ein Teil von einer zu sein, war nicht so angenehm. Erschöpft und völlig übermüdet gelangten sie zu einem Wetterhäuschen.
Athraigh hatte schon die Hoffnung, daß sein mühevolles Stolpern endlich ein Ende nehmen würde. Aber Draighean war erbarmungslos. Kaum hatte der Vagabund sich irgendwo auf einen Baumstumpf gesetzt, hetzte ihn der Fremde weiter. Solasard lief neben Goworr, der fast noch Spaß bei dieser Flucht hatte.
Eisige Kälte ließ ihre Füße erstarren, doch obwohl ihr Atem in weißen Wolken in der Luft stand, schwitzten sie, daß der Schweiß ihnen nur so den Rücken entlang lief. Immer öfter stolperten der Schwertsucher und Athraigh, bis Solasard sich zu Draighean an die Spitze kämpfte.

„Ich kann nicht mehr. Mir frieren gleich die Füße ab vor Kälte. Mein Herz rast, und die kalte Luft schneidet mir fast die Lunge entzwei. Laß uns anhalten und ein bißchen ausruhen. Eine Rast täte uns allen gut."
Mit fester Stimme antwortete der Fremde.
„Nein, wir müssen so weit es geht vorankommen. Was du von deinem Körper empfängst sind nur Lebenszeichen. Wärst du in der Scheune geblieben, würdest du jetzt nichts mehr spüren. Deshalb sei der Göttin dankbar und lauf weiter. Ich führe euch an einen sicheren Ort, den niemand kennt außer einigen Leuten aus meinem Volk. Erst wenn wir den erreicht haben, werden wir Halt machen, Solasard mac Annir."
Wütend stapfte der Angesprochene weiter. So ging es über Stock und Stein. Der Weg durch das Unterholz schien kein Ende zu nehmen. Immer wieder mußte Draighean auf die Wanderer warten, weil sie so langsam waren. Das Licht der Flamme verblaßte nie und zeigte den anderen, welcher Spur sie folgen mußten. Als Athraigh beim Laufen vor Erschöpfung fast einschlief, blieb Solasard so plötzlich stehen, daß der Namenlose auf ihn auflief und verdutzt stehen blieb.
„Wir sind da!", flüsterte ihr Führer.
„Bitte?", fragte Goworr verdutzt.
Was er in dem trüben Licht sehen konnte, waren ein paar Steine, die sich wie Schwestern aneinander lehnten, ansonsten war da nur weit und breit kalter, undurchsichtiger Wald. Er wollte sich gerade auf den Baumstumpf setzen, der da so einladend vor ihm stand, als Draighean in seiner Rede fortfuhr.
„Wir sind da. Hier wird uns keiner finden, weil unsere Spur hier enden wird. Los helft mir, Herr Zwerg! Fort von dem Baumstumpf."
Dann tastete er nach etwas im Boden und hob plötzlich eine Holzplatte an, auf der der Ruheplatz Goworrs stand. Er griff nach einem Pflock und befestigte die Falltür. Dann wurde man einer Rampe gewahr, die in das Innere einer Höhle führte.
„Auf, ihr tapferen Herren. Die Flucht ist zu Ende. Dort unten erwartet euch ein sanftes Lager, Speis und Trank im Überfluß. Geht voraus, ich werde die Tür verschließen."
Müde und erschöpft schlichen Solasard und Athraigh an ihrem Gastgeber vorbei, während Goworr den Eindruck machte, als finde er das alles sehr lustig. Die Rampe führte in einen spärlich beleuchteten Raum. Das Licht kam von einer Feuerstelle, die auch den Raum wärmte.

In einer Ecke waren Lagerstätten, auf die die Wanderer wie im Traum zusteuerten. Wie Steine fielen sie darauf und waren sofort eingeschlafen. Doch von den dreien schliefen nur zwei. Goworr wollte sich erst einmal vorsichtig umsehen, in was für einen Hasenbau er hier hineingeraten war. Die Höhle schien an andere Räume anzuschließen, denn er sah zwei Vorhänge, die wohl Durchgänge verdecken sollten. Überall standen Fässer und Säcke.
Es roch muffig, aber es war warm und das wichtigste, es war sicher. Dennoch gestattete sich Goworr noch keinen Schlaf wie seine leichtsinnigen Gefährten aus dem Menschenvolk.
Draighean hatte es sich auf einem Stuhl vor dem Feuer bequem gemacht und starrte in die Flammen. Der Zwerg traute diesem Mann nicht. Alles war viel zu glatt gegangen. Fast so, als wäre es geplant gewesen. Hatte er nicht gesagt, daß er schon seit Tagen auf sie gewartet hatte. Andererseits würde das Kleine Volk sich nicht mit dem Fahrenden Volk einlassen. Aber vielleicht waren die Zeiten der Ehre ja auch vorbei.
Draighean stand auf und zog nun seinen grünen Mantel aus und hängte ihn an einen Haken neben der Feuerstelle. Sein blondes Haar glänzte golden. Er hatte es zu einem Zopf zusammengefaßt, der fast bis an die Hüfte reichte. Ansonsten war er ganz in dunklem Waldgrün gewandet. Er nahm einen Krug, der auf einem der Fässer stand, öffnete dessen Deckel und schöpfte etwas Met hinein. Dann verschloß er das Faß und setzte sich wieder vor das Feuer.
„Ihr solltet schlafen, Herr Zwerg! Werdet ihr es nicht müde, mich aus den Lidern heraus zu beobachten? Wenn ihr reden wollt, setzt euch zu mir, wenn nicht, schlaft. Ihr werdet eure Kräfte noch brauchen, auch wenn es heißt, Zwerge wären zäh. Nun, wie entscheidet ihr euch?“
Goworr faßte den Entschluß, etwas über diesen Burschen in Erfahrung zu bringen und stand auf. Er nahm einen Stuhl, der an einem alten, klobigen Tisch stand und setzte sich zu dem Mann ans Feuer.
„Mir ging das alles zu glatt, wenn ihr wißt, was ich meine. Es kam mir fast so vor, als hättet ihr es geplant, uns hierher zu führen.“
Draighean erwiderte ihm:
„In der Tat, das hatte ich auch. Ich bin aus nicht weniger rätselhaften Gründen hier, wie ihr auch. Aber ich sollte euch in Sicherheit bringen und das habe ich getan. Für heute haben wir beide genug erlebt, als denn legt euch hin und schlaft.

Ich muß mir Gedanken machen, wie wir die nächsten Tage überleben. Mit dem Fahrenden Volk ist nicht zu spaßen und mit den beiden Herzkindern im Gepäck wird es nicht leicht sein, ihnen zu entkommen. Was hattet ihr eigentlich mit dem häßlichen Gaul vor? Ich bin wirklich froh, daß wir sie los sind. So ein Tier ist wie eine Spur im frischen Schnee, die man auf dem Weg hinterläßt."
„Woher wißt ihr von der Stute?"
„Sagte ich nicht, daß ich schon seit Tagen auf euch gewartet habe? Ich bin euch eben ein Stück entgegengegangen und habe euch ein bißchen beobachtet. Es ist besser, das Schwert zu kennen, mit dem man erschlagen wird. Dank des Pferdes habe ich euch auch so schnell gefunden. So war es mir ein Leichtes, im „Schlafenden Eber" auf euch zu warten."
„Und wie habt ihr von unserer Flucht erfahren?", fragte der Zwerg.
„Das kann ich nicht sagen. Ich habe es geschworen", antwortete der Mann aus dem Kleinen Volk.
„Wem habt ihr es geschworen? Jemandem aus dem Fahrenden Volk?"
„Nein, ich kann nicht darüber reden. Glaub mir! Ich habe nichts zu tun mit dem Fahrenden Volk, Goworr."
„Nun, das kann jeder behaupten, nicht wahr? Jetzt sind wir hier und sicher, und man soll nicht fragen, wie der Berg heißt, von dessen Steinen man sein Haus baut. So will ich mich auch ein wenig hinlegen und ausruhen. Und ihr, wollt ihr nicht auch ein wenig schlafen?"
„Ich schlafe nie, Herr Zwerg! In meinen Adern ist das Elbenblut sehr stark und wenn ich versuche zu schlafen, höre ich sein lautes Rauschen, dann lausche ich dem endlosen Lied, das es singt. Aber ihr solltet nun wirklich etwas schlafen, Herr Zwerg. Ihr seid sicher hier und auch von mir droht euch keine Gefahr."
Goworr legte sich zu seinen zwei Gesellen und döste ein wenig vor sich hin. Merkwürdig war das schon. Woher hatte Solasard eigentlich gewußt, daß Gefahr bestand? Irgendwie paßte hier alles einfach nicht zusammen und dann hatte er einen merkwürdigen Traum von einer grünen Flamme und einer wunderschönen Frau. Nun ja, Traum ist Traum und ohne Schlaf wird er sie wohl nicht wiederfinden. Dann fiel auch Goworr in einen tiefen Schlaf.
Draighean saß nachdenklich vor dem Feuer. Er hatte sofort bemerkt, daß etwas nicht stimmte, als Dair, der Weise des Kleinen Volkes, ihn benachrichtigen ließ, um ihn auf die Ankunft Solasards vorzubereiten. Außerdem

wünschte sich der alte Mann aus dem Osten, daß er sich dem Jüngling anschließen und ihn begleiten würde.
Er hatte schon lange nichts mehr von Dair gehört, und jetzt bat dieser ihn um einen Gefallen. Er hatte einiges über diesen jungen Mann herausbekommen, nicht zuletzt vom Fahrenden Volk. Cluanaire hatte ein Kopfgeld auf ihn ausgesetzt, weil er ihm ein Pferd gestohlen hatte. Dabei wußte jeder, daß es dem Dicken nicht einmal gehörte.
Das hatte er ja noch verstanden. Aber dann fand ihn diese Frau. So schön war sie, daß sich Morgen- und Abendrot darum stritten, ihre Lippen zu küssen. Mitten im Wald war sie fast lautlos hinter einer Eiche hervorgekommen und hatte sich an sein Feuer gesetzt. Sie hatte ihm nur in die Augen gesehen. Draighean war schon so lange allein, daß er glaubte zu träumen. Dann war sie aufgestanden, das Feuer ließ ihr Kleid in rotem Licht baden. Auch Draighean stand auf. Sie ging fort von dem Feuer. Sie drehte sich nicht um.
An einer Eiche blieb sie stehen und lehnte sich gegen den Stamm. Der Mann aus dem Kleinen Volk war ihr in die Finsternis gefolgt. Nun blickten sie einander an. Dann strich sie ihm mit der Hand durch sein Haar, über seine Wangen, seine Lippen. Ein Schritt trennte sie, und er zog sie in seine Arme. Sie schenkte ihm den Kuß der Göttin. Nicht mehr und nicht weniger. Als sie sich von ihm löste, flüsterte sie leise:
„Es gibt ein blindes Lamm, dem du den Weg zeigen mußt. Er sucht Neamhní. Führe ihn zu ihm. Danach magst du ihn wieder verlassen. Aber bis dahin wirst du bei ihm bleiben. Er ist noch jung, und bis der alte Mann ihn auf seine große Aufgabe vorbereiten kann, mußt du deine erfahrene Hand über ihn halten.
Cluanaire ist hinter ihm her. Ich könnte dem Einhalt gebieten, aber nichts schweißt eine Gemeinschaft enger zusammen als eine Bedrohung. Erwarte ihn im „Schlafenden Eber". Leb wohl, Draighean!"
Dann war sie fort, und warum auch immer, er hatte im „Eber" auf ihn gewartet. Heute nacht hatte sie ihn an seinem Feuer mit den Worten geweckt: „Draighean, es ist Zeit, Solasard braucht dich jetzt. Du wirst ihn auf der Breiten Straße finden."
Tatsächlich war er dort auf die Gemeinschaft gestoßen.
Das einzige, was er nicht verstand, war, warum er Solasard ausgerechnet zum alten Neamhní bringen sollte. Neamhní war der älteste Mensch, den Draighean jemals kennengelernt hatte. Immer wieder war er dem Alten

auf der Breiten Straße begegnet. Er konnte sich beim besten Willen nicht vorstellen, was Solasard von Neamhní lernen könnte. Nun ja, er würde schon seine Gründe haben.

Wie er so da saß, hörte er über sich ein Kratzen und Scharren. Draighean stand auf und ging die Rampe empor. Die Falltür war offen und davor stand Macha, die gleichnamige Stute an einem Zügel haltend. Nebel wallte um ihre Füße und suchte sich seinen Weg in die Höhle. Draighean war sprachlos ob der Schönheit von Frau und Pferd.

Freundlich lächelte ihn die Göttin an und übergab ihm die Zügel:

„Sei mir gegrüßt, Draighean. Das ist Macha. Sie gehört zu Solasard. Was auch immer passiert, die Stute ist ein Geschenk und darf nicht von dem Schwertsucher getrennt werden. Sie geht dahin, wo er hingeht. Laßt sie nicht zurück, oder meine Rache wird dich treffen. Es gibt nur eine, die sie reiten kann. Behandelt sie mit Achtung. Leb wohl, Waldläufer!"

Dann drehte sie sich um und ging in den Wald zurück. Bei jedem Schritt wurde der Nebel dichter, bis sie ganz darin verschwunden war.

Nächtlicher Besucher

Es war ruhig in der Zeltstadt. Die Sterne strahlten nur für sich. Ein einzelner Schatten bewegte sich zwischen den Zelten und suchte zielsicher seinen Weg. Vor Sáiles Zelt blieb er stehen und versicherte sich, daß ihm niemand gefolgt war, bevor er hineinschlüpfte.
Schlafend lag Sáile auf ihrem Lager. Ihre Decke hatte sie fest um sich geschlungen. Ihr Rücken glänzte leicht im Dunkeln. Ihr Haar lag wie ein Schal um ihren Hals. Das ganze Zelt duftete nach ihr und den schwarzen Lilien, die sie wie einen Geliebten im Arm hielt.
Es reizte den Mann in Madhra, diese schöne Frau zu berühren. So makellos ihr Körper auch war, so verdorben war ihre Seele. In mancherlei Hinsicht waren sie sich sehr ähnlich. Sie hätten ein schönes Paar abgegeben. Aber Madhra hätte nicht ruhig schlafen können neben einer solchen Gottesanbeterin. Er verstand sehr wohl, daß ein Mann wie Fionn mac Cumhail in ihre Fänge gelangen konnte. Er merkte ja selbst, wie schwer es ihm fiel, ihr zu widerstehen. Es drängte ihn förmlich, dieser Frau zu beweisen, daß er ihr Ketten anlegen könnte, wenn er wollte. Aber was sollte das? Er hatte eine Aufgabe zu erfüllen. Dennoch, sie war einfach wunderschön.
„Hast du dich satt gestarrt, Madhra? Bist du nur hergekommen, um zu überlegen, ob du es wagst, dich dazuzulegen oder nicht? Oder hast du mir auch etwas zu berichten, Hund?“
Ihre honigsüße Stimme durchschnitt den Raum. Dann drehte sie sich um, nicht ohne Madhra noch schnell einen Blick auf ihre spitzen Brüste zu schenken, und setzte sich auf.
„Nun, Madhra, was hast du zu erzählen? Komm, setz dich zu mir, ich werde dich bestimmt nicht beißen.“
Der Mann setzte sich am Ende ihres Lagers nieder.
„Was möchtet ihr wissen?“
„Alles natürlich, du Narr, und hör endlich auf, mich mit „ihr“ anzureden“, sagte Sáile ungeduldig.
„Nun gut, als ich das Weltentor durchschritten hatte, neigte sich gerade der Steineichenmonat Tinne dem Ende entgegen und in sechs Tagen sollte Lughnasadh sein. Ich hatte daher nicht viel Zeit das alte Schwert seines Vaters zu suchen, zumal ich noch etwas Wichtigeres zu erledigen hatte.

Ich verstehe gar nicht, warum er dieses Schwert braucht, wenn er doch das Blaue Schwert bald finden wird."
Schroff unterbrach ihn die Frau.
„Auf diesem Schwert liegt ein Zauber, der Fionn während all seinen Reisen beschützt und behütet hat, bis er Diarmaid getötet hat. Vielleicht schützt es auch seinen Sohn bei der Suche nach dem Blauen Schwert. Was heißt, du hattest noch Wichtigeres zu tun? Willst du mir damit sagen, daß du vielleicht nicht nur wegen meines Sohnes zurückgekehrt bist?"
„Ja, so ist es. Auch wenn es bei dir der Fall sein mag, aber für mich ist dein Sohn nicht das Wichtigste in meinem Leben. Das Wichtigste in meinem Leben bin vorerst ich. Du kannst dir ruhig etwas anziehen, denn daran wird sich nichts ändern, auch wenn du mir noch so offensichtlich deinen Busen zeigst.
Soll ich nun fortfahren?"
Mit funkelndem Blick in den Augen nickte sie schweigsam.
„Nun denn, als ich mich von Wyinklo über Tara nach Cluain-maccu-Nois herangearbeitet hatte, fand ich auch ziemlich schnell das Heiligtum dieses Gottes. Es wird von einem jungen und einem älteren Mann gepflegt und behütet. Leider sind die beiden sehr aufmerksam und sorgfältig, so daß ich fast zwei Tage verlor, bis ich endlich an die Stelle herankam.
Es ist nicht so einfach, sich mitten in der Nacht nur tastend an einem Steinaltar entlang zu fühlen und dieses Schwert zu finden. In manchen Ritzen saßen fette Spinnen, die über meine Finger liefen, dies allerdings nur einmal. Klebrige Würmer und flinke Asseln hatten dort ebenfalls ein Heim gefunden, und endlich erfühlte ich auch das Schwert.
Es hat nicht das geringste Anzeichen von Verwitterung an sich. Dann machte ich mich damit auf den Weg nach Inis-Diomain. Die Nacht war mein Mantel, der Tag war mein Lager, und als ich am späten Abend den Ort erreichte, war die Hochzeit schon im Gange.
Viel Volk war zusammengeströmt. Wie mir schien, hatten sie nur für diesen Anlaß eine Scheune außerhalb des Dorfes gebaut. Ich wartete mit meinem Pferd vor der Tür. Ein wundervolles Herbstgewitter sang sein Lied. Dann hörte ich sie die Göttin anrufen. Das war mein Zeichen. Ich drängte mein Tier gegen das große Tor, daß es aufflog und galoppierte vor den Tisch des Brautpaares. Ihr habt einen hübschen Sohn, Sáile!
Er hat grau-blaue Augen, die wach und aufmerksam sind, eine Falkennase, die ihm etwas Gefährliches gibt und schmale Lippen, die das Sprechen

nicht sehr gewohnt sind. Sein blondes Haar, das in einem Zopf zusammengefaßt war, mag ihn wohl wie eine Mähne umgeben.
Auch eure Schwiegertochter ist ein hübsches Ding, so recht nach meinem Geschmack."
„Das Weib ist nicht wichtig, fahre fort", fuhr ihm Sáile dazwischen.
„Nun gut. Ich warf eurem Sohn das Schwert auf den Tisch. Seltsamerweise blieb er ganz ruhig. Er faßte mich ins Auge und hörte jedem Wort genau zu. Tiné allerdings wich die Farbe aus dem Gesicht, und ich glaubte schon fast, daß sie ohnmächtig umfallen würde.
Nachdem ich gesagt hatte, was zu sagen war, wendete ich mein Pferd und galoppierte hinaus. Hinter mir fielen die Türen ins Schloß. Ich suchte Schutz unter einem Baum in der Nähe und wartete. Und richtig, nach wenigen Augenblicken öffnete sich das Tor und langsam, wie benommen, kam die junge Braut heraus.
In der Scheune war dein Sohn aufgesprungen und riß den Festschmuck von den Wänden und warf die Tische um. Dann sah er mich. Er stürzte aus der Scheune auf mich zu. Ich gab meinem Pferd die Sporen, und wir stoben davon. Doch noch lange hörte ich hinter mir seine Rufe.
Später kam ich noch einmal zurück und fand die junge Braut im Schlamm ihres Unglücks, durchnäßt bis auf die Haut und vielleicht schon tot. Danach kehrte ich hierher zurück."
Das Mutterherz in Sáile erwachte und sie bat:
„Erzähle mir mehr von meinem Sohn, Madhra, ich gebe dir dafür, was du willst."
„Es gibt nicht mehr zu erzählen, und ihr könnt mir auch nicht geben, was ich will, weil ihr mittellos seid, Herrin. Er ist ein großer, gerader Bursche mit Edelmut im Blick. Wenn er Hochkönig wird, dann ein guter.
Aber dazu muß er erst einmal den alten Broc mac Cíocras von seinem Thron stürzen. Freiwillig wird er ihn ihm gewiß nicht zur Verfügung stellen. Er ist zwar alt und zahnlos, aber ich kenne einige Leute, die ihn unbedingt auf dem Thron halten wollen. Diese haben allerdings ein Gebiß wie die Riesenhaie an der Ostküste. Dennoch gehen Gerüchte um, daß Broc nicht mehr lange auf seinem Thron sitzen wird.
Da ist von irgendeinem Alten Wort die Rede. Außerdem scheint es noch jemanden zu geben, der sich den Thron erkämpfen will. Sein Name ist Dragan. Er ist der Anführer einer sehr großen Bande in Wyinklo. Er hat

wohl vor, an einem großen Fest in die Burg einzudringen, den König zu meucheln und selbst den Thron zu besteigen."
„Das darf unter gar keinen Umständen geschehen, der Thron ist für meinen Sohn, für meinen Sohn und mich. Wir müssen das verhindern!", brach es aus Sáile hervor.
„Ihr seid verrückt, seht ihr denn die Gelegenheit nicht. Broc hat das Heer hinter sich, die Königliche Garde, die Höflinge. Aber dieser Narr aus Wyinklo hat nur ein paar Räuber unter sich. Leute, die ihm bald den Thron und seine Macht neiden und ihn meistbietend verkaufen werden. Dann könnt ihr zuschlagen und euren Sohn auf seinen rechtmäßigen Platz setzen."
Grüblerisch betrachtete die Frau den Mann zu ihren Füßen.
„Du überraschst mich, Madhra! Wo liegt der Vorteil für dich, wenn mein Sohn auf dem Thron sitzt? Du spinnst dir diese Gedanken doch nicht zum Vergnügen zusammen? Sag mir, warum?"
„Das ist meine Sache, Sáile. Es sollte euch genügen, daß ich mir so meine Gedanken mache."
„Du bist ein merkwürdiger Mann, Madhra. Ich habe das Gefühl, als wärst du ein Mensch und doch bist du so kühl wie dieses Elbenpack da draußen."
Geschmeidig wie eine Raubkatze schob sie sich zu ihm hin. Ihre Augen wurden angezogen von dem Schwarz in seinen Augen. Sie spürte seinen Atem auf ihren Lippen. Fast berührten sich ihre Lippen. Die Frau schloß ihre Augen.
„Was soll das werden, Sáile? Die Bezahlung für meine Dienste oder Vorschuß für meine nächste Reise in die Alte Welt?"
Haßerfüllt öffnete sie die Augen, holte mit ihrer Hand aus und kam nicht weit. Kurz vor seinem Gesicht hielt er ihre Hand so fest wie in Eisenketten. Er drehte ihr den Arm auf den Rücken und beugte sich zu ihr hin, zwang sie auf den Rücken. Schwer lastete er auf ihr. Abscheu war in ihren Augen zu lesen.
„Nein, meine stolze Rose, so wird es nicht sein. Ich bin keiner dieser blinden Narren, die sich in deinem Netz verfangen. Du bist wunderschön, und das Fleisch in mir möchte dich besitzen, möchte wissen, wie du schmeckst und hören, wie deine Schreie in der Nacht verhallen. Aber mein Kopf kennt dein Herz, das nur ein Stein ist, edle Sáile. Solange du wild bist, verlangt es mich, dich zu berühren, aber ich werde es nicht tun, weil ich leben will, und zahm will ich dich nicht. So wird daraus nichts werden."

Er ließ sie los, und sie entwand sich ihm.
„Du bist wahrlich das, was du bist, ein Hund. Ein nichtiger Mischling. Wir könnten Inseln sein im Meer der Einsamkeit. Du Narr! Bist du nicht auch einsam? Versteckst du dich nicht auch?"
Er wollte ihr durch das Haar streichen, aber sie schüttelte ihn ab.
„Es tut mir leid, wenn ich dich verletzt habe, Sáile. Ich weiß, wie fürchterlich einsam man hier sein kann, aber daran wirst du dich gewöhnen müssen. Vielleicht kann ich dir so etwas wie ein Freund sein, aber nicht mehr. Verlange nicht von mir, daß ich meinen Weg verlasse, um deinem zu folgen. Es ist für uns beide von Vorteil, wenn Solasard auf den Thron kommt, solange laß uns einem Ziel nachjagen, doch dann wollen wir wieder getrennte Wege gehen.
Du bist keine gute Frau für einen Mann. Du forderst zuviel, zuviel, was ich dir zu geben nicht bereit bin. Verstehst du das?"
„Es ist schön, wie du meinen Namen aussprichst. Würdest du heute nacht bei mir bleiben? Ich möchte nur in deinen Armen liegen. Bitte, ich bin so allein. Diese Welt wird nie die meine sein."
Madhra legte sich hin und öffnete seine Arme.
„Komm her, du einsames Kind."
Ihren Stolz vergessend glitt sie an seine Brust, schmiegte sich an ihn, bis er sie mit seinen Armen umfaßte.
„Schlaf jetzt ein wenig."
Sie schloß ihre Augen und versuchte so lange wie möglich wach zu bleiben. So sehr genoß sie die Wärme, die sie einhüllte. Dann driftete sie in einen Traum von Liebe und Glück. Sie atmete ruhig. Am Morgen erwachte sie, als Madhra sie aus seinen Armen entließ.
„Wo gehst du hin?"
„Ich muß gehen. Es ist nicht gut für uns beide, gemeinsam gesehen zu werden. Komm heute mittag in den Hain am Bach. Dort sind wir für uns und können überlegen, wie wir weiter vorgehen wollen. Ruh dich noch etwas aus und schlaf wieder ein, bis die Zeltstadt erwacht."
Sáile zog sich die Decke bis an die Schultern und legte sich auf die Seite. Sie lauschte den Vögeln, die ihre morgendlichen Grüße an den neuen Tag zwitscherten. Der Duft der Lilien umgab sie. Die Fremde war glücklich. Es war gut, daß er nicht mit ihr geschlafen hatte. Sie hätte sonst jegliche Achtung vor ihm verloren. Sie mochte keine schwachen Männer, die sie

wie eine Puppe benutzen und nach Gebrauch wieder in die Ecke setzen konnte. Madhra und Sáile waren gleichwertig in ihrer Zweckgemeinschaft. Eigentlich mochte sie ihn, aber dann ärgerte es sie, daß er ihr so mühelos widerstehen konnte. Sicher, er hatte gesagt, daß er sie begehre. Aber er konnte ihr viel erzählen, um sie zu gewinnen. Sie drehte sich hin und her, bis sie wieder eingeschlafen war.

Zum ersten Mal schlief sie sich richtig aus. Als Fia mit dem Frühstück herankam, stand sie nicht auf, sondern speiste im Liegen. Dann zog sie sich an, nahm frische Sachen mit und ging zu dem Bach, der an der anderen Seite des Hügels lag. Das Wasser war klar und hüfthoch.

Schnell hatte sich Sáile ihrer Kleider entledigt und sprang mit einem Satz in das frische Naß. Sie planschte umher und schien sich ihre Schwermut vom Leib zu waschen. Sie kniete im Wasser, lehnte ihren Kopf zurück und überließ ihr Haar der geschwinden Strömung. Sie hielt die Luft an, tauchte unter und kam prustend wieder nach oben. Das Wasser liebkoste ihren Körper, strömte an ihr vorbei und nahm eine Erinnerung von ihr mit ins Meer.

Schließlich wurde sie müde. Sie stieg aus dem Wasser, wischte sich die Tropfen vom Leib und zog sich wieder an. Ihr nasses Haar lag schwer auf dem Rücken und kühlte sie. Es war ein schöner Tag, und es gab keine Wolken. Ein sanfter Wind strich umher, ein Liebchen suchend. Dann machte sie sich auf zu dem Hain, wohin sie nach einem kurzen Fußweg gelangte. Madhra saß auf einem Baumstumpf und erwartete sie bereits.

„Du bist so schön, wenn du glücklich bist, Sáile. Manchmal muß man über seinen stolzen Schatten springen, um etwas Glück zu finden. Du hättest mir nicht die starke Frau vorgaukeln müssen. Ich weiß ob deiner Stärke, aber ich kenne auch deine Schwächen. Komm setz dich zu mir."

Freundlich klopfte er auf den Stumpf.

„Daß du gestern nacht bei mir warst, heißt nicht, daß ich schwach bin, Madhra. Ich bin auch nur ein Mensch, und Menschen brauchen zuweilen menschliche Nähe. Bitte messe dem gestrigen Abend nicht zuviel Bedeutung bei, ja!

Reden wir einfach von etwas anderem. Was glaubst du, sollten wir tun? Oder besser gibt es etwas, was ich für dich tun kann? Kann ich dir irgendwie helfen?"

„Ich fürchte nein. Aber ganz wichtig ist, daß du dich so verhältst, als wäre das hier jetzt dein neues Zuhause. Ich habe gehört, du seist der Gast einiger

alter Familien. Behalte das bei. Vielleicht kannst du Dinge in Erfahrung bringen, die hilfreich sind."
„Was sind das für Dinge, Madhra?", fragte die Frau.
„Nun, zum Beispiel, wann der Prinz in unsere Welt kommt. Dann weiß ich, daß ich mich vorsehen muß. Schau dich um, ob dir nicht irgend etwas auffällt. Alles könnte wichtig sein."
„Und was heißt „alles"? Worauf muß ich achten?"
„Es gibt zwei Lager. Die einen wie Prinz Misnéachard wollen eine Gemeinsame Welt. Viele hier träumen davon, wieder in die Alte Welt zurückzukehren. Sie vermissen das Sonnenlicht, das Meer, den Wald. All das hier ist für sie nicht wirklich, aber sie ertragen es. Es ist diese Trauer, die du in ihnen wecken mußt, die Hoffnung auf eine Rückkehr.
Vielleicht werden sie eine Möglichkeit finden. Dieser Ort ist nur so lange ein Garten der Götter, wie man ihn verlassen kann, ansonsten unterscheidet er sich durch nichts von einem Käfig.
Dann gibt es die anderen. Sie lieben diese Andere Welt, weil sie sie für vollkommener halten als die Alte Welt. Sie haben keine Sehnsucht nach dem Tod. Jene waren die ersten, denen der Gedanke kam, nicht im Krieg zu fallen und alles zu verlieren, was sie geschaffen und den Menschen beigebracht hatten. Sie wollten ihre Weisheit und ihr Wissen retten und schufen sich unter der Erde diese Welt. Lieber wollten sie einen Krieg verlieren, als sich selbst. Sie waren nicht die Krieger, die tapfer kämpften. Ihre neue Heimat ist ein Ort, der nur Feiglingen ein Versteck bietet. Sie halten sich für edel und gerecht, für weise. Diese Feiglinge wollen auf keinen Fall wieder ans Tageslicht ihrer Schande zurückkehren.
Du wirst schnell herausfinden, wer auf welcher Seite ist. Aber vielleicht erfährst du auch mehr darüber, was sie planen, um ihre Vorstellungen in die Wirklichkeit umzusetzen. Das mag uns dienlich sein. Ich werde nicht mehr lange hier verweilen. Dann kehre ich zurück in die Alte Welt, um zu sehen, wie sich dein Spiel entwickelt. Ich weiß nicht, wie lange ich dann fortbleiben werde."
Sáile blickte nachdenklich in die Höhe. Sie hatte damit gerechnet, daß er wieder gehen würde, aber nicht, daß es so bald sein würde.
„Wirst du heute nacht in mein Zelt kommen? Wir könnten unsere weiteren Pläne besprechen."
Madhra grinste in sich hinein.

„Es ist schwer, allein zu sein, nicht wahr? Überall ist Musik. Manche unterhalten sich leise, andere geben sich einander hin. Oh ja, Zelte haben keine Wände. Du hörst alles, du nimmst alles wahr und bist doch kein Teil davon. Ich kenne diese Einsamkeit nur zu gut. Aber ich muß mich um andere Angelegenheiten kümmern, Sáile. Du bist eine schöne Frau, dir werden die jungen Männer bald das Zelt einrennen. Dann bist du nicht mehr allein und kannst uns auf diese Art und Weise Neuigkeiten beschaffen."
Mit der flachen Hand schlug sie dem Mann ins Gesicht.
„Was glaubst du, was ich bin? Wie konnte ich mich letzte Nacht nur so vergessen. Ich dachte tatsächlich, du wärst ein Mann, aber du bist eben doch nur ein Nichts."
Fest packte Madhra sie an den Armen.
„Sei vorsichtig mit dem, was du sagst. Ich habe keine Angst vor dir. Wenn ich wollte, könnte ich dir jetzt hier beweisen, was ich bin. Du würdest nach mehr betteln auf deinen bleichen Knien, so ausgehungert wie du bist. Du tust mir leid!"
Dann drehte er sich um und ging davon. Sáile stürzte hinter ihm her.
„Bleib stehen, warte auf mich! Es tut mir leid. Hörst du, es tut mir leid. Warte doch, ich habe es nicht so gemeint."
Madhra blieb stehen und drehte sich um.
„Aber ich. Das ist nicht deine Welt. Wenn du hier Fuß fassen willst, wirst du tun, was ich sage. Das hast du doch verstanden? Oder?"
Allein ließ er Sáile zurück. Die Frau war wütend auf sich selbst. Wie hatte sie sich nur so gehenlassen können? Gestern abend schon, aber sie konnte diese Einsamkeit bald nicht mehr ertragen. Auch Sáile war nur ein Mensch. Sie wollte zurück in ihre Welt. Müde ging sie zu ihrem Zelt. Dort wartete Fia auf sie.
„Seid mir gegrüßt, Sáile. Ich wartete hier auf euch. Wir haben eine Einladung für heute abend, die wir nicht ablehnen können."
„Tatsächlich, wer lädt uns denn ein?", fragte Sáile.
„Néart, ein entfernter Verwandter des Königlichen Paares. Eigentlich geziemt es sich nicht, von einem alleinstehenden Mann eingeladen zu werden, deshalb bat er mich, euch zu begleiten."
„Warum hat er mich eingeladen, wenn er weiß, daß es unziemlich ist?"
„Er ist ein sonderbarer Mann. Er wohnt auch nicht in der Zeltstadt. Er lagert am Weißen Weiher. Das ist eine schöne Lichtung im Wald. Er läßt sich nur selten hier blicken. Ich selbst kenne ihn kaum. Manche behaupten sogar,

er sei Madhras Vater, weil seine Mutter sehr viel mit ihm zu tun hatte. Er hatte nicht gerade den besten Ruf, bevor er in die Wildnis zog. Deshalb werde ich euch auch begleiten. So wird der eure keinen Schaden nehmen."
„Gut, Fia. Ich werde mich nur schnell umziehen, und dann können wir aufbrechen. Vielleicht kannst du in der Zwischenzeit Pferde besorgen. Ich glaube kaum, daß wir zu Fuß dorthin gelangen."
Für ihren Besuch wählte Sáile ein hautfarbenes, enganliegendes Kleid, das ihr eine ihrer Gastgeberinnen geschenkt hatte. Das Kleid schmiegte sich so eng an ihren Körper, daß es fast schien, als sei sie nackt. Wenn Madhra sie nicht wollte, vielleicht wäre dieser Herr so nett, ihr Gesellschaft zu leisten. Um einen Anschein von Anstand zu wahren, legte sie sich eine dunkelbraune, zu ihrem Haar passende Stola um. Dann trat sie vor das Zelt. Fia kam ihr mit zwei Pferden entgegen und half Sáile auf den Rücken einer Schimmelstute. Sie mußte ihre Beine auf einer Seite übereinander legen und ständig ihr Gleichgewicht halten, um nicht vom Pferd zu fallen. Auch Fia stieg auf.
Dann trabten sie langsam aus der Zeltstadt. Sie ritten an dem Hain vorbei, wo sie sich jeden Morgen wusch und folgten einem Pfad durch blühende Wiesen, der zu dem Wald führte, der in einigen Meilen Entfernung rund um die Zeltstadt wuchs. Sie ritten an einer Hecke von blühendem Stechginster vorbei, dessen Duft sie berauschte. Der Waldboden war bedeckt von abertausenden blauen Sternhyazinthen, die ihn in eine blaue Wiese verwandelten. Eine Brücke spannte sich über einen rauschenden Bach. Ein blaugeflügelter Eichelhäher flog über ihre Köpfe hinweg. Es war warm, und der Gegenwind kühlte und erfrischte sie. Die Blätter der Bäume ließen das Licht manchmal grün aufblitzen.
Sie kamen zu einer Lichtung, die zur Gänze von einem Zelt bedeckt war. Das Lindgrün der Wände fügte sich in seine Umgebung, als wäre es ein Teil davon. Davor lagen zwei Weiher, die miteinander verbunden waren. Junge Pappeln umgaben sie wie Wachposten, die eingebettet waren in ein Bett aus blühendem Schilf. Ein prächtiger Mäusebussard saß im Geäst einer uralten Eiche und flog davon, als sie sich näherten. In einem der beiden Weiher zog ein Schwanenpärchen seine Runden.
Müde vom Ritt stieg Sáile ab, Fia folgte ihr. Zwischenzeitlich war der Herr über dieses Reich vor das Zelt getreten. Néart kam ihr mit ausgestreckter Hand entgegen. Seine blonden Locken fielen ihm beim Laufen ins Gesicht. Die Augen waren strahlend blau wie Kornblumen. Seine weißen Wangen

boten einem ganzen Stamm von Sommersprossen Heimstatt, was ihm etwas Freches gab.
„Seid mir gegrüßt, edle Sáile. Ich habe schon so einiges über euch erfahren. Nicht zuletzt von einem gemeinsamen Freund, der immer sehr viel unterwegs ist. Doch tretet ein!"
Er nahm sie am Arm. Als Fia in das Zelt treten wollte, hielt er sie zurück und sagte zu ihr:
„Ich danke euch für die Begleitung eurer Herrin. Doch eure Dienste werden nun nicht mehr gebraucht. Kehrt zurück in die Stadt und wartet auf sie. Ich werde sie sicher nach Hause bringen."
Fia wollte widersprechen, doch der Mann schob sie einfach hinaus. Bald hörte man den Galopp eines Pferdes, das sich schnell entfernte. Sáile war allein.
„Nochmals willkommen, schöne Frau, seht euch nur um! Mein Heim soll auch euer Heim sein."
Dies tat Sáile. Ihr Blick glitt über einen wundervoll geknüpften Teppich in dunklem Rot und Gold. Die Zeltwände waren kunstvoll bemalt und erzählten von den sechs Landnahmen der Alten Heimat. Überall standen Kristallampen, die ihr magisches Licht vergossen. Auf einer kunstvoll verzierten Silberplatte lagen köstliches Obst, Fleisch und Brot. Eine goldene Flüssigkeit glitzerte in einer wunderschönen gläsernen Karaffe. Daneben standen die dazugehörigen Gläser.
Rund um eine Feuerstelle waren flache Tischchen gestellt worden. Stühle gab es nicht, nur große flauschige Schaffelle, die davor ausgebreitet waren.
Fast verloren stand sie in all diesem Prunk, der sich völlig von den Zelten in der Stadt unterschied. Auch war Néart ganz anders gekleidet als die Sidhi in der Stadt.
Er trug eine schwarze, enganliegende Hose und darüber ein weißes Hemd und eine blaue Weste mit Stehkragen, die mit Silberfäden durchwirkt war und erst bei den Knien endete.
„Ihr wundert euch sicherlich über meine Einladung, aber ich war erpicht darauf, euch kennenzulernen. Große Pläne habt ihr, und vielleicht können wir uns gegenseitig behilflich sein. Ich stamme aus einer der ältesten Familien, aber meine Ideen sind sehr jung, zu jung für dieses Volk, für diese Welt, aber was rede ich.
Kommt, schöne Frau, laßt euch nieder und erzählt mir von eurem Schicksal. Vieles habe ich schon gehört über euch. Ich war auch bei dem Comoír

zugegen. Es tut mir leid, daß es euch untersagt ist, in eure Welt zurückzukehren.
Ich kenne diesen Schmerz nur zu gut. Ich war einer der letzten, der die wahre Sonne sehen konnte, bevor wir hierher kamen. Ich habe vieles getan, um mein Heimweh zu verdrängen, viel unkluges, bis ich mich entschied, durch die Wälder zu ziehen. Dies hier ist genauso wenig meine Welt, wie es die eure ist. Für mich ist das alles nur ein Übergang.
Doch ich bat euch, mir eure Geschichte zu erzählen, und nun rede ich selbst schon viel zu lange. Mögt ihr einen Schluck unseres guten Sommertrunkes?"
Ohne eine Antwort abzuwarten, ging der Mann zu dem Tisch, goß aus der Karaffe einen der Glaskelche voll und brachte ihn der Frau. Sáile setzte sich an einen der Tische und begann, ihre Geschichte zu erzählen.
„Es war vor mehr als neunzehn Sommern, da lebte ich auf der Burg Almhuin. Meine Herrin war die Gattin des edlen Fionn mac Cumhail. Doch weil sie reizlos und widerspenstig war, zog er mich ihr vor. Ich war nicht nur seine Geliebte. Ich war auch seine Vertraute. Mit manchem Geheimnis versiegelte er meine Lippen und auch seine Entscheidungen ließ er mich zuweilen sogar in Frage stellen. Wir hatten eine schöne Zeit zusammen, und vielleicht hätte er irgendwann seine Frau verstoßen und mich geehelicht und zur Unterkönigin gemacht. Aber es kam alles anders. Cormac mac Art, der Hochkönig auf Tara, starb und Broc mac Cíocras bemächtigte sich des Thrones.
Die Fianna, deren Anführer mein Geliebter war, wurden aufgelöst. Zu allem Unglück wurde ich gerade zu diesem Zeitpunkt schwanger. Dann ließ mich auch noch Fionn im Stich und lief davon.
Am ersten Tag des Erlenmonats Fearn schenkte ich einem Sohn das Leben, Solasard. Doch Brocs Häscher trachteten uns nach dem Leben, so daß ich mich von meinem Kind trennen mußte, damit es überleben konnte. Treue Anhänger Fionns brachten es an einen sicheren Ort.
Davor aber belegte ich meinen eigenen Sohn mit einem Geís. Denn er ist der Sohn eines wahren Königs. In seinen Adern fließt Fionns Blut, und deshalb sollte es auch nur ihm zustehen, über dieses Land zu herrschen. Ich sorgte dafür, daß ihm sein Land die Mutter ist, die ich ihm nie sein konnte."
Kalte Tränen liefen über die Wangen der Frau.

Der Wasserfall

Dunkelheit umgab Amhrán. Sie schien allein in einer unendlichen Finsternis, im Nichts zu stehen. Dann glomm in der Ferne ein golden schimmerndes Licht auf. Es wurde heller und heller, schon blendete sie das Licht. Schließlich hatten sich ihre Augen an die Helligkeit gewöhnt, so daß sie es wagte, sich umzuschauen.

Das Mädchen stand in einer großen, unterirdischen Höhle. Ein klarer See spiegelte das Licht an die Felsendecke. In der Mitte blitzte ein metallener Gegenstand, der in dem Wasser stak.

Die Wände der Felsenhalle sahen aus, als ob sie ganz mit Gold getäfelt waren, doch dann erlosch das goldene Licht und alles ging über in ein geheimnisvolles Blau.

Plötzlich war Solasard in der Höhle. Etwas war merkwürdig verändert an ihm, aber sie hätte nicht sagen können, was es war. Er war irgendwie gealtert, reifer, ein Mann. Er war nicht allein, seltsame Gestalten begleiteten ihn, die nun ebenfalls in die Höhle drängten.

Dann sah sie einen Ritter in voller Rüstung durch das Wasser waten. Nur daran, daß er keinen Helm trug, konnte man sehen, wie alt er war. Zielstrebig ging er auf das Schwert zu. Dort angekommen zog er sein eigenes.

Dann geschah etwas Eigenartiges. Ein alter Mann, einer von Solasards Gefährten trat hervor, sprang in das Wasser und lief für sein Alter sehr schnell zu dem Greis. Wie Freunde fielen sie sich in die Arme. Doch als Solasards Gefährte das Schwert aus dem Boden ziehen wollte, holte der andere Greis mit seinem Schwert aus.

Da versank wieder alles in Finsternis und Misnéachard trat ihr entgegen. Freundlich lächelte er sie an.

„Diese Bilder sind nicht für dich, Amhrán. Du darfst von mir träumen, doch meine Gedanken sind tabu für dich. Vergiß dies alles. Du solltest nicht in der Zukunft wandeln, wenn du in der Gegenwart nicht einmal auf deinen eigenen Füßen stehen kannst. Ruhe nun, bald beginnt dein neues Leben.“

Dann verschwand auch er wieder in der Finsternis.

Am nächsten Morgen erwachte Amhrán müde und wie gerädert. Es kam ihr vor, als habe sie gar nicht geschlafen.
Es mußte noch sehr früh sein, die anderen schliefen tief und fest, wenngleich jemand ein Feuer entzündet haben mußte. Es war warm in der Hütte. Amhrán legte sich auf den Rücken und zog den Mantel bis unter das Kinn. Sie streichelte den Stoff mit ihren Fingern und dachte an die beiden Männer in ihrem Leben.
Amhrán war so erzürnt gewesen über das, was an ihrem Hochzeitstag geschehen war, wütend auf ihr Schicksal, auf Solasard, obwohl dieser vielleicht am wenigsten etwas dafür konnte. Ihr ganzes Leben hatte sich seitdem verändert, und obwohl sie immer noch verbittert war, konnte sie ihn doch nicht hassen, waren da immer noch Gefühle ihm gegenüber, die sie nicht verleugnen konnte.
Wo mochte er jetzt sein? Ob es ihm gut ging? Womöglich war er verletzt oder tot? Nein, bestimmt nicht. Solasard war ein ruhiger, besonnener Jüngling. Er würde nicht blindlings in irgendwelche Gefahren laufen. Bestimmt hatten sich ihm bereits viele angeschlossen. Er würde das schon schaffen. Und dann würde er sie holen. Sie würden heiraten, Pferde züchten, ein bißchen Vieh haben, vielleicht Kinder.
Eine Gänsehaut überzog Amhrán. Sie schüttelte sich. Wie tückisch all dieses Althergebrachte ist. Wie schnell man sich einfügte, ohne jemals dazugehört zu haben.
Es war nicht leicht für sie heranzuwachsen, ohne die Liebe, die Anerkennung einer Mutter gehabt zu haben. Weder Shem noch Goleudydd konnten die Lücke dieses Verlustes schließen. Aber vielleicht war es das, was sie zu Solasard trieb. Er hätte ihr all das geben können, was sie nie besessen hatte.
Eine Familie.
Immer wieder hörte sie die Frauen davon sprechen, daß Kinder die einzige Erfüllung einer Frau sein sollten. Sicher liebte Amhrán Kinder. Aber sich selbst mit ihnen rumbalgen? Nein danke, später vielleicht, wenn sie ihr Leben gelebt hatte. Sie fühlte sich so gar nicht alt und reif. Manchmal glaubte sie, daß sie nie erwachsen werden würde. Dann fragte sie sich wieder, ob sie das überhaupt werden wollte. Was bedeutete es überhaupt, erwachsen zu sein? War es nicht vielleicht besser, die Welt mit den Augen eines Kindes zu sehen? Nicht alles als gegeben hinzunehmen, sondern den

Himmel jeden Tag neu zu entdecken? Wie leicht ist es doch, ein Kind glücklich zu machen.
Goleudydd hatte immer gesagt: Je mehr du brauchst, um glücklich zu sein, um so unglücklicher wirst du sein. Hatte sie vielleicht recht, wenn sie sagte, daß die Menschen immer anspruchsvoller werden. Aber wohin sollte das denn führen?
Amhrán mußte an den edlen Misnéachard denken. Wahrlich, dies war ein Mann von Ehre. Dennoch wünschte sie sich zuweilen, er wäre kein solcher Ehrenmann gewesen. Aber er hatte ihr sein Wort gegeben, sie wiederzusehen.
Mit Wehmut dachte sie an jene Nacht. Immer noch konnte sie fühlen, wie er den Mantel um sie legte. Sie konnte ihn an ihrer Seite spüren. Niemals hatte ein Mann sie so gehalten, so geküßt. Der Schmerz der Sehnsucht fraß sich durch ihre Seele, und sie leerte den Kelch der bittersüßen Lust der Erinnerung bis zur Neige.
Dann kam Bewegung in die Hütte. Caitín erwachte als erste. Zärtlich weckte sie Eite. Schließlich wachte auch Sadv auf.
„Pst, leise. Laßt uns Amhrán wecken, wenn wir fertig mit dem Anziehen sind. Dann kann sie noch ein bißchen länger schlafen und muß nicht auch noch in diesem Durcheinander mitmischen."
Doch aus dem Bett erscholl es munter:
„Danke, Sadv, aber ich bin schon wach."
So sprangen die vier Frauen auf und zogen sich in Windeseile an.
Es war ein grauverhangener Tag, die Sonne war nur zu erahnen. Es war kalt und der Boden war gefroren, als die vier zur Begrüßung des Tages schritten. Während Amhrán das Ritual so gut es ihr möglich war nachvollzog, überlegte sie, was sie wohl heute erwarten würde.
Rhiannon blinzelte ihr öfters aufmunternd zu. Dann gingen alle gemeinsam zur Versammlungshütte. Zum Frühstück schmierte sich Amhrán einen Kanten Brot mit Butter und leckerem Honig, der ihr die Hoffnung auf den Sommer zurückgab.
„Nun, Rhiannon, was werden wir heute tun?"
Die alte Frau grinste über beide Backen.
„Nun, ich für meinen Teil werde überlegen, wie und wann wir mit dem Unterricht beginnen. Du allerdings wirst diesen und die nächsten Tage nutzen, um dich besser hier einzuleben. Heute morgen wirst du mit Eite

Tannen- oder Kiefernzapfen sammeln. Das gibt eine gute Glut und spendet Wärme, wenn es bald anfängt zu schneien.
Heute nachmittag wirst du zu Carria übersetzen. Er wird dir unser Vieh zeigen und einiges Wissenswertes dazu erzählen. Wir beide werden uns die nächsten Tage nur beim Morgenritual oder beim Frühstück sehen. Aber wenn es Schwierigkeiten gibt, bin ich natürlich für dich da."
„Warum muß ich das alles lernen?", fragte Amhrán etwas mürrisch.
„Amhrán, du bist jetzt Teil einer Gemeinschaft. Erinnerst du dich, als ich dich im Wald den Kessel ausspülen ließ? Deshalb. Nur wenn jeder seinen Beitrag leistet, haben alle genug Zeit, sich mit ihren Lehrern und deren Unterricht zu beschäftigen."
Das Mädchen atmete tief ein und aus.
„Du hast ja recht. Aber müssen es denn unbedingt Rinder sein? Mit Pferden stehe ich auf einem viel besseren Fuß."
„Sag, Amhrán, du hast wohl noch nie einer Kuh ins Auge gesehen?"
„Nein, warum sollte ich, Rhiannon?"
„Tu es, und dann wirst du wissen, warum. Ah, da vorne wartet schon Eite auf dich. Da du ja den Umgang mit den Sidhi suchst, dachte ich, ein wenig Zeit mit einer deiner Zimmergenossinnen zu teilen, wäre ganz gut für dich."
Schmunzelnd sagte das Mädchen.
„Mach dich nur lustig, alte Frau! Mich hat schon ein Prinz geküßt und dich?"
Rhiannon fiel das Brot aus der Hand. Aber Amhrán war schon fort, als sie soweit war, etwas erwidern zu können.
„Sei mir gegrüßt, Eite. Wir sollen wohl gemeinsam Zapfen sammeln. Dann los. Ich bin froh, draußen zu sein. Die Geschichten gestern waren ja schön, aber ich habe lieber ein blaues Dach über mir als eines aus Ried."
Schweigsam ging die schwarzhaarige Frau voran. Ihr Gang war stolz und aufrecht. Nicht einmal drehte sie sich um, um zu sehen, ob Amhrán nachkam. Den Sack, in den die Zapfen kamen, hatte sie sich über die Schulter gelegt.
Alles, was Amhrán von Rhiannon über die Hochelben gelernt hatte, schien nicht auf Eite zuzutreffen. Während die anderen Hochelben bunte Kleider trugen, war Eite ganz in schwarz gekleidet. Sie war auch eindeutig nicht so höflich, wie sie das bei Misnéachard erlebt hatte. Ganz im Gegenteil.

Sie hastete durchs Unterholz, daß Amhrán schließlich nicht mehr mitkam und sie einfach laufen ließ.

Nach einiger Zeit kam jene mit mürrischem Gesicht auf sie zugebraust.

„Wo bleibst du denn? Ich habe heute noch etwas besseres vor, als auf dich aufzupassen."

Empört antwortete Amhrán.

„Ich auch, aber du stürzt ja vorwärts wie ein Hengst, der gerade durchgeht. Ich bin zum ersten Mal in diesem Wald, vielleicht könntest du etwas Rücksicht auf mich nehmen, ja? Ansonsten kannst du auch alleine gehen. Schließlich habe ich nicht einmal einen Zapfen aufheben können, weil ich ständig bemüht war, dir zu folgen.

Möchtest du vielleicht lieber alleine gehen? Dann gehe ich nämlich zurück und laufe dir nicht im Weg herum."

„Dann tu das!"

Eite drehte sich um und setzte ihren Weg fort. Amhrán blieb stehen und schaute zu der fremdartigen Frau. Sie zuckte mit den Schultern, machte kehrt und ging zurück. Gerade als sie den Waldrand erreichte, packte sie eine Hand an der Schulter.

„Gehst du dich jetzt bei deiner Rhiannon beschweren?"

Langsam drehte Amhrán den Kopf und blickte der Sidhé kalt in die Augen.

„Hast du das früher selbst getan, wenn du Schwierigkeiten hattest, oder warum fragst du?"

„Wenigstens bist du nicht feige! Ich mag euch Menschen nicht. Ihr seid falsch."

Amhrán blieb ruhig und ließ sich nicht reizen, obwohl sie sich nicht wohl fühlte in der Nähe der Sidhi.

„Ich dachte, ihr Sidhi seid es, die niemals jemanden vorverurteilen, oder sollte ich mich täuschen, und ihr seid menschlich geworden?"

Mit einem Mal lachte die Frau auf, warf ihr rabenschwarzes Haar in den Nacken und blinzelte mit ihren leuchtenden, grünen Augen.

„Soweit ist es gekommen! Eine Menschenfrau, die mich zurückweist und mich darauf aufmerksam macht, was ich bin. Ja, dies ist ein seltsamer Ort hier, man vergißt zuweilen, wo man herkommt und wer man ist.

Entschuldige, aber ich habe in eurer Welt erst einmal lernen müssen, daß man niemanden vertrauen darf. Darf ich dich etwas fragen?"

„Du kannst mich alles fragen, aber vielleicht werde ich dir die eine oder andere Antwort schuldig bleiben.“
„Woher hast du den Mantel, Amhrán?“
Diese schmunzelte.
„Von daher weht der Wind! Nun gut, ich erhielt ihn an Samhain von einem Sidhi.“
Neugierig fragte die Frau.
„Und, kennst du seinen Namen? Weißt du, wer er ist?“
„Sein Name ist Misnéachard, er ist ein Prinz.“
Eite staunte.
„Du meinst Misnéachard, der Sohn des Königlichen Paares, schenkte dir seinen Mantel? Was hast du dafür getan?“
„Ich tat, was ich am besten kann“, fuhr Amhrán fort, „ich sagte die Wahrheit.“
Eite lächelte.
„Das glaube ich dir aufs Wort. So ist er, läßt sich einwickeln von einer Menschenfrau.“
„Du kennst ihn?“
„Natürlich, was denkst du, was ich bin? Ich komme aus Tir na Samradh. Seinetwegen habe ich die Stadt des Sommers verlassen.“
„Ich verstehe dich nicht, Eite. Er ist der ehrenwerteste Mann, den ich je kennengelernt habe.“
Tränen standen in Eites Gesicht.
„Ja, weißt du, was er sagte, als ich ihn einmal fragte, was Ehre ist? Er sagte: Es ist ganz einfach: Jedermann der Ehre hat, ist ein König, aber nicht jeder König hat Ehre. Es lohnt sich, dafür zu sterben. Ich jedenfalls würde dafür sterben.
Dieser Narr, alles hätte ich ihm gegeben. Ich hätte mich aufgegeben für ihn. Aber genau das war es, was er nicht wollte. Er wollte eine Frau von freiem Geist. Eine, die ihm nicht nach dem Mund redet oder sich ihm unterwirft. Er wollte keine Frau, die so zahm und still war wie ich. Er wollte eine Frau, klar und frisch wie ein Wasserfall. So eine wie du. Und?“
„Was und?“, fragte Amhrán.
„Was hat er getan?“
„Es tut mir leid, aber ich möchte dir das nicht sagen. Ich kann nicht darüber sprechen. Ich weiß nicht, ob du das verstehst, aber das, was an jenem

Abend geschah, gehört nur ihm und mir. Niemand wird je etwas darüber erfahren. Jedenfalls nicht von mir."
Verbittert erwiderte Eite:
„Du bist in ihn verliebt, nicht wahr? Sei vorsichtig, Amhrán. Er ist ein Sidhé."
„Spielt das eine Rolle, wen man liebt?"
„Ich sehe schon, da wird wieder ein junges Herz gebrochen, aber unser Freund bleibt doch trotz allem allein. Komm, laß uns zurückgehen. Für dieses Mal haben wir beide genug."
Schweigend gingen sie zurück und brachten zu jeder Hütte einen Teil der Zapfen. Mittags aßen sie eine Suppe in der Versammlungshütte. Dann brachte Eite das Mädchen an das Ufer. Dort wartete schon Carria in einem Ruderboot auf sie. Carria war in Amhráns Alter. Sein schulterlanges, dünnes, braunes Haar umrahmte ein kantiges Gesicht mit vollen Lippen und braunen sanften Augen.
„Setz dich, Amhrán. Am besten hier vorne."
Das Mädchen nahm Platz und der junge Mann zog das Boot wieder ins Wasser. Langsam ruderte er sich und seine Fracht auf die andere Seite des Flusses.
Auch am gegenüberliegenden Ufer war der Wald von Menschenhand zurückgedrängt worden. Auf dem Weg zum Hof fragte Carria das Mädchen:
„Wo kommst du her?"
Freundlich belohnte Amhrán seinen Versuch, ein Gespräch zu beginnen.
„Ich komme aus Inis-Diomain. Das ist ein kleines Dorf an der mittleren Westküste unweit von den Aill de Mothar."
„Und warum bist du hierher gekommen?"
„Neugierig bist du wohl gar nicht, Carria? Nun gut, ich werde einige Zeit hier sein. Sagen wir, ich hatte einige Schwierigkeiten, aufgrund derer ich mich entschlossen habe, mein Dorf zu verlassen."
„Und welche Schwierigkeiten waren das? Und warum bist du ausgerechnet hierher gekommen?"
„Oh, unsere Hohepriesterin erzählte mir von Danus Coven. Ich glaube, ich kann hier einiges für mein späteres Leben lernen."
„Du schuldest mir trotzdem noch eine Antwort, Amhrán."
„Ich schulde dir gar nichts."
Carria begann, vor sich hin zu pfeifen, während Amhrán die Umgebung betrachtete. Ein Weg führte vom Ufer hinauf zum Hof. Hier stand ein großes

Gebäude aus gefällten Holzstämmen mit einem Schieferdach. Daneben befand sich ein Gehege, das von Gattern abgeschlossen war. Unmittelbar in der Nähe stand ein kleines Holzhäuschen.
„Komm, am besten gehen wir gleich in den Stall. Die Tiere werden sich freuen, auch einmal ein anderes Gesicht zu sehen. Hast du schon einmal mit Tieren gearbeitet?"
Amhrán lächelte.
„Ein wenig. Aber eigentlich nur mit Pferden. Habt ihr auch Pferde?"
„Wir haben zehn Kühe, ein paar Schafe, Hühner, Gänse, sogar Hasen, zwei Pferde und einen Hirschen."
„Einen was?"
„Ja, du hast richtig gehört. Einen Hirsch. Ich fand Croí an einem Frühlingsmorgen neben seiner toten Mutter. Es war ein so niedliches kleines Hirschkalb. In der Zwischenzeit ist er mir zum Reittier geworden. Komm! Sicher ist er schon wieder ungeduldig, weil ich heute noch nicht nach ihm gesehen habe."
Gemeinsam gingen die beiden auf das größere der beiden Gebäude zu. Dabei liefen ihnen ein paar Hühner zwischen den Füßen herum und brachten sie immer wieder zum Stolpern. Carria öffnete das Tor. Der Geruch von Mist kam ihnen entgegen. Der Stall war so gebaut, daß zwischen den Holzbalken und dem Dach ein großer Spalt frei war, durch das frische Luft und auch Licht eindringen konnte. Darüber war das Heulager, das man nur mit Hilfe einer Leiter erreichen konnte.
Auf der linken Seite des Stalls standen die Kühe, während sich auf der rechten Seite die Schafe, zwei Pferde und der Hirsch den Platz teilten. Obgleich Croí kein Geweih trug war er ein stattliches Tier. Seine Augen leuchteten freundlich, als er Carria begrüßte. Amhrán hielt sich zurück, denn der Hirsch war ihr noch nicht ganz geheuer. Schließlich kam Carria zu ihr, drückte ihr eine Mistgabel in die Hand und sagte:
„Hier, eine Mistgabel. Dort hinten steht eine Schubkarre, schiebe sie in die Mitte und fange dann an auszumisten. Ich kümmere mich derweil um die Tiere hier."
Da stand sie nun zwischen all dem Getier. Aber jammern half jetzt auch nichts. Je eher sie mit der Arbeit begann, um so früher würde sie damit fertig werden. Zuerst holte sie sich die Schubkarre und stellte sie in die Mitte des Stalls. Dann begann sie auf der rechten Seite mit dem Ausmisten. Sie

scheuchte die Schafe zu den Pferden und dem Hirsch und danach die Pferde zu den Schafen, der Hirsch lief ihr fast wie ein Hund hinterher.
Croí war ein prachtvolles Tier. Sein Fell glänzte rotbraun wie das Laub im Herbst und seine dunklen Augen hatten einen gütigen Glanz. Zierliche Beine trugen diesen herrlichen Leib.
Als sich Amhrán einen Augenblick ausruhte und auf die Mistgabel stützte, kam der Hirsch ganz sachte auf sie zu und legte ihr seinen Kopf auf die Schultern. Fast so, als solle sie das Gewicht eine kleine Weile mittragen. Er schleckte ihr über das Gesicht und gesellte sich wieder zu den Pferden. Endlich hatte sie die ganze rechte Seite bereinigt.
Mißtrauisch beäugte das Mädchen die schwarzen Rinder. Gemütlich wiederkäuend lagen sie in ihrem Dreck und machten dem Mädchen nicht gerade den Eindruck, als würden sie gleich aufspringen, um ihr diese Arbeit besonders zu erleichtern. Vorsichtig wagte sie sich an die erste Kuh. Diese blickte sie fast verständnislos an, stand aber nicht auf. Amhrán stellte sich vor das Tier.
„Würdest du bitte aufstehen. Ich muß hier ausmisten. Und das geht nicht, wenn du dich nicht von der Stelle bewegst."
Doch die Kuh ließ sich nicht von der Höflichkeit des Mädchens erweichen. Noch einmal versuchte sie ihr Glück.
„Stehst du jetzt endlich auf, du Mistvieh! Ich muß hier schließlich arbeiten. Los, auf, du blöde Kuh!"
Doch das Tier rührte sich nicht vom Fleck. Schließlich pikste sie das Tier in das Hinterteil. Gemächlich, aber immerhin, das Tier stand auf. Auch die anderen Tiere standen auf. Eines der Rinder war ein junges, neugieriges Kalb, das jetzt von hinten auf Amhrán zukam. Vorsichtig schmiegte es sich an das Mädchen und begann, ihr über die Hand zu schlecken.
„Ja, wer bist du denn?"
Amhrán bückte sich zu dem Kalb herunter. Blaue Glubschaugen strahlten ihr entgegen und eine nasse, rosa Schnauze schnupperte an ihr herum. Eine rauhe Zunge schrubbte über ihr Gesicht, und Amhráns Herz schmolz dahin. Kraftvoll kraulte sie das Kalb am Hals, das sich das gern gefallen ließ. So schmuste sie mit dem Tier, bis die Tür aufging und Carria wieder hereinkam. Verspielt trabte ihm Croí entgegen.
„Na, mein Bester! Hast du Amhrán ein wenig bei der Arbeit geholfen? Oh, das sieht ja schon sehr gut aus. Und was ist mit der linken Seite? Du hast wohl einen neuen Freund gefunden, der dir tatkräftig zur Seite steht."

„Der ist ja putzig. Ich fange gleich an weiterzumachen. Gibt es hier etwas zu essen und zu trinken? Arbeit macht hungrig.“
Carria lachte laut auf.
„Erst die Arbeit, dann gibt es auch etwas zu essen. Warte, ich helfe dir, dann sind wir schneller fertig und können für uns beide ein kleines Mittagessen zubereiten.“
Gemeinsam waren sie innerhalb einer halben Stunde fertig. Dann verteilten sie noch Stroh und Heu für die Tiere und gingen hinaus. An ein Gatter gelehnt unterhielten sie sich.
„Das Kälbchen ist wirklich putzig. Wie oft muß ich das machen?“
„Was machen? Den Stall ausmisten? Vielleicht einmal im Monat, vielleicht einmal in der Woche. Ich weiß es nicht. Síochanta entscheidet das oder die Hohepriesterin.
Du hast ja wirklich Glück, daß Rhiannon deine Freundin ist. Sie ist nett, verständnisvoll und weise. Sie weiß genau, was sie wem zutrauen kann. Deirdre ist da anders. Wenn du bei ihr eine Arbeit nicht magst, wirst du sie so lange machen, bis du sie liebst. Deirdre ist eine gefühlslose Frau. Sie hat nie Liebe kennengelernt und ist nur freundlich, wenn es ihr nützlich erscheint. Sei froh, daß dich Rhiannon unter ihre Fittiche genommen hat. Rhiannon ist ehrlich und gerecht. Sie belügt dich nicht. Sie ist eine der wenigen Frauen, denen ich vertraue.“
Amhrán grinste.
„Allzu viele können das ja nicht sein, oder? Schließlich leben Collach und du hier allein, und ihr kommt nur zu den Mahlzeiten und, wie ich hörte, zu besonderen Ritualen zu uns.
Was hat dich eigentlich hierher verschlagen? Oder bist du schon immer hier?“
„Im Gegensatz zu dir ist meine Geschichte sehr einfach und schnell erzählt. Ich bin in einer Familie mit vielen Geschwistern groß geworden. Wahrscheinlich ist bis heute niemandem aufgefallen, daß ich weggelaufen bin. Irgendwann kam ich hier an.
Ich half Collach beim Aufbau des Hofes und der Versorgung der Tiere. Um nicht ganz die Verbindung zu den Menschen zu verlieren, wagten wir uns irgendwann auf die andere Seite des Flusses, und so beschlossen Síochanta und wir, uns gegenseitig beim Aufbau unseres Hofes und des Covens zu helfen.

Sie beschaffte die Mittel für die Rinder, die Pferde und die Schafe, und wir versorgen euch mit Lebensmitteln, die sich daraus hervorbringen lassen. Hier bin ich jemand. Jeder kennt und schätzt mich für das, was ich tue. Collach ist mir ein guter Freund, und Bó ist meine zweite Mutter. Sie sorgt für mich. Ich habe hier meinen Platz fürs Leben gefunden, und ich hoffe, daß es dir vielleicht ebenso ergeht. Der Coven ist ein guter Ort. Diese Frauen dort drüben führen ein Leben für die Göttin und haben doch nicht vergessen, daß jeder sein eigenes Leben hat. Dort ist jeder frei. Komm jetzt! Ich habe Hunger. Wir können auch gleich nach den Fallen am Waldrand sehen."
„Fallen am Waldrand?"
„Nun, wir haben dort einige Fallen für Hasen aufgestellt."
Entrüstet erwiderte Amhrán:
„Ihr tötet Hasen? Warum das denn?"
Carria antwortete ihr:
„Weil sie gut schmecken. Wenn es kein Fleisch mehr gibt, wirst du froh sein, einen gebratenen Hasen zu verspeisen. Außerdem, Fallen zu stellen ist besser, als in welche zu geraten, oder?"
„Dann los!"

Hammel und Katze

„Oighrigh, Oighrigh! Junge, wo bist du?“
Laute Stimmen hallten über den Weiher, doch keine Antwort kam zurück. Iolaranam hatte die Gruppe der Fianna aufgeteilt und ausgeschickt, um nach dem verlorenen Gefährten Ausschau zu halten. Aber nach zwei Stunden war ihre Suche immer noch erfolglos. Schließlich kehrten sie alle wieder ins Lager zurück, verfroren und müde. Es nützte jedoch nichts, sie mußten die Umgebung zu Pferd durchkämmen. So würden sie nicht weiterkommen.
„Wir reiten in zwei Gruppen. Die eine sucht nördlich des Weihers, die andere südlich. Cioná bleibt hier. Wenn du mit der einen Gruppe reitest, findet ihn sicherlich die andere und umgekehrt. Wer ihn auch immer finden mag, bringt ihn so schnell wie möglich hierher oder schickt jemanden, mit dem Cioná zu ihm reiten kann.
Auf Leute, es ist schon später Nachmittag. Sollten wir ihn nicht finden, treffen wir uns kurz vor Sonnenuntergang wieder hier. Los jetzt!“
Gleannglas, Sionnach, Glaslasair, Seabhaceo und Dúghorm stiegen auf und ritten gen Norden. Iolaranam, Camchéachta, Sliabhan, Crónachan und Gormeala wählten die andere Richtung.
Camchéachta machte sich Vorwürfe. Schließlich hätte er ja Wache halten sollen, aber dann war dieses verfluchte Elbenbiest aufgetaucht, und er war irgendwie eingeschlafen. Jetzt war Oighrigh fort. Vielleicht hatten sie ihn verschleppt, um irgendwelche Blutopfer an ihm zu vollziehen.
Waldelben waren ihm vorher nur selten begegnet, aber er hatte auch schon so allerlei von ihnen gehört und davon wenig Gutes. Es mochte die Angst der Leute vor ihnen sein. Es half alles nichts. Er mußte sich mit seinen Gefährten auf die Suche begeben.
Die Gegend war leicht bewaldet und hügelig. Gelbes Wintergras bedeckte die Erde, und die Bäume schienen ihre nackten Arme vor Traurigkeit hängen zu lassen. Ein rauschender Bach kämpfte sich zum nächsten großen Fluß durch. An seinem Ufer hatte der Winterwind das Schilf zur Erde gedrückt, als er kalt und naß über die Insel tanzte.
Es wurde immer kühler, nichts war mehr übrig von der milden Winternacht, als Shasza zum ersten Mal an das Feuer der Fianna getreten war.

Die Hufe der Pferde klatschten auf die feuchte Erde. Sparsam war die Sonne heute mit ihren warmen Strahlen gewesen. Nachdem sie aufgebrochen war, zog sie sich in das Reich der Schatten zurück. Nun würde sie bald untergehen.
„Kannst du etwas sehen, das auf Oighrigh schließen läßt?“, fragte Camchéachta.
„Hier ist nichts, wir sind ja auch schon zu weit vom Lager entfernt. Bis hierher ist er bestimmt nicht gelaufen und wie sonst soll er sich fortbewegt haben. Es fehlt ja keines der Pferde. Ich verwünsche mich selbst, daß ich diesen Aufruhr zugelassen habe.
Wären wir ruhig auf unseren Hintern sitzengeblieben, hätten wir seine Fußspuren bestimmt aus unserem Wirrwarr heraussuchen können. Aber jeder lief herum wie ein blindes Huhn auf der Flucht vor dem Kochtopf.“
Iolaranam blickte traurig zu Camchéachta.
„Ach, wenn ich besser aufgepaßt hätte, wäre das alles nicht geschehen. Aber ich alter Fettkloß muß ja beim Wachen einschlafen. Ich könnte geradewegs platzen vor Wut über mich. Er hatte es sowieso schon nicht leicht, der arme Junge, und dann werfe ich ihm noch Knüppel zwischen die Beine, und jetzt bin ich verantwortlich dafür, daß er verschwunden ist.“
Kraftvoll schlug sich der Hüne auf den Oberschenkel, aber auch das ließ den Hitzkopf nicht erkalten. Wütend stieß er seinem Pferd die Füße in die Flanken und galoppierte voraus. Der Wind kühlte seine Wangen, und die Bäume flogen wie Schatten an ihm vorbei.
Besorgt brachte sich Crónachan an die Seite des Anführers.
„Soll ich ihm nachreiten? Wir sollten zusammen bleiben, und er macht mir nicht gerade den Eindruck, besonnen und vernünftig vorzugehen.“
„Laß nur, Crónachan, es ist ja gut gemeint, aber sein Feuer verzehrt alles in seiner Nähe, wenn es so hell lodert wie im Augenblick. Laß ihn gehen, er wird schon wieder zu uns zurückkommen. Einsamkeit ist besser als schlechte Gesellschaft, und er wird zu uns stoßen, wenn er ihn gefunden hat.“
Es hätte eigentlich gar nicht so schwer sein dürfen, den Jungen zu finden, denn die Bäume trugen kein Laub mehr und auch das hohe Gras lag wie gemäht am Boden, so sehr hatte der Wind über es hinweggeweht. Aber es war wie verflucht. Sie suchten hinter jedem Strauch, hinter jedem Busch. Es schien, als sei Oighrigh vom Erdboden verschluckt.

Als die Sonne zum Horizont hinsank und eine bleiche Mondsichel am Himmel stand, machten sie sich wieder auf zum Lager. Dort warteten schon die anderen. Ohne Oighrigh und ohne Camchéachta.
Cioná hatte ein Feuer entfacht und in einem Kessel brodelte eine Hafersuppe. Das letzte, was von ihrem Vorrat übrig war. Erschöpft stiegen sie von ihren Pferden und vertraten sich erst einmal die Beine. Nachdem sie die Tiere trocken gerieben hatten, deckten sie sie mit Decken zu, damit sie sich nicht erkälteten. Auch die Sonne schien hungrig zu sein und verließ die Gemeinschaft, ihrer Schwester, der Mondin, den Himmel überlassend.
Schweigend saßen sie vor dem Feuer. Schmerzlich vermißten sie nun das schöne Flötenspiel des Jungen, sein Lachen, seine Wißbegier. Die Frage nach Camchéachta stand offen im Raum. Doch niemand wagte sie zu stellen.
Indessen war jener wieder auf dem Weg zu ihnen. Nachdem er sich von ihnen getrennt hatte, war er in einem großen Bogen fast bis zum Lager zurückgeritten. Obwohl der Boden aufgewühlt und von vielen verschiedenen Fußspuren gekennzeichnet war, fand er schon bald eine einzelne Spur, die sich vom Lager entfernte. Es konnte nur Oighrighs Spur sein. Es mußte seine Spur sein. Es war auch niemand sonst alleine unterwegs. Er setzte alle Hoffnung in diese Abdrücke im Boden.
Langsam ritt er nebenher. Längst war die Sonne untergegangen, um ihre Schwester den Weg des Großen Bären beleuchten zu lassen. In einem Zickzackkurs führten sie ihn immer weiter vom Lager fort, als sei Oighrigh verfolgt worden. Vielleicht wurde Oighrigh gar nicht verfolgt, sondern er war es, der jemandem folgte.
Shasza?
Sollte Oighrigh so lebensmüde sein und versucht haben, einer Waldelbin hinterherzuschleichen. Nie hatte man jemals einen von ihnen im Schlaf angetroffen. Es hieß sogar, daß sie schliefen und ihr Körper dennoch voraneilte. Sie wären dann halb in ihrer Welt und halb in unserer.
Fast traute er dies dem neugierigen Jungen zu. Wenn einem niemand etwas beibringt, mußte man seine Erfahrungen selbst machen, ohne die Möglichkeit zu wissen, was sich alles daraus ergeben könnte. Dieser Narr! Dennoch konnte er es verstehen. Er selbst war einst einem dieser Wesen fast verfallen. Doch die Bitte, mit ihm zu leben und seine Frau zu werden, wollte sie ihm nicht erfüllen. Als er sie dann seiner Mutter vorstellen

wollte, um ein klein wenig zu prahlen, endete diese Geschichte, und er hatte nie wieder in seinem Leben eine Waldelbin gesehen.
Camchéachta folgte den Abdrücken weiter. Mittlerweile wurde der Weg sumpfiger. Alte Weiden standen hier, die Äste dem kühlen Abendwind überlassend, der sie darin einhüllte. Weißliche, blasse Birken, die sich wie Hände zum Himmel reckten, zitterten im Lufthauch. Dunkelgrünes Sumpfgras, das sich an morsche Baumstümpfe schmiegte und kleine Wasserstellen, in denen sich die Wolken spiegelten, waren seine ständigen Wegbegleiter. Ein leichter Bodennebel zog auf. Eine einsame Eule uhute durch die Nacht. Irgendwo heulte ein Wolf. Dann senkte sich vollends Dunkelheit über das Land.
Der erfahrene Fianna war froh, daß er sich den Weg, den er gekommen war, gut eingeprägt hatte. Ein anderer hätte vielleicht keinen Weg mehr herausgefunden aus diesem Sumpf, einer wie Oighrigh. Alles sah so gleich aus im Silberlicht der Mondin, und alles wirkte so bedrohlich. Die Bäume schienen sich in Kobolde zu verwandeln, und manchmal kam es ihm vor, als bewegten sie sich auch.
Natürlich war das nur Einbildung, und es war gut, daß Camchéachta wußte, daß es nur Einbildung sein konnte, sonst hätte er vielleicht noch geglaubt, was ihm seine müden Augen vorgaukelten.
Dann hörte er plötzlich ganz leise ein Schluchzen und Wimmern. Vorsichtig ging er dem Geräusch nach. Schließlich war er sich ganz sicher, daß es Oighrighs Stimme war, die er hörte. Leise rief er nach dem Jungen, aber es kam keine Antwort.
Ob ihm da Kobolde einen Streich spielen wollten? Schließlich war das Schluchzen genau vor ihm. Und dann sah er ihn auch. Das wenige Mondlicht, das seinen Weg zur Erde fand, fiel genau auf die Gestalt des Jungen, der verzweifelt den Stamm einer jungen Birke mit seinen Armen umklammerte und bitterlich weinte.
„Bitte, bitte, komm zurück! Ich weiß, du bist da drin. Bitte, du kannst mich doch nicht alleine lassen. Ich weiß, du bist da drin. Du mußt rauskommen. Bitte! Laß mich doch nur noch einmal dein Gesicht sehen, dann will ich gerne weichen."
Erbärmlich schluchzte der völlig durchnäßte und verdreckte Junge. Der Große Bär stieg von seinem Pferd. Vorsichtig trat er zu ihm heran.
„Junge! Wie ist dir denn? Was ist geschehen? Wir suchen dich überall!"

Sanft rüttelte der kniende Bär den schwachen Jungen. Dieser blickte auf und schien seiner erst jetzt gewahr zu werden.
„Camchéachta! Ich habe sie verfolgt. Ich konnte sie doch nicht ziehen lassen, diesen Hort an Schönheit und Tugend. Aber dann war sie plötzlich in diesem Baum verschwunden. Und seitdem sitze ich hier, bitte, bettle und flehe, doch sie will mich nicht erhören."
Tränen strömten über sein Gesicht. Warmherzig zog der Hüne den Jungen in seine Arme, strich über seine heiße Stirn, drückte ihn an sich, klopfte seinen Rücken und ließ ihn gewähren. Immer leiser wurde das Schluchzen, bis es ganz verstummte. Langsam befreite sich der Junge aus den Armen des Mannes und stand auf.
„Das ist doch ungerecht! Ich habe sie zuerst gesehen. Ich habe zuerst ihre holde Stimme gehört. Sie ist mein, und nun ist sie fort. Einmal nur sah sie in meine Augen, mit einem Blick, so als bedaure sie mich, mich, der versuchte, ihr zu folgen."
Camchéachta atmete tief ein. Eine Welle aus Ärger formte sich in seinem Körper, glitt die Wirbelsäule entlang und entlud sich in seinen Worten.
„Immer wieder dieses verdammte Elbenpack! Die bringen einem nichts als Ärger. Oh ja, schöne Augen machen, das können sie. Und dann werfen sie dich mit einer lockeren Bewegung in den nächsten Schweinetrog. Ich, ich könnte ... wenn ich nur könnte."
Neben Oighrigh krachte es fürchterlich.
Erschrocken sah der Junge auf. Neben ihm lagen zahllose Holzspäne, die vormals ein morscher Baumstumpf waren.
„Tschuldigung, Junge! Aber ich kann nun einmal nicht anders. Wo viel Fleisch ist, ist auch viel Bewegung! Und jetzt noch einmal langsam. Was ist denn eigentlich geschehen? Wir haben uns alle Sorgen gemacht. Das ganze Lager ist in Aufruhr, und das Schlimmste ist, jetzt suchen sie vielleicht uns beide."
Wieder einigermaßen zu sich gekommen, begann der Junge zu erzählen:
„Ich wußte, daß sie wiederkommen würde. Sie schien so neugierig auf uns zu sein. Deshalb beschloß ich, wach zu bleiben und zu warten, bis sie wiederkäme. Dann wollte ich mit ihr gehen.
Sie, sie ist so schön, und sicher braucht sie einen Mann, der sie vor den bösen Schurken auf den Wegen beschützt, und da ich ein Fianna bin, ist das ja wohl eine unserer ersten Pflichten, nämlich die Tugend und Schönheit unserer Frauen mit unserem Leben zu verteidigen und zu schützen."

Laut prustete der Bär auf.
„Und das wolltest du tun. Ho, ho, ho! Junge, Junge, du bist noch nicht einmal zwanzig Sommer alt und willst schon den goldenen Helden spielen. Du kannst ja nicht mal das Schwert gerade halten!"
Laut brach dieses herzliche Lachen durch die Dunkelheit der Welt. Mit Tränen in den Augen wandte sich der Junge ab. Beschämt über seine harten Worte ging der Große Bär auf Oighrigh zu und legte ihm seine Hand auf die Schulter.
„Junge, es tut mir leid, ehrlich. Ich hatte vergessen, daß ich auch einmal so jung war wie du. Weißt du, manche Schmetterlinge vergessen einfach, daß sie auch einmal Raupen waren. Es tut mir wirklich leid. Verzeih mir."
Verwundert über die Einsicht des Mannes drehte sich der Junge um und brachte sogar so etwas wie ein Lächeln zustande.
„Ich war auch schon mal verliebt in ein solches Wesen, aber Männer vergessen gern die Liebeswerbungen, vor allem die fehlgeschlagenen. Sie sind nichts für uns, diese Elbenfrauen. Es fehlt ihnen an menschlicher Wärme, außerdem können sie nicht so gut kochen. Und die Liebe geht ja bekanntlich durch den Magen!
Nun komm, Junge, steig auf. Wir müssen so schnell wie möglich zurück. Die anderen machen sich bestimmt schon Sorgen. Wenn sie es mag, wirst du sie wiedersehen. Doch mach dir keine Hoffnung auf elbische Liebe, ihre Herzen sind kalt, wenn sie überhaupt welche in ihren dürren Körperchen tragen."
Camchéachta holte das Pferd, stieg auf und half dem Jungen hoch. Gerade als er seine Füße an den Bauch des Pferdes drücken wollte, hörten sie eine melodische Stimme aus dem Unterholz.
„Oighrigh! Komm zu mir. Ich habe dir etwas zu sagen. Warte, noch einen Augenblick, Großer Bär, schon habe ich einen Boten ausgesandt, der zu eurem Lager eilt, um mitzuteilen, daß ihr wohlauf seid und guter Dinge. Ich werde euch dorthin begleiten, denn euer Pferd ist viel zu müde, um euch zwei schneller zu tragen als ein alter Maulesel. Gib ihm dies, dann wird es vielleicht munterer."
In ihren Händen hielt Shasza ein seltsames Grasbündel, wie Oighrigh es noch nie gesehen hatte. Der Junge war inzwischen abgesprungen und eilte auf die Waldelbin zu.
„Ich hätte nicht geglaubt, dich noch einmal zu sehen, Shasza."

Freundlich lächelte sie, und ihre grünen Augen leuchteten wie Gras im Sonnenlicht.
„Ja, so ist das Leben, Oighrigh. Die seltsamsten Dinge werden wahr. Aber wie hätte ich dich einfach gehen lassen können? Du hast mein Herz gerührt, Menschenkind! Etwas, was nur noch selten geschieht in einer Zeit, wo ihr vergessen habt, woher ihr kommt und wer ihr seid. Ich habe dich ins Herz geschlossen, Oighrigh. Deshalb werde ich dich auch eine kleine Weile begleiten."
„Wirklich! Das ist ja wundervoll. Aber wie konntest du mich denn hören, wenn du in diesem Baum warst, Shasza?"
Die Elbin schmunzelte.
„Das ist ja das Wunder, Oighrigh. Ich war der Baum. Wir Waldelben lieben den Wald so sehr, daß wir immer mehr zu einem Teil von ihm werden, und wenn wir schlafen, werden wir ganz baumisch. Ich habe dich wirklich sehr gern, Oighrigh, aber das, was du für Liebe hältst, ist nicht das, was du für mich empfindest. Es ist nur Schwärmerei, und wenn du dich in das erste Menschenmädchen verliebt hast, wirst du das wissen. Doch laß dir eines sagen:
Es ist nirgends mehr Unsterblichkeit als in der Liebe eines Baumes. Wenn dich deine Liebste längst vergessen haben mag, und die Zeit jedes Zeugnis von dir getilgt hat, wird dein Name noch in meiner Erinnerung sein. Dies ist deine Unsterblichkeit. Denn nie hat ein Junge größeren Herzschmerz gelitten um eine meines Volkes als du."
Sanft hauchte sie ihm einen Kuß auf die Stirn, und es schien ihm, als rausche eine Welle durch seinen Kopf.
„Komm, Oighrigh, Camchéachta wartet, steig auf, aber gib dem Pferd erst das Kraut. Dann will ich neben euch hergehen."
Schließlich waren sie bereit. Camchéachta, der dies alles mit einem unverständlichen Brummen begleitet hatte, war froh, sich wieder in Bewegung setzen zu dürfen. Jetzt hatten sie zwar dieses Weib am Hals, aber er hatte Oighrigh gefunden und das war ja das Wichtigste. Zielsicher schritten sie durch die Nacht und erreichten endlich das Lager.
Schon von weitem sahen sie den lichten Schein des Feuers, der ihnen den Weg wies. Alle waren wach und begrüßten den erschöpften Jungen freudig. Erst jetzt wurde ihm klar, wie durchnäßt und verfroren er war. Unterwegs hatte ihm Camchéachta zwar seinen Mantel gegeben, aber da der Junge durchnäßt war, half das nur wenig. Schnell zog sich der Junge schüchtern

im Dickicht um und kam dann ans Feuer, wo auch Anathahan, der Bote Shaszas, saß. Oighrigh setzte sich neben Shasza, die ihm anbot, seinen Kopf in ihren Schoß zu legen. So streckte sich der Jüngling neben ihr aus und ließ sich von ihr den Kopf kraulen.
Die Elbin lachte.
„Auf, ihr Menschenvolk. Laßt uns feiern, und ich will euch eine Geschichte erzählen, eine Geschichte für Oighrigh.
Anathahan, nimm deinen Trinkschlauch vom Rücken, euer Leben ist zu kurz, um etwas Schlechtes zu trinken!“
Spöttisch warf Camchéachta ein:
„Für uns ja, aber auf dich wartet doch weder Tod noch Alter!“
„Und du, Sterblicher! Du lebst doch nur deinem Tod entgegen. Weißt du denn überhaupt, worin der Sinn deines Lebens liegt?“
Kalt antwortete der Große Bär.
„Ja, daß es endet, und darin liegt der Sinn. Das ist es doch auch, was wir euch voraus haben! Den Tod, eine Grenze, die uns das Leben schenkt, um diese zu überschreiten.“
„Genug jetzt“, mischte sich Iolaranam ein, „nehmt den alten, weisen Mann hier nicht zu ernst. Einst werden die Druidenanwärter in Scharen zu ihm kommen, nicht wahr, Großer Bär? Nun aber laß uns deine Geschichte hören, Shasza.“
„Du hast recht, Iolaranam, für einen Blinden ist auch ein Diamant eben nur ein Stein. Doch nun zu meiner Geschichte.
Bei den Fianna gab es einst einen Hauptmann. Sein Name war Diarmaid mac Duibhne. Ein großer Frauenheld war er, denn er trug einen Liebesfleck auf der Stirn, der die Weiber willenlos machte. Heute will ich euch nun erzählen, wie er ihn bekam.
Vor einiger Zeit zogen vier mächtige Krieger der Fianna zur Jagd aus. Diarmaid, Goll, Conan und Oscar waren kluge, kampferfahrene Männer mit gutem Witz. Nun begann es bei Einbruch der Dunkelheit zu regnen. Zwar waren es die Herrschaften gewohnt, bei schlechtem Wetter unter triefenden Bäumen zu sitzen und sich das Wasser in die Krägen tropfen zu lassen, doch warum dies ertragen, wenn sich vielleicht irgendwo eine menschliche Behausung finden ließe.
So machten sie sich auf die Suche und fanden in einem Tal, das sie nicht genau kannten, eine alte, gammelige Hütte. Von weitem schon stieß Diarmaid den Ruf der Freundschaft aus.

Ein Greis trat vor die Tür. Doch dies war es nicht, was dem Hauptmann ins Auge fiel. Eine rothaarige Schönheit war es, die Tochter des Alten, wohlgeformt, mit runden Brüsten und einem Lächeln, das Männern mehr versprach, als es je halten konnte.
Freundlich lud sie der Alte zu sich ein, und so betraten die vier Kämpen die Hütte, die sich das merkwürdige Paar mit einem Hammel und einer Katze teilte.
Das Mädchen hängte sogleich einen Kessel über das Feuer und kochte eine leckere Hafersuppe. Dann stellte sie vier hölzerne Schalen auf den schweren Tisch, daneben legte sie vier Löffel.
Ein würziger Duft zog durch die Hütte, der den Männern den Mund nur so wäßrig machte. Schließlich war die Suppe fertig. Das Mädchen schöpfte die Schüsseln voll und gab einem jeden noch ein Stück frisches Brot dazu. Dann ging sie zu ihrem Vater, der sich in einem Nebenraum zu schaffen machte, wohl um den Fremden ein Nachtlager zu bereiten.
Kaum hatte das Mädchen den Raum verlassen, da sprang der Hammel mit einem gewaltigen Satz auf den Tisch und rührte sich nicht mehr. Zwar war nichts kaputt gegangen, doch der scharfe Geruch des Tieres störte die vier Männer beim Essen. So fingen sie an, das Tier vom Tisch zu zerren. Doch nichts rührte sich, ganz im Gegenteil, das Tier wurde ärgerlich, trat und schlug aus, bis die vier Fianna schon einige Schrammen vorzuweisen hatten.
Schließlich warf sich Goll mit seiner ganzen Kraft auf das Tier, so daß es vor Schreck vom Tisch sprang. Aber das machte alles nur noch schlimmer. Jetzt versuchte das Tier, sie zu rammen, und dies gelang ihm mit Leichtigkeit. Am Ende lagen vier Fianna ausgestreckt am Boden, in Schach gehalten von einem Hammel, der seine Vorderbeine siegesgewiß auf Golls Brust gelegt hatte.
Just in diesem Augenblick kam der Herr der Hütte wieder in den Raum. Bestürzt half er den vier Helden auf und tadelte die Katze:
„Sieh, wie schlecht es unseren Gästen ergangen ist! Warum hast du das zugelassen? Komm, binde den dummen Hammel fest, damit er nicht noch einmal aus den Fugen gerät.“
Die Katze, die die ganze Zeit friedlich schlummernd am Herd gelegen hatte, stand auf und strich so lange um die Beine des Hammels, bis er zu seinem strohbedeckten Winkel gegangen war. Dort zog sie ihm geschickt seinen Strick um den Nacken und ging wieder zu ihrem Platz am Herd.

Die vier Fianna erhoben sich erbost.
„Niemals sind wir so beschämt worden. Wir werden hier nicht länger bleiben. Die Hütte ist verhext. Und dies vor den Augen eines schönes Mädchens. Lieber wollen wir in Finsternis und Sturm nächtigen, als uns hier erniedrigen zu lassen!“
Besänftigend sprach der Greis:
„Beruhigt euch! Kein gewöhnlicher Hammel hat euch besiegt, und die Katze, die euch an Kraft und Geschicklichkeit übertraf, ist auch keine gewöhnliche Katze. Bleibt denn über Nacht in meiner bescheidenen Hütte. Die Niederlage wird eurem Ruf als Krieger keinen Abbruch tun.“
„Ja, bleibt doch noch“, rief auch das Mädchen und strahlte Diarmaid mit ihren blauen Sternenaugen an. Doch Oscar war nicht so leicht zu beruhigen.
„Dann sag uns aber, wer sie sind, vor denen unsere Kräfte so erbärmlich versagten!“
„Nun, ich hätte es euch lieber verschwiegen, um euch nicht zu beunruhigen. Aber gut, ihr sollt es erfahren. Der Hammel, ihr tapferen Krieger, ist die Welt. Stärker ist sie als selbst vier Fianna zusammen. Ihr zu unterliegen ist niemals eine Schande.
Und die Katze? Nun, die Katze ist allerdings das einzige Wesen, dem selbst die ganze Welt nicht standhalten kann. Die Katze nämlich ist ... der Tod.“
Entsetzt sprang Oscar auf.
„Der Tod! Männer, laßt uns eilig gehen!“
Der Greis aber sprach:
„Fürchtet euch nicht. Nirgends seid ihr sicherer vor dem Tod als hier. Denn hier schläft selbst der Tod.
Da ich bei den Schafen wache und unsere Hütte nun einmal sehr klein ist, macht es euch hoffentlich nichts aus, in der Kammer meiner Tochter zu nächtigen. Die Ehre eines Fianna ist ja gegen einen Schatten erhaben und so wird die Unschuld meines Kindes sicher sein.“
Die vier Gefährten traten in die Kammer und legten sich nieder. Doch Unruhe war in ihr Blut geträufelt ob des schönen Mädchens, das da nur wenige Schritte entfernt sanft träumend lag.
Ein weiches Licht durchdrang den Raum, der von dem holden Kind ausging, das nackt auf seinem Lager schlief.
Eine Weile gelang es den Männern, Ruhe zu bewahren. Goll war der erste, der über das Verlangen die Gewalt verlor. Er schlich zu ihr hin und sprach:
„Werde mein, sonst vermag ich nie mehr zu schlafen.“

Doch das Mädchen erwiderte:
„Einmal habe ich dir gehört, aber nie wieder darf es geschehen! Leg dich auf dein Lager und versuche mich nicht mehr!“
Und ebenso erging es Conan und Oscar. Auch Diarmaid lag wach und dachte bei sich: Nun, wenn sie diese drei abwies, vielleicht mag sie mich erhören. Er ging zu ihrem Lager, und ihr Anblick verschlug ihm fast den Atem. Leise flüsterte er ihr zu:
„Deine Augen sind wie die Flammen einer Kerze. Je länger ich sie betrachte, um so mehr möchte ich mich in dir verlieren.“
Freudig streckte sie ihre Arme aus.
„Diarmaid, Liebster, mein Schöner! Auf dich habe ich gewartet. Lieber als alles andere würde ich jetzt mit dir zusammenliegen, aber selbst dich muß ich abweisen. Nie kehre ich zu denen zurück, die mich einst besaßen, denn mein Name ist Jugend. Jedem Menschen gehöre ich nur ein einziges Mal, doch im Alter bleibt dir der schwache Trost der Erinnerung. Dennoch sollst du nicht ohne ein Zeichen von mir gehen. Komm, bewege deinen Kopf zu mir herunter!“
Diarmaid tat wie ihm geheißen. Das Mädchen strich ihm mit einer leichten Bewegung über die Stirn und sagte dann:
„Kein Mädchen und keine Frau wird dich fortan anschauen können, ohne dich zu lieben. Nun geh, Diarmaid, laß mich allein.“
Und so geschah es. Sobald ein Weib den Liebesfleck auf seiner Stirn entdeckte, fiel sie ihm zu, wie frisch geschnittenes Gras von der Sichel.“
Auf diese Art endete Shaszas Geschichte. Als sie sich umblickte schliefen alle tief und fest, selbst Oighrigh, der vom Grün ihrer Katzenaugen träumte.

Das Netz

Das lange blonde Haar der Hochkönigin bedeckte fast den ganzen Oberkörper des Mannes, in dessen Armen sie lag.
„Guten Morgen, Siorc mac Drochobair. Gewinnt ihr alle Frauenherzen so schnell wie meines?"
Zärtlich küßte sie ihren Liebhaber auf die Wange.
„Nun, wenn ein Schlüssel gemacht ist für ein Schloß, warum Zeit damit verschwenden, ein besseres zu finden. Ihr seid eine kluge und gewitzte Frau, Réalta. Und ich kann sehr gut verstehen, daß euch nichts mehr auf das Nachtlager des alten Bocks treibt. Meines ist ja auch viel weicher, und ich beherrsche mein Werkzeug noch und nicht anders herum."
Besitzergreifend schwang sich der Mann auf seine Hochkönigin und krallte sich in ihrem Haar fest.
„Du gehörst jetzt mir, mir allein, schöne Réalta. Schon als ich ein Knabe war, konnte ich nichts mit meinen Brüdern teilen. Ich stehe gern zu deiner Verfügung, aber nur zu meinen Bedingungen. Für dein Alter bist du wirklich noch sehr geschickt."
Mit kraftvollem Schwung rollte sie den Mann auf den Rücken und nahm ihn in Besitz.
„Oh ja, und ihr könnt noch eine Menge von mir lernen für euer Alter, Siorc mac Drochobair. Vergeßt nicht, daß selbst wenn ihr oben liegen solltet, das rein gar nichts bedeutet. Ich bin die Hochkönigin, Siorc."
Fast gewaltsam trieb sie ihren Geliebten voran, bis sie spürte, daß ihn die Welle der Erregung an das Ufer branden ließ. Dann rollte sie sich wieder in seine Arme, schmiegte sich an ihn und tat, als sei nichts geschehen.
„Ich bin die Hochkönigin, Siorc mac Drochobair, vergiß das nicht."
Heftig schnaufend erwiderte dieser:
„Noch, edle Réalta, noch. Aber habt ihr die Blicke des Königs für Tuans Nachfolgerin gesehen? Vielleicht wird er euch ja nur allzu bald von seiner Seite verstoßen."
Höhnisch lächelte die Hochkönigin:
„Der Hochkönig, mein Lieber, wird nicht mehr allzu lange leben. Aber selbst wenn, wird dieses Weib auf die eine oder andere Art und Weise dem alten Narren ins Grab helfen."

Fragend blickte Siorc sie an.
„Wie meinst du das?"
„Cruimh hat in Erfahrung gebracht, daß sich nicht unweit von Wyinklo ein Thronanwärter niedergelassen hat. Sein Name ist Dragan, ein junger aufstrebender Räubergeselle, der Broc vom Thron stürzen will."
Verschmitzt lächelte der Liebhaber. Das waren die Neuigkeiten, deretwegen ihn die Fianna ausgesandt hatten. Aber hier am Hof konnte er selbst einen Teil der Fäden dieses Netzes spinnen. Mochten die Fianna ruhig weiter von ihrem vergangenen Ruhm träumen. Er war auf Tara.
„Und du glaubst wirklich, daß er das nur tut, damit er an deiner Seite herrschen darf? Nein, so einer will den ganzen Kuchen, der wird nicht mit dir teilen. Warte es nur ab. Vielleicht macht er ja schon mit dieser Eala gemeinsame Sache, dann wärst du ein sehr nebensächlicher Gegenstand der Geschichte und schnell aus dem Weg geräumt. Ein tragischer Unfall. Du weißt doch selbst, Herrscher mögen wechseln, ihre Lügen nie. Glaube dich nicht so sicher auf deinem hohen Roß, Réalta."
Somit stand er auf und streifte sich sein Hemd über, schlüpfte in seine Hose und machte sich davon. Réalta mochte diesen gerissenen Mann sofort. Er hatte einen Hochmut an sich, der sie reizte. Sie hatte sich blendend beim gestrigen Abendessen mit ihm unterhalten. Es wäre bestimmt eine lustige Mahlzeit gewesen, hätten sie nicht den sauertöpfischen Measartha, Vertreter des ersten Hauptmanns König Brocs, an ihrem Tisch ertragen müssen.
Das hatte sie wieder Rabharta zu verdanken, diesem treuergebenen Narren. Warum wollte er nicht verstehen, daß die Zeit Brocs vorbei war. Sie hätte ihn reichlich belohnt. Niemals würde sie diesen Abend vergessen, als sie sich dem ersten Hauptmann mehr als offen sichtbar anbot und er sie dann höflich auf ihre Pflicht als Gattin des Hochkönigs aufmerksam gemacht hatte. Nun ja, wer nicht will, hat wohl schon gehabt. Wie sagen die Alten: Erwarte von einem Apfelbaum keinen Tannenzapfen und von einer Tanne keine Äpfel.
Sie hätte es sich ja auch denken können, daß dieser rothaarige Königstreue sich nicht auf einen Mord einlassen würde. Aber dann erschien es ihr doch einen Versuch wert. Nun gut, jetzt wußte sie wenigstens, daß sie auf seine Hilfe nicht hoffen konnte.
Wenn sie nur wüßte, was es mit dieser Priesterin auf sich hatte. Ihr kam sie nicht sehr demütig vor. Ganz im Gegenteil, stolz und unnahbar saß sie

auf ihrem Platz zwischen diesen zwei Asseln und schien sich königlich zu unterhalten. Immer wieder hatte sie den Blick Brocs gesucht und ihm eines dieser besonderen Lächeln zugeworfen. Später war er sogar kurzzeitig mit ihr verschwunden.
Nur gut, daß sie wußte, daß sein Schlüssel mit Sicherheit schon lange verrostet war. Irgend etwas stimmte mit dieser Frau nicht. Vielleicht war sie wirklich eine Priesterin, aber selbst wenn sie das war, schien sie es sich nicht nur zur Aufgabe gemacht zu haben, sich von Tuan in das Amt der Hochdruidin einführen zu lassen. Es steckte viel mehr dahinter, warum sie auf dieser Burg war, das spürte die Königin.
Während sich Réalta so ihre Gedanken über Eala machte, fand in einer abgeschiedenen Ecke der Burg ein Gespräch ganz anderer Art statt.
„Nun, junger Freund, wie ich sehe, hattet ihr euer Vergnügen mit unserer Königin. Sagte ich euch nicht, sie ist einfacher zu pflücken als ein Gänseblümchen im Sommerwind. Und hast du unseren Keimling in die Erde gesetzt?"
Verschwörerisch schnurrte der Königliche Berater.
„Ich weiß nicht recht, Cruimh. Sie scheint mir nicht so einfältig zu sein, wie es euch vorkommt. Ich glaube, sie weiß sehr wohl, was an ihrem Hof geschieht. Vielleicht vermag sie mehr in die Waagschale zu werfen, als es uns lieb ist. Dennoch denke ich, habe ich ihr sehr gut klargemacht, wo sie steht. Sie hat eigentlich keine andere Wahl, als sich uns anzuschließen, nachdem, was ich ihr in ihr blondes Köpfchen gesetzt habe.
Laß sie nur ein Weilchen nachdenken, und dann wird sie uns schon wie ein kleines Hündchen folgen. Sie ist wirklich sehr erfahren. Es wird bestimmt eine schöne Zeit hier werden."
Mit den Gedanken in der Zukunft lachte Siorc.
„Eine schöne Zeit, ja, aber auch eine sehr kurze. Ich will, daß du in den nächsten Tagen diesen Dragan aufsuchst. Wir müssen schon mehr über ihn erfahren, außer, daß er ein Auge auf Brocs Thron geworfen hat. Vielleicht können wir ihm ja etwas bieten, was ihn zu unserem Gefährten macht. Und ich meine damit nicht unbedingt den Thron des Hochkönigs. Aber darüber können wir immer noch sprechen.
Einstweilen müssen wir dafür sogen, daß uns die Zügel, mit denen wir die Königin führen, nicht entgleiten. Sie mag uns nach Brocs Tod vielleicht ganz nützlich sein", sagte Cruimh.

„Ich werde mir die allergrößte Mühe geben. Aber ich muß jetzt gehen, sonst fällt es noch auf, daß ich fehle. Wenn ihr mich sehen wollt, laßt es mich wissen. Man sollte uns nicht allzu oft zusammen sehen. Ich werde versuchen, hier ein bißchen Stand zu gewinnen und ein paar Freunde zu finden. Kümmert euch ein wenig um Tuan und seinen Freund.
Die beiden halten sich für außerordentlich gerissen, aber auch ein Drache stürzt, wenn ihm ein Bein ausrutscht. So lebt denn wohl einstweilen und haltet mich auf dem laufenden."
Gerade als Siorc an Cruimh vorbeiging, griff dieser ihn sich am Arm und zog ihn nahe an sich heran, leise in sein Ohr flüsternd.
„Sei vorsichtig, Siorc mac Drochobair! Auch ihr haltet euch für gerissen, doch wer zwei Hasen nachjagt, wird keinen von ihnen fangen."
„Wißt ihr, Cruimh, wer vorsichtig geht, wird auch nicht straucheln, und so fange ich auch sicherlich einen der Hasen."
Damit drehte sich der bullige Mann um und ging davon. Cruimh blieb zurück und grübelte über die Worte des jungen Fianna nach, als ihn Réalta fand.
„Sei mir gegrüßt, alter Freund. Hat dich dein neuer Heißsporn verlassen? Sag mir, Cruimh, was für ein Spiel spielst du? Was hast du vor mit diesem ehrgeizigen Mann? Glaubst du, ich bin blind und sehe nicht, was in meiner Burg vorgeht. Sprich, was hast du mit ihm vor?"
Freundlich versuchte der ungestalte Zwerg aus seinem schiefen Gesicht zu lachen, was ihm allerdings mißlang.
„Was soll ich schon vorhaben, meine Königin. Doch nur das beste."
„Oh, davon bin ich überzeugt, das beste für euch, vermute ich mal, oder?" Réalta kam immer näher auf den kleinen Mann zu.
„Nein, Herrin. Das beste für uns beide natürlich. Seht doch, wenn ich ihn zu diesem Dragan schicke, werden wir ihn später, falls etwas schiefgeht, vorschieben und wir stehen sauber da.
Aber um das zu erreichen, braucht er etwas, für das es sich lohnt, nach Wyinklo zu gehen. Etwas, das ihn auch wieder zur Burg zurückzieht, und das sollt ihr sein. Gerade erst sagte er mir, wie schön ihr seid und wie sehr er euch begehre. Wenn wir ihn dazu bringen, diesen Dragan auf den Thron zu setzen, sind wir frei. Dann ist Broc so gut wie tot, und für diesen törichten Narren findet sich bestimmt auch noch irgendwo ein Brunnenschacht.

Wenn ich nur wüßte, was dieser verdammte Hochdruide vorhat! Und mit ihm sein dreimal verfluchter rothaariger Hauptmann. Den beiden traue ich alles zu.
Und wer ist vor allem dieses schöne Kind? Ich meine, was ist sie wirklich! Wir müssen sehr, sehr vorsichtig sein, Hoheit. Irgendwie sollten wir sie uns vom Hals schaffen, dann würde unsere Arbeit leichter vonstatten gehen."
„Wen? Tuan, Rabharta oder das Mädchen?", fragte Réalta.
„Am besten alle drei, doch zu Anfang am liebsten diesen Hochdruiden. Ich glaube, er hält alle diese Stolperfäden in seiner Hand. Ich mißtraue diesem aalglatten Kerl zutiefst."
„Und wie willst du das machen? Er ist nicht irgendwer!"
„Oh, da wird mir schon etwas einfallen, vielleicht können wir es ja auch so drehen, daß die Schuld unseren Freund Rabharta trifft und wären somit beide los. Was uns jetzt fehlt ist nur noch ein Plan, und glaubt mir, der wird mir bestimmt noch einfallen. Geht jetzt, Herrin, man darf uns nicht so oft zusammen sehen. Laßt es mich wissen, wenn ich euch helfen kann. Wir müssen nur geduldig sein, wie eine Spinne, dann werden sie uns schon ins Netz gehen."
„Ja, das werde ich, Cruimh, und seid vorsichtig. Wer viele Fäden spannt, kann schnell darüber stolpern."
Als die Hochkönigin auf dem Weg in ihr Gemach war, kam sie auch an dem Festsaal vorbei. Heute war er nicht so hell erleuchtet wie gestern abend. An einem Tisch sah sie Rabharta mit Measartha frühstücken und schlich, sich leise hinter den breiten Säulen versteckend, an ihnen vorbei. Die zwei Herren indessen grinsten sich nur an und warteten, bis die Hochkönigin im Aufgang verschwunden war.
„Nun, wer war dieser seltsame Kerl von gestern abend, Measartha?"
„Sein Name ist Siorc mac Drochobair. Er ist ein Fianna aus Cill-airne. Von dort hat er auch zwei seiner Diener mitgebracht, obwohl Diener für die zwielichtigen Gestalten etwas zu hoch gegriffen scheint."
Rabharta schlug mit der Faust auf den Tisch.
„Ich habe es doch gewußt. Diese Feld-, Wald- und Wiesenkrieger haben doch wirklich überall ihre Nase drin. Gut, dann wissen sie es auch schon, das zwingt uns ja nicht unbedingt zum Handeln."
„Was wissen sie auch schon?", fragte der unschlüssig dreinblickende Vertreter des Hauptmanns.

„Laß uns etwas spazierengehen, diese Hallen bieten vielen Lauschern gute Nahrung, und das können wir im Augenblick gar nicht gebrauchen."
Rabharta und Measartha standen auf und gingen aus der Burg. Erst als sie den inneren Steinring durchquert hatten, begann Rabharta wieder zu sprechen.
„Es gibt einen, nein falsch, es gibt zwei neue Thronanwärter. Broc weiß weder von dem einen noch von dem anderen.
Tuan weiß nur von einem, den er für rechtmäßig hält und den er auch unterstützt. Von dem anderen wissen wir so gut wie gar nichts, nur daß er in Wyinklo sitzt. Dieser Dragan, wie er sich nennt, weiß wahrscheinlich von dem anderen Thronanwärter, der sich aufgemacht hat, das Blaue Schwert Fionn mac Cumhails zu suchen, was einem Anspruch auf den Platz des Hochkönigs gleichkommt. Dennoch hat er seinen Männern streng untersagt, die Suche seines Mitstreiters zu stören. Fast scheint es, als solle der andere das Schwert finden."
„Und was hat das alles mit den Fianna zu tun?", fragte Measartha.
„Nun, wer immer von den beiden Thronanwärtern sich durchsetzen mag, er wird vom Thron Taras aus herrschen. Das heißt, die Fianna setzen einen Mann wie eine Katze vor das Mauseloch und warten ab, welcher von den beiden das Rennen gewinnt. So einfach ist das. Vielleicht unterstützen sie ja auch einen dieser Strauchdiebe. Scathcrobh habe ich ausgeschickt, um mehr über den einen der beiden zu erfahren. Aber es wird bestimmt zehn Tage dauern, bis er wieder zurück ist."
Erstaunt flüsterte der junge Mann.
„Du hast ohne Wissen des Hochkönigs einen Mann ausgesandt, der dir Nachrichten über den Mann bringen soll, der ihn vom Thron stürzen will? Bist du wahnsinnig? Wenn das Broc erfährt, läßt er dich über dem Feuer rösten."
Rabharta schaute seinem Freund geradewegs in die Augen.
„Wenn er es erfährt, dann nur von einem einzigen Mann und das bist du. Ich weiß, daß Geheimnisse anvertrauen, sie aufgeben heißt. Aber ich hoffe doch, daß du schweigen kannst. Jedenfalls eine Zeitlang und auch zu Tuan kein Wort. Der mag sich da in etwas verrennen, was ihn früher oder später auch zum Stolpern bringt. Von dir erwarte ich folgendes. Ich möchte, daß du dich so gut es geht an die Fersen dieses Siorc mac Drochobair heftest. Ich möchte so viel es geht über diesen seltsamen Kautz herausfinden. Für mich sieht er nicht sehr nach dem aus, was ich mir unter einem Fianna

vorstelle. Finde heraus, was er tut und mit wem er sich herumtreibt. Würdest du das tun?“
Scheinbar überlegend kraulte sich der Blondschopf die Bartstoppeln unter dem Kinn.
„Tja, mein Lieber! Ich weiß ja nicht. Aber wenn du ehrlich zu mir bist, will ich es auch zu dir sein. Dieser Siorc mac Drochobair verbrachte die ganze Nacht mit einem blonden Wesen in den Ställen, dessen Namen ich nicht nennen darf, die uns aber beiden sehr gut bekannt ist. Früh am Morgen trennten sich dann die beiden, und unser junger Freund hatte ein Treffen mit dem Königlichen Berater. Dieser empfing, nachdem ihn der Fianna verlassen hatte, merkwürdigerweise auch unsere liebessüchtige Freundin.“
Fest schlug Rabharta auf den Rücken des jungen Mannes.
„Measartha, du bist unglaublich! Einen besseren Nachfolger kann sich ein Mann gar nicht wünschen.“
Der junge Mann erwiderte:
„Ja, mein Hauptmann, vom Sehen wird man nicht blind und vom Hören nicht taub.“
„Nur gut, daß nicht du mein Feind bist. Gut, dann wollen wir es so halten. Ich sehe schon, daß unser breitschultriger Freund bei dir in den besten Händen ist. Ich muß jetzt zurück, der König hat heute morgen Gericht zu halten, da will ich anwesend sein. Man weiß ja nie, wie es ausgehen mag. Wir sehen uns dann wohl später.“
Und so trennten sie sich. Rabharta eilte schnellen Fußes in die Halle, wo er den König schon mit den anderen Beteiligten vorfand. Auch Tuan und Eala standen etwas abseits und hörten zu. Zwei fein herausgeputzte Herren standen vor dem Thron und forderten ihr Recht.
„Hoheit, die Schafe dieses Mannes haben im Sommer das ganze Gras für meine Kuh aufgefressen, so daß ich kein Heu machen konnte und mir welches von einem anderen Nachbarn borgen mußte, um über den Winter zu kommen. Das ist doch nicht recht. Deshalb fordere ich, daß er die Schafe schlachten und mir die besten Stücke der Tiere geben soll.“
Da rief der Beschuldigte:
„Aber Hoheit, ich habe doch nur meine Schafe, die mich und meine Familie ernähren.“
Der König, der einen nicht mehr ganz nüchternen Eindruck machte, sprach:

„Das hättest du dir vorher überlegen müssen. Schließlich muß dein Nachbar ja auch von etwas leben, und wenn seine Kuh über den Winter nichts zu essen hat, stirbt sie und kann ihn nicht mehr ernähren. Ich denke, der Wunsch des Geschädigten ist mehr als gerecht."
Da räusperte sich Eala laut.
„Was ist Priesterin? Seid ihr nicht einverstanden mit dem Urteil des Hochkönigs?", rief Broc.
„Herr, könnte ich euch wohl kurz sprechen?"
„Komm her und sage, was du zu sagen hast."
Mit gesenktem Kopf schritt Eala zum Thron und sagte leise zu dem Herrscher.
„Hoheit, das Gras, das die Schafe fraßen, wird wieder nachwachsen. Warum entscheidet ihr euch nicht dafür, daß die Hälfte der Wolle der geschorenen Schafe dem Geschädigten zugute kommt. Dann könnte er aus dem Gewinn des Verkaufs das Heu des Nachbarn bezahlen und hätte etwas übrig für sich. Andererseits müßte dafür keines der Schafe sterben und die Wolle würde genauso nachwachsen wie das Gras des anderen."
Der Hochkönig strich Eala über die Wangen und sagte dann zu ihr:
„Du bist klug, mein Kind. Genau der gleiche Gedanke war mir ebenfalls gerade gekommen."
Dann verkündete er das Urteil. Zufrieden gingen die beiden Herren hinaus. Auch Rabharta und Tuan gingen aus dem Saal.
„Bist du wirklich froh, daß so einer über dein Volk herrscht, Rabharta?"
„Er hatte einfach einen schlechten Tag. Du bist auch nicht immer eine Ausgeburt der Weisheit."
Ungeduldig packte Tuan den Hauptmann am Ärmel und brachte ihn zum Stehen.
„Das kann doch wohl nicht dein Ernst sein. Jeder König, der seine Urteile betrunken fällt, ist ungerecht, so oder so. Und du weißt, daß das heute nicht das erste Mal war. Es kommen ja kaum noch Leute zum König, weil sie wissen, daß sie von ihm alles, nur keine Gerechtigkeit zu erwarten haben. So kann es doch nicht weitergehen."
„Und was willst du dann machen? Ihn töten oder ihn fragen, ob er so freundlich wäre für einen Kerl, von dem keiner nichts genaues weiß, abzudanken? Was willst du tun, Tuan, was?"
Der Hochdruide antwortete ihm:

„Ich weiß, ich weiß. Im Augenblick können wir gar nichts tun, aber siehst du endlich, was mit unserem Land geschieht, wenn Broc weiter an der Macht bleibt. Schließe dich uns an, Rabharta."
„Nein, Tuan. Ich bin ein Mann von Ehre. Mein König wird nicht durch meine Hand fallen noch werde ich helfen, seinen Sturz vorzubereiten. Und jetzt geh, bevor ich dich wegen Hochverrats vor den Thron dieses Säufers schleppe. Ich denke, die Strafe für diese Tat weiß er noch ganz genau."
Enttäuscht wandte sich Tuan ab und machte sich auf den Weg zu seiner Hütte. Unterwegs holte ihn Eala ein.
„Was war denn los mit euch? Ihr hattet es ja sehr eilig, aus der Halle zu kommen. Wo ist dein Freund, der Hauptmann? Habt ihr euch gestritten?"
„Ja!", antwortete der Hochdruide kurz angebunden.
„Was hat er denn gesagt?"
„Ach, es ist immer dasselbe mit ihm. Du führst ihm vor Augen, was Broc für ein schlechter König ist, und er findet bestimmt eine Ausrede. Ich glaube, wenn Broc morgen Kühe an unseren Tischen sitzen läßt, fällt ihm auch dazu noch ein Grund ein."
„Tuan", sagte Eala leise, „du wirst den Knoten so nicht lösen. Es ist schwer, den falschen Weg zu meiden, vor allem für euch Menschen. Für euch ist alles so leicht, so einfach. Gut ist gut, und Böse ist böse. Ihr denkt nicht darüber nach, daß das, was jetzt gut ist, auf längere Zeit gesehen nicht unbedingt gut sein muß. Rabharta ist Rabharta. Ein rundes Loch wird nie eckig sein. Der Weg beginnt immer mit dem ersten Schritt, und sein Weg ist noch weit. Wenn du ihm helfen willst, dann laß ihn gehen."
„Du hast leicht reden. Wenn ich diesen Knoten nicht löse, sehen wir bei einer kriegerischen Auseinandersetzung ziemlich schlecht aus. Außerdem will ich nicht, daß er mein Feind ist."
Sanfter sagte die Frau:
„Das sind nun einmal die Opfer, die du bringen mußt. Vielleicht habe ich ja mehr Glück mit dem Hauptmann des Königs."
Erschrocken fragte Tuan:
„Was hast du vor, Eala?"
Die Priesterin schmunzelte:
„Nun, ich werde unserem Freund einen kleinen Höflichkeitsbesuch abstatten und sehen, wie meine Weiblichkeit auf ihn wirkt."

„Das wirst du nicht tun. Du solltest dich um den König kümmern, nicht um seinen Hofstaat."
Mit hochgezogenen Mundwinkeln zischte Eala:
„Das überläßt du am besten mir. Erst mußt du einen Käfig bauen, bevor du den Vogel fangen kannst. Ich weiß das aus Erfahrung. Wenn Rabharta so wichtig für uns ist, sollte er kein unsicherer Punkt sein."
„Gut, aber ich will nicht, daß du ihn verletzt."
„Ich werde ihn behandeln wie ein rohes Ei. Wir sehen uns dann heute abend wieder."
Eala hob den Saum ihres Kleides an und ging zur Burg zurück. Vor Rabhartas Tür blieb sie stehen und klopfte zweimal leicht an.
„Wer ist da?"
Sanft antwortete die Schattenbringerin.
„Ich bin es, Eala.
Verwundert öffnete Rabharta die Tür und ließ sie ein.
„Was wollt ihr von mir?"
„Vielleicht sehen, wie höflich, oder sollte ich besser sagen, wie höfisch ihr seid?"
Rabharta war ein wenig verwirrt über den Frauenbesuch in seiner Kammer.
„Oh, verzeiht, wollt ihr euch setzen?"
Eala ließ sich auf dem Stuhl nieder und wartete auf eine Antwort. Endlich fand er wieder seine Ruhe.
„Das war sehr klug heute morgen."
„Was war klug?"
„Nun, die Geschichte mit der Wolle der Schafe. Das wäre nicht jedem eingefallen. Außerdem hätte es auch nicht jeder dem Hochkönig gesagt."
„Seht ihr! Ich bin auch nicht jeder."
Dann breitete sich Schweigen in dem Zimmer aus, nur das Knistern des Feuers war zu hören.
In die Stille hinein sagte der Hauptmann.
„Ich weiß, wer ihr seid, ich weiß, woher ihr kommt, und ich kenne das Ziel eurer Reise."
Gedankenverloren blickte Rabharta in die Flammen, als habe ein anderer diese Worte ausgesprochen.
Geschmeidig stand Eala auf und ging auf ihn zu. Sie waren gleich groß. Als sie vor ihm stehen blieb, bohrten sich ihre Blicke wie Speere in die

grünen Augen des anderen. Fast berührten sich ihre Lippen, als die Schattenbringerin antwortete.
„Und was willst du jetzt tun, Hauptmann?"
Rabharta überlief es heiß und kalt. Er konnte dem Drang, diese Lippen zu küssen, sich an ihnen festzusaugen und diesen Brunnen auszutrinken, kaum widerstehen. Er schluckte verlegen, ließ seinen Blick aber unverwandt auf das Grasgrün dieser Augen gerichtet. Es war lange her, daß er einer Frau so nah gewesen war, und dann war das eine einfache Frau gewesen und kein gerissenes Raubtier wie das, was vor ihm stand.
Vorsichtig schlich sich ein Grinsen auf ihre Wangen. Dann zog sie eine Augenbraue hoch und wand sich ab, nicht ohne ihn leicht mit ihrem Oberkörper zu streifen.
„Nun, Hauptmann. Was willst du tun?"
Wieder schlich sie sich an ihn heran und blies ihm ihren Atem in den Nacken.
„Alle Menschen müssen sterben. Auch Könige, Rabharta! Das Leben, mein Freund, ist wie ein Rad, und jede Speiche ist eine Geschichte, die erzählt werden will. Aber irgendwann wird auch deren letztes Wort im Wind verhallen.
Jetzt ist Brocs Zeit gekommen. Du wirst das nicht verhindern können. Doch das ist auch nicht wichtig. Spätestens im nächsten Sommer wird er tot sein. Dann braucht das Volk die Sicherheit seines Heeres und das bist du. Wehre dich nicht gegen den Atem des Schicksals, oder es wird dich ans Ende der Zeit verschlagen. Du bist noch jung, und ein anders Leben wartet auf dich fern dieser Burg."
Ihre Anwesenheit erfüllte den ganzen Raum und nahm Rabharta fast den Atem. Er hatte noch nie so eine Frau erlebt. Er hatte das Gefühl, die Zeit stehe still. Dann kam sie wieder an ihn heran, langsam, vorsichtig, als könne sie sich an ihm verbrennen. Rabharta hatte die Hände auf dem Rücken und ließ Eala nicht aus den Augen. Kalte Finger strichen über seine Lippen.
„Nun, mein Hauptmann. Ich hoffe, du weißt, was du zu tun hast."
Als die Tür schon lange ins Schloß gezogen worden war, starrte Rabharta noch immer in die Flammen.

Lyr

Solasard schlief tief und fest. Sein blondes Haar war während ihrer Flucht Heimstatt zahlloser Tannennadeln geworden. Auch Athraigh ruhte, doch er war wach. Er hatte eine kleine Weile geschlafen, gerade so lange, daß sich sein übermüdeter Körper von den Anstrengungen erholen konnte und war dann wieder aufgewacht.

Das hier war zur Gänze seine Schuld. Hätten sie Cluanaire nur diese verdammte Stute überlassen und wären sie nicht nach Bealaclugga gegangen, wäre das alles nicht geschehen. Jetzt wurden sie gejagt, bis der Ehre des Fahrenden Volkes Genugtuung widerfahren war. Er könnte sich in den großen Zeh beißen, so wütend war er auf sich. Aber auch das half ihm nicht weiter.

Und jetzt waren sie zu viert, schon eine richtige kleine Gruppe. Zwei Mann konnten überall untertauchen, aber vier? Und was für seltsame Gestalten sich ihnen da angeschlossen hatten. Der Zwerg hatte wohl die Vorratskammern eines Königs ausgeraubt, doch das konnte ihnen ja nur von Nutzen sein.

Dieser andere Kerl machte Athraigh viel größere Sorgen. Taucht aus dem Nichts auf, verschwindet wieder darin und erscheint wieder genau in dem Augenblick, da sie einen Zufluchtsort wie diesen nur allzu gut gebrauchen konnten. Woher hatte er nur wissen können, daß sie flüchten mußten? Wer hatte es ihm zugeflüstert? Der Feind? Aber dann wären sie ja wohl nicht mehr am Leben. Was würde jetzt nur geschehen? Sie waren diesem finsteren Burschen ausgeliefert, ob sie es wollten oder nicht.

Nun, wenigstens waren sie das Pferd los. Er hatte die Stute zwar gemocht, aber als Reisegefährte war sie eher hinderlich. Immer mußte man Futter dabei haben, sie irgendwo unterstellen, wenn man in ein Dorf kam und reiten ließ sie sich auch nicht, geschweige denn, daß sie sich herabließ, etwas Gepäck zu tragen. Die Kurzschwerter, die aus ihren Satteltaschen hervorschauten, hätten eher Diebe angelockt als sie abzuschrecken. Göttergeschenk hin oder her, der Jüngling war froh, das Pferd los zu sein.

Neben sich hörte er zwar ein Schnauben, aber das konnte nicht Macha sein. Dennoch, vorsichtig öffnete er seine Augen, um zu sehen, was sich hier

wohl für ein Pferd aufhielt. Reckend setzte er sich auf und fiel fast vor Staunen von seinem Nachtlager.
„Solasard, Solasard! Sie ist hier! Solasard, Macha ist hier, wach auf!"
Müde drehte dieser sich auf die andere Seite und murmelte:
„Das kann doch gar nicht sein. Du träumst, schlaf weiter."
Doch erbarmungslos rüttelte Athraigh den Schlafenden auf. Vorsichtig lugte Solasard unter seinem Arm hervor, unsicher, ob er wirklich diesem Anblick trauen sollte. Überrascht fragte er Draighean, der noch immer vor dem Feuer saß:
„Wo kommt dieses Pferd her?"
Draighean antwortete verträumt:
„Die schönste Gestalt, die auf der Göttin Erde wandelt, brachte sie her und sagte, daß ihr sie nicht aus den Augen lassen solltet. Wir dürfen uns nicht mehr von ihr trennen auf dieser Suche, sondern sollen sie immer in unserer Nähe wissen."
„Und wer ist diese Frau?", fragte Solasard.
„Ich weiß nicht, wie sie heißt, aber meine Augen sahen nie ein schöneres Antlitz. Ihr schwarzes, langes Haar wallte in Locken bis zu ihrer Hüfte. Ihre dunklen Augen waren wie schwarze Perlen auf dem weißen Grund des Meeres. Ihre vollen Lippen waren weich wie die feinsten Daunen, und sie küßte mich, als sei es das letzte Mal, daß mir diese Gnade zuteil wird. Vor Tagen war sie spät in der Nacht an mein Feuer getreten und bat mich, daß ich mich euch anschließe und zum alten Neamhní führe. Gestern nacht kam sie wieder an mein Feuer und sagte, ihr seid in Gefahr und daß ich mich um euch kümmern solle. Dies war ein geringer Wunsch, denn die Welt trüge ich auf meinen Schultern für sie. So kam es, daß ich euch half und wir dann durch den Wald hierher geeilt sind.
Während ihr schlieft, hörte ich ein Kratzen und Scharren an der Rampe. Ich ging hinauf, und da stand sie wieder mit diesem Pferd. Und nun ist es hier. Doch wenn ich euch fragen darf, was hat es mit diesem seltsamen Tier auf sich, und warum verfolgt euch Cluanaire wirklich? Ihn abzuschütteln wird schwierig für uns werden. Seine Männer sind überall, obwohl sie den Weg diesseits der Breiten Straße sicher nicht kennen. Was ist nun mit dieser seltsamen Stute?"
Solasard räusperte sich.
„Nun, sie ist ein Göttergeschenk, genauer gesagt, die Frau, die ihr saht, ist eine Göttin. An Samhain schenkte sie mir diese Stute. Ich weiß nicht

warum, und ich weiß auch nicht wozu, aber unser Druide sagte, ich müsse sie auf meiner Suche mitnehmen. Er wußte warum, leider wollte er es mir nicht sagen, und jetzt sitzen wir hier. Wir Menschen scheinen die Spielbälle der Götter zu sein, ob uns dies paßt oder nicht. Aber sage mir, Draighean, wer ist Neamhní?"
Verwirrt schaute der Mann fort von den roten Flammen in das blaue Meer von Solasards Augen. Gedankenverloren löste er sich darin auf.
„Ich habe eine Göttin geküßt."
Als habe dieser Gedanke ihn gefesselt, schüttelte er ihn scheinbar ab.
„Neamhní, ja, der alte Neamhní! Niemand weiß genau, was oder wer er ist. Eigentlich ist er ein ziemlich alter Knochen, der der Breiten Straße folgt. Er ist völlig ungefährlich und schon ein bißchen verwirrt und tatterig. Dennoch kenne ich niemanden, der mehr von dem alten Fionn erzählen kann als er. Man sagt, einst sei er der Knappe Fionns gewesen. Dabei gibt es nicht eine Geschichte, in der von ihm die Rede ist.
Meist findet man ihn auf dem Teil der Straße, der in Richtung Tara führt, demnach jenseits der Siona. Das heißt, wir haben ein gutes Stück Weg vor uns. Heute nacht können wir noch einmal hier übernachten, aber ab morgen wird der Wald unsere Lagerstätte sein.
Jetzt, da eure Stute wieder hier ist, wird das Ganze noch schwieriger, aber wir machen das schon. Zu viert kann man einiges ausrichten, wenn man den Wald kennt und dessen seid gewiß.
Ihr könnt euch ruhig hier umsehen, und eßt, was euch in die Finger kommt. Der Wald ist ein karger Gastgeber um diese Jahreszeit, und vergeßt nicht eure Wasserbeutel aufzufüllen. Ich werde jetzt ein wenig ausruhen, vielleicht kehrt sie in meinen Träumen zu mir zurück."
Dann zog er sich einen Holzklotz zum Feuer und legte seine Beine darauf. Friedlich döste er vor sich hin.
Goworr packte die Gelegenheit am Schopf, seine Vorräte etwas zu ergänzen, nahm eine Fackel und machte sich auf, diese unterirdische Welt zu erkunden. Er fühlte sich hier wohl. In unterirdischen Stollen machte ihm so leicht keiner etwas vor.
Der Zwerg nahm einen der Stoffbehänge in die Hand, zog ihn beiseite und hielt die Fackel in den Gang. Neidvoll erblaßte er. Alles, was ein Zwergenherz entzücken konnte, war zu finden. Da lagen die verschiedensten Metallklötzchen, blitzend und funkelnd, wartend, daß sie eine kundige Hand zu Schwertern, Beilen, Pflügen und anderem formte.

Sehnsüchtig ging er darauf zu und glitt mit den Fingern über das kalte Eisen. Selbst geringe Mengen an Gold und Silber fand er und Edelsteine, die nach einer einzigartigen Fassung lechzten. Das Herz ging ihm über. Könnte er hier doch länger verweilen.
Unzählige Seitentunnel zweigten von dem Hauptgang ab. Herrliche Muster zierten die Wände, verschlungene Linien, Zeichen längst vergessener Zeiten, eine Freude für den kleinen Gast in diesen Hallen. Angezogen von diesen Pfaden ging Goworr den Hauptgang entlang, immer wieder seine Fackel in die Seitengänge haltend. Da gab es Berge von Schwertern, Speeren, kunstvolle Schilde und Äxte, dann wieder Lebensmittel, die befremdend und doch so köstlich waren. Dann ein leerer Stollen, in dem tausende und abertausende Fledermäuse selig vor sich hin träumten. Er folgte dem Hauptgang, als könnte er nicht mehr anders. Es gab Seitengänge, in denen waren, wie es schien, Lager für Elben eingerichtet. Doch das Holz war vermodert und als sich der Zwerg auf einen wunderschönen Stuhl setzen wollte, gab dieser selbst unter seinem geringen Gewicht nach und verwandelte sich in Splitter, die sich ungemütlich in seinen Hintern bohrten. Schon sah er nicht mehr den Eingang, wenn er sich umdrehte.
Herrlich kühl war es hier, frische Luft, die nach Erde und Gestein roch, zog an ihm vorbei. Dann endete der Hauptgang und verbreiterte sich, bis Goworr mitten in einer Höhle stand. Sein Herz schien schier zu zerspringen.
Vor ihm lag ein See. Doch ein Wunder wie dieses hatte er noch nie gesehen. Alle Farben dieser Welt fanden sich darin, funkelten, schimmerten, sprangen umher, je nachdem wie er seine Fackel hielt, und dann fand er auch den Grund für all die Farbenpracht, die ihm vorkam wie ein riesiger Schmetterling. Die Wände und die Decke der Höhle waren mit mannigfaltig herrlich geschliffenen Edelsteinen besetzt, die dieses göttliche Licht auf die Wasseroberfläche warfen und dort tanzen ließen.
Goworr staunte und staunte, bis es nur noch dunkel war. Selten kam es vor, daß Edelsteine, die die Zwerge doch so liebten, ihnen den Verstand raubten. Aber genau das war geschehen. Im Bann des herrlichen Lichtes hatte er das Wichtigste in dieser Unterwelt völlig außer acht gelassen, seine Fackel.
Nun saß er hier in der Finsternis. Nur gut, daß er ein Zwerg war und die Mutter Erde diesem Geschlecht wohlgesonnen. Nicht auszudenken, wenn er sich in diesem Geflecht aus Wegen verlöre. Stunden mußte es her sein,

daß er losgegangen war. Vorsichtig machte er sich auf den Rückweg, und bereits nach wenigen Schritten geschah etwas Merkwürdiges. Es begann, in der Höhle ganz leicht zu schimmern, doch diesmal verwirrte das verrückte Hin- und Herspringen des bunten Lichts Goworr, so schnell war es. Selbst wenn er seine Augen schloß, ließ ihn dieses Farbenspiel nicht los. Schnell sprang das Licht umher, bis sich der Zwerg die Augen zuhielt. Dann war wieder Finsternis um ihn, herrliche schwarze, einfache Finsternis. Er beruhigte sich und wollte dies schon als Wahn erklären, da glomm ein kleines Licht in der Dunkelheit auf. Eine freundliche Stimme flüsterte in sein Ohr:

„Haben wir uns wohl keine zweite Fackel mitgenommen auf unserem Streifzug in unerlaubte Gebiete?“

Goworr schluckte hörbar. Er wollte sich noch nicht umdrehen. Er hatte ja schon mehr als einmal Stimmen in den Stollen gehört, wenn er unter Tage war. Die Stimme sprach jedoch einfach weiter:

„Folge mir einfach, dann zeige ich dir den Weg.“

Der Zwerg blieb still stehen, kniff die Augen zusammen, rieb sie sich mit den Händen und öffnete sie in der Hoffnung, in völliger Dunkelheit zu stehen. Leider wurde dieser Wunsch nicht erfüllt. Denn nun baute sich vor ihm eine schmale, fast schon dürre Gestalt auf, die ihn mit grauen Katzenaugen aufforderte, ihm zu folgen.

Feingliedrige, lange, dürre Finger hielten einen Salzkristall, der von innen heraus leuchtete. Der Zwerg erschrak mächtig, aber das Wesen schritt langsam aus und folgte dem breiten Tunnel. Wie ein Tänzer setzte es Fuß vor Fuß. Langsam führte es Goworr hinter sich her, der nur der Hinterseite seines seltsamen Führers gewahr wurde.

Der Mann, denn dies schien er ihm zu sein, trug eine enganliegende Hose aus so feinem Stoff, daß er sich hier unten eigentlich zu Tode frieren mußte. Seine Beine waren dünn und wirkten fast wie Storchenbeine, so lang waren sie. Er trug erdfarbene Schuhe, deren Spitze sich leicht nach oben wölbte, die Hose schien einmal grün, dann wieder braun zu sein. Von seinen schmalen Schultern bis zu den Knien wallte ein Mantel aus dem gleichen Stoff. Sein dunkelblondes Haar war an jeder Seite geflochten und zu einem Zopf am Hinterkopf zusammengedreht.

Die Zeit wurde lang und länger. Endlich konnte Goworr Licht sehen, das von einem Vorhang verdeckt war, sich aber dennoch durch den Stoff

schlich. Das merkwürdige Wesen schritt zielsicher auf den Vorhang zu und zog ihn beiseite.
„Hatten wir euch nicht befohlen, das Weltentor vor Eindringlingen zu schützen?“, fragte er fordernd.
Draighean drehte sich um und stand auf.
„Lyr! Wo kommst du her, alter Freund?“
Freundschaftlich fielen sich die beiden Männer in die Arme.
„Von drüben. Der Prinz schickt mich. Du könntest meine Hilfe in einer dringenden Angelegenheit gebrauchen.“
Der Sidhé klopfte seinem Freund auf die Schulter.
Draighean antwortete:
„Nun ja, Hilfe vielleicht nicht, Gesellschaft wäre eine bessere Wortwahl. Ich soll diese drei Kerle hier zu Neamhní bringen, aber sie haben Schwierigkeiten mit dem guten, alten Halsabschneider Cluanaire. Abgesehen davon haben sie noch eine Stute dabei. Sie steht in einem Seitengang und frißt sich aus unseren sorgsam angelegten Vorräten voll.“
„Wer sind die drei denn?“, erkundigte sich der Sidhé.
Doch Draighean wollte nicht das Sprachrohr Solasards sein und nickte diesem aufmunternd zu. Dieser begann zu erzählen.
„Mein Name ist Solasard mac Annir. Meine Mutter hat bei meiner Geburt einen Geís über mich verhängt, daß ich mich nur verehelichen darf, wenn ich das Blaue Schwert der Wahrheit an seinen rechtmäßigen Platz bringe. Nun habe ich mich auf den Weg gemacht, und die Männer hier sind meine Gefährten auf dieser Reise. Draighean stieß zu uns, weil ihn jemand schickte, dem ich wohl nahezustehen scheine.“
Ruhig und entspannt hatte ihm der Sidhé zugehört. Dennoch hatte er einige Fragen.
„Wer ist deine Mutter? Was hat sie mit dem Blauen Schwert Fionn mac Cumhails zu tun? Nun wird mir klar, was ihr von Neamhní wollt. Er soll euch zu diesem Schwert führen, nicht wahr?“
Athraigh, ungeduldig geworden, mischte sich ein.
„Weiß er denn, wo das Schwert sein könnte?“
Überlegen lachte Lyr auf.
„Niemand kannte den alten Fionn mac Cumhail so gut wie er. Wenn einer wissen kann, wo das Schwert ist, dann er. Die Frage ist nur, wird er euch den Weg zeigen?“
Unschlüssig schaute Solasard auf.

„Warum sollte er es nicht tun? Außerdem muß er uns ja den Weg nur beschreiben. Wir tun ja nichts unrechtmäßiges."
Lyr schüttelte energisch den Kopf.
„Nein, das tust du nicht, und ich bin wahrlich froh, daß ich dich begleiten darf. Ich habe schon viel von diesem Schwert gehört. Deshalb hoffe ich auch, daß du Neamhní so gerade und gut erscheinst wie mir. Doch nun zu deiner Mutter. Wer ist sie, wie heißt sie, wo lebt sie?"
Solasard blickte ernst ins Feuer.
„Das würde ich auch gerne wissen, Lyr. Aber ich wurde schon sehr früh von ihr getrennt und weiß gar nichts von ihr, außer daß diese Trennung irgendwie mit Fionn mac Cumhail zusammenhängt. Sonst weiß ich nichts. Nichts über Fionn, nichts über sein Schwert. Aber ich werde dieses Schwert schon finden."
Erfreut über die Zielstrebigkeit lächelte der Sidhé.
„Und was wirst du dann damit tun?"
„Was soll ich schon tun, ich werde es an seinen rechtmäßigen Platz bringen, und dann werde ich meine Amhrán heiraten. Glaubst du, diese Suche hat einen anderen Grund als den, daß ich ohne das Schwert nicht heiraten kann? Ich will nur in Ruhe leben, mein Land bestellen, gute Rösser züchten, zusehen wie meine Kinder heranwachsen und in Frieden sterben. Das ist alles, Krieg und Herrschaft sind nicht meine Welt. Ich bin froh, daß ich später nur ein einfacher cenn-fine sein werde, wahrscheinlich tauge ich auch zu nichts besserem."
Lyr hatte nun genug Fragen gestellt und Antwort erhalten. Er nahm sich einen Becher, füllte ihn aus einem Faß und ging in den Haupttunnel. Solasard setzte sich auf den Stuhl neben Draighean.
„Ein seltsamer Kerl, dieser Lyr. Sind alle Sidhi so?"
Der Angesprochene lachte.
„So und doch nicht so und immer anders, als man sie sich vorstellt. Ein buntes Volk reist nun unter deinem Banner, Solasard. Ein Hochelb, ein Zwerg, einer aus dem Fahrenden Volk, einer aus dem Kleinen Volk und du, einfacher Mensch, der es aber auch nicht einfach hat. Der Herrin sei Dank sind wir alle Männer. Frauen bringen nur Unordnung und Chaos mit sich. Aber wegen Lyr sorge dich nicht. Ich kenne ihn schon seit langer Zeit. Doch in dieser Gegend hatten wir noch nie gemeinsam zu tun. Seltsam, wie das Schicksal immer wieder die Geschicke einzelner miteinander verwebt."

„Und wie wird es nun weitergehen, Draighean? Wo finden wir diesen Neamhní?"
Gerade wollte Draighean Luft holen, um zu antworten, als Lyr schroff in den Raum trat, sichtlich erregt, mit einem der beiden Kurzschwerter aus Machas Satteltaschen.
„Wo ist dieses Pferd her? Und wie kommen diese Kurzschwerter in seine Satteltaschen? Wißt ihr nicht, wie wertvoll sie sind? Wie könnt ihr sie so unbeaufsichtigt lassen?"
Verwundert schaute ihn vor allem Athraigh an.
„Ich wüßte nicht, was dich das angeht. Das Pferd gehört Solasard, und niemand paßt besser auf diese Kurzschwerter auf als Macha selbst."
Aufgeregt erwiderte Lyr:
„Das ist wahr, aber wo ist Macha? Ist sie hier? Wer paßt denn nun auf die Schwerter auf? Und was heißt, das Pferd gehört Solasard? Dieses Pferd da drin gehört niemand anderem als Macha selbst. Als Fohlen schon rannte es auf unseren Weiden. Es gibt seinesgleichen nicht noch einmal auf der Welt. Denn dieses Pferd kann sich verwandeln in was es will. Wie kommt ihr also in den Besitz dieses Tieres? Wüßte ich nicht, daß Macha eine Göttin ist, ich würde sagen, ihr seid der Strauchdieb und nicht Cluanaire."
Das war gar kein guter Einstand in die Gemeinschaft. Als Lyr das nächste Mal die Augen öffnete, saß Goworr auf seinem Brustkasten und hielt eines seiner schwarzen Beile an seinen Hals. Athraigh stand über ihm und hielt drei seiner Wurfmesser in den Händen und sagte:
„Wenn dein nächstes Wort nicht Entschuldigung heißt, wirst du derjenige sein, der Macha persönlich fragen kann, woher Solasard das Schwert hat, oder Kleiner?"
Goworr nickte und verstärkte den Druck am Hals des Sidhi, als Solasard einen harschen Befehlston annahm:
„Athraigh, Goworr, runter da. Seid ihr wahnsinnig. Es gibt nichts, worüber man nicht in Ruhe sprechen kann. Los, runter von dem Mann, und weg mit den Waffen!"
Nur langsam, als stünden sie unter einem Bann, ließen die beiden den Mann los.
„Ich bin begeistert von deiner Leibwache, Solasard! Verzeih, wenn ich mir zuviel anmaßte, aber für mich sind das wichtige Fragen. Möchtest du sie mir nicht vielleicht doch beantworten?"
Solasard reichte dem Hochelben die Hand und half ihm auf.

„Verzeih auch du den mangelnden Anstand dieser verfluchten Hitzköpfe. Läßt einer allein von ihnen schon nichts anbrennen, so sind sie zu zweit wie ein Waldbrand im Sommer. Deine vielen Fragen werde ich dir gerne beantworten. Doch vorher noch einen Schluck, damit ich flüssiger sprechen kann."

Sie nahmen sich alle noch einen Schluck aus dem Faß und setzten sich rund um das Feuer. Dann begann der Schwertsucher zu erzählen.

„Nun, du mußt wissen, daß diese Stute, mangels eines mir genannten Namens, den ihrer Herrin erhielt, nämlich Macha. Du wolltest wissen, wie ich zu diesem göttlichen Geschenk kam? Es war an Samhain, als ich Macha, der Herrin dieses Tieres, begegnete, denn wenige Tage vorher begegnete ich einer Sidhé, die mich aufforderte, an Samhain in die Berge zu gehen, da mir dort etwas gegeben werden würde, was wichtig wäre für meine Sache. Nun, ich hatte mit allem gerechnet, aber nicht mit einem Pferd, das dazu auch noch diese seltsamen Kurzschwerter in seinen Satteltaschen trug.

Doch nachdem ich eine Nacht mit Macha verbracht hatte, war dies das einzige, was sie mir gab, und so nehme ich an, ist es das, was ich erhalten sollte."

„Einen Augenblick", unterbrach ihn Lyr erstaunt, „du willst mir demnach erzählen, daß du eine Nacht mit Macha verbracht hast?"

Athraigh und Goworr wechselten vielsagende Blicke bei dem Klang nach Zweifel in der Stimme des Sidhi.

Doch Solasard antwortete ruhig:

„Vielleicht nicht so, wie du es dir vorstellst oder wie ich es mir gewünscht hätte, aber wir lagen eine Nacht beieinander. Frage mich jetzt nicht, warum. Ich kann es dir auch nicht sagen."

„Und was ist mit deiner Versprochenen? Wie denkt sie darüber?", fragte Lyr.

„Und wie denkst du darüber, wenn eine Göttin neben dir liegt, denkst du dann an eine Menschenfrau? Ich liebe Amhrán, aber was in dieser Nacht geschah, hat mit ihr und Liebe nichts zu tun.

Macha ist nur so lange mein Pferd, bis sie es wieder zurückfordert. Du scheinst die Kurzschwerter zu kennen. Woher kommen sie, und warum sind sie so wertvoll für dich? Und was bedeutet, daß die Stute sich verwandeln kann, Lyr?"

„Dieses Pferd, das nun den Namen Macha trägt, ist das letzte seiner Art. Vor langer, langer Zeit schenkten uns die Götter seinen Ahnen, einen wundervollen Hengst namens Scath. Wie die Cerviden, die halb Mensch, halb Hirsch sind, war dieser Hengst halb Mensch, halb Pferd, doch nicht in einer Gestalt. Vielmehr war es bei ihm so, daß er ein Pferd war, doch für kurze Zeit des nachts ein Mensch. Immer mehr vervollkommnete sich die Zucht, bis diese wundersamen Wesen selbst entscheiden konnten, wann sie Pferd und wann sie Mensch sein wollten. In dieser Stute steckt auch ein Mensch, genauer gesagt eine Frau, die die Götter zu deinem Schutz bestimmt haben. Ihr scheint davon gar nichts zu wissen, oder?"
Solasard, Athraigh und Goworr antworteten wie aus einem Munde:
„Nein!"
Dann kam Solasard ein Gedanke.
„Erinnerst du dich noch an das Ehepaar, bei dem wir die erste Nacht verbracht hatten? Weißt du noch, was der Mann über Macha gesagt hatte, Athraigh?"
„Ja, als du sagtest, sie sei eine rassige Stute, erwiderte er verdutzt, er würde sie nicht so nennen. Jetzt wissen wir warum."
Lyr lachte auf.
„Nicht schlecht. Sie wird wohl ihre Gründe haben, dieses Geheimnis vor euch zu bewahren. Nun zu den Kurzschwertern. Wo immer sie auch herstammen mögen, es sind zwei Schwerter, die sich gleichen bis auf die kleinste Verzierung. Fionn mac Cumhail hatte sie machen lassen, für sich und seinen Freund Diarmaid. Doch nachdem er ihn getötet hatte, waren beide Kurzschwerter verschwunden und wurden nie mehr gefunden.
Eine seltsame Zeit ist das, in der wir leben. Wie soll es nun weitergehen, wohin werdet ihr ziehen?"
Alle Blicke richteten sich auf Draighean.
„Nun, wir werden diesem Weg folgen, bis wir auf den Siona stoßen. Von dort werden wir, um unsere Spur zu verwischen, auf dem Strom flußabwärts fahren, bis wir nach Cluain-maccu-Nois gelangen. Eine entfernte Verwandte von mir lebt dort im Coven der Danu, dort können wir zur Not ein paar Tage bleiben."
Scheppernd fiel Solasards Becher auf den Boden.

Der Spiegel

Langsam wechselte das Licht in Tir na Samradh, wurde roséfarben, fast rötlich und überzog das ganze Land, so weit das Auge reichte, mit seinem Schimmer. In Gedanken versunken lehnte sich Misnéachard an den Stamm der mächtigen Eiche und ließ seinen Blick hin und her schweifen. Er war wieder zu Hause. Es war jedesmal anders, wenn er aus der Menschenwelt zurückkehrte. Doch dieses Mal war er so aufgerüttelt, daß er froh war, hier sein zu dürfen. Er lachte über seinen Hochmut zu glauben, er kenne die Menschen. Aber von jeder Reise brachte er neue Rätsel mit.

Bis jetzt hatte er immer geglaubt, alle Menschen seien gleich. Doch dieses Mädchen war ganz anders. Fast schon erinnerte sie ihn an Frauen aus seinem Volk, so sanft, so wild war sie.

„Nun, mein Sohn, wie ist es dir ergangen in der Alten Welt? Hast du erreicht, was du dir vorgenommen hattest? Misnéachard, ist alles in Ordnung, du wirkst so verstört?"

Aus seinen Gedanken aufgerüttelt, blickte der Prinz in die klaren Augen seiner Mutter. Ihre Hand strich ihm eine Strähne aus der Stirn.

„Nein Mutter, es ist nichts, nur daß ich heute besonders merke, wie verschieden diese Welten sind."

„Oh ja, mein Sohn, das sind sie. Und jede Welt birgt Welten in sich, auch die der Menschen. Oder wäre es vielleicht nicht besser zu sagen, vor allem die der Menschen?"

„Aber wenn sich alle Welten darin gleich sind, warum sind denn unsere Welten so verschieden?"

Lá, die Königin über Tir na Samradh, lächelte.

„Nun, auch wenn Welten, ja selbst die Menschen sich ändern mögen, wir tun es nicht, wir sind die Sidhi, und wir sind noch immer dieselben, die wir seit Anbeginn der Zeit waren, Misnéachard.

Die Menschen sind ein seltsames Volk. Manchen von ihnen ist die Wahrheit so kostbar, daß sie nur selten davon Gebrauch machen.

Komm in den Grianán, dort brennt ein warmes Feuer."

Der Sohn folgte seiner Mutter in das herrliche Versammlungszelt, wo er sich auf einem der vielen Kissen niederlegte.

„Ach, Lá, es gibt aber auch Menschen, die anders sind."

Die Königin ergriff den Arm ihres Sohnes, als sie sich zu ihm niederkniete. „Und Sáile? Das Unheil schläft nicht. Viele Menschen würden ihren Kopf gar nicht vermissen, so wenig ist darin. Sieh nur, was geschieht, wenn sie am Rad des Schicksals drehen. Der Magen dieser Gierigen mag eines Tages vielleicht satt sein, doch ihre Augen nie.
Was meinst du mit solchen Menschen, Misnéachard?"
Energisch schüttelte der Prinz die Hand seiner Mutter ab und versank völlig im wilden Schauspiel des Feuers.
„Ach Mutter, für dich ist immer alles so einfach. Ich weiß, das Böse liegt nicht in der Welt der Dinge, sondern allein in den Menschen. Aber ich weiß auch, daß derjenige, der an das Gute im Menschen glaubt, auch das Gute bewirkt."
„Nun sind wir schon beim Glauben, siehst du, wie weit uns deine Gedankenreise führt? Auch in ihrem Glauben sind die Menschen etwas Besonderes. Beschäftigen sie sich mit der Suche nach der Wahrheit und ihrem Platz im Universum, erscheinen sie mir geradezu wie Blinde in einem schwarzen Raum, die eine schwarze Katze suchen; und das gleiche trifft auf ihren Glauben zu, nur daß jeder Gläubige ruft: Ich habe die Katze gefunden.
Wie kannst du nur an deinem Traum der Einen Welt festhalten? Die Menschen erkennen die Weisheit nicht, selbst wenn sie ihnen eine Hand auf die Schulter legt. Menschen wollen unterhalten werden, Misnéachard, nicht belehrt. Sie wollen heitere, beschwingliche Geschichten hören. Nur schwer erträgt es dieses Volk zu erkennen, wie leer und unweise sein Leben verläuft. Für sie ist es wichtiger, etwas zu besitzen, als Wissen und Weisheit zu erfahren.
Ihr Glaube heißt „Haben", doch wenn das ihr Glaube ist, will ich davon nichts haben."
„Aber ich weiß, daß es möglich ist, Mutter. Es gibt auch einige unter ihnen, die diese Brücke bauen wollen, und wir werden es schaffen!"
Die Mutter war erstaunt über den Willen ihres Sohnes.
„Verkaufst du da nicht den Vogel in der Luft, Misnéachard? Du solltest erst Ordnung in dein Leben bringen, bevor du die Welt verändern willst."
Der Prinz zog seine Stirn in Falten.
„Wie meinst du das?"
Da lachte Lá herzlich auf.

„Denkst du denn, ich bin blind und sehe nicht, was dein Herz bewegt. Freue dich, du entdeckst gerade den Schmerz der Liebe, mein Sohn. Alle schönen Rosen haben Dornen, doch schlimmer noch sind Dornen ohne Rosen. So freue dich an dieser Rose."
Misnéachard war verwundert, wie gut ihn seine Mutter kannte.
„Ich weiß nicht, ob ich hier von Liebe sprechen soll. Sie ist menschlich und eine Knospe, die dereinst zu einer wundervollen Frau erblühen wird. Aber sie ist einem anderen versprochen. Ich will sie nicht abbringen von ihrem Weg, obgleich sie mich so stark berührt. Und außerdem fehlt mir der Mut. Vielleicht bin ich ihrer gar nicht würdig."
„Du bist Misnéachard, der Prinz von Tir na Samradh, warum solltest du nicht würdig sein. Liebe ist Liebe, ist Liebe, ist Liebe. Jede Liebe ist anders, und wenn dir der Mut fehlt, dann wage es trotzdem, der Mut wird schon kommen. Doch nun zu deinen Geschäften. Warst du erfolgreich?"
Misnéachard merkte wohl, daß seine Mutter zwar mehr wissen wollte, doch sie wollte ihn auch nicht zu sehr drängen.
„Solasard geht seinen Weg und er hat gute Begleiter, wie du wohl weißt. Er macht mir keine Sorgen. Es ist dieser Dragan, der meinen Geist beschäftigt. Wie eine fette schwarze Katze sitzt er vor dem Mauseloch und wartet ab. Der ganze Landstrich um Wyinklo steht unter seiner Schreckensherrschaft. Mir scheint es, als bekäme er selbst von jedem Ei wenigstens das Eiweiß.
Er sendet Boten in alle Himmelsrichtungen, um Solasard aufzuspüren. Gleichzeitig sollen ihm aber die Boten nichts tun, sondern ihm nur in gebührendem Abstand folgen. Es kommt mir so vor, als wolle er, daß Solasard das Schwert findet, damit er es ihm abjagen kann.
Ein leichtes wäre es ihm, in die Burg einzudringen, Broc zu töten und sich zum Hochkönig ausrufen zu lassen. Aber er braucht das Schwert, um vom Volk anerkannt zu werden. Doch bei seiner schlauen Rechnung hat er die Fianna vergessen, die ebenfalls dem Jüngling folgen. Und wenn diese wählen müßten, würden sie sich bestimmt nicht für einen dahergelaufenen Strauchdieb entscheiden. Was ist mit Sáile? Treibt sie immer noch ihr Spiel mit Madhra?"
Lá stand auf und begann auf und ab zu gehen.
„Fia, dieses törichte Kind führt sie in die Gesellschaft ein. Sie glaubt, diese Frau würde heimischer, wenn sie das Volk besser kennenlernen würde. Ich spüre förmlich wie sie ihr klebriges Netz spinnt. Auch Madhra scheint in

ihren Diensten zu stehen. Obwohl ich zu wissen glaubte, wem er wahrlich dient. Diese Frau macht die Grenze in unserem Volk nur allzu deutlich. Und sie gießt Öl in jedes Feuer, bestärkt die, die den Traum von der Einen Welt haben, und die, die dagegen sind und sich über den Untergang der Menschen freuen würden. Es war nicht gut, diese Frau hier zu behalten. Am Ende mag sie auch unsere Welt noch in Brand setzen."
Misnéachard strich sich über die Nasenflügel.
„Was hätten wir denn sonst tun sollen? Den Schaden, den sie hier anrichtet, können wir vielleicht noch begrenzen, aber in ihrer Welt würde sie nichts unversucht lassen, Solasard auf den Thron von Tara zu bringen und sich selbst dazu. Sie würde den Weg, den Solasard gerade beschreitet, noch vor dem ersten Schritt beenden.
Wichtiger als der Thron ist sein Weg dorthin. Um diesen Weg gehen zu können, muß er alles von Neamhní über seinen Vater, den König, erfahren. Dies ist seine Lehrzeit, und sie wird aus ihm erst einen König schmieden. Was er neben sich auf dem Thron braucht, ist bestimmt nicht seine Mutter. Was tut sie den ganzen Tag, jetzt da sie alleine ist? Sie kann doch unmöglich laufend irgendwelche Familien besuchen, oder?"
Die Königin erwiderte:
„Oh doch, Misnéachard, das kann sie. Es kommt aber noch besser, denn sie lebt jetzt in den Wäldern bei Néart. Wenn ich nur wüßte, was er vorhat. Irgendwann mußten die beiden ja einmal zueinander finden. Seine Vorstellung der Einen Freien Welt wird sich allerdings kaum mit der deinen decken, mein Sohn!
Néart will die völlige Unterwerfung der Menschen. Er hält sie für unwürdig, womit er ja gar nicht so unrecht hat, und er glaubt, ihnen ein guter Führer sein zu können. Oh ja, keiner hätte besser zu ihr gepaßt als dieser Kerl."
„Und was willst du nun tun, Mutter?", fragte der Elbenprinz.
„Die Frage lautet, was werden wir tun, mein Sohn. Mein Gemahl ist in der Alten Welt, und ich weiß nicht, wann er zurückkommen wird. Das bedeutet für uns, daß wir die beiden beschäftigen müssen. Aber ich weiß beim besten Willen nicht wie. Fällt dir vielleicht etwas ein, Sohn?"
Misnéachard grübelte vor sich hin.
„Zuerst müssen wir ihre Verbindung zu Madhra abbrechen oder wenigstens stören. Auch er ist in der Alten Welt unterwegs. Ich sah ihn auf der Breiten Straße, als ich einen alten Freund dort besuchte.

Wie ich dieses rabenschwarze Tier hasse. Lasair witterte ihn schon auf Meilen und wollte sich mit ihm messen. Dieses Pferd ist genauso verdorben wie sein Herr. Wenn ich nur wüßte, was er vorhat. Sicherlich hängt es mit Sáile zusammen, aber da ist noch mehr. Wie ich ihn kenne, mischt er auch bei diesem Dragan mit. Schließlich wäre damit allen dreien gedient, Néart, Sáile und auch Madhra.

Dennoch weiß ich nicht, wie wir ihnen Einhalt gebieten sollen. Vielleicht sollten wir einigen aus dem Weisen Rat unsere Schwierigkeiten anvertrauen. Doch das ist auch gefährlich. Je mehr davon erfahren, desto mehr können darüber reden. Wie sagt das Alte Wort: Das Verderben eines jeden liegt auf seiner Zunge. Andererseits können wir über die Zukunft unseres Volkes nicht allein entscheiden, Lá."

Die Königin pflichtete ihrem Sohn bei.

„Ja, du hast recht, Misnéachard. Eine weitere Spaltung innerhalb unseres Volkes können wir nicht dulden. Das würden wir nicht überstehen. Und dabei wissen wir noch nicht einmal, welchen Weg die Menschen einschlagen."

Die Königin legte Holz auf das Feuer und klatschte leise in die Hände. Sofort erschienen drei Sidhi, denen sie freundlich zulächelte. Bald standen rund um sie und ihren Sohn einfache Speisen und klares Wasser, an denen sie sich gütlich taten, während sie sich weiter unterhielten. Es war kühl geworden und sie wickelten sich in weiche, warme Wolldecken. Draußen blinkten die Sterne und tanzten zu Ehren der Großen Mutter.

„Oh ja, Mutter, die Menschen. Wir können sie nicht außer acht lassen. Sie vertrauen uns und hoffen, daß wir ihnen helfen werden, auch wenn die meisten daran zweifeln, daß es uns überhaupt noch gibt. Die Kraft eines Baumes ist jedoch nicht größer als die seines Stammes. Könnte ich doch leben in einem Land, in einer Welt ohne Weinen und Klagen. Aber das wenige an Glück ist immer noch besser als gar keins."

Nur zu gut kannte Lá die Traurigkeit, die sich in das Herz ihres Sohnes schlich. Sie gehörte zu den Sidhi, wie die Sterne zur Nacht.

„Es ist nicht leicht, Misnéachard, ich weiß es. Und es geht dir nicht nur um die Frage des Lebens, nicht wahr? Ja, Unsterblichkeit mag auch ein Fluch sein.

Wie einfach haben es da die Menschen. Erst das scheinbar unlösbare Rätsel des Todes gibt ihrem Leben Sinn. Die Herkunft des Lebens und sein Hingang sind das erste und letzte Weltenrätsel. Das sind die Fragen, die den

Göttern die Tür öffnen, so ist die Grundlage aller Glaubensanschauungen der Tod, und dies ist für die Menschen der eigentliche, wahre Glauben. Sein Sockel ist das Grauen und die Furcht vor dem Unbegreiflichen, Unfaßbaren und Unnennbaren, und ebenso sein kindliches Vertrauen, vom Tod erlöst zu werden, auf die eine oder andere Weise.
Nicht ohne Grund sind die Frauen die Träger des Glaubens."
Neugierig blickte der junge Mann auf.
„Warum denn das? Männer und Götter tragen wohl auch ihren Beitrag zum Glauben bei, oder?"
Lá schmunzelte.
„Doch es ist die Frau, die dem Schläfer ein Lager bereitet, ein Lager, das auch sein Grab sein wird dereinst, oder? Sieh dir doch die von Männern geführten Völker an. Viele erschöpfen sich nur in der Säule der Gesetzgebung, der Form. Sie schlachten sich ab wegen geringfügiger Abweichungen davon, und im Glauben ist es nicht anders."
Erregt atmete der Prinz ein.
„Und was macht ihr Frauen denn besser als wir?"
Ihren Sohn besänftigend antwortete die Königin:
„Frauen lernen schon sehr früh in ihrem Leben, daß Begriffe wie Recht und Unrecht, Ehre und Schmach flüssig sind und nicht festgelegt werden können. Sie reifen schneller, weil sie es müssen.
Frauen erfahren sehr früh, daß es nur eine Gerechtigkeit gibt, nämlich die der Güte und weil sie wissen, daß jeder nur das erhält, was er verdient, brauchen sie sich nicht mit Gedanken an Rache zu befassen oder ihre Hände gar damit zu beschmutzen. Sie schützen und bewahren das Leben. Der Glaube, den das Weib hütet, lodert auf wie ein Feuer, leuchtet uns, wärmt uns und tröstet uns.
Glaube von Männern gelebt oder verteidigt, denn nichts anderes tun sie, führt dazu, daß Recht, Ordnung und Herrschaft daraus entstehen, Gesetze, die wenig mit den Göttern zu tun haben und zuletzt führt es zum Krieg, und was soll daraus entstehen als wieder Krieg.
Wir wollen es genug sein lassen, ich bin erschöpft und will mich zurückziehen. Laß uns morgen mit dem Weisen Rat zusammensitzen, dann wollen wir entscheiden, was zu tun ist. Ruhe auch du dich etwas aus, Sohn."
Beide erhoben sich und verließen den Grianán. Doch Misnéachard war nicht müde. Gedankenverloren wanderte er umher.

Ja, Frauen, irgendwie schienen sie wirklich die Zügel seines Lebens in der Hand zu halten. Wunderbare Geschöpfe, gleich Schmetterlingen im Wind. So lange lebte er jetzt schon mit ihnen, hatte sie geliebt, geehrt, geachtet, und jetzt kam dieses Mädchen daher, weckte etwas seit langem Verschüttetes, Begrabenes wieder auf und ließ ihn nicht mehr los. Vielleicht war es ja auch gar nicht so, vielleicht sehnte er sich einfach nur nach der großen Liebe seines Lebens, daß er sich einbildete, diese Kindfrau müsse es unbedingt sein.

Nachdenklich machte er sich auf zu den Weiden, wo ihn Lasair erwartete. Der kannte die Vorliebe seines Herrn für nächtliche Ausritte. Es tat Misnéachard gut, die Kühle der Nacht um sich zu wissen. Er überließ sich völlig seinem Pferd. Lehnte sich zurück, bis sein Rücken auf dem seines Pferdes lag, klammerte sich mit seinen Beinen fest und badete im Licht der Sterne. Er sah nicht das Kitz, das mit seiner Mutter schnell vom Wege sprang.

Lasair wußte, wohin es seinen Herrn trieb. Er trug ihn vorbei am Weg zu den Wilden Gärten durch den ganzen Wald. Sie überquerten den Fluß der untergehenden Sonne und trabten weit, weit fort von der Zeltstadt auf ein Gebirge zu, in dessen bergige Höhe ein Paß hinaufführte. Vorsichtig stieg Lasair Schritt für Schritt hinauf. Misnéachard hatte sich an den Hals des Tieres gelehnt, das ihn so geduldig trug.

Bald führte der Weg in einen Berg hinein, wurde breit und breiter und endete schließlich in einer großen, tiefen Höhle, die sich zu einem lichten Rund ausdehnte. In ausgehöhlten Löchern standen tausende von Kerzen, ihr Licht brach sich in einem riesigen Spiegel. Lasair blieb in der Mitte der Halle stehen. Müde glitt Misnéachard von ihm und ging auf den Spiegel zu.

Dreifach überragte ihn dieses Meisterwerk. Vor dem Spiegel blieb er stehen und begann eine einfache Melodie zu summen. Dann flochten sich tiefe, langsam gesprochene Worte in den merkwürdigen Gesang ein. Seine Hände berührten die Oberfläche des Spiegels. Sie war kalt. Immer tiefer versank der Prinz in seinen Geist, ließ seine Seele frei, verbannte Kopf, Bauch und Herz in ein fernes Land.

Das Bild einer wunderschönen Frau entstand vor seinem dritten Auge. Nur mühsam konnte er es halten, aber er vermochte es. Deutlicher wurde das Bild nun, doch es kostete ihn viel Kraft, diese Verbindung herzustellen. Dann sah er sie deutlich, ihr schwarzes Haar, ihre dunklen Augen. Das

dunkelblaue Gewand unterstrich die wohlgeformten Rundungen ihres Körpers. Eine Krähe saß auf ihrer Schulter.
Der Spiegel wurde nun warm. Misnéachards Herz schlug immer langsamer. Das Bild der Frau wurde immer größer, fast nahm sie den ganzen Platz in seinem Kopf ein. Dann verschwand das warme Gefühl in seinen Händen. Jemand blies ihm seinen Atem ins Gesicht.
Misnéachard öffnete die Augen. Sie war tatsächlich gekommen.
„Sei mir gegrüßt, Sohn Tir na Samradhs, warum rufst du mich her. Obwohl es nichts Wichtiges gibt, verschwendest du deine Kraft, um mich zu rufen. Was begehrst du von mir?“
Lange weiße Fingernägel strichen über seine Wange, schwarze Augen verbrannten ihn zu Asche. Leise flüsterte der Mann:
„Edle Morrhígan, du hältst deine Hand über eine, die mir teuer ist. Willst du mir sagen, welchen Weg du für sie gewählt hast?“
Die Göttin antwortete ihr:
„Das weißt du sehr wohl, Misnéachard. Was du wissen willst ist, ob sie jemals die Deine werden wird. Ob sie jemals nur dir gehören wird. Nicht wahr?“
Der Prinz nickte stumm.
„Nun, ihren Weg kennst du. Sie wird die Frau des Hochkönigs, oder sie wird zumindest Hochdruidin werden. Um dies zu werden, diese Stufen zu erklimmen, ist sie in Danus Coven geführt worden. Es war nicht meine Absicht, daß du ihr begegnest. Aber es ist geschehen. Sie hat dich in ihr großes Herz geschlossen, Misnéachard.
Und doch gehört ihre Treue dem Menschenkind. Viel Platz nimmst du in ihrem Herzen ein, und ich rate dir, meine Pläne nicht zu durchkreuzen. Wenn ihr Weg zu Ende ist in der Alten Welt, magst du sie zu dir holen. Dann sollt ihr glücklich werden hier. Doch ihre Aufgabe muß sie allein erfüllen. Du magst ihr Freund sein, aber du wirst nie ihr Mann sein.
Sie ist Solasard versprochen, und den wird sie heiraten oder keinen. Amhrán ist frei. Sie kann lieben, wen immer sie mag, aber nicht heiraten. Gibt es keine Frau in deinem Volk, die du begehren und lieben kannst?“
Misnéachard schüttelte den Kopf.
„Und selbst wenn es eine gäbe. Kein Wind ist der richtige, wenn du nicht weißt, welcher Hafen der richtige ist. Aber ich habe einiges gelernt, nachdem ich sie kennengelernt habe. Nie hatte ich solche Gedanken, nie solche Träume, seit ich sie im Arm hielt.“

„So mag es vielleicht Liebe sein, die du für sie empfindest. Amhrán ist keine Frau wie andere. Sie hat ein Licht in sich, das Sterne entfacht. Wenn sie deine Seele berührt, macht sie aus dir einen Stern der Liebe. Und doch hat sie tiefere Abgründe in ihrer Seele als du und ich. Zuweilen ist ihr die Liebe zur Freiheit ein Stolperstein, mit dem sie sich selbst ein Bein stellt. Dann magst du sie auffangen und in deinen Armen halten.
Sei nicht traurig, daß du ihr nicht folgen kannst, wohin sie geht. Die Alte Welt ist nicht die deine, doch wende dich der Sonne zu, dann werden die Schatten hinter dich fallen. Sie wird dich nie vergessen und immer im Herzen bei dir sein."
Misnéachard sank auf seine Knie.
„Ach Herrin, als ich meine erste Liebesgeschichte hörte, begann ich nach einer Geliebten Ausschau zu halten, nach ihr, aber ich merkte nicht, wie blind ich eigentlich war. Denn erst jetzt weiß ich, daß sich die Seelen Liebender nicht irgendwo begegnen. Sie sind schon immer ineinander."

Glühende Herzen

Scathcrobh erwachte, als ihm Amhrán den Kräutertee brachte und ihn sanft weckte. Nachdem sie eine Nacht darüber geschlafen hatte, war es für sie nicht mehr ganz so schwer, sich um den Kranken zu kümmern. Sie war ruhiger geworden, sicherer, weil sie sich angenommen fühlte. Sie wußte, daß hier niemand irgendwelche Erwartungen an sie stellte, die sie nicht erfüllen konnte. Das gab ihr Kraft und Mut.

„Fremder, wacht auf. Ihr habt fast zwei Tage durchgeschlafen und müßt euren Trunk zu euch nehmen. Der wird euch wärmen und stärken, damit ihr bald wieder gesund seid."

Der Späher wollte sich aufrichten, doch es gelang ihm nur, den Kopf anzuheben. Der Schmerz preßte ihn auf sein Lager, obwohl sein Geist erfrischt war durch die Ruhe, die er hier fand.

„Wer bist du, Mädchen? Und du kannst mich ruhig mit meinem Namen ansprechen. Mein Name ist Scathcrobh. Ich komme von Tara."

Das Mädchen antwortete:

„Mein Name ist Amhrán. Ich werde dich pflegen, bis du wieder gesund bist. Zudem werde ich dir Gesellschaft leisten. Kranke soll man nie zu lange allein lassen, sonst leidet ihr Geist.

Was machst du hier? Tara ist wohl ein gutes Stück entfernt, und um diese Jahreszeit vermutet man keine Wanderer auf den Straßen."

Das fragte sich Scathcrobh auch gerade. Er konnte ja unmöglich sagen, daß er ein Mädchen suchte, dem er Fragen stellen sollte. Blitze jagten durch sein Gehirn.

„Nun, ich suche meine Schwester. Sie dürfte in deinem Alter sein. Sie lief von zu Hause fort, und nun muß ich sie suchen."

Amhrán schmunzelte.

„Aber der Junge, der euch begleitet, ist nicht noch euer Bruder, oder? Und was für ein merkwürdiges Pferd du bei dir hast. Fast kommt es mir so vor, als müßtest du es tragen und nicht umgekehrt."

Nun, dumm war das gute Kind nicht.

„Saileach ist nicht mein Bruder. Er ist mir gewissermaßen zugelaufen. Und Bás, nun er ist ein gutes Pferd, Verzeihung, er wird einmal ein gutes Pferd. Ich muß ihn nur noch etwas aufpäppeln. Vielleicht könntest du dich ja auch

etwas um ihn kümmern oder wenigstens Saileach Bescheid sagen, daß er es tun soll. Würdest du das für mich tun?"
Amhrán nickte.
„Ich muß jetzt gehen. Ich werde euch, entschuldige, dir heute mittag etwas Suppe bringen. Ruh dich jetzt wieder aus, und schlafe vielleicht noch ein bißchen."
Dann ging sie hinaus.
Scathcrobh schloß seine Augen. Sie war hübsch, dieses Mädchen. Er wußte gar nicht mehr, wie lange er keine Frau gehabt hatte. Aber er wußte auch, daß es nicht leicht sein würde, so ein Mädchen für sich zu gewinnen. Sie war wie ein Reh, vorsichtig und scheu. Selbst wenn sie keine Jungfrau mehr war, viel Erfahrung hatte sie bestimmt nicht. Sie hatte die Wahrheit in den Augen.
Nun, wenn er schon ans Bett gefesselt war, dann wollte er sich wenigstens einen hübschen Bettwärmer beschaffen. Dieses andere Mädchen lief ihm ja nicht weg, und vielleicht konnte Amhrán ihm ja helfen, es ausfindig zu machen. So war doch wieder alles im Lot. Scathcrobh döste vor sich hin, getrieben von der Vorstellung, wie Amhrán wohl ohne Kleider aussah.
Als er sich gerade auszumalen begann, wie schön sich dieses Pflegebett zu etwas anderem als zum Pflegen eignen würde, riß irgendein Trottel die Tür auf und stolperte herein. Saileach, wer sonst hatte so eine Gabe.
„Guten Morgen, Auge Taras. Wie geht es dir? Hast du noch Schmerzen? Kann ich etwas für dich tun?"
Scathcrobh stöhnte auf.
„Saileach! Eine Frage nach der anderen, bitte. Es geht mir gut. Ich werde gut versorgt. Ja, ich habe noch Schmerzen, vor allem, wenn man hier hereinpoltert wie in ein Gasthaus. Ja, du kannst etwas für mich tun und nach Bás sehen. Wo ist er denn überhaupt untergebracht? Vielleicht könntest du ihn jeden Tag ein wenig bewegen. Hat er denn auch genug Futter? Du weißt, wenn er wieder stark werden soll, braucht er das jeden Tag. In meinem Reisesack müßte noch etwas von seinem Futter übrig sein. Würdest du das für mich tun?"
Die Zornesröte schoß Saileach ins Gesicht.
„Bás, Bás und noch einmal Bás. Und ich? Fragst du vielleicht auch einmal nach mir? Wie es mir geht, ob ich gut untergebracht bin? Ob ich genug zu essen bekomme? Hier stehen zwei Betten. Zwei Betten stehen in die-

sem Raum. Kannst du mir einmal verraten, warum ich nicht in einem davon liege?“
Scathcrobh blickte schuldbewußt auf und grinste dabei.
„Nun, in dem einen kannst du nicht liegen, weil ich darin liege, und in dem anderen kannst du nicht liegen, weil du nicht krank bist.“
Saileach wollte gerade loswettern, als Scathcrobh fortfuhr zu sprechen.
„Ist ja schon gut, ist ja schon gut. Als denn, Saileach. Sei mir gegrüßt, mein Retter. Ich bin froh, dich zu sehen. Wie ist es dir ergangen? Hast du eine gute Unterkunft gefunden? Und bekommst du auch genug zu fressen, eh, zu essen? War das gut so, oder sollte ich dich noch fragen, wovon du heute nacht geträumt hast?“
Jetzt mußte auch Saileach lachen.
„Ist ja in Ordnung, Mann! Aber du verstehst schon, daß ich mich ärgere. Ich kümmere mich um dich und deine ganze Sorge gilt diesem scheintoten Ackergaul.“
Scherzhaft wollte Scathcrobh dem Jungen an die Kehle fassen, ließ sich aber statt dessen schmerzgeschüttelt zurückfallen.
„Dann erzähl mir, Junge, von dir und dem Pferd, aber beeil dich, ich werde schon wieder müde.“
Saileach machte sich Sorgen um seinen neuen Freund und versuchte es sich nicht anmerken zu lassen.
„Nun, da dir Bás scheinbar wichtiger ist als ich, sollst du seine Geschichte zuerst erfahren. Solange du nämlich auf dem Wagen lagst, trabte er freundlich hinter uns her. Als wir dich aber in diese Badehütte gebracht hatten, ließ er sich nicht mehr anrühren. Wie vor Feuer schreckte er vor uns zurück. Schließlich kam uns die Oberste des Covens zu Hilfe. Stell dir vor, sie ist eine echte Sidhé. Sie hat mit Bás in einer Sprache gesprochen, die ich noch nie gehört habe. Es war fast wie ein Lied. Und dann spitze er plötzlich die Ohren, legte sie an und kam langsam, Schritt für Schritt, auf sie zu, bis sie die Zügel greifen konnte. Eine seltsame Frau. Überhaupt gibt es hier sehr merkwürdige Dinge zu berichten. Der Mann, der uns gerettet hat, reitet auf einem Hirsch und ...“
„Saileach, bitte.“
Schweiß stand Scathcrobh auf der Stirn.
„Verzeih mir, Freund, aber du hast mich an einen wahrlich merkwürdigen Platz geführt. Nun ja, lange Rede, kurzer Sinn, Bás, Halil, mein gefiederter Freund, und ich sind in einer herrlichen Scheune am anderen Ufer

untergebracht. Soweit geht es uns gut, und ich werde mich bestimmt um ihn kümmern. Ich lasse dich jetzt allein und komme gegen abend wieder. Vielleicht bist du dann etwas munterer."
Doch der Späher war schon in fiebrige Träume seiner Vergangenheit hinübergedämmert. Rot war diese Welt, rot vom Blut seiner Opfer. Er hatte viele getötet. Langsam und schnell, Männer und Frauen. All das scherte ihn damals nicht. Er war ein wilder Stier, und er hatte seine Aufträge. Doch jetzt kehrte dies alles wie ein Fluch zurück. Frauen blickten ihn aus toten Augen an, ehemals schöne Gesichter, die nun zu Fratzen verschandelt waren. Kühne Männer starrten auf das Schwert, das sich in ihren Bauch bohrte und ihre Gedärme aufriß. Frauen, die sich vor ihm auf die Knie warfen. Er hatte ihnen allen das Leben genommen, sich wie die rechte Hand der Morríghan gefühlt. Es war ihm, als rinne der Tod gewaltig bebend durch seine Adern, als atme er den Tod. Er war der Richter, und er war unbarmherzig. Liebe und Mitleid fanden kein Heim in einem Herzen aus Stein. Nun kehrte all das wieder zurück. Nun, wo sein Geist zu müde war, zu erschöpft, um die Bilder weiter aus seinen Gedanken zu verbannen, drangen sie an das Licht, an die Oberfläche seiner Seele und quälten ihn. Schweißgebadet zuckte sein ganzer Körper, kämpfte gegen Gesichter, die längst nur noch blanke Schädel waren.
So fand ihn Amhrán. Vorsichtig versuchte sie, den Kranken zu wecken. Doch immer noch tobte er. Da rüttelte sie ihn. Verschreckt riß er die Augen auf, blanker Haß blinkte aus ihnen hervor. Heftig bäumte sich sein Oberkörper auf und zuckte schmerzverzerrt zurück. Vor Schreck ließ Amhrán die Schüssel mit der Suppe und dem Löffel fallen. Angstvoll wich sie vor dem Mann zurück.
Dann erkannte er sie plötzlich wieder. Hinfort war der Schatten der Träume, der noch auf seinen Augen gelegen hatte.
„Nein, nein, geh nicht, bitte bleib."
Nur mühsam gewann Scathcrobh wieder Gewalt über sich. Vorsichtig näherte sich das Mädchen.
„Bitte, komm her, Amhrán! Du brauchst keine Angst zu haben. Ich hatte nur schlechte Träume. So wie du aussiehst, habe ich dir wohl einen gehörigen Schreck eingejagt. Es tut mir wirklich leid."
Langsam beruhigte sie sich wieder.
„Und die Suppe ist nun auch hin. Ich werde gleich noch einmal eine neue holen gehen."

„Nein laß, ich habe keine verdient, wenn ich kleine Mädchen so erschrecke."
Doch Amhrán lachte nur und ging hinaus. Nach einigen Augenblicken kam sie wieder herein, stellte die Suppe auf das kleine Tischchen und richtete den Kranken behutsam etwas auf, indem sie ihm noch das Kissen des zweiten Lagers in den Rücken schob. Dann nahm sie die Suppe auf und begann den Mann mit dem Löffel zu füttern.
„Ich kann alleine essen, Amhrán!"
Ein weiterer Löffel Suppe verbot ihm die Rede.
„Mit Sicherheit, Scathcrobh, aber nicht, solange ich dich pflege. Jegliche Anstrengung wurde dir untersagt. Du ißt die Suppe demnach so oder gar nicht."
Eine Herausforderung blitzte in den Augen der jungen Frau, die der Späher nicht anzunehmen wagte. Deswegen schlürfte er schweigend die Suppe, die sie ihm in den Mund löffelte. Seine dunklen Augen ertranken in den ihren, doch Amhrán übersah dies, soweit es ihr möglich war. Sie brauchte nicht noch mehr Schwierigkeiten mit Männern. Dann strich er ihr mit der Hand durch das Haar.
„Du bist sehr schön, Amhrán. Hat dir das schon einmal jemand gesagt?"
Das Mädchen schüttelte seine Hand fort.
„Iß und erzähle keinen Unsinn. Ich bin nicht hübscher als andere Mädchen auch, Scathcrobh. Das glaubst du nur, weil du zu lange mit Saileach unterwegs warst."
„Ich war noch nicht einmal eine Woche mit ihm zusammen, Amhrán."
„Und mich kennst du noch nicht einmal einen Tag. Iß, Scathcrobh, sonst schicke ich dir morgen das häßlichste Weib, das ich finden kann, die wird sich dann schon richtig um dich kümmern."
Gehorsam schluckte der Kranke die Suppe.
„Glaubst du, du kannst aufstehen und dich auf das andere Lager setzen? Ich muß deines neu richten."
Scathcrobh nickte. Langsam und sehr vorsichtig wechselte er den Platz. Amhrán legte ihm die Decke um und öffnete dann die Tür.
Verwirrt fragte Scathcrobh:
„Erst rettet ihr mich und jetzt soll ich erfrieren?"
Amhrán zwickte ihn in seinen schwarzen Bart.
„Frische Luft kann dir nur guttun, sonst träumst du wieder irgendwelchen Unsinn. Erinnere mich, daß ich noch etwas Holz auf das Feuer lege."
Als sie mit ihrer Arbeit fertig war, half sie dem Späher wieder auf sein Lager und wechselte ihm noch einmal den Verband. Bevor sie ging, deckte

Amhrán ihn richtig zu. Als sie schon einige Schritte gegangen war, hörte sie aus der Hütte den Ruf:
„Wolltest du nicht noch Holz bringen und nachlegen? Soll ich erfrieren? So einen Prachtkerl wie mich gibt es kein zweites Mal, Amhrán."
Sie brachte das Holz, das vor der Hütte gelagert wurde, und schlenderte dann zu Rhiannons Hütte, um ihrer Freundin Bericht zu erstatten.
„Und wie benimmt sich dein krankes Küken?", fragte Rhiannon.
„Küken, das ist eher ein ausgewachsener Hahn als ein Küken. Aber er ist sehr freundlich, Rhiannon."
„So freundlich wie ein Elbenprinz?"
„Das wirst du mir wohl nie verzeihen. Er ist ein merkwürdiger Mann. Wenn er wach ist, benimmt er sich sehr gut, ist nett und freundlich. Aber wenn er schläft, scheinen zwei Geister in ihm gegeneinander zu kämpfen. Als ich ihm heute mittag seine Suppe brachte und ihn weckte, schaute er mich an, als würde er mich gleich umbringen. Ich hatte richtig Angst vor ihm. Was ist das nur, Rhiannon?"
Die alte Frau starrte sinnend ins Feuer.
„Nun, ich denke, das ist der Teil seiner Seele, den er tagsüber gefangen hält. Sieh dir nur einmal seine Narben an, wenn du ihn heute abend wäschst, Amhrán.
Ich habe noch nie einen Mann mit solchen Narben gesehen. Denke dir für jede äußere Narbe noch eine an seinem Herzen. Dann weißt du, daß er das Tier in sich nur schwer bändigen mag. Hüte dich vor einem solchen Mann. Kein guter Mann hat solche Narben. Heftige Kämpfe wurden auf dieser Haut ausgetragen, Amhrán. Dieser Mann hat vielleicht nie die Liebe kennengelernt und mag sie mit der Zärtlichkeit und Vertraulichkeit einer Gespielin verwechseln.
Paß auf dich auf, Amhrán."
„Ich bin kein Kind mehr. Ich mag nicht alle Männer kennen, aber daß dies eine verlorene Seele ist, sehe selbst ich. Auch so jemand hat es verdient, geliebt zu werden, Rhiannon!"
„Ja, aber nicht von dir, Amhrán."
„Laß mich doch das allein entscheiden! Und überhaupt, sagtest du da eben waschen?"
„Ja, was dachtest du denn? Daß wir den armen Kerl jetzt wochenlang in seinem Dreck liegen lassen. Die Stichwunde bedarf guter Pflege. Ein bißchen mehr Verantwortung hätte ich dir schon zugetraut, Amhrán!"

„Ach, sieh mal einer an, jetzt ist er plötzlich wieder ein armer Kerl. Du hast eben ein großes Herz. Muß ich sonst noch etwas tun?"
Die alte Frau kramte ein kleines wohlriechendes Stoffbündelchen hervor. „Das sind Baldrianblüten. Daraus bereitest du ihm einen Schlaftrunk. Das wird die bösen Geister in ihm ruhen lassen, wenigstens in der Nacht. Bevor du ihn wäschst, soll er noch einmal vor die Tür gehen, aber vorsichtig, stütze ihn, wenn es nötig ist. Bewegen muß er sich, sonst steht er irgendwann gar nicht mehr auf. Außerdem schläft es sich einfach besser, wenn man vor dem Zubettgehen den Körper auch innerlich reinigt. Nimm kaltes Wasser zum Waschen, damit sein Blut angeregt wird, seinen Dienst zu tun. Zu essen gibt es nur das Hagebuttenmus, sonst nichts. Wir dürfen seinen Körper nicht mit schweren Speisen belasten, sonst verschwendet er zuviel Kraft für die Verdauung, anstatt für die Heilung der Wunden. Du wirst Sadv mitnehmen. Sie kann dir beim Tragen helfen. Außerdem wirst du heute und vielleicht auch die nächsten Tage in der Krankenhütte schlafen."
„Was werden die anderen von mir denken? Und wozu soll das gut sein? Ich mit diesem Tier in einem Raum? Wie stellst du dir das vor? Nein, nein, nein. Das geht nicht."
Schmunzelnd antwortete Rhiannon:
„Schau, schau, hast du Angst, daß dich ein Halbtoter im Schlaf vergewaltigt, oder ist er vielleicht doch kein Tier? Amhrán, der Mann ist krank, auch wenn er heute wieder bei Sinnen war. Er ist noch lange nicht über den Berg, und vielleicht braucht er dich in der Nacht."
„Dann solltest lieber du bei ihm nächtigen, Rhiannon! Das würde sich schon mehr geziemen, als wenn ich es täte, und außerdem bist ja du die Heilkundige und nicht ich, oder?"
„In der Tat, meine Herzblume, aber du wirst es auch nicht werden, wenn ich heute bei ihm schlafe."
Nachdenklich strich sich das Mädchen über die Nase.
„Da hast du recht! Aber werden es die anderen nicht merkwürdig finden?"
„Kind, zerbrich dir nicht deren Köpfe. Geh nun und bereite alles vor."
Dies tat sie. Mit Sadv richtete sie ein Gestell über dem Feuer auf, damit sie einen kleinen Kessel mit Wasser zum Kochen bringen konnte. Dann legte sie die Tücher zum Waschen und Abtrocknen zurecht und machte sich mit dem Mädchen auf zur Versammlungshütte, um das Hagebuttenmus zuzubereiten. Neugierig fragte Sadv:

„Sag, Amhrán, ist dir nicht bange, mit diesem grimmigen Kerl unter einem Dach zu nächtigen?"
Erhaben antwortete sie:
„Nein, nicht banger als mit Caitín unter einem Dach zu nächtigen, wenn sie schlechte Laune hat, und dieser Mann ist krank, bekommt einen Baldriantrank und wird schlafen wie ein Säugling. Was sollte mir geschehen, Sadv?"
Unsicher antwortete das Mädchen:
„Ich weiß nicht. Ich würde mir das nicht zutrauen, so alleine mit einem wildfremden Mann. Man weiß ja nie."
„Ach Sadv, du kannst nur eine gute Heilerin sein, wenn du die Krankheiten kennenlernst und krank sind Menschen leider auch nachts. Sorge dich nicht. Dieser Mann ist so krank, daß er mir bestimmt nichts tun wird. Außerdem glaube ich, mag er mich."
Große Kulleraugen rollten auf Amhrán zu.
„Oh, die Herrin möge dich schützen, Amhrán. Dann darfst du erst recht nicht in dieser Hütte schlafen. Er könnte versuchen, dich zu verführen."
Verschmitzt antwortete Amhrán:
„Wenn du auf meine vermeintliche Unschuld anspielst, die hab ich längst verloren. Sadv, hast du mir denn nicht zugehört als ich dir erzählte, warum ich hier bin? Ich liebe Solasard und werde ihm treu sein. Ich werde es jedenfalls versuchen. Schließlich bin ich ja auch nur ein Mensch."
Sadvs Augen wurden immer größer. Amhrán befürchtete schon, sie würden ihr bald aus dem Schädel springen und davonkullern.
„Wie, du hast schon? So richtig mit einem Mann? Und wie war es?"
Amhrán konnte fast nicht mehr an sich halten. Sie legte einen Arm um die Schulter der Freundin und sagte:
„Sag nur, du nicht?"
Beschämt schaute das Mädchen unter sich.
„Nein, ich glaube nicht. Ich warte noch auf den richtigen. Aber jetzt erzähl doch einmal, wie war es denn? Tut es weh? Ist es gefährlich?"
Amhrán konnte es nicht fassen. Es war ja schon ein Wunder, daß sie mit sechzehn Sommern noch Jungfrau gewesen war, aber Sadv war die Krönung der Unschuld. Ungläubig schüttelte sie den Kopf und hob an zu sprechen.
„Sich einander hinzugeben ist immer so einfach, schwierig, schön, gefährlich, gut oder schlecht, wie du es dir und deinem Liebhaber machst. Hast

du Angst, verkrampfst du dich und hast natürlich Schmerzen. Damit du keine Angst hast, mußt du natürlich deinem Geliebten vertrauen, und er muß dich kennen und auch deinen Körper."
„Ja, aber wie lernt er meinen Körper kennen, Amhrán?"
„Natürlich durch dich. Du weißt doch am besten, was deinem Körper gefällt. Was dich entspannt oder erregt, was dir weh tut oder was du nicht magst, Sadv!"
„Tatsächlich, und woher weiß ich das, Amhrán?"
Amhrán atmete tief ein, hielt die Luft an und atmete diese kaum merklich durch die Nase wieder aus.
„Sag mal, Sadv, das fragst du mich doch nicht im Ernst? Hast du dich denn noch nie selbst berührt und dir Lust bereitet? Der beste Liebhaber einer Frau ist doch immer die Frau selbst."
Eine strahlende Röte überzog das Gesicht Sadvs.
„Ich gehe dann kurz raus, ein Brot schmieren. Ich habe plötzlich irgendwie Hunger bekommen, Amhrán. Möchtest du auch ein Brot?"
Amhrán antwortete mit einem leise daher gebrummeltem „Ja". Schon jetzt hatte sie Mitleid mit dem Kerl, der diese Knospe einst entblättern durfte und dankte der Herrin für ihre Neugier, sich selbst zu entdecken.
Später half ihr Sadv noch, einen Kessel, einen Becher und das Mus hinüberzutragen, diese verabschiedete sich aber schnell, als sei Scathcrobh von einer ansteckenden Krankheit befallen.
„So, meine Schöne, jetzt sind wir allein. Was fangen wir denn mit dieser Nacht an? Mir fallen da ganz viele Dinge ein."
Verführerisch lächelte Amhrán.
„Mir auch. Dann laß uns gleich eine Reihenfolge festlegen. Zuerst gehst du noch einmal vor die Hütte. Dann folgt eine herrliche Waschung mit eiskaltem Wasser, danach die Fütterung des Raubtiers mit heißem Hagebuttenmus, dann noch einen Kräutertrank und dann schlafen wir, jeder für sich. Los jetzt! Ich warte hier, bis du reinkommst."
Behutsam schlich er vor die Tür und kam nach kurzer Zeit wieder zurück.
„Muß das Wasser wirklich eiskalt sein. Ich meine, das habe ich nicht verdient, oder? Man könnte doch das Wasser gemeinsam mit dem für den Kräutertrank bestimmten Wasser erwärmen. Amhrán, bitte. Mein Herz bleibt schon fast stehen, wenn ich nur daran denke."
Aber diese ließ sich nicht erweichen. Unbarmherzig holte sie den Eimer mit dem kalten Wasser und die Tücher hervor. Langsam schlug sie die

Decke zurück und nahm ihm den Verband ab. Scathcrobh ließ sie nicht aus den Augen. Sein Körper war wirklich mit Narben übersät. Doch alle schienen ihn schon sehr lange zu begleiten. Amhrán tauchte ein Tuch in das Wasser und wrang es aus.

Sanft führte sie es über sein Gesicht. Er hatte den Blick eines verletzten Tieres, aber er rührte sich nicht. Sie glitt in den Nacken, tauchte das Tuch wieder in das Wasser, wrang es aus und setzte ihre Arbeit fort. Sie strich über seine Brust. Er schloß seine Augen. Sie konnte ahnen, was er sich vorstellte, und es schien ihm nichts auszumachen, daß sie es sah. Sie schwieg, tauchte das Tuch wieder in das Wasser. Schließlich war sie fertig, legte ihm einen neuen Verband an und schlug die Decke zurück.

Neben dem Feuer stand die Schüssel mit Mus, die sie jetzt holte. Neugierig wartete er auf ihr Verhalten. Wie eine Katze vor dem Sprung lauerte er ihr auf, wollte er ihr eine Falle stellen. Vorsichtig setzte sie sich auf den Rand des Lagers.

„Die Hände bleiben unter der Decke. Das ist besser für uns beide."

Löffel für Löffel schluckte er das Mus. Kein Wort kam über seine Lippen, auch Amhrán schwieg. Dann schloß Scathcrobh seine Augen.

Amhrán stand auf, bereitete den Baldriantrank zu und setzte sich wieder zu ihm, während die Kräuter in dem heißen Wasser zogen. Sanft strich sie über seine Stirn, glitt mit dem Zeigefinger über seine Wangen, seinen Bart und zeichnete die Lippen nach.

Sehr, sehr langsam öffnete er seine Augen.

„Du solltest das nicht tun, Amhrán. Du weißt, wie es um mich steht. Tu es nicht, wenn du es nicht willst. Spiel nicht mit mir."

Sie stand auf und gab ihm einen Becher, aus dem es dampfte.

„Trink! Langsam! Es ist heiß und wird dir helfen, ruhig zu schlafen."

„Wie soll ich ruhig schlafen, wenn du neben mir liegst?"

„Ganz einfach, Scathcrobh! Du schließt deine Augen!"

Zornig schlug er ihr den Becher aus der Hand.

„Laß das! Sprich nicht so mit mir! Ich bin kein kleiner Junge, den du rumstoßen kannst, ich bin ein Mann. Ich nehme mir die Frauen, die ich will! Ich frage sie nicht!"

Mit aller Kraft, die ihm geblieben war, zog er ihren Kopf zu sich, fast berührten sich ihre Lippen. Klar blickte sie in seine Augen.

„Nun, Scathcrobh, mich wirst du wohl fragen müssen."

Toit

„Guten Morgen, mein Junge! Komm, Oighrigh, wach auf! Es ist Zeit aufzubrechen. Wir wollen heute ein gutes Stück Weg hinter uns bringen und bis nach Luimneach gelangen."

Camchéachta hielt seinem Schützling einen Becher mit Honigwasser hin. Dieser schlug müde die Augen auf. Erst jetzt bemerkte er, wie unbequem er geschlafen hatte. Über ihm breitete eine junge Birke ihre Äste aus, eben noch hatte er ihren Stamm umklammert. Dem Jungen fiel die gestrige Nacht wieder ein. Irgendwo in dieser Birke schlummerte der Geist von Shasza. Zärtlich fuhr er über die weiße Rinde. Camchéachta lächelte freundlich. Auch sonst hatte ihm keiner Vorwürfe wegen seines Verschwindens gemacht. Ganz im Gegenteil, die Erwachsenen fühlten sich irgendwie wieder in ihre Jugend versetzt.

Cioná hatte einen Sud aus Pfefferminzblättern bereitet und schöpfte den Trank mit einem Löffel in die Becher der Gefährten. Unauffällig entfernten sich Gleannglas und Sliabhan, um den Bedürfnissen ihrer Blase nachzugehen. Crónachan und Gormeala flochten sich gegenseitig Zöpfe, damit ihnen ihre Haare nicht ständig in das Gesicht fielen.

Iolaranam band sich ein Tuch um den Hals und schlüpfte in seinen Mantel. Sein Blick glitt über die Gruppe zu den Pferden hin. Bis jetzt hatte es, der Herrin sei Dank, noch keine Schwierigkeiten gegeben. Reiter und Pferde waren wohlauf, das Wichtigste auf einer Reise.

Als alle ihre Siebensachen zusammengepackt hatten, führten sie ihre Pferde noch einmal zu dem Weiher, um sie trinken zu lassen. Die Wedel des Schilfs tanzten in dem kalten Wind. Dicke, bauschige Wolken zogen langsam am Himmel vorüber, und manch einer wünschte, er könnte ihnen in den warmen Süden folgen. Die trostlose Umgebung trug nicht dazu bei, daß sich die Stimmung in der Gemeinschaft hob.

Bevor sie losritten, setzten sie einen Steinhaufen zusammen. Ein Bote aus Cill-airne sollte sie anhand derer, die sie schon unterwegs zusammengesetzt hatten, finden. Es war mehr eine Gewohnheit, als daß sie glaubten, man könne sie dadurch wirklich aufspüren.

Nachdem sie aufgesessen hatten, erläuterte ihnen Iolaranam noch einmal genau, wie es nun weitergehen würde.

„Nun, Leute, ihr wißt ja schon, daß wir ein neues Ziel haben: Cill-dara. Dorthin wollen wir, so schnell es uns möglich ist, gelangen. Heute wollen wir es bis nach Luimneach schaffen. Dort können wir uns mit Vorräten versorgen und vielleicht einen Boten mit Nachrichten nach Cill-airne schicken. Ich weiß nicht, was uns in Cill-dara erwartet. Was dies angeht, sind unsere elbischen Freunde so geheimnisvoll, wie sie es immer waren, aber ich denke, es ist wichtig für uns.
Ich möchte, daß Gleannglas, Sliabhan und auch Seabhaceo zusammen vorreiten und ein Lager errichten oder eine Unterkunft finden und auch schon für Essen und Trinken sorgen, damit wir einen möglichst kurzen Aufenthalt haben. Sucht einsame Bauernhöfe und schickt uns einen von euch entgegen, der uns dorthin führt. So reitet los und laßt euren Pferden freie Zügel."
Die drei nickten und stoben davon. Vorsichtig räusperte sich Dúghorm.
„Entschuldige, Iolaranam, aber wen willst du denn bitte zurückschicken? Wir brauchen jeden Mann und jede Frau. Wozu möchtest du überhaupt einen Boten schicken? Ich glaube nicht, daß jemand unserem verworrenen Weg folgen kann. Weder Freund noch Feind."
„Genau aus diesem Grund, Dúghorm. Erstens möchte ich, daß die anderen wissen, wo wir sind, zweitens möchte ich wissen, ob es Nachricht aus Tara gibt. Was den Boten angeht, muß ich ja keinen von uns schicken. Auch in Luimneach gibt es Gefolgsleute von uns. Dennoch sollten wir jetzt keine Zeit mehr verschwenden. Wir müssen heute wieder in die Berge.
Ich hoffe, daß ihr winterfest angezogen seid. Dort mag vielleicht Schnee liegen. Auf jeden Fall wird es bitterkalt sein, und vielleicht kommen wir nur langsam voran.
Crónachan, Gormeala und Glaslasair! Ihr werdet jedes trockene Stück Holz aufsammeln, das ihr findet. Wir werden so lange im Galopp reiten, wie es den Tieren möglich ist. Hat noch jemand Fragen?"
Leise floh ein „Shasza?!" von Oighrighs Lippen, doch Camchéachta schüttelte nur den Kopf.
Dann setzten sie sich in Bewegung. Bald wurde das Land wieder hügliger, und schließlich war kaum mehr Gras an den Wegesrändern zu finden. Alle saßen weit nach vorne gebeugt auf ihren Rössern, um sie so gut es ging zu entlasten. Doch im Gegensatz zu allen anderen versteckte Sionnach nicht ihren Kopf in der Mähne ihrer Stute. Sie war wütend und hoffte, daß der Gegenwind ihr heißes Herz abkühlen würde.

Aber er tat es nicht. Seit sie unterwegs waren, behandelte sie Iolaranam fast wie Luft. Ein Lächeln hier, ein Streicheln dort, aber ansonsten fand er kaum ein gutes Wort für sie. Da hätte sie auch im Lager bleiben können. Nur selten lag er nachts bei ihr. Er bändelte wohl lieber mit Waldelbinnen an. Wie gut hatten es da Crónachan und Gormeala. Die beiden hatten sich und waren sich genug.
Nun ja, sie hatte ihn sich ausgesucht, und sie hatte gewußt, daß die Fianna einen großen Platz in seinem Herzen einnahmen. Es war, als habe er eine heimliche Geliebte, die er ihr zuweilen vorzog, damit konnte sie ja noch leben. Damit hatte sie auch keine Schwierigkeiten. Doch im Augenblick schien er sie ganz vergessen zu haben. Am liebsten hätte sie sich einem anderen an den Hals geworfen, um Iolaranam eifersüchtig zu machen. Aber dieser hätte sie nur ausgelacht. So ließ sie es bleiben und lebte ihre Eifersucht aus.
Gegen mittag waren sie zum Traben übergegangen. Sie würden es nicht schaffen, bis heute abend nach Luimneach zu kommen. Am Nachmittag rasteten sie eine kleine Weile. Sionnach saß abseits und grübelte vor sich hin. Iolaranam, der die Launen seiner Herzensdame kannte, kam zu ihr herüber.
„Sei mir gegrüßt, meine schöne Füchsin, was ist mit dir? Warum sitzt du hier abseits, wo sich doch jeder freut, wenn du ihm Gesellschaft leistest.“
Sionnachs Blicke waren wie Speere, die vom Himmel hernieder kamen.
„Was sollte denn sein? Wo sich doch jeder so sehr über meine Gesellschaft freut, nur mein Geliebter nicht, oder? Das ist doch völlig richtig. Wie kann ich dir nur dafür danken, fast jede Nacht alleine zu liegen, während der Held am Feuer sitzt und tiefschürfende Gespräche mit Waldelbinnen führt?“
Iolaranam blickte beschämt zur Seite.
„Es tut mir leid, daß ich im Augenblick nicht so für dich da sein kann, wie ich es möchte, Sionnach. Aber ich trage auch die Hauptverantwortung für diesen Haufen.
Es ist etwas anderes ein festes Lager zu haben, als jeden Tag unterwegs zu sein. Du siehst doch selbst, was hier los ist. Du kannst unmöglich von mir verlangen, daß ich jede Nacht mit dir händchenhaltend vor dem Feuer sitze und treue Liebe spiele. Das willst du doch auch selbst nicht.“
„Ach, Iolar, natürlich will ich das nicht. Aber du kümmerst dich ja gar nicht mehr um mich. Und dann taucht noch dieses grünäugige Luder auf.“

„Sionnach, du weißt, daß ich dich liebe, und dieses grünäugige Luder ist mir gleichgültig. Glaubst du etwa, ich weiß nicht, was ich an dir habe, meine kleine, eifersüchtige Raubkatze?“
Mit ihren Fäusten trommelte sie auf seine Schultern.
„Oh, du Schuft, ich kann dir einfach nicht richtig böse sein. Aber ich meine es ernst, du könntest ruhig öfters in meiner Nähe nächtigen. Ich werde auch nicht böse sein, wenn wir den Tanz der Liebe tanzen.“
Verheißungsvoll lächelte die Frau.
„Na gut, Füchsin, das werden wir ja heute abend sehen. Halte mir einen Platz frei neben dir. Aber wenn du nicht leise bist, werde ich mal prüfen, wie laut Waldelbinnen sind.“
Dann stand er auf, um ihren gezielten Schlägen aus dem Weg zu gehen. Crónachan, Gormeala und Glaslasair hatten einen großen Berg Brennholz gesammelt, den sie jetzt dem Packpferd aufgebürdet hatten. Der Anführer grüßte sie freundlich, als er an ihnen vorbeiging und sich neben Oighrigh niederließ.
„Na, Junge, wie geht es dir? Ist alles in Ordnung?“
Betrübt fragte er:
„Wird Shasza heute nacht wieder bei uns sein? Sie erzählt schöne Geschichten, nicht wahr?“
Iolaranam lächelte verschmitzt.
„Sag mir, wenn ich mich täusche, aber könnte es vielleicht sein, daß du dich in dieses seltsame Wesen verliebt hast? Nein, sag nichts, wenn es so ist.“
Jetzt strahlte auch Oighrigh.
„Nichts!“
„Du bist noch jung, Oighrigh, genieß deine unbeschwerte Zeit der Liebe. Viel zu bald ist aus der reinen Liebe etwas anderes geworden. Liebe kann nur Liebe bleiben, wenn jeder für sich frei ist.“
„Wie meinst du das, Iolaranam?“
„Nun ja, sobald du anfängst zu hoffen oder etwas vom anderen zu erwarten, machst du ihn unfrei. Du kannst nur lieben, was du vorbehaltlos annehmen kannst.“
Somit stand der Anführer auf und ging weiter zu Cioná. Diese stand wie immer bei den Pferden. Als sie Iolaranam herankommen sah, winkte sie ab und rief:
„Wenn du zu mir willst, laß es, ich brauche deine Zusprache nicht.“
Dann eben nicht, dachte er und setzte sich zu Camchéachta und Dúghorm.

„Und meine Herren, seid ihr zum Aufbruch bereit?"
Beide nickten. Auch die anderen, die sich etwas die Beine vertreten hatten, standen schon bei ihren Pferden und waren dabei aufzusteigen. Gemeinsam galoppierten sie wie der Wind und fanden in den Bergen in einer Höhle Unterschlupf. Obwohl der Eingang sehr schmal war, hatten sie alle Platz und waren so einigermaßen vor der Kälte draußen geschützt. Glitzernde Steine lagen hier auf der Erde und blitzten an den karstigen Wänden. Irgendwo tropfte Wasser auf einen Felsen, weit entfernt im Gebirge. Müde wickelten sie sich in ihre Decken ein. Ein helles Feuer brannte und warf ihre Schatten an die Wand. Sie hatten Hunger, aber es war nichts mehr da, außerdem gab es kein Wasser. So versuchten sie, Hunger und Durst zu überschlafen.
Mitten in der Nacht rüttelte Oighrigh etwas wach. Es war Shasza, die gemeinsam mit Anathahan und Anlaog gekommen war. Als Oighrigh sich über seinen Durst beklagte, gab sie ihm einen Schluck aus ihrem Trinkschlauch. Obwohl die Flüssigkeit wie Wasser durch seine Kehle rann, schmeckte sie irgendwie erdig und grasig. Es kam ihm vor, als gäbe ihm dieser Trunk wieder seine Kraft zurück. Dann ließ der Junge seinen Becher fallen und weckte damit alle, außer Glaslasair und Camchéachta, auf. Als sich herausstellte, daß diese Waldelben wohl tatsächlich eine Weile mit ihnen wanderten, wurden sie von Fragen nur so gelöchert. Crónachan und Gormeala entfachten ein Feuer. Auch Iolaranam, der sich mit Sionnach eine Decke teilte, hatte einige Fragen. Schließlich verließ Shasza die Geduld.
„Halt, haltet ein. Weit sind wir gegangen in der Nacht. Wir haben sogar eure Freunde, die Hochelben, wieder getroffen. Selbst wir sind einmal müde, und auch unsere Kraft hat einmal ein Ende. So laßt mich einfach erzählen, damit eure Seele Ruhe hat.
Es war Neumond nach Samhain, als uns die Hochelben begegneten. Sie waren schon länger in eurer Welt unterwegs und wußten, daß ihr bald aufbrechen würdet, um der Spur Solasard mac Annirs zu folgen. Als sie hörten, daß wir in der gleichen Gegend unterwegs sein würden wie ihr, baten sie uns, euch diese Nachricht zu überbringen, denn sie wußten, daß Neamhní, der Knappe Fionns, in der Nähe von Cill-dara lebte und vielleicht helfen könnte. Außerdem ist wohl auch dieser Solasard auf dem Weg zu ihm.
Jedenfalls zogen die Hochelben weiter ostwärts und wir gen Süden, wo wir euch trafen. Das ist allerdings wirklich alles, was ich euch dazu sagen

kann. Sie sind so ganz anders als wir, so verhalten und ernst und vernünftig. Ich mag sie nicht besonders."
Dúghorm räusperte sich.
„Merkwürdige Zeiten sind das. Hochelben und Waldelben wandeln wieder über unsere Erde, haben Teil an unserer Geschichte. Wer hätte das gedacht!"
Die Waldelbin entgegnete.
„Schon immer haben wir Anteil an euch genommen, auch die Hochelben und das Kleine Volk, aber ihr Menschen seid ja blind. Nur wenn eure Welt aus dem Rahmen zu gleiten droht, seht ihr über den Rand hinaus und entdeckt plötzlich, daß ihr nicht allein auf der Erde wandelt. Aber nun, da eure und auch unsere Welt in Aufruhr ist, erschien es uns besser, mit euch zu arbeiten als gegen euch."
Oighrigh war erstaunt.
„Das würde ja bedeuten, daß es euch die ganze Zeit schon gegeben hat und wir euch nur nicht wahrgenommen haben."
„So würde ich das nicht sagen, junger Herr!", meldete sich Anathahan zu Wort.
„Wie oft erinnere ich mich daran, daß Wanderer mit Knüppeln auf mich losgegangen sind, weil sie mich für genau das hielten, was ich bin, ein Waldelb. Merkwürdige Geschichten über unser Volk müßt ihr euch erzählen, wenn wir verjagt und verprügelt werden von euch. Nun, ich hoffe, daß jetzt bessere Zeiten anbrechen mögen für alle Völker der Welt."
Shasza klopfte dem Waldelb auf die Schultern und sagte:
„Er ist schon ein bißchen arg baumisch. Deshalb spricht er auch so, als hätte er einen Ast verschluckt, nicht wahr, Anathahan?"
Der Elb schwieg betreten.
„Da nun wohl alle Fragen gestellt und beantwortet sind, wäre es wahrscheinlich am besten, wenn wir jetzt schlafen würden, oder?"
Das allgemeine Gebrummel faßte Iolaranam als Zustimmung auf und schmiegte sich wieder an Sionnach. Nur einer dachte noch nicht daran, seine Augen zu schließen und sich seinen Träumen zu überlassen, Oighrigh. Sein Traum saß neben ihm und strich ihm über sein feuerrotes Haar. Ein freches Grinsen zierte seinen Mund, und ein treuer Hundeblick strahlte zu Shaszas Augen empor.
Sanft sprach die Elbin:
„Auch du solltest jetzt schlafen, Oighrigh. Du wirst morgen deine Kraft brauchen. Bei den Fianna wird auf Verliebte nur wenig Rücksicht genommen."

„Ja, aber wenn ich morgen erwache, wirst du wieder fort und ein Baum sein. Laß mich wach bleiben, bis du gehst. Ich weiß, daß du mich nicht liebst. Nein, warte! Ich meine, ich weiß, daß du mich nicht so liebst, wie ich dich liebe. Für dich bin ich nur ein Junge, ein Junge, den du ein Stück des Weges begleitest."
Tränen liefen über seine Wangen und verweilten in den Winkeln seiner Lippen. Vorsichtig drehte sie sich zu ihm hin, kam ihm ganz nahe, durchbohrte ihn mit einem einzigen flammenden Blick. Verwirrt zog sich Oighrigh vor ihr zurück. Doch sie folgte ihm nach, legte ihre kühlen Hände um seinen Nacken, zog ihn näher zu sich. Dann berührten sich ihre Lippen. Ein grüner Blitz durchzuckte den Jungen. Seine Sinne wirbelten durcheinander, Kälte, Hitze wallten durch seinen unerfahrenen Körper. Sie saugte seine Unterlippe ein, ließ sie frei, erforschte seinen Mund mit ihrer Zunge und hauchte ihm neues Leben ein. Die Begierde nach dem Körper einer Frau erwachte in ihm und die Trauer, daß ihn nie eine Menschenfrau so küssen würde. Dann küßte sie ihn auf die Stirn und stand auf.
„Versuche nicht, dir den Kopf über meine Gedanken zu zerbrechen, Oighrigh. Genieße die Aufmerksamkeit, die ich dir schenke. Viel zu bald werden wir euch verlassen, und dann wird dir nur die Erinnerung bleiben. Aber was auch immer geschieht, ich werde dich nie vergessen. Ich werde den Keim, den du in meinem Herzen gesät hast, hegen und pflegen, und wenn der Tag des Abschieds gekommen ist, werde ich dich an der Pforte zur Anderen Welt empfangen und an den Tisch der Helden und Götter geleiten, denn nichts Geringeres hast du verdient. Vergiß mich nicht, Oighrigh, denn du bist in meinem Herzen."
Dann ging sie hinaus, wo Anathahan und Anlaog auf sie warteten.
Wie betäubt saß der Junge in der Höhle. Da spürte er eine schwere Hand auf seiner Schulter:
„Sie sind zu nichts nutze, als uns Ärger zu machen. So laut brach dein Herz, Junge, daß ich davon erwachte."
Traurig schaute Oighrigh noch einmal zum Eingang, doch die Waldelben waren schon in der Dunkelheit verschwunden. Erst dann drehte er sich um und sah in die braunen Augen Camchéachtas.
Oighrigh sprach wie im Traum.
„Sie ist fort, und ich werde sie niemals wiedersehen. Niemals! Glaubst du, ich werde jemals eine Frau so lieben können, wie ich sie liebe?"
Der Große Bär lächelte.

„Eine? Du wirst noch viele lieben, Junge, aber diese wird immer einen besonderen Platz in deinem Herzen einnehmen. Kein Mann vergißt jemals den Kuß einer Elbin. Aber nun mußt du schlafen, Oighrigh! Iolaranam nimmt keine Rücksicht auf gebrochene Herzen."

Und so geschah es. Die Morgendämmerung fand die Fianna schon auf dem Rücken ihrer Pferde vor. Gegen Mittag trafen sie Gleannglas. Seine zwei Gefährten und er hatten unweit von Luimneach einen Bauernhof gefunden, wo sie eine Nacht bleiben konnten. Sie ritten so stramm sie konnten und erreichten den Hof am Abend. Dort wurden sie von einem alten Ehepaar erwartet. Der Mann hatte selbst viele Jahre als Fianna gedient, und es war ihm eine Ehre, ihnen nun zu helfen.

Das Paar hatte seine Vorratskammern leer geräumt und teilte gerne mit den ehemaligen Gefährten. Für die Pferde war ebenfalls gesorgt. Die Nacht verbrachten sie auf dem Dachboden des Kuhstalls. Es war mollig warm, aber die Duftwolken, die zuweilen aufstiegen, trieben so manchem die Galle in den Hals. Schließlich hatte auch diese Nacht ein Ende.

Am Morgen brachen sie zeitig auf. Die Pferde waren ausgeruht und fast ein wenig übermütig. Gegen abend wollte Iolaranam in Ros-cre sein, das sich einige Meilen gegenüber dem Lough Dergdherc an das Sliabh-Mis-Gebirge schmiegte.

Es war ein schweigsamer Ritt für Oighrigh, der hinter Crónachan und Gormeala den Schluß der Reiterschar bildete. Rot umrandet waren seine Augen. Er saß auf seinem Tier, als reite er zu seiner Hinrichtung. Alles schien ihm gleichgültig zu sein, am liebsten wäre er umgekehrt. Aber wo er auch immer hinging, ihr Bild, die Erinnerung an sie, würden ihm überallhin folgen.

Die freundliche Landschaft, das Strahlen der Sonne, es bedeutete ihm nichts. Seine Augen waren Licht und Schatten, sein Herz war Stern und Mond.

Crónachan und Gormeala lächelten ihn verständnisvoll an und räusperten sich, bis Camchéachta ihren Wink verstand. Camchéachta wußte nur zu gut, was in dem Jungen vorging. Schließlich ließ er sein Pferd zurückfallen, bis er neben dem Jungen ritt.

Egal, was er ihm erzählen würde, es würde das Herz des Jungen nicht erleichtern und so schwieg der Mann. Wenn Oighrigh etwas zu sagen hatte, würde er es schon tun. Nach einigen Meilen fragte er fast flüsternd:

„Und wenn ich ihr gefolgt wäre? Wenn ich sie gezwungen hätte, mich zu lieben?“
Ernst antwortete der Große Bär:
„Ach Junge! Du kannst Liebe nicht erbetteln oder erzwingen. Du kannst sie in einer Gasse finden oder in einem Hinterhof, aber rauben, rauben kannst du sie nicht.“
„Was soll ich nur tun? Ich liebe sie doch so sehr. Glaubst du, es wäre besser, meine Augen hätten sie nie gesehen, mein Herz hätte die Liebe nie gekostet? Ich glaube es fast.“
Camchéachta lächelte.
„Junge, es ist gut, selbst zu kosten, was dir das Leben anbietet. Denn du kannst nur aus deinen Erfahrungen lernen, verstehst du?“
Verwirrt schaute Oighrigh zu dem Fianna auf.
„Dann hätte ich ihr doch folgen sollen?“
„Ich glaube nicht, daß dich das glücklicher gemacht hätte. Wasser will zu Wasser und Jugend sucht die Jugend, und genauso ist es auch gut. Es ist besser, wenn sich ein Menschenmann eine Menschenfrau sucht und eine Elbin einen Elb. Sie sind uns sehr fremd geworden, unsere wunderlichen Verwandten, Oighrigh. Ich weiß nicht, ob es so gut für dich oder sie wäre, wenn du ihr gefolgt wärst.“
„Aber, Camchéachta, war sie nicht wunderschön?“
„Ach, Oighrigh! Vom Honig sprechen, macht den Mund nicht süß. Weißt du, was meine Mutter immer zu sagen pflegte, wenn ich ihr von der Schönheit einer meiner neuen Eroberungen erzählte?“
Der Junge schüttelte den Kopf.
Camchéachta fuhr fort.
„Nun, sie setzte sich zu mir, nahm meine Hände in ihre und sagte: Ich weiß, ich weiß, mein Junge, aber laß dir etwas von deiner Mutter sagen: Schöne Frauen sind eine Woche lang gut, aber gute Frauen sind ein Leben lang schön. Verstehst du?“
„Nicht so ganz. Kannst du es mir vielleicht ein bißchen genauer erklären, Camchéachta?“
„Das brauche ich gar nicht, Oighrigh, das wird das Leben schon von ganz alleine besorgen, und wenn es soweit ist, wirst du wissen, was ich dir sagen will.“

Schweigsam ritten sie weiter, während sich vorne Iolaranam und Sionnach über den weiteren Verlauf ihrer Reise unterhielten. Sionnach fragte neugierig:
„Was machen wir, wenn wir Ros-cre erreicht haben? Wie willst du weiter vorgehen?“
Iolaranam lächelte sie freundlich an.
„Nun, meine Wildkatze, es gibt einen Paß bei Ros-cre, der über die Sliabh-Bladhma-Berge führt. Dafür werden wir wahrscheinlich zwei Tage brauchen. Dann kommen wir wieder auf flaches Land, von da aus werden wir vielleicht noch einmal ein bis zwei Tage nach Cill-dara brauchen.“
„Und was willst du dann tun, Iolaranam?“
„Ich werde diesen Neamhní suchen. Ein seltsamer Kerl, der sich das Wort „Nichts“ zum Namen nimmt. Bestimmt hatte ihm seine Mutter einen ganz anderen Namen gegeben. Nun ja, es geht uns nichts an, im wahrsten Sinne des Wortes!“
Sionnach fand das gar nicht so witzig.
„Würdest du dir bitte nicht jedes Wort einzeln aus der Nase ziehen lassen? Daß wir diesen Kerl suchen, weiß ich selbst, aber was hast du vor mit ihm, edler Anführer?“
„Du kannst vielleicht Fragen stellen. Was soll ich schon vorhaben. Ich will herausbekommen, wer dieser Solasard mac Annir ist! Was er vorhat, wohin es ihn zieht!
Vielleicht kann uns dieser Greis ja zu dem Schwertsucher führen. Irgendeinen Sinn muß es ja schließlich haben, daß die Hochelben uns auf seine Fährte setzen.“
Mißtrauisch fragte Sionnach:
„Wenn du das meinst. Zu meinem erlauchten Freundeskreis zählen schließlich keine Hochelben und auch keine grünäugigen Waldelben, hoher Herr!“
Iolaranam verdrehte die Augen.
„Ich schätze, daß ich mir das bis zu meinem Lebensende anhören muß. Dabei bin doch nicht ich ihnen auf den Leim gegangen, sondern unser Trauerkloß Oighrigh. Ich bin froh, daß sich Camchéachta opfert, dieses arme, unschuldige, gebrochene Herz wieder zusammenzuschmieden.“
„Mach dich nur lustig, Iolaranam! Ich möchte dich nicht während deines ersten Liebesschmerzes erlebt haben“, höhnte eine freche Sionnach.

Am nächsten Abend erreichten sie Ros-cre, das inmitten eines immergrünen Tannenwaldes lag. Die Fianna wollten jedoch nicht in dem bekannten Räubernest lagern, und sie suchten sich ein Plätzchen an einem glucksenden Bach, der etwas außerhalb lag.
Notdürftig bauten sie sich einen Unterstand aus jungen Tannen. Seabhaceo schaute sich in der Gegend nach etwas Jagdbarem um, aber alles schien wie ausgestorben. Im Abendrot schichteten sie einen hohen Holzhaufen auf und zündeten ihn an, damit es in der Nacht keine unliebsamen Überraschungen gab.
Es war mitten in der Nacht, Camchéachta saß am Feuer und hing seinen Gedanken nach, als er im Unterholz ein verdächtiges Knacken hörte. Erst glaubte er, daß vielleicht ein Reh vorbei kam, um sich an ihrem Feuer zu wärmen. Aber dann stellte sich schnell heraus, daß dies alles, nur kein leichtfüßiges Reh war. Immer näher kam das Geräusch. Camchéachta machte einen Satz ins Unterholz, wälzte über etwas Stöhnendes hinweg und zog selbiges an das Feuer.
„Wer bist du? Was schleichst du dich hier herum?“
Iolaranam war als erster auf den Beinen und begutachtete den Fang seines Freundes.
„Wer bist du, antworte, los, und lüge ja nicht, sonst kannst du es der Morríghan erzählen.“
Der Mann, der in einem erbärmlichen Zustand war, antwortete geflissentlich:
„Herr, ich bin in großer Not. Gestern verstieß mich mein Herr aus seinem Kreis und machte mich zu einem Besitzlosen. Und heute wollte mich die Große Mutter dazu mißbrauchen, einem halbverhungerten Wolf das Leben zu retten. Ich sage es euch ehrlich, Herr. Hätte ich das Vieh nicht erschlagen, ihr wärt nie der Ehre teilhaftig geworden, meine Bekanntschaft zu machen. Ich bitte euch, laßt mich mit euch ziehen, ich bin in Not.“
Iolaranams Geduld wurde auf eine harte Probe gestellt.
„Wie ist dein Name, Kerl, und wer war denn dein Herr?“
„Mein Name, Herr, mein Name ist Toit, und mein Herr war Cluanaire vom Fahrenden Volk.“
Iolaranam und Camchéachta wechselten einen vielsagenden Blick.

Drachen

Es war kalt in den Bergen von Wyinklo. Seit Tagen waren die einzelnen kleinen Dörfer von dichtem Nebel eingehüllt. Die Luft lag schwer auf den Herzen der Menschen. Kaum einer wagte sich vor die Tür.
Dragan scherte dies alles nicht. Wenn er die Zeit hier überstehen würde, würde es immer warm um ihn sein an den herrlichen Herden Taras. Er würde nie mehr hungern oder durstig sein. Dann wäre er Hochkönig. Jedermann würde ihn achten, und er konnte endlich alles seiner Familie heimzahlen. Diese Narren!
Sie hatten es ja nicht anders gewollt. Es war gut gewesen, daß er seine Reise hierher noch ein wenig verschoben hatte und bis zu seines Ziehbruders Hochzeit gewartet hatte.
Es geschah Solasard nur recht, diesem ehrlichen Toren! Endlich mußte auch er einmal unter Beweis stellen, was für ein Kerl er war. Sollte er nur brav und artig dieses Schwert suchen und finden, er, Dragan, der Drache Erius, würde es ihm schon abluchsen. Sollte sein Ziehbrüderchen nur seinen Traum von Macht und Ruhm träumen. Bis er aufwachte, würde Dragan bereits auf seinem Thron sitzen und ihn von Eriu verbannen. Dann war sein Weg frei zu Amhrán. Auch ihren Willen würde er brechen. Schließlich konnte ihm keine Frau widerstehen.
Vierzig Männer waren bereit, an seiner Seite zu kämpfen und für ihn zu sterben. Nicht mehr lange gab er dem alten Broc, dann würde ein anderer auf seinem schönen Thron sitzen. Vieles wird sich im Land noch ändern. Und Amhrán würde ihm viele kleine Thronfolger gebären. Allein würde er über das Land herrschen. Tuan, dem alten Hochdruiden und Schlitzohr, würde er eigenhändig die Kehle durchschneiden. Er würde den Befehl über die Königliche Garde und das Heer übernehmen und für die völlige Ausrottung dieser verfluchten Fianna sorgen.
Dann wären die Grenzen endlich wieder frei, und man könnte ungehindert Geschäfte mit den Freunden aus Alba machen. Allen Verstoßenen und Gesetzlosen würde Eriu eine zweite Heimat werden und er, Dragan, würde sehr gut daran verdienen.
„Herr, begebt euch zur Nachtruhe. Ihr braucht eure Kräfte.“

Cranda, der Diener Dragans, ein verkrüppelter Mann, den die Königliche Garde einstmals beim Wildern in des Königs Wald erwischt hatte und ihn bitter dafür hatte zahlen lassen, zerrte am Ärmel seines Herrn. Dragan rührte sich nicht. So versuchte der Zwerg noch einmal sein Glück.
„Herr, ihr solltet schlafen gehen. Nach diesem vorzüglichen Mahl braucht euer Bauch ein wenig Ruhe, um all dies zu verdauen, edler Herr."
Endlich schaute Dragan zornig auf.
„Hör auf, so zu tun, als seien wir schon auf Tara, Krüppel. Spielst dich auf wie ein Vornehmer, und dabei kannst du dir nicht einmal die Dummheit abkratzen, so fest sitzt sie auf deiner Haut! Verschwinde Cranda, Hofnarr des zukünftigen Hochkönigs! Ich kann selbst entscheiden, wann ich schlafe. Außerdem erwarte ich noch Besuch."
Schmeichlerisch verbeugte sich der Zwerg mehrmals.
„Verzeiht, Herr, verzeiht! Ihr seid wirklich der freundlichste Herr, der jemals einer Flasche den Hals gebrochen hat."
Da krachte neben dem Wicht eine Tonflasche auf den Holzboden und zerplatzte, ihren Inhalt über selbigen vergießend.
„Cranda! Ich wünschte, die Herrin hätte ein Einsehen mit dir und gäbe dir die rechte Hand dafür, wann du zu reden und zu schweigen hast."
Der Angesprochene lächelte schüchtern.
„Oh, nein, danke Herr. Ich habe Mühe genug mit den zwei Linken, die ich habe."
Jetzt krachte auch noch der Becher neben der zerbrochenen Flasche auf den Boden. Schließlich begriff Cranda, daß es nun besser war zu schweigen. Sein Herr war ein guter Herr, er gab ihm zu essen, zu trinken und manchmal auch eine gehörige Tracht Prügel, wenn er es verdiente. Ein mürrischer Mensch war sein Herr, zumeist schlechter Dinge, was wohl mit seinem ungnädigen Schicksal zusammenhing. Er hatte einiges mitmachen müssen, bevor er zum Räuberkönig von Wyinklo wurde.
Erst hatte ihm sein Ziehbruder die Braut gestohlen und dann hatte ihn auch noch sein Vater wegen einer Nichtigkeit aus der Familie verstoßen. Die Götter hatten es nicht gerade gut mit ihm gemeint, anfangs. Aber dann war sein Ziehbruder aufgebrochen, um für ihn das Blaue Schwert der Wahrheit zu suchen und es ihm als Geschenk der Versöhnung zu bringen. Sein Herr wäre ein guter König. Er würde es diesen reichen Protzern noch zeigen. All ihr Gold und Silber würde er ihnen abnehmen und es an die Armen

verteilen. Ja, sein Herr wäre ein wahrlich guter König. Endlich hatte Cranda alle Scherben aufgesammelt und vor die Tür geworfen.
„Herr, wenn ihr mich nicht mehr braucht, werde ich mich jetzt auf mein Lager zurückziehen."
Dragan nickte nur. Cranda legte sich vor die Feuerstelle, kroch schon fast in die Asche und schloß seine Augen.
Wilde, hastige Schatten warf das Feuer an die Wand. Nachdenklich strich sich Dragan über die Narbe, die sein Gesicht seit dem letzten Frühjahr zierte. Wie bitterlich würde er sich rächen. Flehen würde Solasard, ob er ihm nicht jetzt Amhrán überlassen könne. Sie würde eine stille Buhle werden, denn zuerst würde er ihr die Zunge abbeißen. Keiner Frau sollte es jemals beschieden sein, Macht innezuhaben, weder über sich selbst noch über die Welt. Frauen waren nur zu einem nutze.
Wie sehr hatte er sie begehrt, aber sie hatte ihn ja nicht einmal wahrgenommen, hatte nur Augen für das Goldhaar mit den Falkenaugen. Oh, wehe, wehe dir Frau, welches Unglück brachtest du über mich und die meinen. Dies Leid wirst du bald ganz alleine tragen. Den Tod wirst du dir herbeisehnen als einen sanften Verbündeten, aber das Leben wird mein Dorn sein. Zu dritt hätten sie glücklich werden können. Gemeinsam mit Solasard hätte er ihr die Sterne vom Himmel geholt und die Sonne zur Krone gemacht.
Alles war ihre Schuld, wie sehr haßte er diese Frau, wie sehr begehrte er sie immer noch, getrieben von dem Willen, diesen freien Geist zu brechen.
Da klopfte es mit schwerer Faust an die Tür der Nachthütte. Dragan stand auf und öffnete die Tür.
„Sei mir gegrüßt, Dreoilín, Sohn des cenn-fine Inis-Diomains."
„Schweig still, Madhra! Ich trage diesen Namen nicht mehr, zuviel Schmerz ist damit verbunden!"
In einen dicken Mantel gehüllt trat der bleiche Mann ein.
„Ja, so ist es Dragan, was nicht geheilt werden kann, muß ertragen werden! So ist es auch mit unseren Herzen.
Warte, ich will mein Pferd noch hereinholen. Draußen ist es bitterkalt, und es sollte, nach dieser langen Reise, nicht frieren."
„Wenn es denn sein muß, bring diese schwarze Bestie unter mein Dach."
Der Totenschädel führte das stattliche Tier in die hintere Ecke und nahm ihm die Satteldecke und das Zaumzeug ab.
„Ein wirklich schönes Tier! Du bist wahrlich ein glücklicher Mann, Madhra."

„Zu einem glücklichem Mann braucht es nichts, als geboren zu werden, Dragan, zukünftiger Herr auf Tara.“
Dragan ging zu Cranda, trat ihn mit dem Fuß, bis er wach war und sagte: „Los, steh auf, du Wicht. Mach uns etwas Met warm, oder vielleicht findest du noch Wein aus Alba, den du uns kredenzen kannst.“
Eifrig sprang der Angesprochene auf und eilte geschäftig umher, während sich die beiden finsteren Gesellen an das Feuer setzten.
„Nun, Madhra, wie ist es dir ergangen? Du nutzt die Weltentore gut, um schnell von Ort zu Ort zu gelangen. Fast schneller bist du als der Wind. Was gibt es zu berichten?“
Der Bleichgesichtige fläzte sich hin und her, bis er zufrieden war mit seinem Sitzplatz und zu erzählen begann.
„Nun, die einzigen, die uns noch einen Strich durch die Rechnung machen könnten sind die Fianna. Aber die werden bald so beschäftigt sein, daß sie keine Zeit mehr haben werden, einen Schatten zu jagen.“
„Warte, wie meinst du das? Fang von vorne an. Was konntest du in Tir na Samradh ausrichten? Hast du endlich einen Weg gefunden, die zukünftige Hochkönigin wieder heimzubringen, Madhra?“
„Wie du weißt, gibt es einen Weg. Leider hat dieser den Nachteil, daß sie zu Staub zerfällt, sobald sie nur ein einziger Sonnenstrahl trifft. Das heißt, sie könnte zwar zurückkehren, aber nur des nachts Hof halten.“
„Das wäre ja machbar. Und warum hast du sie nicht mitgebracht?“
Madhra grinst hämisch.
„Weil ich sie dort noch als Werkzeug brauche. Sie wird Unfrieden stiften bei den schönen Sidhi und das Volk in zwei Lager teilen. Sie wird für Verwirrung sorgen und zwar so, daß diese hohlwangigen Geister der Vergangenheit gar nicht merken, was vor sich geht. Dann werde ich sie holen, wenn sie das überlebt. Sie ist eine stolze und schöne Frau, ein Spielzeug nach deinem Geschmack, mein Lieber. Aber sie wird die Peitsche brauchen, bis sie zahm ist.“
Dragan wurde ungeduldig.
„Und weiter! Was ist mit den Fianna, Cluanaire, Tara und meiner schönen Amhrán? Erzähle, Madhra, auf.“
Candra reichte endlich den warmen Met.
„Nun, den Fianna haben wir ein Kuckucksei ins Nest gelegt, das sie ein bißchen beschäftigen wird.“
Dragan lachte auf.

„Das ist herrlich, Madhra. Wie heißt es so schön: Kein schlimmerer Feind als ein früherer Freund.“
Madhra grinste.
„Aber heißt es nicht auch: Besser ein aufrichtiger Feind als ein falscher Freund?“
„Du weißt, ich habe keine Freunde, Madhra. Wie geht es weiter? Was ist mit Cluanaire?“
Der Totenschädel nippte an seinem Becher.
„Cluanaire dankt dir für das Eisen, das Gold und das Silber. Das ganze scheint ihm eine Menge Spaß zu machen. Die Gemeinschaft, mit der sich dein Ziehbruder umgibt, wird immer seltsamer. Cluanaire, der alte Schwabbelbauch glaubt jetzt schon, daß sie das Schwert so bestimmt nicht finden.“
Dragans Augen glühten.
„Dann soll er gefälligst dafür sorgen, daß sie es finden. Sag ihm, wenn ich nicht dieses verdammte Schwert bekomme, erhält er auch nicht seinen versprochenen Lohn. Was sind das denn für Leute, die mit Solasard unterwegs sind?“
„Allerlei buntes Volk. Einer, der selbst einmal zum Fahrenden Volk gehörte; ein Zwerg aus Thule; einer aus dem Kleinen Volk und wie ich hörte sogar ein Sidhé.“
„Und wohin sind sie jetzt unterwegs, Madhra?“
„Sie ziehen in Richtung Cill-dara, wo sie Neamhní vermuten. Aber dieser alte Sturkopf haust ja, wie wir alle wissen, auf der Breiten Straße, um jedem seine Märchen über den großen Fionn mac Cumhail zu erzählen.“
Dragan hielt Cranda seinen leeren Becher hin.
„Los, füll ihn wieder, Pferdefuß! Und was ist mit Tara, Madhra?“
„Oh, in Tara haben die Frauen die Herrschaft übernommen. Réalta, die edle Hochkönigin, macht gemeinsame Sache mit einem Abtrünnigen der Fianna. Beide sind fest davon überzeugt den anderen übers Ohr zu hauen und Cruimh, unser kleiner Freund, lacht sich dabei kräftig ins Fäustchen. Er zieht wie eh und je seine Fäden durch das alte Gemäuer.
Auch Tuan wäre bereit mitzuhelfen, den alten Broc vom Thron zu holen. Er hat allerdings seine eigenen Wege und Mittel, sehr hübsche dazu. Eine Schattenbringerin hat jetzt ihr Zuhause dort. Eifrig sucht sie den treuen Hauptmann des Königs zu umgarnen, doch es wird ihr wohl nicht gelingen. Dieser Mann ist über jeden Zweifel erhaben. An dem wird sich jede Frau die Zähne ausbeißen. Dieses Vögelchen müssen wir anders fangen,

aber das ist nicht wichtig im Augenblick. Wolltest du sonst noch etwas wissen, edler Drachenkönig?“
„Das weißt du ganz genau! Was ist mit Amhrán?“
Madhra schluckte.
„Nun, dies ist der einzige Fehlschlag, den ich zu melden habe. Ich wollte des Hauptmanns Spiel noch etwas schwieriger gestalten und hoffte, jemanden zu finden, der mir dabei helfen könnte. Ich fand auch einen, den wir früher nur den Schlächter nannten. Er hat nun die Seiten gewechselt und wollte sie nicht töten.“
Dragan riß die Augen auf.
„Wollte sie nicht was?“
Mit einem Satz war er auf den Beinen und ließ Schläge über das blasse Gesicht des anderen hageln, bis er am Boden kroch. Madhra indessen spuckte Blut. Aus Nase und aufgeplatzten Lippen tropfte der kostbare Lebenssaft auf den Boden und vermischte sich mit dem Dreck der Hütte.
Dragan war immer noch außer sich und lief in der Hütte auf und ab.
„Du wolltest sie töten lassen? Bist du wahnsinnig? Sie gehört mir. Ich bin ihr Tod. Einmal nur soll sie unter mir beben, soll sie erfahren, was sie hätte haben können, bevor ihr mein Messer den Leib zerfleischt. Wage es nicht noch einmal, Hand an sie zu legen oder du wirst ihr Schicksal teilen in jeder Einzelheit. Hast du mich verstanden?“
Madhra nickte eifrig und versuchte zu erklären:
„Ich dachte, daß sie nicht so wichtig für uns sei, entschuldige! Was wirst du jetzt machen?“
Dragan setzte sich wieder hin. Erschöpft sank er in sich zusammen.
„Laß dich überraschen! Ach, ich bin so müde, daß ich bestimmt nicht schlafen kann.“
Madhra lächelte schief.
„Dann laß uns noch etwas trinken, Dragan!“
„Glaubst du, daß ich davon besser einschlafen werde, Totenschädel?“
„Das nicht, aber es gestaltet das Wachbleiben unterhaltsamer.“
Auch über Tara hatte sich die Nacht gesenkt und hüllte alles in tiefen, heilsamen Schlaf. Rabharta ruhte in seiner Kammer. Zum wiederholten Male träumte er von dieser Frau. Es war immer wieder derselbe Traum und doch wollte oder konnte er ihn nicht verstehen.
Er stand vor dem Thron. Vor ihm lag Tuan, ein Messer stak bis zum Heft in seiner Brust. Auf dem Thron saß diese Frau und nickte ihm freundlich zu.

Unruhig drehte er sich hin und her. Dann glaubte er zu hören, wie seine Tür leise ins Schloß gezogen wurde, und wachte auf. Eine kleine Flamme tanzte auf der Feuerstelle und erhellte den Raum nur spärlich. Rabharta stand auf. Sein Blick fiel sogleich auf den Tisch. Dort lag sein Reifen. Immer wieder erfreute er sich an diesem Geschenk. Dann fiel ihm auf, daß er seinen Reifen noch trug. Schnell sprang er zur Tür, riß sie auf und blickte in die Augen von Eala.
Verführerisch hauchte sie ihm entgegen:
„Oh, Herr Hauptmann, habt ihr auch so schlechte Träume? Gerade wollte ich mir ein wenig Milch in der Küche warm machen. Soll ich euch einen Becher davon mitbringen?"
Sie hatte sich ein einfaches Kleid übergeworfen, das tief blicken ließ.
Verwirrt warf Rabharta seine Tür ins Schloß. Erst da fiel ihm auf, daß er noch nicht einmal ein Hemd getragen hatte. Im Schein des Feuers verglich er die beiden Reifen. Sie waren sich so ähnlich wie es nur Geschwister sein können. Es mußte etwas Wichtiges geschehen sein, wenn das Kleine Volk ihn in seiner Burg besuchte. Schnell zerrte er sich eine Hose über die Beine, schlüpfte in seine Stiefel, warf sich ein dickes Hemd über und schnappte sich seinen Mantel.
Geschwind riß er die Tür auf und sprang auf den Gang, wo ihm Eala mit zwei Bechern entgegenkam. Doch er lief dermaßen ungeschickt an ihr vorbei, daß sie einen Becher fallen ließ.
Des Königs Hauptmann war in Eile, und alles andere war ihm nicht wichtig. Mit großen Schritten hastete er durch die schlafende Burg. Auch die Fackeln an den Wänden waren ermüdet von ihrem Werk und qualmten mehr als sie Licht spendeten.
Im Stall warf er seiner kleinen Stute eine Satteldecke und das Zaumzeug über und ritt zu dem großen Tor. Die Wachen schauten verdutzt drein, als sie ihren Hauptmann so mitten in der Nacht herantraben sahen. Wohin er wollte, sie fragten nicht. Müde sehnten sie sich nur nach ihren Betten und den warmen Weibern darin.
Die halbe Sichel der Mondin ließ wenig vom Weg erkennen. Doch seine Stute wußte, wohin es ihren Herrn trieb und gehorsam jagte sie über die Hügel auf die andere Seite Taras. Schon an dem Findling erwartete Fearnóg, Saileachs Vater, den Hauptmann. Diesmal verzichtete man auf das Verbinden der Augen.

Nach wenigen Schritten brach durch die Äste das Licht eines Feuers, das nur zum Sehen, nicht zum Wärmen gedacht war. Davor saß alt und weise Dair, wie immer gezeichnet von Gleichmut. Nichts war zu lesen in diesen sanften Augen. Ein Holzklotz wartete schon, daß er auf ihm Platz nehme und auch ein Becher stand darauf, aus dem es eifrig dampfte. Wie immer fand Rabharta alles auf seinen Besuch vorbereitet. Er setzte sich und nahm den Becher in beide Hände, die vom Ritt klamm geworden waren. Aus einer Manteltasche holte er sodann den Reifen und sagte:
„Seid mir gegrüßt, Vater des Kleinen Volkes. Ich komme, um euch dieses Pfand wiederzubringen. Was ist so wichtig, daß ihr in meine Burg eindringt und solche Nachrichten dort hinterlaßt?"
Der alte Mann sprach:
„Seid mir gegrüßt, Rabharta. Ich wollte nicht den Schlaf stören, der so notwendig ist bei den Aufgaben, die ihr zu verrichten habt. Es ist vieles geschehen, und erst heute erhielten wir Nachrichten, die auch für dich wichtig sind und deren Mitteilung keinen Aufschub duldet.
Neun Tage ist es her, da sandtet ihr einen Mann aus nach Cluain-maccu-Nois. Ich versprach dir damals, daß wir ihn im Auge behalten würden. Dies ist auch geschehen, wenngleich in anderer Hinsicht, als wir dies vorgesehen hatten. Denn nicht Fearnóg folgte seiner Spur, sondern Saileach, sein Sohn. Mit sich nahm er auch den kostbarsten Sperber unseres Stammes, der zweifelsohne dem Knaben gehört und uns doch nicht verlassen sollte. Sei's drum, er wird so oder so ihren Tisch mit guten Speisen decken."
Es dauerte eine kleine Weile, bis Rabharta den Sinn dieser Botschaft verstanden hatte.
„Du willst mir demnach sagen, daß mein Späher keine Unterstützung von euch erhalten kann, weil ihn ein kleiner Bengel verfolgt, der noch nicht einmal auf sich selbst aufpassen kann? Ist es das, was ihr mir sagen wollt?"
Dair blieb ruhig.
„Saileach ist kein Bengel. Er kennt sich aus in Wald und Flur, nur im Waffenhandwerk ist er noch nicht so geschickt. Aber das ist auch nicht wichtig. Denn schließlich ist es den beiden gelungen, den Coven der Danu zu finden."
Freudestrahlend sprang Rabharta auf und goß sich den warmen Met über die Finger.
„Das ist ja wunderbar! Aber hättet ihr mir das nicht auch morgen sagen können?"
Dair blieb ernst.

„Das schon, aber nicht, daß euer Späher verletzt ist und wahrscheinlich bis ins Frühjahr dort bleiben muß.“
Entsetzt sank der Hauptmann wieder auf seinen Platz.
„Nein, das ist doch nicht möglich. Wie ist das passiert?“
„Nun, er hat sich mit einem höchst zweifelhaften Kerl geprügelt. Danach brach ein Brand auf dem Schiff aus, das ihn nach Cluain-maccu-Nois bringen sollte, und jetzt pflegt ihn genau das Mädchen, das er ausfragen soll.“
Rabharta atmete wieder auf.
„Ja, aber das ist doch herrlich. Dann kann er sie ausfragen und uns dann Nachricht schicken.“
„Und durch wen, edler Hauptmann, soll er uns die Nachricht schicken?“
Rabharta war überrascht von der Begriffsstutzigkeit des alten Mannes.
„Na durch Saileach.“
Da prustete der Greis los.
„Durch Saileach. Ich weiß nicht. Ein Knabe soll uns die wichtigsten Neuigkeiten bringen, und wie lassen wir ihn das wissen?“
Hoffnungslosigkeit zeigte sich in Rabhartas Gesichtszügen.
„Ich dachte, ihr könntet vielleicht noch einen Boten schicken.“
Dair lächelte.
„Junger Herr, du bist willkommen hier, und wir vertrauen dir. Doch die Pfade sind trügerisch heute auf Eriu, und ich habe meine Schafe nicht gern fern der Herde.
Wir können keinen zweiten Boten aussenden. Saileach ist noch jung und weiß wenig über sein Volk. Ich werde versuchen, ihn auf der Traumstraße zu finden. Aber ob er uns dann hilft, weiß nur die Herrin.“
Der Hauptmann grübelte und grübelte, aber ihm fiel ebenfalls keine andere Möglichkeit ein.
„Muß ich sonst noch etwas wissen, ehrenwerter Dair?“
„Wenig Neuigkeiten dringen im Augenblick zu uns vor. Sag, wie geht es der Schattenbringerin? Hat sie sich schon eingelebt in eurem wilden Ameisenhaufen? Die vielen Menschen müssen sie schier verrückt werden lassen.“
Rabharta runzelte die Stirn.
„Oh, sie greift dem Hochkönig unter die Arme, wo es nur geht. Bald wird sie sich sein Vertrauen erschlichen haben und nicht nur das. Sie ist sehr schön, stolz und klug. Mir kommt es vor, als habe der alte Mann noch einmal den Frühling in seinem Bauch. Er weiß nicht, wie bitter er dafür bezahlen wird.“

Dair schmunzelte.
„Und du, Rabharta? Wie steht es mit dir? Gefällt sie dir nicht auch? Kannst du ihr widerstehen und deinen Trieb beherrschen?“
„Zugegeben, sie ist sehr schön, sogar wunderschön. Aber bin ich ein Narr, mich in einen Drachen zu verlieben?“
„Die Liebe fragt nicht nach Narr oder Weisem. Sie befällt uns wie eine Krankheit und nichts oder niemand ist dagegen gefeit. Sei vorsichtig, sie mag schon das Netz für dich spinnen, Freund.
Doch nun will ich dich nicht länger aufhalten. Die Nacht ist bald vorüber. Schon schmecke ich die Dämmerung. Kehr nun heim. Wir werden dir Nachricht senden, wenn wir genaueres erfahren. Den Reifen magst du als Geschenk behalten, verfahre damit, wie es dir beliebt.“
Fearnóg brachte den Hauptmann wieder zu seiner Stute und ging dann zurück ins Lager, nicht ohne ihm vom Waldrand aus nochmals zuzuwinken.
So war Saileach nun in bester Gesellschaft. Rabharta konnte sich zu gut vorstellen, was der grobklötzige Krieger mit dem frechen Burschen alles anstellen würde. Es war ein Wunder, daß die beiden es überhaupt bis zu dem Coven geschafft hatten. Den ganzen Heimweg lang stellte sich Rabharta vor, wie die beiden wohl miteinander ausgekommen waren.
Endlich erreichte er die Burg. Müdigkeit kehrte in seine Glieder ein. Wie ein Sack Rüben hing er auf seinem Pferd.
Am großen Tor ließ man ihn ein. Sein Reittier fand alleine den Stall. Dort rutschte der Hauptmann vom Rücken und blieb bereits tief schlummernd im Stroh neben seinem Pferd liegen.
Ein strenger Geruch und das Licht des Tages überzeugten ihn einige Stunden später, dieses Lager zu verlassen. Freundlicherweise hatte jemand das Zaumzeug des Pferdes an seinen Platz gehängt, so daß es sich die Stute auch gemütlich machen konnte.
Ein jeder, dem er begegnete, rümpfte leicht die Nase und als er sang- und klanglos in seiner Kammer verschwinden wollte, öffnete sich natürlich prompt die Tür zu Ealas Zimmer.
„Oh, welch bezaubernden Duft ihr heute wieder ausstrahlt. Wollt ihr vielleicht meinen Badezuber benutzen, Rabharta, edler Hauptmann des Hochkönigs von Eriu?“
Auch diesmal war die Antwort nur eine zugeschmetterte Tür.

Nächtlicher Überfall

„Solasard, wir müssen jetzt schnell sein. Wir brauchen Pferde. Außerdem müssen wir weg von der Breiten Straße. Cluanaires Leute werden uns da zuerst suchen, zudem ist es für uns sicherer, querfeldein zu gehen. Ich kenne das Land hier gut und kann euch führen."
Lange schon redete Lyr so auf den Schwertsucher ein. Doch dieser wollte auch die Meinung Draigheans hören.
„Mit den Pferden magst du ja recht haben. Schließlich fällt ein Pferd unter fünfen nicht so auf wie allein. Aber ich halte es nicht für so gut querfeldein zu reiten. Man weiß nie, wohin die Wege des Waldes führen. Ich denke, wir sollten lieber der Breiten Straße in gehörigem Abstand folgen."
Auch Athraigh erhob seine Stimme.
„Ich bin auch Draigheans Meinung. Es ist eine Menge Gesindel unterwegs. Entlang der Breiten Straße können wir auf jeden Fall Hilfe holen, aber mitten in einem fremden Wald wird uns das schwerlich gelingen."
Goworr schwieg, als er das Wort Pferd vernommen hatte, war schon alles zu spät gewesen. Es gab nicht viele Dinge, die ein Zwerg fürchtete, aber diese hohen, bockigen Tiere gehörten dazu. Den Scherz mit Macha im Wald konnte er ja noch aushalten, aber einen langen Ritt? So hatte er nicht gewettet. Auf einem dieser mächtigen Viecher so lange herumgeworfen zu werden, bis er vor lauter Übelkeit grün werden würde. Das kalte Grausen packte ihn.
Er würde einiges für Solasard tun, aber ein Pferd besteigen, das war dann doch etwas zuviel.
„Goworr?"
Solasards Frage riß ihn aus seinen Gedanken.
„Was ist?", antwortete der Zwerg mürrisch.
„Hast du nichts zu sagen? Ich würde deine Meinung ebenfalls gerne hören."
Da seufzte der Gefährte:
„Ach, Herr, ich folge euch, wohin ihr auch gehen mögt, auf den höchsten Berg, ins tiefste Tal, in die Finsternis der Mutter Erde, auf die Flure der Anderen Welt. Jeder Weg, jedes Ziel ist mir recht, nur muß es denn ausgerechnet auf dem Rücken eines Pferdes sein? Du weißt, daß Pferde mich nicht besonders mögen, und das beruht auf Gegenseitigkeit.

Sind unsere Füße nicht wacker genug? Und finden nicht zwei Füße einen besseren Weg als vier? Wir müßten Futter mitnehmen für die Pferde, und unterstellen müßten wir sie auch des nachts, und schlecht würde mir werden, furchtbar schlecht.
Glaub mir, Freund, wenig Widerlicheres gibt es als schlechtgelaunte, grün angelaufene Zwerge, die gerade ihr Frühstück wiedergekäut haben. Können wir vielleicht nicht doch zu Fuß gehen?"
Solasard grübelte schmunzelnd vor sich hin.
„Ich muß noch einmal nachdenken. Abgesehen davon müßten wir überlegen, woher wir die Pferde bekämen. Laßt mich ein wenig meine Gedanken ordnen, dann werde ich euch meinen Entschluß mitteilen."
Nachdenklich schob Solasard den Vorhang beiseite und ging in den von einer Fackel beleuchteten Nebengang zu Macha. Leise schnaubend hob das Tier den Kopf, als er zu ihr hintrat. Sanft strich er ihr über den Hals. Aufmerksam spitzte sie die Ohren.
„So, dann steckt in dir ein Mensch. Ich würde gerne wissen, warum du dich zwar Fremden zeigst, aber nicht uns, die deinetwegen jetzt eine ganze Menge Schwierigkeiten haben."
Noch einmal schnaubte die Stute.
„Du bist ein schönes Tier, Macha, wenn das dein richtiger Name ist. Wie siehst du wohl unter deinem Fell aus? Du sollst wissen, daß wir dir nichts tun. Du kannst uns vertrauen."
Dann kam Solasard ein Gedanke. Ohne noch ein Wort an das Tier zu richten, ging er in den Hauptraum und kam nach einigen Augenblicken mit seinem Mantel wieder. Er legte ihn der Stute auf den Rücken.
„Ich werde jetzt vor dem Eingang deiner Nische stehenbleiben, mit dem Rücken zu dir. Wenn es dir möglich ist, würde ich dich gerne sehen. Bitte! Ich werde leise bis hundert zählen, wenn du bis dann noch nicht meinen Namen gesagt hast, werde ich einfach in den Hauptraum gehen und morgen meinen Mantel holen.
Gut, dann los, eins, zwei, drei ..."
Solasard ging vor die Nische und fragte sich, was er hier eigentlich tat. Er hörte merkwürdige Geräusche hinter sich und dann lange Zeit nichts. Schließlich räusperte sich etwas hinter ihm.
„Du kannst dich jetzt umdrehen, Solasard."
Es kostete ihn einen Gedanken, ob er es vielleicht doch besser bleiben lassen sollte, aber dann drehte er sich langsam um. Was da vor ihm stand,

war das Abbild der Macha, die er schon kannte, die Macha, die ihm an Samhain dieses Pferd, dieses Wesen gegeben hatte.
Er lächelte, als er sie so in seinen Mantel gehüllt stehen sah. Vorsichtig machte er einen Schritt auf sie zu und griff in ihr seidiges Haar, wie um zu prüfen, daß dies kein Traum war. Nun lächelte auch die Frau.
„Ja, ich bin eine Frau aus Fleisch und Blut, genauso wie du ein Mann bist, Solasard.“
Sie hatte eine sanftmütig melodische Stimme.
„Warum hast du dich erst jetzt gezeigt? Und wie ist dein Name?“
Solasard starrte gebannt auf diese schöne Gestalt. Er konnte nicht glauben, was er sah.
„Es gab keinen Grund, sich zu wandeln. Der Auftrag lautete, dich zu beschützen bei Gefahr. Erst dann sollte ich meine menschliche Gestalt annehmen, und erst dann sollte ich mich dir zeigen, deshalb auch die Waffen. Aber ich wollte, daß du weißt, wer ich bin, deshalb siehst du mich jetzt, weil ich es so will.
Was meinen Namen angeht, so macht es mir nichts aus, wenn du mich weiterhin Macha nennst. Doch vielleicht mag es meiner Herrin nicht gefallen. Mein wahrer Name ist Iontas und das bedeutet Wunder. Halte du es, wie du magst. In einer langen Zeit bist du einer von vielen, die ich begleite. Es ist mir gleich, wie du mich nennst, denn ich bin kein Name. Es ist mir nur erlaubt, dich bis zum Blauen Schwert zu begleiten, dann wirst du den Rest des Weges ohne mich gehen müssen.
Von nun an zeige ich mich nur noch, wenn du wirklich in Gefahr bist. Ich soll dich lediglich beschützen und auf meinem Rücken dulde ich nur eine. Geh als denn, und vergiß deinen Mantel nicht, Solasard.“
Mit einem leichten Lächeln ließ die Frau den Mantel von ihren Schultern vor die Füße Solasards gleiten. Dieser bückte sich, nahm ihn auf und ging davon, nicht wissend, was er von einem solchen Wesen denken sollte.
Erwartungsvoll blickten die vier Männer auf, als er wieder zu ihnen kam.
„Nun gut, ich habe mich entschieden. Wir werden uns morgen Pferde besorgen. Aber wir werden die Breite Straße nicht ganz aus den Augen verlieren. Querfeldein werden wir nur reiten, wenn wir es unbedingt müssen.“
„Und wie wollen wir zu den Pferden kommen?“, fragte Goworr in der Hoffnung, daß es vielleicht keine Möglichkeit gab, sie zu beschaffen.
Solasard strich grübelnd über sein Kinn.

„Ich schätze, einer von uns wird noch einmal nach Gaillimh zurückkehren müssen und sie besorgen."
Freudig sprang der Zwerg auf.
„Herrlich, das kann ich ja machen. Niemand kann so weit ausschreiten wie ich und hat Ausdauer, wie wir Zwerge sie zeigen."
Athraigh bog sich vor Lachen.
„Du meinst, wenn ein so seltsam dreinschauender Gnom wie du dort auftaucht, werden die Leute, die ja nicht mißtrauisch sind, nein gar nicht, dir ihre Pferde wohl schenken? Ich halte das für keine gute Idee. Jemand unauffälligeres sollte gehen. Jemand, der gut aussieht, bei dem die Leute nicht sofort Verdacht schöpfen. Außerdem könnte ich ein neues Hemd gebrauchen, eines von diesen mit Lederbesatz. Nein, nein, Goworr. Ich werde gehen."
Jetzt grinste Draighean.
„Ich werde gehen und sonst niemand. Mich kennen die Leute in Gaillimh, mir vertrauen sie. Dich, Athraigh, kennen sie mittlerweile auch, und es wäre nur zu deinem Schaden, wenn du dich noch einmal dort blicken lassen würdest. Oder was sagst du, Solasard?"
Der Angesprochene war froh, überhaupt einmal gefragt zu werden.
Freundlich antwortete er:
„Ich denke auch, daß es so das Beste ist. Wir könnten währenddessen unsere Vorräte vervollständigen, damit wir gleich aufbrechen können, sobald du wieder hier bist. Wie lange wirst du brauchen, Draighean?"
„Es ist jetzt früher Morgen. Wenn ich gut zu Fuß bin und alles zügig voran geht, werde ich gegen abend wieder hier sein. Ich halte es allerdings für sinnvoller, wenn wir die Nacht noch hier verbringen und erst morgen früh, aber dafür ausgeruht aufbrechen. Oder?"
Jetzt meldete sich auch Lyr, der die ganze Zeit schweigsam dem Gespräch gefolgt war, zu Wort.
„Auch ich halte das für eine bessere Idee. Wer weiß, auf welche Schwierigkeiten wir unterwegs noch treffen werden. Und dann ist es gut, ausgeschlafen und zu allem bereit zu sein."
So machte sich Draighean auf den Weg in die Stadt. Zurück blieben drei Gefährten, die ihren neuen Begleiter argwöhnisch begutachteten. Sie schlichen umeinander wie Wildkatzen um ein Kitz, und dennoch wagte keiner einen Ausfall. Schließlich setzte sich Solasard zu ihm ans Feuer. Athraigh und Goworr blieben in der Nähe und kümmerten sich scheinbar leidenschaftlich um die Pflege ihrer Waffen.

„Wer bist du, Lyr? Wo kommst du her, und von welchem Prinz ist hier die Rede?“
Das Spiel der Flammen spiegelte sich auf seinem blonden Haar.
„Wer ich bin, wirst du selbst herausfinden. Ich komme von Tir na Samradh, dem Land des Sommers. Und die Rede ist von Misnéachard, dem Sohn des Königlichen Paares. Er hat von dir gehört und dem Geís deiner Mutter. Du rührst ihn an, deshalb schickt er mich, um dir zu helfen.“
Solasard schmunzelte.
„Du hoffst doch nicht, daß ich so einfältig bin und dir das glaube? Es gibt tausende und abertausende von Menschen, die unter einem Bann stehen. Für diese hat er auch kein Mitleid. Ich bitte dich, du mußt mir nicht sagen, warum du dich uns anschließt, aber du solltest mich nicht anlügen.“
Da stand der Sidhé auf, zog sein Schwert und kniete vor dem verblüfften Solasard nieder.
„Herr, solange ich Teil deines Gefolges bin, werde ich dir folgen, wohin auch immer du uns führen wirst. Mein Weg muß gerade sein. Meine Zunge kann nicht sagen, was mein Herz nicht fühlt. Dies ist der Grund, warum der Prinz mich schickt, glaubt mir, Solasard.“
Dann stand er wieder auf, führte sein Schwert achtsam in die Scheide, setzte sich ans Feuer und fuhr fort zu sprechen.
„Sein Grund ist folgender: Ich kenne die Geschichte des Blauen Schwertes, aber nie war ein Mann meines Volkes Teil dieser Geschichte. Vielleicht mag ich dir eine Hilfe sein, wenn du auf andere meines Volkes triffst.
Tir na Samradh ist nur ein kleiner Teil der Anderen Welt, aber ich habe ihre Weiten oft durchwandert und kenne viele meines Volkes, die euch Menschen noch geringer schätzen als wir es tun. Hierbei mag ich dir ein Mittler sein.“
Schweigen stellte sich ein, und jeder war damit beschäftigt, sich auf seine Weise auf den morgigen Aufbruch vorzubereiten.
Seltsame Gestalten ringten sich nun um Solasard. Er hätte nie gedacht, daß ihn ein Sidhé aus der Anderen Welt, ein Zwerg oder ein Mann des Kleinen Volkes begleiten würden. Er hatte gehofft, von Männern, von Menschenmännern begleitet zu werden, und jetzt?
Nun ja, außer Athraigh hatte sich wohl keiner getraut, sich ihm anzuschließen. Es war merkwürdig für Solasard, mit Gefährten so verschiedener Art unterwegs zu sein. Aber er dachte, daß er dadurch vielleicht auch etwas für sich gewinnen könnte.

Er hielt die Menschen allein nicht für so einzigartig, daß er glaubte, von anderen Rassen nichts lernen zu können. Es war nun so, und er hatte die Verantwortung für diese Männer, obwohl er von allen wahrscheinlich die geringste Lebenserfahrung hatte. Aber das würde sich nicht ändern, bis sie das Schwert gefunden hatten.

Am Abend kehrte Draighean zurück. Er hatte fünf kleine, kräftige Ponys mitgebracht, die er zu Macha stellte. Die Stute war wenig begeistert von ihrer neuen Gesellschaft, trat um sich und verbreitete Unruhe, bis Draighean die Ponys in einem anderen Gang untergebracht hatte. Noch einmal ließ Solasard seinen Blick durch das Gewölbe gleiten. Alle schliefen friedlich, bis auf Lyr, der immer noch seinen Gedanken nachhing. Endlich fielen auch Solasards müde Lider nieder und ruhten wie er selbst.

Am frühen Morgen kurz nach Sonnenaufgang ritten sie los. Vor allem Athraigh war froh, endlich nicht mehr laufen zu müssen. Nur Goworr fühlte sich furchtbar, wie er auf dem Rücken seines Pferdes herumgeworfen wurde. Sie kamen gut voran und erreichten am Abend Lochriabhach, das mitten in einem dunklen Tannenwald an einem grauen See lag.

Sie suchten Holz für ein Feuer und richteten sich notdürftig ein Lager für die Nacht her. Müde vom Ritt legten sich die Gefährten früh hin. So tief im Wald würden sie keine Wache brauchen. Die Nacht war sehr kalt. Kein Mond stand am Himmel, der ihnen die Finsternis etwas erhellen könnte.

Lyr war der erste, dem das Knacken im Wald auffiel. Er sah jedoch nichts durch den Nebel, der sich über sie gesenkt hatte. Vorsichtig griff er nach Draighean, der gleich neben ihm lag.

„Sch, still! Irgend etwas geht vor sich. Kannst du was sehen?“

Der Mann aus dem Kleinen Volk versuchte, einen Blick in die Runde zu werfen. Leise flüsterte er dem Sidhé zu:

„Ich kann auch nichts sehen, Lyr. Versuche du, zu Goworr zu kriechen und ihn zu wecken. Ich kümmere mich um Athraigh und Solasard.“

Die Geräusche im Wald kamen immer näher. Auch die Pferde schnaubten unruhig und stampften mit ihren Hufen auf. Gerade als Lyr Goworr fast erreicht hatte, glitt von hinten ein Arm um seinen Hals, dessen Hand ein verhängnisvolles Messer hielt. Eine barsche Stimme brummte:

„Keinen Laut, Schlitzohr, oder dir fehlt bald der Kopf zum Schreien auf deinem dürren Hals.“

Die Dämmerung war angebrochen, und der Nebel begann sich langsam aufzulösen. Was Lyr mühsam erkennen konnte, ließ ihn fast verzweifeln.

Da saßen Athraigh, Solasard, Draighean und Goworr, die jeder einen übelaussehenden Strauchdieb im Nacken hatten. Ein Mann, dessen Gesicht eine mehrfach gebrochene Nase zierte, baute sich in der Mitte auf.
„Na, ihr Schwertsucher, da guckt ihr, was? Aber wir haben euch doch gefunden. Lange sind wir eurer Spur gefolgt. Oft hatten wir euch verloren, und jetzt sitzt ihr in unserer Falle. Cluanaire läßt es sich einiges kosten, diesen häßlichen Gaul in seine schmierigen Finger zu kriegen. Er hat sogar gesagt, es mache nichts, wenn ein oder zwei von euch dabei über die Klinge springen. Na, möchte sich jemand freiwillig melden?“
Nichts rührte sich. Dann hallte plötzlich ein merkwürdiges Geräusch aus dem Unterholz. Solasard sah sie zuerst und hatte Mühe, nicht laut loszulachen. Macha hatte sich verwandelt, aber in Ermangelung von Kleidung hatte sie sich bei Athraigh bedient und sich eine Hose und ein Hemd ausgeliehen. Wüst fiel ihr das schwarze Haar ins Gesicht. Das Hemd hatte sie am Bauch zusammengeknotet und den Saum der viel zu langen Hose hochgekrempelt. Sie stand da, als sei sie aus dem Boden gewachsen. Kühl sagte sie: „Ich möchte mich freiwillig melden. Komm her, du häßliche Fratze, vielleicht kann ich dir ja hiermit das Gesicht etwas verschönern.“
Die sechs Schurken fielen in das Gelächter ihres Anführers ein, das nur kurz währte. Mit einem Satz sprang die Frau zu dem häßlichen Kerl hin. Kaum hatte sie ausgeholt, hatte dieser auch sein Kurzschwert gezogen.
„Eigentlich schlage ich mich nicht mit Frauen.“
Macha ritzte ihm den Ärmel seines Hemdes auf.
„Eigentlich kämpfe ich auch nur mit Männern, aber für dich werde ich mal eine Ausnahme machen. Und was ist mit euch, Jungs! Wollt ihr euch von hinten die Kehle aufschlitzen lassen! Auf zum Angriff!“
Endlich erwachten die fünf Gefährten aus ihrer Erstarrung und fielen in Machas Tanz ein. Jeder verteidigte sich auf seine Weise.
Solasard kämpfte formvollendet mit dem Schwert, im Gegensatz zu Athraigh, der seinem Gegner erst heftig zwischen die Beine trat und ihm dann kraftvoll auf die Ohren schlug. Als sich der Arme an dieselbigen griff, bekam er zum Abschied einen Schlag ins Gesicht, der ihn in eine friedvolle Bewußtlosigkeit trieb.
Goworr führte eine Art Tanz auf, bei dem er seinen Gegner ständig gegen die Schienbeine trat. Auch sein Gegner hüpfte auf und ab, bis Athraigh ihn mit einem seiner Wurfmesser an einen Baum nagelte. Lyr und Draighean standen Rücken an Rücken und verteidigten sich wacker.

Aber das war nichts gegen Macha. Sie kämpfte wie eine Furie, wirbelte mit den Schwertern umher und brachte ihrem Gegner zahlreiche Wunden bei, aus denen er heftig blutete. Ihm hingegen gelang es nicht einmal, einen Treffer zu landen.
Schließlich begriffen die Vagabunden, daß sie hier unterliegen würden und machten sich davon. Ihren am Baumstamm festgenagelten Kameraden ließen sie zurück. Zwei der Pferde fehlten, aber das war besser, als wenn alle Pferde verlorengegangen wären. Erschöpft sanken die Gefährten zu Boden. Auch Macha gesellte sich zu ihnen.
„Gut gemacht! Denen haben wir es gezeigt! Aber ich hoffe, daß ihr das nächste Mal etwas schneller aufwacht. Ich dachte schon, ich müßte alles allein machen, und ihr würdet euch auf das Zuschauen beschränken."
Lyr kam als erster wieder zu Atem.
„Ich danke dir! Du hast uns das Leben gerettet. Wir sollten jetzt allerdings zusehen, daß wir hier wegkommen. Vielleicht holen diese Kerle noch Verstärkung. Oder was meinst du, Solasard?"
Doch bevor dieser sich äußern konnte, räusperte sich der an den Baum genagelte Schurke heftig. Das Messer stak noch immer in seiner rechten Schulter. Vergeblich hatte er versucht, es sich herauszuziehen, doch Athraigh war ein Meister seines Faches.
„Entschuldigt, daß ich eure Unterhaltung unterbreche, aber was wird denn aus mir? Ihr könnt mich doch nicht einfach hier zurücklassen. Das könnt ihr nicht machen, oder ...?"
Athraigh schaute auf und grinste kalt.
„Oder, was? Glaubst du, dich vermißt jemand? Wir haben nur Vorräte für uns."
Jetzt äußerte sich auch Draighean.
„Ich glaube, wir haben gar keine andere Möglichkeit, als ihn mitzunehmen. So wie ich Cluanaires Leute kenne, werden sie wiederkommen, und dann könnte er ihnen erzählen, wo wir hingegangen sind. Ihr wißt, wir müssen vorsichtig sein. Was denkst du, Solasard?"
Der Angesprochene betrachtete das abgemagerte Elend. Braune Augen flehten ihn aus einem ausgemergelten Gesicht an.
„Gut, wir werden ihn mitnehmen, aber er wird laufen müssen. Die drei Pferde, die noch übrig sind, reichen gerade so für uns."
Da rief Goworr.
„Warum für uns sechs? Sie kann doch ..."
In dem Augenblick sprang Lyr auf, hielt ihm den Mund zu und flüsterte:

„Bist du wahnsinnig? Jetzt ist sie für die Kerle nichts als eine wehrhafte Frau. Wenn sie aber hinter ihr Geheimnis kommen, werden sie uns bis ans Ende der Welt jagen. Schweig, Solasard wird das schon regeln."
Goworr ging zu seinem Reisesack, öffnete ihn, kramte darin herum und holte schließlich ein langes Seil hervor.
„Damit könnten wir ihm die Hände fesseln und ihn hinter uns herziehen."
„Das ist ein guter Gedanke, dann auf und nichts wie weg hier! Athraigh hole die Pferde, der Rest macht sich reisefertig", befahl Solasard.
Schnell hatte Goworr den Mann von Athraighs Messer befreit. Die Wunde blutete heftig und wurde eilends von Draighean versorgt. Dann fesselte der Zwerg ihm die Hände und befestigte das Seil an einem der Pferde. Der Aufbruch wurde etwas verzögert, weil sich niemand das Pferd mit Macha teilen wollte, bis sich Solasard dazu bereit erklärte. Auch ihm kam diese Frau ein wenig seltsam vor, aber was sie auch immer war, sie war vor allem auf seiner Seite.
Sie saß hinter ihm und hielt sich an ihm fest. Der Vagabund, den sie am langen Seil hinter sich herzogen, stöhnte. Goworr und Athraigh teilten sich das zweite und Draighean und Lyr das dritte Pferd.
So schnell es möglich war, ritten sie vorwärts, bis sie zu einem kleinen Fluß kamen. Hier rasteten sie, vor allem, weil sich der Gefangene kaum mehr auf den Beinen halten konnte. Nachdem sie wieder aufgebrochen waren, mäßigten sie ihre Reisegeschwindigkeit, damit er ihnen besser folgen konnte. Kurz vor Sonnenuntergang fanden sie eine Lichtung, von der aus die Sicht auf die Umgebung freier war. Eine Überraschung wie in der vorigen Nacht wollten sie nicht noch einmal erleben.
Abends saßen die Gefährten um ein Feuer. Goworr hatte noch ein bißchen hartes Brot und getrocknetes Fleisch in seinem riesigen Reisesack aufgetan. Alle kauten vor sich hin, als sich der Gefangene zu Wort meldete.
„Bitte, ihr Herren, ich habe Hunger und entsetzlichen Durst. Außerdem ist mir bitterkalt. Gebt mir doch etwas zu essen. Bitte! Mir reicht auch ein Kanten Brot. Ich wollte euch bestimmt nichts tun. Ich bin ein ehrenwerter Mann. Cluanaire hat mich gezwungen. Wenn ihr mir nicht glaubt, betrachtet euch doch meinen Rücken."
Solasard stand auf und ging auf den Mann zu. Er zog ihm die Weste hoch, das Hemd war derartig von Blut verkrustet, daß er es nicht einmal anheben konnte.

„Wie ist dein Name? Woher hast du diese Wunden? Und wer hat sie dir beigebracht?"
Mißtrauisch beäugten Goworr und Athraigh die Sachlage.
„Mein Name ist Caochán. Ich komme von Ath-Luain. Meine Ernte war mißraten. Ich hatte mir Saatgut von diesem Hund geliehen, aber ich konnte ihm nichts dafür bieten. So hat er mich von seinen Spießgesellen nach Bealaclugga bringen lassen. Dort hat er mir dann das Fell über die Ohren gezogen und gesagt, ich soll mit diesen fünf Kerlen mitgehen, jemandem ein Andenken an ihn verpassen. Dann wäre ich wieder frei und könnte nach Hause gehen. Na ja, dachte ich mir, das ist auf jeden Fall besser, als zu sterben. Ich wollte euch bestimmt nichts tun. Kann ich nicht doch vielleicht einen Schluck Wasser bekommen? Ich bin wirklich nicht euer Feind, glaubt mir!"
Solasard setzte sich wieder und nickte Goworr zu, dem Mann etwas zu trinken zu geben. Dann fuhr er fort, sich mit Caochán zu unterhalten.
„Warum bist du nicht einfach weggelaufen, als ihr euch auf den Weg gemacht habt? Von Bealaclugga bis hierher ist es ein langer Weg. Da hat es doch sicher eine Möglichkeit gegeben, sich davonzumachen."
„Herr, ihr tragt Schwerter, seid beritten und mutig. Ich bin das nicht. Ich bin nur ein armer Bauer, ein Feigling, der seinen letzten Rest an Haut retten will. Wenn das hinter mir gelegen hätte, wäre ich nach Hause gegangen."
Solasard mußte über diese Einfältigkeit lachen.
„Und du glaubst, sie hätten dich wirklich wieder gehen lassen?"
„Natürlich, Herr, ich hatte Cluanaires Wort, sein Ehrenwort."
Solasard lächelte freundlich.
„Ach, Caochán, was bedeutet das Ehrenwort eines Mannes, der keine Ehre mehr hat? Abgesehen davon, hast du nicht gesehen, wie dich deine Gefährten im Stich gelassen haben?"
Der Gefangene seufzte.
„Was soll ich denn tun? Ich schätze, sie werden mich so oder so töten. Kann ich mich nicht euch anschließen?"
Empört sprangen Goworr und Athraigh auf. Wie aus einem Mund riefen sie: „Nein, nein, Solasard! Du kannst doch keinen Dieb aufnehmen. Es ist so schon schwer genug. Willst du Cluanaire zwei Gründe geben, uns zu verfolgen?"
Solasard blickte zu Macha, die überhaupt keine Anteilnahme an dem Geschehen zeigte.
„Ich erinnere euch daran, daß ich niemanden abweisen werde. Abgesehen davon, wären wir dann zu sechst, nein, ich meine zu siebt. Somit

könnten wir uns auch besser gegen Cluanaire wehren. Gut, Caochán, du kannst dich uns so lange anschließen, wie du magst."
Ungläubig funkelten ihn Athraigh und Goworr an. Jetzt hatten sie auch noch einen Feigling in ihrer Mitte. Mürrisch löste ihm Goworr die Fesseln und packte sein Seil wieder ein.
„Wohin geht ihr denn, wenn ich fragen darf?"
Erwartungsvoll blickte der neue Gefährte zu Solasard.
„Wir ziehen nach Cluain-maccu-Nois. Mehr mußt du für den Augenblick nicht wissen."
Goworr atmete hörbar auf.
„Dann werde ich euch bis an das Ufer des Siona begleiten und dann zu meiner Familie heimkehren. Muß ich morgen wieder laufen?"
Schweigen herrschte, das schließlich von Macha gebrochen wurde.
„Du kannst meinen Platz einnehmen. Ich werde euch im Abstand von einer Meile folgen, um etwaige Verfolger aus dem Weg zu räumen. Laßt uns jetzt schlafen!"
Früh am nächsten Morgen brachen sie auf, und Macha folgte ihren Spuren. Sie kamen gut voran. Es war fast angenehm, durch den stillen Wald zu reiten. Noch einen ganzen Tag und den ganzen folgenden Morgen waren sie unterwegs. Dann kamen sie an den Waldrand, der am Ufer des Stromes Siona lag. Caochán sprang von Solasards Pferd.
„Ich werde euch jetzt verlassen. Von hier finde ich allein zurück. Ich danke euch sehr, daß ihr mich am Leben gelassen habt, wenngleich ich auch nicht unversehrt bin. Aber der Schatz, den ich hier gewonnen habe, ist ein großer Lohn für diese geringe Gabe. Nun, lebt denn wohl, man sieht sich ja immer zweimal im Leben. Bis dahin wünsche ich euch nur das Beste."
Solasard gab ihm die Hand und sagte:
„Ich hoffe, dieser Schatz ist die Weisheit, sich nicht mit Männern wie Cluanaire einzulassen. So geh nun, ich wünsche dir und deiner Familie Frieden."
Eine Weile sah ihnen der Mann noch nach, dann ging auch er davon, ein geheimnisvolles Lächeln auf den Lippen.
Sie folgten dem Fluß ein Stück nach Norden. Dann konnten sie auf der anderen Uferseite schon den Coven sehen. Collach und Carria kamen ihnen entgegen.

Der Rat der Weisen

Gealán erwachte in den Armen ihres Geliebten. Noch war es dunkel draußen, aber bereits zu dieser frühen Stunde kündigten die Vögel das Licht des Morgens an. Eine seltsame Unruhe erfaßte die Frau, als würde sie von etwas magisch angezogen. Sie kleidete sich an und ging vor das Zelt. Niemand war zu sehen. Wie von selbst schritt sie zu den Weiden.
Als habe sie das Tier gerufen, wartete die goldfarbene Stute schon auf sie. Es war kalt. Doch obwohl sie die Kälte wahrnahm, machte sie ihr nichts aus. Gealán stieg auf das Pferd, das sie zu den Wilden Gärten brachte. Jenem Ort, wo sie vor Tagen Báistigh geliebt hatte. Vorsichtig verlangsamte das Pferd seinen Schritt. Erst glaubte sie sich allein, als sie die große Lichtung betrat, dann sah sie Lasair, Misnéachards grauen Hengst. Vorsichtig glitt sie von ihrem Pferd. Schon verblaßten die Sterne über ihr. Der Bach murmelte in die sich verabschiedende Nacht. Auf einem Stein an dem Weiher fand sie ihn, wie es schien, vor Schmerzen zusammengekrümmt.
Gealán kletterte auf den Felsen und kniete neben ihm. Sanft berührte sie seine Schulter.
„Herr, was ist mit euch? Ist euch nicht wohl? Sprecht doch mit mir!"
Langsam drehte sich der Prinz um, setzte sich auf. Leise kam es über seine Lippen:
„Amhrán! Du hier? Ich weiß es jetzt."
Dann umfaßte er Gealáns Nacken, zog sie an sich. Weich waren seine Lippen auf den ihren. Gealán verstand sehr wohl, daß es nicht sie war, die er da küßte, aber sie kannte auch den Schmerz der unerfüllten Liebe, der wie ein Feuer in seinem Herzen tobte. Sie genoß es, ihm den Trost geben zu können, den sie nie erhalten hatte. Er küßte sie, daß ihr fast schwindlig wurde. Seine Hände glitten über ihren Leib, als berührte er zum ersten Mal eine Frau. Langsam drängte er sie auf den Fels. Stöhnend schob er sich auf sie. Da umschloß Gealán sein Gesicht mit ihren Händen, zwang ihn, in ihre Augen zu sehen.
„Misnéachard, tu das nicht. Du könntest diese Nacht nie mehr aus deinem Gewissen tilgen. Sieh, wer ich bin!"
Der Prinz erwachte wie aus einem Traum und erschrak:

„Gealán! Ich dachte, ich hoffte so sehr, du wärst eine andere! Ich, oh, bitte, verzeih mir!“
Sanft zog sie den Mann an ihre Brust, drückte ihn an sich und strich tröstend durch sein Haar.
„Es tut weh, nicht die lieben zu dürfen, nach der sich das Herz sehnt, nicht wahr? Ich verstehe dich nur zu gut. Fast glaubt man, daß diese Liebe einen umbringt. Aber die Liebe ist grausam, sie läßt dich gerade noch am Leben, damit du leiden kannst. Kenne ich sie?“
Sich an sie schmiegend, schüttelte er den Kopf. Es tat gut, mit jemandem zu sprechen, der ihn verstand. Sie war so schwer geworden, diese Last, diese Liebe. Er hatte diese Gefühle nie derart erfahren.
„Nein, niemand kennt sie, Gealán. Noch kennt sie niemand, und das ist mein Fluch. Sie wird nie die Meine sein, niemals. Verstehst du das, Gealán? Ein anderer wird die Nächte mit ihr teilen, wird sie berühren dürfen, wird ihre herrlichen Lippen auf den seinen spüren.“
Die Frau küßte den Mann sanft.
„Dann ist dir diese Liebe verwehrt! Aber es gibt doch andere Frauen, die du lieben kannst, Misnéachard! Du mußt sie vergessen!“
Heftig setzte sich der Prinz auf.
„Vergessen! Vergessen, daß es eine Sonne am Himmel gibt, eine Mondin, die über die Sterne wacht! Hast du nie geliebt? Wie sollte ich die Luft vergessen, die mich am Leben hält, wie das Blut verdammen, das durch meine Adern fließt? Es wird niemals eine andere Frau für mich geben, niemals.“
Gealán antwortete:
„Du hast dir den Dolch, den du langsam in dein Herz treibst, selbst geschmiedet. Ich kann dich nicht daran hindern. Ich will es auch nicht.“
Misnéachard lächelte sie an.
„Vom ersten Tag an mochte ich dich. Laß uns Freunde sein. Es fällt mir schwer, von anderen Trost anzunehmen. Bist du glücklich mit Báistigh? Ich sah ihn dein Zelt verlassen.“
Gealán strich nachdenklich mit ihren Fingern über den Felsen, auf dem sie saßen.
„Es ist schön, mit ihm zusammenzusein. Ich mag ihn sehr. Aber die Rose meines Herzens blüht für einen anderen. Und auch ich weiß, daß er mich nie lieben wird, lieben kann.“
Ein kalter Schmerz legte sich wie ein Ring um ihr Herz, als Misnéachard fortfuhr zu sprechen.

„Kann ich dir vielleicht helfen? Kenne ich ihn? Ist er aus der Zeltstadt?"
Bitter lächelte die Frau.
„Du kennst ihn bestimmt nicht. Er ist nicht von hier. Ich muß jetzt gehen, Misnéachard. Aber du kannst mich jederzeit besuchen. Ich rede gerne mit dir. Vielleicht kannst du mir ja etwas von meiner Welt erzählen."
Dann stand sie auf und ging zu ihrem Pferd. Misnéachard folgte ihr und half ihr auf.
„Gealán? Ich, es tut mir leid. Ich hätte das nicht tun dürfen. Kannst du mir verzeihen?"
Gealán blickte auf ihn hinab und lächelte sanft.
„Wir sind jetzt Freunde, Prinz! Es gibt nichts zu verzeihen."
Dann trabte sie davon.
Das Licht des Morgens verwandelte die Mähne ihrer Stute in Gold und leuchtete um Misnéachard herum so stark, daß ihm Tränen in die Augen schossen. Er trat an Lasair heran, stieg auf und ritt in Richtung Zeltstadt davon. Als er sein Zelt betrat, fand er seine Mutter darin wartend vor.
„Wo warst du, Sohn? Dein Volk braucht dich. Es gibt Neuigkeiten von Néart. Er hat, wie es scheint, Verbündete gefunden."
Misnéachard goß Wasser in zwei Becher und gab einen davon seiner Mutter.
„Wen?"
Das Gesicht der Königin von Tir na Samradh wurde sehr ernst.
„Die Síofra. Niemand wußte, wohin sie sich zurückgezogen hatten. Aber Madhra hat es wohl herausgefunden."
„Und woher weißt du das mit den Síofra, Lá?"
„Ich sah sie in meinen Träumen wandern. Sie haben sich mit Schatten umgeben, aber gerade das ließ sie mich finden. Lange schon habe ich sie nicht mehr gesehen. Seit jenem Tag, an dem man ihnen die Ehre nahm, sich als Teil der Tuatha de Danaan zu bezeichnen.
Seitdem leben sie unter dem Bann, die hellen Länder nicht mehr betreten zu dürfen. Eigentlich waren sie nie Teil unseres Volkes. Sie haben nur versucht, unser Blut mit ihrem zu vermischen. Aber du findest Tag und Nacht nie an einem Ort."
„Und was willst du nun tun, Mutter?"
Lá nippte an ihrem Becher und schluckte.
„Heute abend trifft sich der Rat der Weisen. Dann wollen wir überlegen, was zu tun ist. Ich wünsche, daß auch du daran teilnimmst. Da dein Vater

seinen Pflichten in der Alten Welt nachgeht, wirst du ihn vertreten. Wir erwarten dich zum Abendmahl im Grianán. Danach werden wir uns zusammensetzen und beraten, was zu tun ist."
Misnéachard nickte und hielt Lá den Zelteingang zur Seite, damit sie ungehindert hinaustreten konnte. Grübelnd setzte er sich auf sein Lager. Die Síofra.
Das würde die Lage nun gänzlich verändern. Sollte Néart seine Pläne tatsächlich verwirklichen wollen und dabei die Hilfe dieser niederträchtigen Wesen in Anspruch nehmen, würde das vielleicht Krieg bedeuten.
Aber um sich zum König zu machen, brauchte er das Schwert und das wartete auf Solasard, den Sohn Fionn mac Cumhails. Ihn würde das Volk anerkennen, er war einer von ihnen und würde vielleicht die Eine Welt aufbauen können. Außerdem würde er Amhrán heiraten können. Er würde sie lieben. Würde er sie lieben können? Sie so lieben, wie sie es verdiente?"
Ohnmächtig vor Zorn biß sich der Prinz in den Handballen bis der metallische Geschmack des Blutes beruhigend über seine Zunge flutete. So oft hatte er sie gesucht, nachts auf der Traumstraße. Aber er hatte sie nur einmal gefunden, als sie träumte. Danach hatte er es sich untersagt, in sie zu dringen. In ihren Gedanken zu baden. Wenn er sie nur noch einmal sehen, ihre Stimme hören und sie berühren könnte. Sein Blick fiel auf den roten Fleck auf seinem Laken. Er mußte sie sich aus dem Kopf schlagen. Die Síofra hatten jetzt Vorrang, was auch immer er für Amhrán empfinden mochte. Es war wichtig, daß Solasard auf den Thron kam. Das hieße, sowohl Dragan als auch Néart vom Thron fernzuhalten. Alles hing davon ab, wie lange Solasard brauchen würde, das Schwert zu finden. Je länger er unterwegs war, um so länger hätten die Sidhi Zeit, sich vorzubereiten. Aber auch Néart und Dragan hätten dann länger Zeit, ihre Pläne auszuspinnen und in die Tat umzusetzen.
Der Prinz goß aus einem Krug Wasser in eine Schale. Dann entledigte er sich seiner Kleidung, wusch sich, trocknete sich ab und schlüpfte unter die Decke auf seinem Lager.
Draußen herrschte ein reges Treiben. Doch Misnéachard bemerkte von all dem nichts. Seine Gedanken waren weit fort. Mühelos gelangte er auf die Traumstraße. Wie ein Fluß breitete er sich aus, auf der Suche nach seinem Vater. Jede kleine Abzweigung nahm er wahr, bis er seinen Vater fand. Oiche war wach. Der König Tir na Samradhs sah sich um und zog sich in einen kleinen Hain unweit des Ufers zurück. Er blickte auf eine Schleife

des Siona, als ihn eine warme Welle erfaßte und durch seinen Körper strömte. Dort setzte er sich auf den Boden, verschränkte die Beine und schloß die Augen. Neben sich fühlte er seinen Sohn, hörte er seine Stimme.
„Vater, Néart hat die Síofra auf seine Seite gebracht. Mutter sah es in ihren Träumen. Was sollen wir tun? Wir wissen nicht, wie wir sie aufhalten sollen. Wissen ja noch nicht einmal, wie wir sie finden und wie wir ihnen entgegentreten sollen. Weißt du einen Rat für uns?"
„Sei mir gegrüßt, mein Sohn. Auch ich sah sie wandern, wenn ich nachts die Traumstraße besuchte. Ein leerer, kalter Ort ist ihre Heimat, Tir na nOidhe, das Land des Verderbens. Verlassen liegt es im Meer des Vergessens, wo sie lange Zeit hausten, den Blick auf die Insel verwehrt durch dunkle, magische Schatten, die sie umgeben in ihrer Unvollkommenheit. Jetzt sind sie auf dem Weg zum Großen Weltentor, und wie ein Schattenheer ziehen sie des nachts durch die Wälder und die Öden, die an unser Land grenzen."
Misnéachard fragte:
„Gibt es denn keine Möglichkeit zu verhindern, daß sie in die Alte Welt eindringen?"
Oiche antwortete hoffnungslos:
„Nein, zu uneins ist unsere Welt, um in eine Schlacht zu ziehen. Außerdem haben viele von uns schon lange nicht mehr gekämpft und auch keine Sehnsucht danach. Schon gar nicht für die bedrohte Menschenwelt. Aber sie heißen nicht ohne Grund 'die Unvollkommenen'.
Mögen die Menschen uns nun einen Dienst erweisen. Wenig wissen sie über die Dienste, die wir ihnen erwiesen haben, seit wir in unserer eigenen Welt leben."
Das war eine unbefriedigende Antwort für den Prinzen.
„Aber es muß doch etwas geben, was sie aufhalten kann!"
„Nein, Sohn, du weißt wenig über die Síofra. Sie mögen zwar schlecht und unvollkommen sein, doch sie beherrschen die echte Magie, der nur wenige unseres Volkes widerstehen können. Wir müssen sie ziehen lassen, und ich kenne den friedliebenden Rat der Weisen, sie werden sie auch gehen lassen. Höre, was ich dir sage. Solange sie in der Alten Welt Unheil anrichten, werden sie es nicht in unserer tun, deshalb werden wir sie gewähren lassen, Misnéachard."
„Was ist aber, wenn sie die Alte Welt in Besitz genommen haben und sich auch noch unsere Welt einverleiben wollen, Vater?"

„Von allein werden sie auf diesen Gedanken nicht kommen. Die Síofra sind Werkzeuge, Krieger, aber keine Herrscher. Sie sind die Spreu, die in die Luft geworfen wird, doch Néart und Dragan werden sich nicht an uns heranwagen. Zu sehr fürchten sie die Sidhi aus der Anderen Welt.
Sie wären wahnsinnig, wenn sie sich darauf einließen. Wir werden nicht noch einmal gnädig in der Versenkung verschwinden, um zu überleben, wie damals als die Míleser kamen. Lá und ich werden das nicht zulassen, was auch immer der Rest der Weisen sagen mag."
Misnéachard döste vor sich hin, bis draußen hörbar Unruhe ausbrach. Erschöpft stand er auf, erfrischte sich, zog sich um und trat vor das Zelt. Auf dem Weg zum Grianán standen sich zwei Sidhi mit gekreuzten Klingen gegenüber, die er für die besten Freunde gehalten hatte. Bösartig schrien sie einander an:
„Als sie bei mir war, hat sie wundervoll von der neuen Einen Welt gesprochen, die sie und Néart schaffen wollten. Und wenn du mir nicht glauben willst, wird es dir mein Schwert gern beweisen, Misniúil."
Der Angesprochene erwiderte wütend:
„Du lügst, Uasal! Als sie bei mir war, hat sie gesagt, daß Néart und sie die Eine Welt zu verhindern wüßten, und auch mein Schwert mag dir das beweisen."
Schon krachten die Klingen laut aufeinander. Da trat Misnéachard zwischen die beiden Kampfhähne. Beherrscht und ruhig sagte er:
„Hört auf damit, Uasal und Misniúil, laßt euch nicht von einer Frau zum Spielzeug Néarts machen. Jeder von euch hat recht und doch unrecht. Diese Frau erzählt jedem, was er hören will und doch ist ihr Ziel nicht eine gemeinsame Welt für alle Völker, Elben, Menschen und andere. Ihr Ziel ist der Hochthron Erius auf Tara. Ihr seid Freunde, laßt euch nicht von einer solchen Frau für ihre Machenschaften mißbrauchen, sonst müßte ich euch für ehrlos halten.
Reicht euch lieber die Hände, und tragt Sorge dafür, daß ihr nicht so leicht den Wegen anderer folgt, anstatt euren eigenen."
Erst starrten die Männer wütend zu Misnéachard, doch dann reichten sie einander die Hände und verschwanden wieder in einem der Zelte. So weit war es schon, daß in der Stadt des Friedens Schwerter am hellichten Tage gegen Freunde gezogen wurden.
Nachdenklich ging Misnéachard in sein Zelt und setzte sich auf sein Lager. Die Keime Sáiles schienen aufzugehen. Wo waren nur die besonnenen

Sidhi? Manchmal glaubte Misnéachard wirklich, daß es besser wäre, nicht in einer solch heilen Welt zu leben. Der Müßiggang ließ den Sidhi viel Zeit für törichte Gedanken, die sich die Menschen nicht machen konnten, weil sie für ihr leibliches Wohl arbeiten mußten.
Nun würde sich vielleicht nicht nur die Welt der Menschen, sondern auch die der Sidhi verändern. Noch lagen sie nah und friedlich beieinander, aber was, wenn sich dies ändern würde? Noch führten die Weltentore in zwei Welten. Was, wenn die Menschen sich wirklich selbst überlassen wären, ohne die Hilfe der Sidhi, ihrer Götter? Und was waren die Sidhi ohne die Menschen. Brauchten sie einander nicht doch? Wenn Néart den Traum seiner Einen Welt wirklich wahrmachen würde, ginge die Andere Welt unweigerlich verloren.
Wenige Weltenmeister waren noch am Leben, die die Kraft und Magie aufbringen konnten, diese Alte Welt aus ihren Angeln zu heben und vor dem Untergang zu retten. Verborgen lebten sie an Orten, zu denen nur Traumwege führten, fernab der Wirklichkeit von Sidhi oder Menschen. Ihre Belange lagen nicht im Leben und Sterben, diese Grenze hatten sie schon lange überschritten.
Selten kamen sie zu den Versammlungen der Sidhi, um ihnen ihre Weisheit angedeihen zu lassen. Wenige waren sie an der Zahl und von diesen wenigen hatten nur fünf die Stärke, ihren Geist über die Schwäche ihres Körpers siegen zu lassen. Auda, Asis, Arisch, Agunna und Atatir waren ihre Namen, und dies war die einzige Festlegung, die sie über sich duldeten. Die Meister der Wandlung, in die Hülle jeden Geschöpfes konnten sie schlüpfen. Nie waren sie schwarz oder weiß, Mann oder Frau. Alles vereinigten sie in sich, alle Welten, alle Weisheit, und sie hatten noch die Gnade, diese Weisheit zu teilen. Und doch waren sie klug genug zu erkennen, daß die Sidhi nicht alle Weisheit tragen konnten, um die sie baten. Vielleicht würden sie sich heute abend einfinden, um zu helfen, Entscheidungen zu treffen. So anders waren diese Ewigen, ganz anders als die ältesten der Langlebigen, der Rat der Weisen. Diese waren noch an ihre Körper gebunden, und auch sie waren Gefangene des Todes, wenngleich sie dieses Schicksal um ein vieles später als die Menschen ereilte. So spät, daß sie manches Mal die Kurzlebigen um diese Gnade beneideten.
Schade nur, daß sein Vater nicht dabei sein konnte. Misnéachard liebte die Kühnheit und Klugheit seiner Mutter, dennoch hätte er sich wohler gefühlt, wenn er die Besonnenheit und Weisheit seines Vaters neben sich gespürt hätte.

Langsam senkte sich der Abend über die Zeltstadt, und der Prinz machte sich auf den Weg zum Grianán. Der Wind strich durch die Blätter der mächtigen Eiche und liebkoste sie. Die blauen und grünen Stoffbahnen des Grianán bewegten sich leicht im Wind. Vögel zwitscherten ihr Abendlied in die Welt hinaus. Dann war Stille. Das Land atmete tief ein und aus, glitt in einen sanften Schlaf. Das Licht in den erleuchteten Zelten flackerte wie Sterne, die vom Himmel gefallen waren.
Ruhig schritt Misnéachard in den Grianán, wo er seine Mutter im Gespräch mit dem Rat der Weisen vorfand.
Freundlich blickte sie auf.
„Einen schönen Abend wünsche ich dir, mein Sohn. Komm, setz dich zu uns ans Feuer. Auch deine Meinung soll gehört werden, denn niemand weiß mehr über die törichten Menschen und ihre hastige Welt als du."
Misnéachard lächelte und setzte sich zu dem kleinen Kreis. Seit den Tagen seiner Kindheit hatte er nicht mehr an einer Sitzung des Rates teilgenommen. Und doch hatten sich diese fünf Männer nicht verändert. Alle trugen sie ihr weißes Haar lang und wallend und aus ihrem weißen, langen Bart hatten sie einen Zopf geflochten. Auch die blauen Mäntel, die sie trugen, schienen die gleichen zu sein.
Als die Meister der Wandlung die Andere Welt geschaffen hatten, wurde das Geheimnis dieser Schöpfung nur diesen fünf Männern anvertraut, um darüber zu wachen. Denn schon damals waren sie so alt, daß sie gerne dafür gestorben wären, es zu schützen. Doch noch immer lebten sie und lenkten gemeinsam mit dem Königlichen Paar das Schicksal ihres Volkes.
Sanft lächelnd nickten sie dem jungen Mann zu, als er sich zu ihnen setzte. Gerade hob die Königin an zu sprechen, als ihr die Worte im Hals steckenblieben. Erstaunt blickte sie zu den Stoffbahnen, durch deren Lücken nun weißer, dichter Nebel wallte. Immer näher kroch er auf dem Boden zum Feuer hin, verdichtete sich und stieg dann am Stamm der Eiche empor, um sich ganz aufzulösen.
Plötzlich standen dort fünf kleine Knaben, die über beide Backen grinsten. Ihr blondes Haar war so voller Blätter, daß es aussah, als trügen sie einen Kranz auf dem Kopf und ihre hellblauen Gewänder waren so mit Grasflecken übersät, daß man nur schwerlich feststellen konnte, ob der Stoff ursprünglich blau oder grün gewesen war.
Eines der Kinder trat schüchtern vor und sagte dann:

„Schön hat das ausgesehen mit dem Nebel. Ich wollte ja eigentlich als Vogel herkommen, aber ich konnte mich nicht entscheiden, ob ich als Falke, Eule oder Schwan kommen sollte und dann hatte Asis diesen herrlichen Gedanken mit dem Nebel.“
Einer der Jungen schaute schüchtern unter sich.
Neugierig fragte Lá:
„Asis? Dann seid ihr wohl Auda, Arisch, Agunna und Atatir?“
Wieder grinsten die Jungen verschmitzt über ihre weißen Wangen, wie Sterne leuchteten ihre blauen Augen dabei.
Ein anderer Knabe trat vor und sprach:
„Ja, edle Königin, das sind wir. Wir strolchten so auf der Traumstraße umher, als wir einem Gespräch zwischen Misnéachard und eurem Gemahl zuhörten. Da dachten wir, daß wir heute abend einmal euer Feuer besuchen sollten. Und jetzt sind wir hier. Doch wenn wir euch ungelegen kommen, werden wir gerne wieder gehen und euch nicht weiter belästigen.“
Milde erwiderte die Königin:
„Kommt nur an unser Feuer, ihr wißt sehr wohl, daß euer Besuch eine Ehre für uns ist.“
Da kamen die fünf Knaben heran und setzten sich ein jeder zu einem aus dem Rat der Weisen.
Dann sprach Lá weiter:
„Nun werden wir wohl vollzählig sein und beginnen können. Seit jenem Comoír, auf dem ich beschloß, die zwei Fremden hier zu behalten, hat sich vieles geändert in Tir na Samradh und nur wenig zum Guten.
Sáile, die Gespielin des alten Fionn, breitet ihre Netze aus und fängt die Unwissenden, um ihr Spiel zu treiben. Doch damit nicht genug. Nun hat sie dank des Hundes Madhra auch ihren Weg zu Néart gefunden, der für sich allein schon ein Feind unserer Einigkeit ist.
Mit beiden hätten wir es vielleicht noch aufnehmen können, aber nun haben sie Verbündete gefunden, die wir nicht außer acht lassen können bei unseren Planungen für die Zukunft unseres Volkes, mächtige Verbündete. Deshalb frage ich euch, was wollen wir tun?“
Uisce räusperte sich:
„Ich denke, die Frage ist eher: Können wir etwas tun? Nun, vielleicht sollten wir alles so laufen lassen, wie es ist. Die Götter setzen uns mit Absicht an den Anfang eines Weges. Vielleicht sollten wir gar nichts tun.“
Dem widersprach Daighear:

„Stillstand ist nie gut. Jeder Stillstand geht irgendwann über in einen Zustand des Welkens und Verrottens, und wenn dies auch eine Art der Bewegung sein mag, so aber doch eine, die ins Verderben führt. Nein, die Zeit selbst war unser bester Lehrer und hat uns gezeigt, daß Stillstand uns von unserer Heimat vertrieben hat.
Ich weiß nicht, ob ich traurig sein soll über das nahende Los der Menschen. Ein seltsames Volk sind sie. Weder vor dem Leben noch vor dem Tod haben sie Ehrfurcht in ihrer Einfältigkeit. Zuweilen frage ich mich, ob sie überhaupt einen dieser Schätze verdient haben. Doch mein Urteil mag falsch sein. Was sagst du, Misnéachard, der oft schon auf ihren Wegen wanderte?"
Der Prinz antwortete:
„Nun, du hast recht, wenn du sagst, sie seien ein seltsames Volk. In der Tat sind die meisten Menschen wie Laub, das von den Bäumen fällt. Es weht und dreht sich durch die Luft, bis es zum Boden sinkt. Einige aber, nur wenige freilich, sind wie Sterne am Firmament. Diese gehen eine feste Bahn, kein Wind erreicht sie und sich selbst sind sie Gesetz und Lauf.
Einer von jenen schickt sich gerade an, den Thron Erius für sich zu erlangen, und eine gute Zeit wird für die Menschen anbrechen, solange sein Geschlecht dort herrscht. Eine gute Zeit auch für uns, vielleicht eine Zeit der Rückkehr.
Die Frage, die euch Angst macht, lautet daher: Sind wir bereit, uns auf die Menschen einzulassen oder halten wir uns aus dieser Geschichte heraus, bis Néart vor unseren Zelten steht?"
Da erhob Talamh seine Stimme:
„Meist fürchtet man weniger die Frage als den Fragesteller. Ich frage mich nun meinerseits, warum du dich so für dieses Volk einsetzt? Unglück brachten sie über uns, allein ließen sie uns im Kampf mit den Mílesern. Und nun willst du dich mit ihnen verbünden? Nein, ich sage dir, es war gut, ihre Welt zu verlassen. Besser ist es, auf der Landstraße zu bleiben, auch wenn sie ein Umweg ist, aber gewiß führt sie dich zum Ziel."
Auch Lá ergriff nun das Wort:
„Und? Was ist das für ein Ziel?"
Da sagte einer der Knaben:
„Frieden ist das Ziel, Gerechtigkeit, Vertrauen und Liebe. Denn es gibt keine größere Kraft als die Liebe. Sie überwindet den Haß wie das Licht die Finsternis."

Aer winkte heftig ab.
„Liebe, von welchen Narreteien sprichst du?"
Das Kind lachte.
„Klingt nicht die Weisheit jedes Weisen wie Narrheit? Denn dies ist der Unterschied zwischen Wissen und Weisheit. Das eine kannst du mitteilen, das andere nicht. Und so ist alle Weisheit Narrheit. Warum mag dies nur so sein?"
Barsch unterbrach ihn Aer.
„Dies sind nicht die Fragen, die wir heute nacht zu beantworten haben. Sollen die Menschen doch machen, was sie wollen, was schert es uns! Und Néart soll nur kommen mit seinen Krüppeln, die haben wir im Nu vertrieben. Nein, die Menschen werden uns wieder im Stich lassen. Wir sollten den geraden Weg gehen, dann werden wir auch schnell an unserem Ziel sein und alles wird wie früher werden."
Die Königin schüttelte den Kopf.
„Ich verstehe dich, Aer. Doch dein Zorn hat keine Augen. Du weißt selbst, daß eine harte Hand nur dürre Pflanzen züchtet. Auch wenn Ärger das Feuer deines Herzens ist, so werden wir nicht ans Ziel kommen.
Der gerade Weg mag nicht immer der kürzere sein, du weißt selbst, wie viele Geschichten davon erzählen, und sie enden nur gut, weil man neue Wege ging, Wege des Vertrauens. So schwer es mir auch fallen mag zu vergessen, was einst war, vielleicht gibt es doch die Möglichkeit der Einen Welt, wo alle gemeinsam, achtsam und vertrauensvoll miteinander leben. Schön wäre es, wieder die Sonne auf unserer Haut zu spüren."
Uisce verstand die Königin und zweifelte doch:
„Nur zu leicht verlieren die Schatten ihre Schwärze im Sonnenschein. Denn blutig müßten wir uns diese Welt erkaufen. Durch Krieg. Einen Krieg aber gewinnst du, wenn du ihn vermeidest. Und ich weiß nicht, diese Eine Welt mag vielleicht auch nur ein Apfel sein, in dem sich Würmer tummeln."
Misnéachard lächelte sanft:
„Wer nicht an die Früchte kommt, sagt, sie seien sauer. Ist es nicht so? Es liegt doch in unserer Hand, wie die Eine Welt wird. Alles ist möglich, unmöglich sind nur die Dinge, die man nicht tut. Wollen wir dieses Wagnis als denn eingehen?"

Überraschender Besuch

Amhrán erwachte vom Ächzen und Stöhnen Scathcrobhs, der mit schmerzverzerrtem Gesicht versuchte, Feuer zu machen.
„Legst du dich bitte sofort wieder hin! Du bist verrückt, glaubst du, daß dadurch deine Wunden besser heilen? Du sollst dich schonen."
Hellwach setzte sich das Mädchen auf.
„Amhrán, ich lebe noch, und Feuer machen wird mich schon nicht umbringen. Ich brauche halt ein bißchen länger als du. Bitte übertreibe es nicht mit deiner Fürsorge."
Dennoch stand sie auf und half ihm zurück auf sein Lager, dann schlüpften sie wieder unter ihre Decken. Schweigend lagen sie auf ihren Nachtlagern und versuchten wieder einzuschlafen. Endlich hörte Amhrán regelmäßige Atemzüge neben sich. Vorsichtig stand sie auf und deckte den Mann richtig zu.
Mit geschlossenen Augen sagte er:
„Es ist nicht nötig, mich zu bemuttern. Ich bin ein Mann, keine Memme."
Amhrán setzte sich auf den Rand seines Lagers.
„Ob Mann oder Memme, du bist krank. Und es ist wichtig, daß du dir nicht noch eine Erkältung holst. Deshalb decke ich dich zu, hast du verstanden?"
Sanft umschloß seine Hand ihr Gelenk.
„Du kümmerst dich wirklich nur um mich, weil ich krank bin. Magst du mich denn kein bißchen, Amhrán?"
„Was sind das für Träume, die du nachts hast?"
Scathcrobh drehte sich vorsichtig auf die Seite und starrte die Wand an.
„Hör auf damit, Amhrán. Glaubst du, wenn ich nachts Alpträume habe, daß ich sie dir tags erzählen werde. Ich will es vergessen. Laß es ruhen, komm leg dich neben mich, mir ist kalt."
Das Mädchen legte sich wieder auf ihr Lager.
„Glaub mir, Scathcrobh, diese Träume werden so lange wiederkommen, bis du mit jemandem darüber gesprochen hast. Ich weiß, wovon ich rede. Meine Mutter ist bei meiner Geburt gestorben, und obwohl ich sie nie gesehen habe, träumte ich von ihr, träumte ich davon, daß es meine Schuld sei. Erst nachdem mir mein Vater einiges erklärt hatte, habe ich es verstanden. Dann hörten meine Träume auf."

Es kam keine Antwort von der anderen Seite, auch Amhrán schwieg.
Ein seltsamer Mann war das. Irgendwie glaubte sie ihm diese Geschichte mit seiner Schwester nicht. Scathcrobh schien ihr kein Mann zu sein, der auszog, um seine kleine Schwester zu suchen. Wahrscheinlich hatte er nicht einmal eine. Scathcrobh war ein Krieger, und so wie die Narben über seinen ganzen Körper verteilt waren, hatte er schon sehr früh mit dem Kämpfen angefangen. Seine Reisegefährten waren seine Familie. Was aber trieb ihn dann hierher, wenn es nicht die Suche nach seiner Schwester war? Seine Atemzüge gingen ruhig aber Amhrán wußte, daß er nicht schlief.
„Hast du Angst, daß deine Träume wiederkommen, oder warum schläfst du nicht?“
Langsam drehte sich der Mann um.
„Du gibst wohl nie auf, was? Hat dir eigentlich schon einmal jemand gesagt, daß es auch Dinge gibt, die dich nichts angehen? Habe ich dich etwa gefragt, warum du hier bist?
Du bist hübsch und nicht gerade dumm. Die meisten Frauen, die in einem Coven leben, sind häßlich und würden so oder so nie einen Mann bekommen, und sie sind in jedem Fall noch Jungfrauen. Aber du bist weder das eine noch das andere. Dein Körper kennt die Lust. Ich frage dich, obwohl ich all das weiß, nicht, warum du hier bist.“
Zornig setzte sich das Mädchen auf. Er hatte ja recht. Mußte sie auch immer so neugierig sein? Goleudydd hatte ihr beigebracht, welche Art von Wissen gut ist.
An einem warmen Sommertag hatte sie einmal zu ihr gesagt:
„Weißt du, mein Goldstern, Unwissenheit ist die größte Armut. Und doch sind die Menschen selbst zu etwas so Einfachem wie der Suche nach Wissen nicht fähig. Merke dir meine Worte! Suche Wissen nie, um andere zu übertreffen, suche Wissen, um selbst daran zu wachsen. So wird daraus Heil entstehen, und du wirst dein Leben richtig leben.“
„Und wie lerne ich zu leben?“, fragte das Mädchen.
Die alte Frau blinzelte in die Sonne.
„Du kannst nicht lernen zu leben. Dieses Lernen, von dem du da sprichst, gibt es nicht, mein Kind. Ich glaube, daß es dazu nur ein Wissen gibt, ein Wissen, das in mir, in dir, in allen Wesen ist. Schon vor unserer Geburt war es in uns, und es hat, so scheint es, keinen ärgeren Feind als das Wissen-Wollen.
Du kannst Leben nicht lernen. Leben mußt du erfahren.“

Ratlos erwiderte Amhrán:
„Ja, aber wie soll ich das tun, ohne etwas davon zu wissen, Goleudydd?"
„Durch Erfahrung. Du wirst das Leben nicht kennenlernen, wenn du dich ihm nicht hingibst. Glück ist auch die Abwesenheit von Unglück. Jedes Leben wird erst zu Leben durch Spaltung und Widerspruch. Was wären Vernunft und Nüchternheit, ohne das Wissen vom Rausch und der Sinneslust? Was wäre Liebe ohne Haß?
Das ist Leben, das sind Erfahrungen, die du machen wirst, und erst diese Erfahrungen schmieden dich zum Menschen. Was ist ein Mensch ohne Erfahrungen? Er ist ein leeres Haus. Du mußt dich auf das Leben einlassen und nehmen, was es dir gibt. Und du mußt daraus lernen für die Zukunft, sonst wird sich dein Leben im Kreis drehen und sich nie ändern."
Amhrán runzelte die Stirn.
„Wie meinst du das?"
Goleudydd blickte dem Mädchen tief in die Augen.
„Erinnerst du dich an die Träume von deiner Mutter? Alles, was nicht zu Ende gelitten und gelöst wird, kommt immer wieder zu dir zurück. Immer wieder hast du dieses Leid erlebt, bis du es angenommen und verstanden hast."
So war es wohl auch mit Scathcrobhs Träumen. Zu gerne hätte sie gewußt, was es damit auf sich hatte. Woher er wohl wirklich kam? Und selbst wenn er von Tara kam, war es bestimmt nicht seine Aufgabe, ein kleines Mädchen zu suchen. Was es wohl mit diesem dürren Pferd auf sich hatte, von dem ihm Sadv erzählt hatte?
Nein, nein, dieser Mann hatte etwas zu verbergen. Nun ja, er war an sein Lager gefesselt, und sie war die einzige Verbindung nach draußen. Irgendwann würde er schon anfangen zu reden.
Amhrán zog sich an, um draußen den Tag zu begrüßen. Der Winter war mild dieses Jahr. Es hatte noch nicht geschneit. Selbst der Fluß war nicht gefroren. Die Kühle des Morgens tat ihr gut. Gemeinsam mit den anderen vollzog sie das Ritual, bis zu dem Zeitpunkt, an dem Saileach mit Bás am anderen Ufer auftauchte.
Der Junge hatte sich wohl gedacht, er verschaffe dem Tier einmal ein bißchen Bewegung. Jetzt sah es eher so aus, als habe das Pferd den Spieß umgedreht. Während der Hengst am Ufer auf und ab lief, rannte ein prustender Saileach hinter ihm her, immer wieder den Namen des Tieres rufend. Schließlich wurde Bás diesen Spieles müde und ließ sich einfangen. Alle lachten herzlich und fuhren in ihrem Tun fort.

Später nahm sie gemeinsam mit Rhiannon ihr Frühstück ein.
„Und, Amhrán, wie hat sich dein Kranker heute nacht benommen? War er ruhig?“
Nachdem sie den letzten Bissen geschluckt hatte, sagte das Mädchen:
„Ja, er hat ruhig geschlafen und benimmt sich auch sonst sehr gut. Ich werde ihm ein wenig Haferbrei zum Frühstück bringen.“
„Wenn du ihn gewaschen hast, hole mich, damit ich ihn mir einmal ansehen kann.“
Bald darauf hatten die zwei Frauen ihr Frühstück beendet, und Amhrán eilte mit einer dampfenden Schüssel Haferbrei und einem Löffel in der Hand zur Krankenhütte. Als sie die Tür öffnete, fiel ihr Blick auf Scathcrobh, der gerade wieder die Decke an den Hals zog.
Wütend rief Amhrán aus:
„Ich habe dir doch gesagt, daß du auf deinem Lager liegen bleiben sollst. Du wirst nicht zu Kräften kommen, wenn du deinem Körper keine Ruhe gönnst. Hier, ich habe dir warmen Haferbrei mitgebracht.“
Der tapfere Krieger zog eine Grimasse.
„Gibt es hier auch einmal etwas Vernünftiges zu essen, so etwas wie Fleisch? Du glaubst ja wohl nicht im Ernst, daß ich dieses Zeug da in mich hineinlöffle!“
Amhrán grinste biestig.
„Nein, das Löffeln werde ich schon besorgen. Setz dich auf und stell dich nicht so an. Auf Tara gibt es für Kranke bestimmt auch keine Schweinshaxen.“
Murrend richtete sich der Mann auf.
„Bekomme ich wenigstens heute abend etwas Richtiges zu essen?“
Amhrán lächelte verheißungsvoll und löffelte den Brei in seinen Mund. Nachdem sie ihn gewaschen hatte, kam Rhiannon, um sich seine Verletzungen anzusehen. Die blauen Flecken auf seiner Haut hatten mittlerweile die Farbe gewechselt und würden bald verschwunden sein. Auch die offene Wunde sah schon nicht mehr so schlimm aus. Doch sobald ihn die Heilerin in der Nähe seiner Rippen berührte, zuckte er vor Schmerz zusammen, auch wenn er sich sehr anstrengte so zu tun, als schmerze es nicht. Amhráns Blicke folgten jedem Handgriff der alten Frau. Dann gingen die beiden hinaus und ließen den Kranken müde zurück. Vor der Hütte standen sie noch ein wenig zusammen.

„Es ist nicht gut, wenn der Geist eines Kranken so wach ist und er an das Lager gefesselt ist, nicht wahr, Amhrán? Hat er dir schon erzählt, was er um diese Jahreszeit auf den Straßen sucht?“
Das Mädchen schüttelte den Kopf.
„Nein, aber das werde ich schon noch herausfinden. Er wollte mir eine Geschichte vom fortgelaufenen Schwesterlein erzählen, aber den würde ich niemandem nachschicken, um ihn heimzuholen. Außerdem sind da seine merkwürdigen Träume. Irgend etwas stimmt nicht mit ihm. Was er auch immer sein mag, er ist nicht von Tara aufgebrochen, um seine Schwester zu suchen.“
Rhiannon zog eine Augenbraue hoch.
„Du hast ein gutes Auge. Ich habe mit seinem Begleiter, diesem Saileach, gesprochen, demnach kamen die beiden wirklich von Tara, aber von einer Schwester hat der mir nichts erzählt. Nun denn, halte deine Augen offen und berichte mir, was du erfährst. Die Tage Brocs neigen sich dem Ende zu, und niemand weiß, was er planen mag.
Geh nun zu ihm und kümmere dich um ihn. Ich lasse euch nachher von Sadv etwas zu essen bringen.“
Amhrán trat wieder in die Hütte ein.
„Und, wann kann ich wieder aufstehen?“
„Es wird schon noch eine kleine Weile dauern, aber ich leiste dir ja Gesellschaft.“
Mittags kam Sadv und brachte eine lecker duftende Fischsuppe.
Amhrán aß ihren Teller leer, um dann festzustellen, daß Scathcrobh seinen nicht einmal angerührt hatte.
„Was ist denn? Hast du keinen Hunger?“
Scathcrobh nahm den Teller und reichte ihn ihr. Vorsichtig setzte sie sich zu ihm und fütterte ihn, bis auch sein Teller leer war. Dann lehnte er sich müde zurück und schloß die Augen. Amhrán deckte ihn zu und betrachtete dieses Gesicht, das nun so friedlich aussah. Nur kurz schlief er ruhig und entspannt. Bald begannen seine Augenlider heftig zu zucken und auch sein Körper regte sich. Sanft weckte sie ihn. Verwirrt blickte er auf, bis er sie erkannte.
„Was ist? Warum hast du mich geweckt?“
Das Mädchen setzte sich auf ihr Lager.
„Du hast so unruhig geschlafen. Da dachte ich, es wäre besser, dich zu wecken.“

Mürrisch verzog Scathcrobh das Gesicht.
„Laß das mit dem Denken!"
Dann schloß er wieder seine Augen. Wütend legte sich Amhrán auf ihr Lager und sah zu, wie er immer tiefer in seine unruhigen Träume glitt. Er drehte den Kopf hin und her und riß die Arme nach oben, als packe er einen Angreifer an der Kehle. Schweiß perlte über seinen Körper, dann schnaufte er, als ersticke er. Unbeeindruckt blieb Amhrán liegen. Sie würde ihn nicht wieder wecken. Sollte er doch mit seinen Schattenfeinden ringen, sie würde sich nicht noch einmal so erschrecken lassen.
Schließlich schlief auch sie ein. Sie lag auf der Seite, hatte die Beine angezogen und hielt sie mit ihren Armen umklammert. Ihr langes Haar wallte über ihre Schultern und fiel ihr ins Gesicht.
Friedlich und still lag sie, als Scathcrobh aufwachte, um aus seinen Alpträumen aufzutauchen. Schön lag sie da, nicht Kind, nicht Frau, und doch Frau genug, um in ihm den Mann zu wecken. Scathcrobh kannte wenige Frauen, die sich ihm so widersetzt hatten. Aber damals war er ja auch ein großer Krieger gewesen, und die Frauen lechzten danach, die Kraft seiner Lenden in ihrem Leib zu spüren.
Die hatte er ihnen gegeben. Er machte keine Unterschiede, für ihn war eine Bauersfrau genauso gut wie eine Adelige. Hauptsache er konnte seinen Trieb stillen. Jedesmal dachte er, wenn er schon nicht als Krieger unsterblich war, dann wollte er es wenigstens in den Kindern sein, die diese Frauen austrugen. Kinder, deren Namen er nie wissen würde, deren Gesichter er nicht kennen würde, und dennoch würde er in ihnen weiterleben. Liebe und Zärtlichkeit waren unwichtige Dinge, eines Kriegers unwürdig. Für ihn hatte auch niemand Liebe und Zärtlichkeit übrig gehabt.
Nur einmal hatte er es seinem Herz gestattet, so etwas wie Liebe zu empfinden, nur einmal. Er hatte dieses Licht in seinem finsteren Leben behütet, als wäre es sein eigenes, doch dann kamen sie. Die Königliche Garde hatte seine Bande in ganz Eriu gesucht, denn durch seine Geliebte war er verletzlich geworden, und das wußten sie. Viele hatte er getötet, und als sie wußten, daß sie ihn nicht vernichten konnten, töteten sie dieses Licht.
Danach kam er wie die finsterste Nacht über sie. Die Rache trieb ihn auf die Hochburg Tara, wo er auf seine Gelegenheit wartete. Aber das machte seine Liebe nicht wieder lebendig. Von da an verbot er es sich, in einer Frau etwas anderes zu sehen als eine Hure.

Nun lag dieses herrliche Geschöpf neben ihm, und anstatt es sich einfach zu nehmen, wie er es gewohnt war, wollte er, daß sie ihn annahm, ihn verstand. Mühsam richtete er sich auf, glitt auf den Rand ihres Lagers und schob sich neben sie. Als er einen Arm um sie gelegt hatte, schmiegte sie sich an seine Schulter und murmelte:
„Solasard, mach dich doch nicht so breit.“
Dann schlang sie einen Arm um seine Hüfte und schlief ruhig weiter. Kaum wagte Scathcrobh zu atmen, so laut glaubte er, schlüge sein Herz. Er wollte nicht darüber nachdenken, was er gerade tat. Während er sie sicher und fest in seinem linken Arm hielt, strich er ihr mit seiner rechten Hand das Haar aus dem Gesicht. Seine Finger zeichneten jede Linie darin nach, sein Daumen strich über ihre Lippen. Bereitwillig öffneten sie sich, saugten ihn ein, genossen das Salz seiner Haut. Erregt atmete sie ein und aus, legte ein Bein über das seine und schob sich schließlich auf ihn.
Leise flüsterte sie:
„Ich wußte doch, daß all das nur ein Traum war.“
Immer näher kamen sich ihre Lippen, und dann verschmolzen sie zu einem Fluß der Gier, bis sie seine Wangen berührte. Verwirrt hielt sie inne, riß ihre Augen auf und staunte mit offenem Mund. Der Druck auf seiner Brust verursachte ihm Schmerzen. Jetzt jedenfalls. Amhrán glaubte, ihren Augen nicht zu trauen. Sie war nur sprachlos, sprachlos über die Frechheit Scathcrobhs, aber auch über die Lust, mit der sie sich ihm beinahe hingegeben hätte. Gerade als sie Atem holen wollte, um etwas zu sagen, hörte sie draußen lautes Rufen.
„Fremde Reiter am anderen Ufer! Alle Frauen in die Versammlungshütte! Auf, auf, schnell!“
Scathcrobh lächelte:
„Wir sehen uns dann später, meine Schöne, dann können wir ja fortfahren, wo wir so rüde unterbrochen worden sind.“
Amhrán raffte ihren Rock und warf wütend die Tür hinter sich zu. Schnellen Fußes eilte sie zur Versammlungshütte. Als sie die Hälfte des Weges schon hinter sich gebracht hatte, warf sie einen Blick auf das andere Ufer. Was sie dort sah, ließ sie in ihrem Lauf plötzlich innehalten. Einer dieser Männer war Solasard!
Erst zweifelte sie noch, aber dann war sie sich mehr und mehr sicher. So schnell sie konnte, rannte sie zum Ufer. Laut rief sie seinen Namen, als sie stolperte und in den Sand fiel. Dann kam endlich Carria mit der kostbaren

Fracht herangerudert. Freudestrahlend fielen sich die beiden in die Arme und herzten sich.
Nachdem sie sich beruhigt hatte, fragte Amhrán neugierig:
„Was machst du hier, und wer sind die Männer, die dich begleiten, und wer ist dieses Kind drüben am Ufer, gehört es auch zu dir?“
Solasard lachte.
„Du bist unglaublich, Mutter aller Fragen. Ja, diese vier Männer begleiten mich, und auch dieses Kind, das kein Kind, sondern ein ausgewachsener Zwerg ist. Wenn du wartest, bis alle übergesetzt haben, werde ich sie dir gerne vorstellen, obwohl ich selbst wohl nur wenig über sie sagen kann.“
Ungeduldig wiegte sich Amhrán hin und her. Endlich war auch der letzte der Gemeinschaft bei ihnen. Amhrán staunte nicht schlecht, als sie sah, daß auch ein Hochelbe zum Gefolge ihres zukünftigen Mannes gehörte. Geschwind hatte sie ihn am Arm gepackt und zog den Schwertsucher zu den Hütten hinauf. Laut rief sie:
„Ihr könnt rauskommen! Das sind Freunde! Rhiannon! Solasard ist hier!“
Langsam kamen die Frauen aus der Hütte, um sich die Fremden anzusehen. Allen voran kam ihnen Síochanta entgegen. Erst schaute sie etwas ungläubig drein und rieb sich die Augen, dann ging sie auf Lyr zu und ergriff seine Handgelenke und sagte:
„Sei mir gegrüßt, Vater. Welche Wege führen dich hierher? Selten waren deine Besuche, und zuletzt warst du vor mehr als einem Jahr hier.“
Lyr erwiderte den Willkommensgruß seiner Tochter und sagte:
„Ich begleite diesen Jüngling auf seiner Suche zu Neamhní. Denn dieser junge Mann muß eine besondere Aufgabe erfüllen, um seine Braut ehelichen zu können. Doch darüber werden wir an deinem Feuer heute abend sprechen. So will ich ihn dir erst einmal vorstellen. Solasard?“
Der Angesprochene wendete sich dem Sidhi zu.
„Ja, Lyr?“
„Dies ist Síochanta, meine Tochter. Síochanta, das ist Solasard mac Annir, er wird dereinst das Blaue Schwert an seinen rechtmäßigen Platz bringen. Können wir vielleicht diese und möglicherweise auch die nächste Nacht hier verbringen?“
Síochanta nickte.
„Seid herzlich eingeladen zu bleiben, solange ihr mögt. Du, Solasard, und deine Gefolgschaft, ihr seid herzlich willkommen.“

Sanft zeichnete sie eine Lebensspirale mit ihrem Daumen auf seine Stirn, dann durchlief sie ein Schauer. Mit einer Stimme als sei sie aus einer anderen Welt, fuhr sie fort zu sprechen:
„Nicht mehr dieses Jahr wirst du das Schwert in Händen halten, doch wenn der Frühlingsmond wieder am Himmel steht, wirst du es aus königlichen Händen empfangen. Aber auch dann wird dein Weg noch lange nicht zu Ende sein.“
Erfüllt von den prophetischen Worten wagte es niemand, etwas zu sagen. Schweigend gingen alle zur Versammlungshütte. Dort angekommen wurde Holz auf das Feuer gelegt und bald war es mollig warm. Rhiannon bereitete einen Kräutertrank, und Bó kochte eine leckere Brühe. Im Kreis versammelten sie sich um den Tisch. Solasard saß neben Amhrán und alle waren glücklich.
Alle, außer Amhrán.
Verändert waren ihre Gefühle für Solasard. Sie liebte ihn noch immer, so wie sich Menschen lieben, und dennoch hätte sie alles gegeben, wenn Misnéachard jetzt neben ihr sitzen würde. Solasard hielt ihre Hand und lachte sie an. Wie ein Kind kam er ihr vor. Mühsam vertrieb sie die Gedanken an den Prinzen und schmiegte sich an Solasard.
„Geht es dir gut? Bist du glücklich? Hast du schon Freunde gefunden? Was machst du so den ganzen Tag hier, Amhrán?“
Jetzt war es an ihr zu lachen.
„Oh, Vater aller Fragen, darf ich noch atmen, während ich deine zahllosen Fragen beantworte? Nun ja, es geht mir gut. Die Frauen sind sehr nett zu mir, und im Frühjahr werde ich versuchen, den Weg der Hohepriesterin zu gehen.
Ich habe eine Freundin hier, die alte Frau dort. Sie heißt Rhiannon und erinnert mich sehr an Goleudydd. Sie wird meine Meisterin sein. Im Augenblick aber pflege ich einen kranken Krieger, der sich verletzt hat.“
Dunkle Wolken zogen vor dem Himmelblau von Solasards Augen auf.
„Du tust bitte was? Einen Mann! Wer hat dir das befohlen? Ist er schwer verletzt?“
Amhrán schmunzelte über die Eifersucht.
„Solasard! Würdest du dich bitte beruhigen? Dieser Mann ist krank. Was glaubst du? Daß ich mit jedem Mann ein Verhältnis anfange, weil ich dich nicht mehr in meiner Nähe weiß?

Gut, du willst es wissen? Ich werde es dir sagen! Wir feiern hier jeden Tag wilde Feste. Leider hat er sich dabei einige Prellungen geholt, und jetzt muß ich ihn auch noch pflegen. Gerade als du kamst, wollte er mich schon wieder verführen."
Frech lachte sie ihm ins Gesicht.
„Ach, Amhrán, wenn ich es nicht besser wüßte. Du Wildfang! Es ist ja schon gut. Du weißt, du kannst tun und lassen, was du willst, solange mir dein Herz gehört und ich weiß, daß du zu mir gehörst. Komm, laß uns einen Augenblick vor die Tür gehen."
Schelmisch blinzelte er sie an. Gemeinsam standen sie auf und verließen die Hütte.
„Wo schläfst du hier?", fragte Solasard.
Kräftig zog ihn Amhrán zu ihrer Hütte. Sie riß fast die Tür auf. Schnell zog sie Solasard hinter sich her, der gerade noch die Tür schließen konnte. Sehnsüchtig zerrte sie ihn auf ihr Lager. Rasch hatten sie sich ihrer Kleidung entledigt, während sie immer wieder in endlosen Küssen badeten. Sie tollten auf Amhráns Lager umher, entdeckten sich neu, obwohl sie noch gar nicht solange getrennt waren. Endlich spürte sie ihn, nahm ihn in sich auf, fühlte wie er sie ausfüllte. Glücklich strahlte sie über beide Wangen.
„Es ist zwar sehr schön hier, aber das fehlt mir doch irgendwie."
Solasard lachte schelmisch:
„Anscheinend hast du dennoch genug Abwechslung, du Heilerin! Warte nur! Dir werde ich es zeigen."
Heftig stieß er in sie, und Amhrán erwiderte jeden Stoß mit einem Stöhnen. Sie gab sich ihm hin, wie schon lange nicht mehr. Dann erlosch dieses Feuer, und friedlich lagen sie nebeneinander.
Solasard brach als erster das Schweigen.
„Habe ich dir gefehlt, meine Schöne? Mir kam es fast so vor."
Amhrán schmiegte sich an ihn, bohrte ihre Finger in sein Brusthaar und kraulte ihn.
„Ich glaube, daß man das so sehen kann. Hier ist alles anders, und du fehlst mir nachts, wenn ich einschlafe oder wenn ich dich einfach nur umarmen möchte. Aber ich habe viel zu tun, so daß ich mir darüber nicht allzu oft den Kopf zerbrechen kann. Das hier ist eine andere Welt. Eine Welt der Frauen. Die Männer, die hier leben, sind noch nicht einmal Teil unserer Gemeinschaft.

Sicherlich fehlst du mir, vor allem nachts, wenn sich Eite und Caítin lieben. Oder tagsüber, wenn ich mich einmal gerne prügeln würde. Weiß du, Solasard, ich liebe dich sehr, ich gehöre zu dir, aber ich lebe mein Leben. Das wird mir immer klarer.

Wir sind ein Fluß mit zwei Ufern. Ich bin ein Teil deines Lebens, und du bist ein Teil meines Lebens. Aber mein Leben gehört mir, und ich muß mein Leben für mich leben. Ich werde dich nie fragen, wen du küßt oder mit wem du geschlafen hast, weil es mich nichts angeht."

Mißtrauisch blickte Solasard sie an, dann fiel ihm Macha ein.

„Auch ich liebe dich sehr, aber falls ich dich nur halten kann, wenn ich dich freilasse, werde ich das tun.

Doch laß uns von anderen Dingen sprechen. Unserer Liebe brauchen wir uns nicht zu versichern. Wir werden wieder eins sein, wenn diese Suche vorbei ist. Laß uns die Zeit nutzen, die uns die Große Mutter in Güte geschenkt hat."

Zärtlich wandte er sich ihr zu und küßte sie sanft über den ganzen Körper, als verabschiede er sich schon jetzt von ihr.

Indessen wurde in der Versammlungshütte über die Suche und ihr Ziel gesprochen, bis Rhiannon Sadv an ihre Seite rief.

„Sadv, Amhrán wird wohl nicht so bald wieder hier sein. Nimm dir einen Teller Brühe und bring sie in die Krankenhütte."

Höflich nickte das Mädchen und machte sich auf den Weg.

Als sie die Tür öffnete, rief ein mürrischer Scathcrobh:

„Wurde ja endlich Zeit! Wo bleibst du denn, und was für Reiter sind gekommen?"

Zögernd trat Sadv ein.

„Sei mir gegrüßt! Amhrán kann euch das Essen heute leider nicht bringen, deshalb hat Rhiannon mich geschickt."

Scathcrobhs Augen verengten sich aufmerksam.

„Und warum kann Amhrán nicht kommen, um mir das Essen zu bringen?"

Da platzte es aus dem Mädchen heraus.

„Stellt euch vor, Amhráns Versprochener ist gekommen. Er muß irgendeinen Geís erfüllen. Er und Amhrán haben sich gerade zurückgezogen. Ihr wißt schon, die Trennung, da wollten sie etwas alleine sein, um ..."

Die Schamesröte Sadvs wurde nur noch von der Zornesröte Scathcrobhs übertroffen.

Síofra

„Nun, Toit, dann erzähle uns einmal deine Geschichte. Schließlich ist das Fahrende Volk so gesetzlos, daß einer schon einiges auf dem Kerbholz haben muß, um daraus verstoßen zu werden."
Iolaranam trank aus einem Becher Wasser, ohne Toit etwas anzubieten. Zur Strafe hatte man dem Armen die Haare geschnitten und ihm nur Hemd und Hose gelassen. Sein ganzes Gesicht war so mit Kratzern überzogen, daß es aussah, als habe man ihn mit Tannenzweigen geschlagen. Sonst war sein Körper von schlimmeren Verletzungen verschont geblieben.
Zitternd und bibbernd saß er vor dem Feuer.
„Nun, ich weiß nicht, wer ihr seid, aber wenn ihr es unbedingt wollt, dann will ich euch meine Geschichte erzählen.
Lange Zeit lebe ich schon bei Cluanaire und seinen Leuten. Alles war gut und schön bis zu dem Tag, als Athraigh wiederkam mit diesem blonden Kerl und dieser dämlichen Stute. Cluanaire wußte gleich, daß dieser Gaul kein gewöhnliches Tier war. Abends sollte ich ihm dann helfen, das Vieh fortzubringen, damit es so aussähe, als wäre es entlaufen. Doch das Biest stieg, buckelte und biß mich sogar. Am nächsten Morgen waren die zwei Kerle samt Pferd wie vom Erdboden verschluckt.
Wir haben die ganze Gegend abgesucht. Nichts! Könnte ich vielleicht einen Schluck zu trinken bekommen? Dann könnte ich auch etwas flüssiger erzählen."
Iolaranam gab ihm den Rest aus seinem Becher und fragte:
„Wer ist dieser Athraigh?"
„Ach der, er war unser Gaukler, Messerwerfer und so. Irgendwann ist er gegangen, um einen Kerl zu finden. Das war dieser seltsame Solasard mac Annir, mit dem er dann auftauchte."
Wie aus einem Mund riefen Camchéachta und Iolaranam:
„Mit wem tauchte er bei euch auf?"
Toit schaute die zwei verwundert an.
„Mit diesem Solasard mac Annir. Cluanaire hat ihm gleich Eas, seine Tochter, auf den Hals gehetzt, um ihn auszuhorchen. Aber nichts, kein Wort war aus ihm herauszubekommen. Selbst Athraigh hielt seinen Mund, obwohl er sonst ein ganz schöner Schwätzer war."

Iolaranam und Camchéachta kratzten sich nachdenklich am Kinn, als Dúghorm fragte:
„Und wo ist dieser Solasard jetzt?"
Toit zuckte mit den Schultern.
„Wo er jetzt gerade ist, weiß ich nicht. Das letzte, was ich mitbekam, bevor ich ausgestoßen wurde, war, daß einige Männer von Gaillimh nach Bealaclugga zurückkehrten und berichteten, daß er ihnen dort begegnet, aber entwischt war."
Iolaranam überlegte.
„Gaillimh ist doch ein Wendepunkt der Breiten Straße. Und dieser Solasard soll dort auch auf der Suche nach diesem Knappen sein. Eins ist auf jeden Fall sicher, bestimmt will er nicht nach Tara. Broc würde ihm den Garaus machen. Ich frage mich nur, was das für ein Pferd sein soll. Cluanaire ist der größte Pferdedieb, den ich kenne, und so ein Wundertier kann es gar nicht geben, daß er dafür so viele Leute einsetzt."
„Es geht ihm doch gar nicht um das Pferd. Jedenfalls nicht mehr. Aber was glaubt ihr, was geschähe, wenn ihn einer auslachen würde, weil er diese Stute nicht stehlen konnte. Der Mann hat einen Ruf zu verlieren."
Iolaranam schaute Toit kalt in die Augen.
„Und warum bist du in Ungnade gefallen, was hast du getan, um dir den Zorn deines Herrn zuzuziehen?"
Toit senkte den Blick.
„Was ich tat, Herr, ich bitte euch, fragt nicht. Ehrlos ist es schon, zu diesen Kerlen zu gehören, aber noch weit weniger ohne Ehre, von ihnen verstoßen zu werden. Fragt nicht! Ich war kein guter Mensch, ich war kein guter Räuber, und vielleicht werde ich auch jetzt wieder scheitern."
Iolaranam, Camchéachta und Dúghorm wechselten fragende Blicke.
Schließlich sprach Sionnach zu dem Mann.
„Wir müssen dich hier zurücklassen, Toit, wenn du es uns nicht sagst. So wie du aussiehst, glaube ich nicht, daß du noch mal auf die treffen willst, die dich so zugerichtet haben. Du könntest sogar auf unserem Packpferd reiten, aber du mußt uns schon sagen, was du angestellt hast."
Toit schämte sich offensichtlich, als er wieder zu sprechen begann.
„Nun gut, ich weiß selbst nicht, was besser ist, euch in die Hände gefallen oder den Männern Cluanaires entgangen zu sein."
Langsam wurde Camchéachta ungeduldig.
„Sprich jetzt Mann, oder du wirst ganz schnell wissen, was besser ist."

Besorgt blickte der Angesprochene zu Iolaranam. Der besänftige den Mann.
„Du solltest jetzt wirklich reden. Wir werden dir nichts tun, was du auch immer erzählen magst."
Toit faßte Mut.
„Ich war einer der Männer, denen Solasard in Gaillimh entkam. Ich war noch nie einer dieser kalten Menschen. Cluanaire aber begann, an meiner Treue zu zweifeln, und um zu beweisen, daß ich noch ein Mitglied des Fahrenden Volkes bin, sollte ich euch auskundschaften und so viele von euch umbringen wie ich kann. Aber als ich dann heute um euer Feuer schlich, fand ich nicht nur Männer, die mir weit überlegen waren, sondern auch wehrlose Frauen und sogar einen Knaben. Da verließ mich der Mut und Scham überkam mich, als ich sah, wie tief ich gesunken war."
Crónachan und Gormeala lachten auf. Toit saß in sich versunken, als erwarte er sein Todesurteil.
Schließlich ergriff Iolaranam wieder das Wort.
„Es war gut, daß du dich nicht darauf eingelassen hast, denn du wärst nicht lebend heimgekehrt, und fast glaube ich, daß das auch dein eigentlicher Wunsch war. Dieses Abenteuer hättest du nicht lebend überstanden. Und nun? Was willst du tun? Zu deiner Familie heimkehren?"
Traurig blickte Toit auf.
„Meine Familie ist tot. Meine Tochter wurde nach Alba verschleppt. Ich bat sogar den Hochkönig um Hilfe, doch der hatte nur höhnisches Gelächter für mich übrig. Mein Weib hat sich erhängt wegen diesem Schwein. Nein, es gibt keinen Ort, an den ich zurückkehren kann und will. Wißt ihr nicht einen Rat? Ihr scheint mir klug und erfahren zu sein."
Fragend blickte Iolaranam zu Dúghorm und Camchéachta, die beide unmerklich nickten.
„Für's erste magst du mit uns ziehen. Wir sind auf dem Weg nach Cill-dara. Kennst du Neamhní, den alten Knappen Fionn mac Cumhails?"
Erstaunt sah das neue Mitglied der Gruppe auf.
„Natürlich, jeder, der bei dem Fahrenden Volk gelebt hat, hat schon von ihm und seinen Geschichten gehört. Aber warum sucht ihr ihn in Cill-dara? Jedermann weiß doch, daß er sich entlang der Breiten Straße durchbringt."
Verwundert fragte Iolaranam:
„Weißt du das ganz genau?"
Der Mann nickte.

„Seltsam, warum schicken uns dann die Hochelben nach Cill-dara?“
Toits Körper zuckte, als sei ein Blitz durch ihn gefahren. Ruckartig sprang er auf und stolperte vom Feuer fort.
„Nein, nein, hier bleibe ich nicht. Ihr seid mit den Untoten im Bunde. Nichts will ich mit Leuten zu tun haben, die Bekanntschaft pflegen mit den Weißblütigen.“
Sliabhan und Gleannglas brachten den aufgebrachten Mann an das Feuer zurück und drückten ihn auf den Boden. Besänftigend redete Iolaranam auf ihn ein.
„Sie sind unsere Freunde! Von ihnen hast du nichts zu fürchten. Ganz im Gegenteil. Vielleicht werden wir ihre Hilfe noch dringend brauchen.“
Dúghorm räusperte sich unauffällig.
„Iolar, ich denke, wir sollten uns jetzt endlich zur Ruhe begeben. Die Nacht schreitet fort, und wir müssen uns ausruhen. Der morgige Tag wird anstrengend.“
Iolaranam löschte das Feuer, und Toit legte sich zu den anderen, die der Unterhaltung zwar gefolgt, aber dabei von der Erschöpfung übermannt und eingenickt waren.
Camchéachta hingegen glaubte, nicht einmal geschlafen zu haben, als am Morgen Iolaranam umherging und ihn weckte. Sie würden frühstücken, wenn sie das Sliabh-Bladhma-Gebirge hinter sich gebracht hatten. Iolaranam wollte jetzt so schnell wie möglich vorwärts kommen, um nach Cill-dara zu gelangen. Er wollte unbedingt erfahren, warum die Hochelben ihn an diesen Ort sandten, wenn sie doch wußten, daß Neamhní nicht dort war. Zweifel über ihre Ehrlichkeit tauchten aus seiner Seele auf und wurden wieder verdrängt.
Die Nacht war kalt gewesen. Die Fianna trugen jetzt ihre dicksten Hemden und Hosen und hatten sich in ihre Mäntel gehüllt, um den Gegenwind zu ertragen. Sie erreichten schnell den Paß, der sie über das Gebirge führen sollte. Mühsam folgten sie den vielen Kehrschleifen, die zu dem Gipfel des Berges führten.
Unter ihnen lagen karge Täler, wo einzelne Krähen auf der Suche nach den letzten Grashälmchen waren. Ein dunkelgrüner See schimmerte im Sonnenlicht. Weit über ihnen kreiste ein Adler, der seine Schwingen weit ausgebreitet hatte und im Wind durch die Lüfte glitt. Zu erschöpft waren sie, um diese Aussicht genießen zu können. Es gab weder Schonung für die Pferde noch für die Reiter. Die eisige Kälte ließ ihre Hände fast gefrieren.

Alle blieben zusammen, wie Geister stoben sie vorwärts, zurück blieb nur der Hauch ihres Atems, der in der Luft dampfte. So eng schmiegten sie ihre Leiber an die der Pferde, daß man glaubte, sie wären eins. Unter einem wolkenlosen Himmel ging es voran, bis sie die höchste Spitze am Abend erreicht hatten. Dort ruhten sie fast die ganze Nacht und gönnten sich und den Tieren eine kleine Rast.
Früh morgens waren sie schon wieder unterwegs. Sie galoppierten, als sei die mächtige Morrhígan hinter ihnen her. Oighrigh hatte den Halt auf seiner Stute verloren und war gestürzt. Doch trug er die Schürfwunden mit Würde und tat so, als mache es ihm nichts aus, die Zügel in den blutenden Händen zu halten. Cioná schüttelte nur den Kopf über die Rücksichtslosigkeit ihres Anführers.
Gemeinsam mit Gleannglas und Sliabhan hatte er diesmal auch Seabhaceo ausgesandt, um einen Platz für die Nacht zu finden. Sie waren jetzt bereits viele Meilen von ihrem Zuhause entfernt.
Selbst als die Sonne schon zu sinken begann, machten sie nur kurz Halt, um die Pferde zu tränken und etwas zu essen. Der Weg, dem sie folgten, war breit, und das Licht der zunehmenden Mondin war ihnen ein guter Wegweiser zu dem Feuer, das die drei Vorreiter neben einem Wetterhäuschen abseits des Wegs entzündet hatten.
Toit hatte sich die ganze Zeit zurückgehalten. Er war froh, daß er in Begleitung solch wackerer Leute war. Es gab immer weniger Aufrichtigkeit im Land, seit Broc herrschte. Schweigend setzte er sich zu der ebenfalls sehr schweigsamen Cioná, der seine Anwesenheit völlig gleichgültig war. Brot wurde herumgereicht, denn für ein größeres Mahl war keine Zeit. Und plötzlich sank eine merkwürdige Erschöpfung über sie hinweg. Wie sie gerade noch gesessen hatten, fiel der Schlaf über sie. Ein schwerer Schlaf, ein unruhiger Schlaf.
Sionnach träumte von einem Wolf, der sie mit glühenden Augen anfiel und sich in ihrer Kehle festbiß. Heftig umklammerte sie das Tier. Dann zog sie ihr Messer aus der Scheide und stach zu. Sie wachte von einem Schmerz im Oberarm auf und fand das Messer in ihrem Arm.
Die Wunde war zwar nicht tief, doch sie blutete stark. Sionnach betrachtete das schwarze Blut im Mondlicht, sah wie es zu Boden tropfte und rührte sich nicht. Als wäre sie verzaubert, verfolgte sie jeden Blutstropfen, bis ihn die Mutter Erde aufsaugte. Dann schob sich eine Wolke vor die

Mondin und sie kam zu sich. Sie versuchte Cioná zu wecken, aber auch diese war in einen todesähnlichen Schlaf gefallen.
Schweiß stand auf den bleichen Gesichtern ihrer Gefährten. Unruhig wälzten sie sich hin und her. Sie ging zwischen ihren Freunden umher, als lägen dort Tote. Selbst Oighrigh war nicht wach zu bekommen. Seine Stirn war eiskalt.
Schließlich zerriß Sionnach ihr Hemd und verband sich die Wunde. Erst da bemerkte sie die schwarzen Schatten, die sich auf dem Weg vorbeischlichen. Sie versuchte genauer zu erkennen, was auf dem Weg vor sich ging. Ein seltsames Gefühl von Angst und Neugier überkam sie. Es war, als umhülle schwarzer Nebel die Gestalten, die langsam an ihr vorüberzogen. Vorsichtig, hinter jedem Baum Schutz suchend, tastete sie sich zum Wegesrand vor. Merkwürdige Wesen gingen an ihr vorüber. Da waren Männer und Frauen in ärmliche, schmutzige Lumpen gehüllt, denen ein Arm fehlte oder ein Bein. Mancher schielte aus nur einem Auge, einem anderen fehlte die Nase. Nicht einen sah sie, der schadlos war. Sie schlurften über den Weg, leise und vorsichtig wie Schlafwandler, als folgten sie einem unhörbaren Ruf.
Am Schluß dieses wundersamen Zuges aber ging eine Alte auf einen Stock gestützt, die nur ein Auge, ein Ohr, einen Arm und ein Bein hatte. Fast schon war sie an Sionnach vorüber, da blieb sie wie lauernd stehen. Kalt und herzlos krächzte es aus ihrem zahnlosen Mund:
„Komm hervor, mein Kind, komm zur alten Pryria. Glaubst du, ich hätte dich übersehen? Wenig weißt du von uns."
Stolz trat Sionnach auf den Weg. Sie holte Atem, doch die Worte, die ihr auf der Zunge lagen, fanden keinen Weg in das Gehör der Alten.
„Von sehr edlem Herzen mußt du sein, wenn du dem Zauber der Pryria widerstehen kannst. Das gefällt mir, und deshalb werde ich dich auch am Leben lassen. Doch nun mußt du schlafen!"
Tief atmete die Frau ein, und ihr Auge funkelte im Mondlicht. Dann hauchte sie Sionnach ihren Zauber ins Gesicht. Schwer sank sie in sich zusammen.
Die Pryria hob ihren Stock und berührte damit die Stirn der Frau.
„Tief wirst du schlafen, mein Täubchen. Träume von deiner neuen Heimat, denn wenn du mich nicht tötest, wirst du mir folgen müssen. Gewiß ist, daß wir uns wiedersehen auf dem Schlachtfeld, dann mag ich in dir mein Schicksal finden oder du in mir das deine."

Leise kichernd ging die Alte davon. Lange würde diese Frau jetzt unter ihrem Bann schlafen.
Wilde Träume suchten Sionnach heim, als ihre Gefährten am nächsten Tag erholt und ausgeruht aufwachten. Sie waren verwundert darüber, wie gut sie geschlafen hatten, für sie war es ein Geschenk gewesen. Doch niemand vermochte Sionnach aufzuwecken, als Iolaranam sie kurz vor Sonnenaufgang fand. Nur mit Mühe gelang es ihm, sie an das Feuer zu tragen, so heftig wehrte sie sich. Cioná war ratlos.
„Was sie auch haben mag, dies ist keine natürliche Krankheit, irgend etwas kämpft in ihr, mit ihrer Seele. Sie vermag sich nur selbst zu retten. Und woher mag sie diese Wunde an ihrem Arm haben. Nirgendwo sind Spuren eines Kampfes zu entdecken.“
Iolaranam war ratlos und beobachtete seine Geliebte mit sorgenvollem Gesicht. Dann kam die Sonne hervor und als der erste Strahl auf ihre Stirn fiel, endete der wilde Kampf.
Iolaranam, der die ganze Zeit neben ihr gekniet hatte, glaubte schon, nun sei alles Leben aus ihr gewichen. Doch ihr Brustkorb hob und senkte sich gleichmäßig. Noch immer war sie nicht aus ihrem schlafähnlichen Zustand zu erwecken. Aber Eile tat not. Sie mußten zur Breiten Straße gelangen. Hier waren sie abgeschnitten von der Welt. Es gab keine Möglichkeit, Neuigkeiten über den Lauf der Dinge in Erfahrung zu bringen. So packten alle zusammen. Vorsichtig hoben sie Sionnach auf ihr Pferd.
Nur langsam kamen sie voran. Ständig drohte Sionnach vom Pferd zu fallen, bis Iolaranam Camchéachta bat, die Führung zu übernehmen und schon nach Cill-dara voranzureiten. Er würde mit Sionnach nachkommen, so schnell es möglich war. In einer Staubwolke blieb er allein mit der schlafenden Sionnach zurück. Er hob sie auf ihr Pferd, stieg auf und hielt sie fest an sich gedrückt. Immer wieder schien sie ihm aus den Armen zu gleiten. Nur sehr langsam kamen sie voran. Gaoth, Iolaranams Hengst, wurde immer unruhiger, tänzelte mehr als er ging, so daß Iolaranam ihn einfach neben sich her laufen ließ. Immer noch schlief Sionnach tief und fest. Wie oft schon hatte Iolaranam angehalten, sie vom Pferd gezogen und versucht, sie zu wecken. Nichts. Schließlich suchte er einen Platz abseits des Weges. Langsam sank die Sonne und zog das Blau der Nacht hinter sich her. Mühsam brachte Iolaranam ein Feuer in Gang.
Die Mondin stieg aus den Tiefen auf, und als der erste Strahl über Sionnachs Stirn fiel, öffnete sie langsam die Augen. Freudestrahlend hielt

Iolaranam sie in seinen Armen, küßte sie, herzte sie, drückte sie an sich. Erschöpft und leise flüsterte sie ihm ins Ohr:
„Ich sah gestern ein Heer über Erius Straßen ziehen. So etwas habe ich noch nie gesehen. Eingehüllt waren sie in einen Nebel, der das Böse selbst war. Sie werden uns alle töten, Iolaranam. Schon schwindet meine Erinnerung."
Dann fielen ihr wieder die Augen zu, und ein heilsamer Schlaf überkam sie. Iolaranam legte sich neben sie, hielt sie fest und deckte sie beide mit seinem Mantel zu.
Er schlief unruhig. Wilde Träume zogen vor seinem inneren Auge vorbei und immer wieder Sionnach, die seinen Namen rief. Er konnte sie nicht erreichen.
Am Morgen wurde er von einer aufgeregten Sionnach geweckt, die ihn wie eine Wilde hin und her schüttelte und dabei laut rief:
„Iolar, aufwachen! Die anderen sind fort! Los, wir haben verschlafen!"
So aufgeschreckt war Iolaranam schnell auf den Beinen. Sich den Schlaf aus den Augen reibend sagte er:
„Sionnach, bitte beruhige dich! Alles hat seine Ordnung!"
Erstaunt ging die Frau auf und ab.
„Es hat alles seine Ordnung? Ja aber, wo sind denn die anderen?"
Erstaunt schaute er Sionnach an:
„Ich habe die anderen vorausschicken müssen. Wir beide waren zu langsam."
„Und warum, auf was warten wir denn hier?"
Ungläubig schaute Iolaranam seiner Gefährtin in die Augen.
„Auf dich! Kannst du dich denn an nichts erinnern? Du hast einen ganzen Tag verschlafen. Wir dachten, du wärst todkrank. Ich war wahnsinnig vor Sorge."
Sionnach lachte schallend auf.
„Du machst Scherze, Iolaranam. Ich habe doch nicht einen ganzen Tag geschlafen! Los, wo sind die anderen? Camchéachta? Dúghorm? Leute, ihr könnt jetzt wieder rauskommen. Wir haben alle sehr gelacht."
Da wurde es selbst Iolaranam zu viel. Er stand auf, packte sie an den Schultern und schüttelte sie kräftig.
„Sionnach, komm zu dir! Erinnerst du dich nicht mehr daran, was du mir erzählt hast von dem Heer, dem Nebel? Du mußt dich doch erinnern."
Verwundert schüttelte die Frau ihren Kopf.
„Ich erinnere mich an nichts. Wie bin ich denn hierher gekommen?"

„Wir haben dich auf dein Pferd geladen. Aber du bist so oft heruntergerutscht, daß ich beschloß, mit dir zurückzubleiben, bis es dir besser geht."
Ernst schaute Sionnach auf.
„Du hast die Führung einem anderen überlassen, wegen mir? Dann muß es wahrlich schlecht um mich gestanden haben. Wo sind die anderen jetzt?"
Iolaranam zuckte die Schultern.
„Ich weiß es nicht! Wir sollten so schnell wie möglich aufbrechen, um sie einzuholen. Und du erinnerst dich wirklich an nichts mehr, Sionnach?"
Die Frau dachte nach, aber es fiel ihr nichts ein.
„Es ist so seltsam, Iolar. Irgendwo weiß ich, daß da etwas ist, aber es kommt mir vor, als habe jemand eine Mauer davor aufgebaut. Ich weiß noch, daß ich aufgestanden bin. Eure Gesichter waren weiß wie Totenmasken und kalter Schweiß perlte über eure Wangen. Ich weiß sogar noch, daß ich mich hinter irgendwelchen Bäumen versteckt habe, aber dann bricht meine Erinnerung ab. Es ist so, als habe jemand diesen Teil meiner Gedanken ausgelöscht. Ich verstehe das nicht. Was hast du vorhin gemeint mit dem Heer und dem Nebel?"
Iolaranam konnte nur schwer fassen, was hier vor sich ging.
„Als du das erste Mal aufgewacht bist gestern abend, sagtest du etwas von einem Heer, das über Erius Straßen zöge und daß du so etwas noch nie gesehen hättest. Eingehüllt wären sie in einen Nebel aus dem Bösen selbst. Deine letzten Worte waren: Schon schwindet meine Erinnerung.
Und so ist es wohl auch. Nun, ich denke, im Augenblick müssen wir es nehmen, wie es ist. Komm, laß uns aufbrechen. Wer weiß, wann wir auf die anderen treffen werden."
Sionnach stand auf.
„Warte, ich muß noch einmal kurz in die Büsche springen. Du willst sicher nicht gleich wieder anhalten, oder?"
Iolaranam ging unruhig auf und ab, bis sie wiederkam. Schnell holte er die Pferde, die er an einem Ast festgebunden hatte. Gerade wollte Sionnach aufsteigen, als er sie an der Hüfte umfaßte und sie in seine Arme zog.
„Ich bin froh, daß du noch bei mir bist. Ich weiß nicht, was ich getan hätte, wenn du nicht wieder aufgewacht wärst."
Zärtlich küßte er sie, bis ihn ihre Leidenschaft mitriß und sie sich einander hingaben, als sei es das letzte Mal. Erschöpft lag sie hernach in seinen

Armen. Zärtlich wickelte sie eine Strähne seines Haares um ihre Finger und neckte ihn:
„Glaub ja nicht, daß ich auf deine Gefühlsduselei reinfalle. Von wegen nicht wissen, was du getan hättest. Du hättest das Land von Broc befreit, und dann hättest du anständig um mich getrauert. Glaub ja nicht, daß ich nicht weiß, wie die Reihenfolge deiner Liebschaften ist. Erst die Fianna, dann ich!"
Heftig bäumte er sich auf, um sich zu beschweren, doch sanft drückte ihn seine Gefährtin nieder.
„Iolaranam, lüg jetzt nicht und widerspreche nicht. Wir wissen beide, daß es so ist. Ich liebe dich auch für das, was du bist. Komm, laß uns aufbrechen. Das hier macht zwar Spaß, aber auf diese Art werden wir die anderen bestimmt nicht einholen."
Zärtlich küßte er sie auf die Nasenspitze.
„Was täte ich nur, wenn ich nicht so eine herrlich vernünftige Herrin hätte!"
„Du würdest mit Waldelbinnen herumziehen und dein Herz verlieren."
Lachend machten sie sich auf den Weg.
Sie galoppierten voran wie der Sturmwind. Nach einigen Meilen sahen sie schon von weitem, daß ihnen Seabhaceo entgegenkam. Schließlich hatte er sie erreicht. Schaum tropfte vom Hals seines Pferdes und Dampf stieg auf. Atemlos rief er:
„Wo bleibt ihr denn? Es gibt Neuigkeiten, die euch überraschen werden!"

Die Fuchsjagd

Geschmeidig ritt Eala neben dem Schimmel des Hochkönigs. Ihr rotes Haar blitzte wie Kupfer in der Sonne, ihren grünen Augen entging nichts. Ein gutes Stück war sie vorgeprescht, hatte sich nun aber zurückfallen lassen. Der Hochkönig lächelte über diesen jugendlichen Frohmut.
In einigem Abstand folgte ihnen Arcán, der jederzeit bereit war, sein Leben für das des Hochkönigs hinzugeben. Aber auch das würde den alten Mann nicht mehr retten. Schließlich stiegen sie ab und führten die Pferde ein Stück am Zügel. Broc musterte die Schattenbringerin lüstern.
„Ihr seid eine schöne Frau, Eala. Warum seid ihr nicht verheiratet?"
Die Frau lächelte.
„Ich bin verheiratet!"
Broc blickte sie verwundert an.
„Mit wem denn?"
„Nun, mit Dagda, Lyr, Lugh, mit der Eire, der Banba, der Fodla, mit Morrhígan, Macha und der Bodbh. Ihnen gehört mein Leben, mein König."
Dieser stutze.
„Und Liebe? Was ist mit Liebe, Eala? Gibt es keine Liebe in deinem Leben?"
Eala lächelte über die Einfalt dieses Menschen.
„Wenig weißt du von deinen Göttern und der Liebe, wenn du so fragen mußt. Die Liebe, Herr König, kommt von Gott, ist von Gott und geht zu Gott. Gebrauchst du deinen Verstand auch zu etwas anderem, als ihn im Suff zu ertränken, oder hast du ihn vielleicht schon verloren?"
Broc spielte mit seinem Torques.
„Weißt du, wer über gewisse Dinge nicht den Verstand verliert, hat keinen zu verlieren. Was glaubst du, wie es mir ging, als diese alten Weiber hier herumliefen und vom Ende meiner Herrschaft kündigten. Der Herrin sei Dank, hat auch dies ein Ende gefunden, und die Stimmen sind im Wind verhallt."
„Bist du da nicht etwas leichtsinnig, mein König? Auch wenn das Bellen verhallt ist, mag der Hund noch in der Nähe sein."
Broc horchte auf.
„Wie meinst du das?"
Fleißig spann sie weiter an ihrem Netz.

„Es gehen Gerüchte um, daß ihr bald eure Gessa brechen sollt. Wie wollt ihr dem entgehen? Ihr wißt, wenn das Ende naht, wird das ein untrügliches Zeichen dafür sein.“
Anerkennend musterte er die Frau.
„Ihr seid sehr schlau. Tuan tat wohl daran, euch zu seiner Nachfolgerin zu machen. Auch wir beide werden gut miteinander auskommen. Nicht wahr?“
Eala lachte. Sanft strich ihr der König eine Strähne aus dem Gesicht.
„Selbst dem Wind erscheint ihr so schön, daß er euch mit einer Strähne eures Haares berühren muß. Selten habe ich Verstand und Schönheit so vereint gesehen. Wie sehr spüre ich das Alter an mir nagen. Es ist nicht leicht, die Bürde des Hochkönigs zu tragen, du Schöne.“
„Dann laßt es, Herr! Noch habt ihr Zeit, euch friedvoll von der Macht zu verabschieden, Broc. Gierige Hände greifen nach dem Thron Erius. Noch könnt ihr zugunsten der Gerechtigkeit entscheiden, in welche Hand ihr die Macht fallen laßt.“
Stolz sprach der alte Mann:
„Wovon sprichst du, Eala. Ich bin der Beste!“
Die Schattenbringerin antwortete kalt:
„Nun, wenn du es sagen mußt, damit ich es weiß, kann es nicht so sein.“
„Wie hart du sein kannst und wie schön in deiner Härte. Du hast wohl keine Angst vor mir?
Eala lächelte.
„Du bist ein Mensch. Warum sollte ich? Möget ihr noch so verschieden sein, in einem aber seid ihr alle gleich.“
Aufmerksam fragte der Hochkönig:
„Und worin?“
Eala blickte über das Land, dorthin, wo die mächtige Grabanlage von Nuafairm lag.
„Ihr Menschen findet Trost, Betäubung, ihr lernt Fertigkeiten, doch was ihr auch immer lernen mögt, es ist nur Täuschung. Das Wesentliche nämlich, euch selbst, findet ihr nie.“
Erstaunt sah er ihr in die Augen.
„Weise Worte sprichst du da. Wo findet man solches Wissen?“
„In dir selbst, denn alle Weisheit ist in uns. Wie ein kostbarer Stein schon immer in der Erde ist und nur danach trachtet, gefunden zu werden. Mich fand ein weiser Mann und brachte mich zu einem Coven der Weisheit.“

Der König lächelte.
„Wahrscheinlich hättest du sogar das Gehen auf dem Wasser gelernt, wenn du noch eine Weile dort geblieben wärest.“
Ein grüner Blitz zuckte aus Ealas Augen.
„Ich begehrte nicht, auf dem Wasser zu gehen.“
Wortlos stieg sie auf und galoppierte zurück.
Es machte ihr Spaß, mit dem König zu spielen, um ihm dann eines Tages, den Garaus machen zu können. Es war ein Spiel, dessen Regeln sie kannte, das sie mühsam erlernt hatte, doch der Inhalt berührte kaum ihr Herz. Brocs Kampf gegen sein Schicksal kam ihr vor wie Tauben, die einem Falken drohten.
Im Stall angekommen übergab sie ihr Pferd einem Stallburschen. Es dürstete Eala, so daß sie in die Küche ging, um sich etwas Wasser zu holen. Dort traf sie auf Réalta, die Gattin des Hochkönigs. Hochmütig musterte diese Eala.
„Nun, hattet ihr einen schönen Ausritt mit dem Hochkönig, meine Liebe?“
Ihre Abneigung zügelnd antwortete die Schattenbringerin:
„Oh ja, Herrin. Ich ritt eine junge Stute, die der König kürzlich erworben hat. Es tat gut, die Burg einmal zu verlassen und wieder frei zu atmen, der Göttin nahe zu sein.“
Spitz erwiderte Réalta.
„Ja, so liegen das Gute und die Liebe zur Göttin nahe beieinander.“
Eala antwortete schmunzelnd.
„Und doch ist die Liebe zur Göttin und zum Guten nicht immer eins. Was gut ist, lernt ihr aus euren Gesetzen, doch die Götter sind nicht nur in euren Gesetzen. Gesetze sind nur ein kleiner Teil davon. Ihr könnt sehr nah bei euren Gesetzen stehen, Herrin, und dennoch meilenweit entfernt von euren Göttern.“
Die Hochkönigin antwortete verlegen.
„Oh, welch hochtrabende Worte. Ich bin froh, daß ihr mir gezeigt habt, wie unvollkommen diese Welt doch ist.“
Besser wäre es jetzt gewesen zu verstummen, doch es oblag Eala, der Königin ihren Platz aufzuzeigen, wenn ihr Mann schon verloren war.
„Die Welt ist keineswegs unvollkommen. Einzigartig hat die Große Mutter sie eingerichtet. Hat nicht jeder, der Leid gebracht hat, schon die Sühne in sich, trägt nicht der Säugling bereits den Greis in sich, ist nicht in

allen Sterbenden das ewige Leben? Das ist das Wunder unserer herrlichen Mutter, die über uns wacht, Herrin. Ich hoffe, ich langweile euch nicht. Wo Oenghus für die Liebe steht oder die Morríghan für den Tod, haben in der Großen Mutter alle Gegensätze dieser Welt, die sonst unvereinbar sind, Frieden geschlossen: Geburt und Tod, Güte und Grausamkeit, Leben und Vernichtung. Ich sage euch, Herrin, frei ist, wer sterben kann und der kann auch leben! Und ihr?"
Eingeschüchtert wich die Hochkönigin vor ihr zurück. Höflich fragte diese:
„Bitte, was meint ihr?"
Eala ging einen Schritt auf die Frau zu.
„Nun, ich meine, seid ihr frei? Könnt ihr alles zurücklassen, um ein neues Leben zu beginnen? Warum weicht ihr vor mir zurück?"
Réalta funkelte Eala böse an.
„Was heißt hier ausweichen? Ich gehe nur einen Schritt zurück, während ihr einen Schritt vorwärts geht. Außerdem muß ich euch jetzt verlassen, dringende Geschäfte rufen mich."
Honigsüß lächelte Eala der Hochkönigin zu, während diese sich entfernte. Da kam Rabharta hinter einem Pfeiler hervor.
„So macht man sich auch Freunde. Aber was diese Frau angeht, sind wir wohl augenscheinlich einer Meinung, Eala."
„Um die euch aber niemand gefragt hat, Hauptmann. Geht lieber und beschützt euren Hochkönig. Denn Schutz hat er bitter nötig. Wenn dieser Siorc erst richtig anfängt, sich mit ihm zu beschäftigen, wird er deine Hilfe brauchen."
„Wie meint ihr das? Wißt ihr denn, was dieser Kerl vorhat?"
Eala lächelte bittersüß.
„Nicht hier. Kommt in meine Kammer, dort können wir ungestört reden, ohne daß man uns belauschen kann."
Wieder hatte sie eine Falle aufgestellt. Rabharta sah dies wohl, aber er mußte den Preis bezahlen, um an diese Neuigkeiten zu kommen.
„Gut, reden wir."
Wenige Augenblicke nach ihr betrat der Hauptmann des Hochkönigs die Kammer der Schattenbringerin.
„Nun, Eala, was habt ihr mir zu sagen? Ich will nicht allzu lange hier verweilen. Es reicht wohl, daß ich diesen Raum betreten habe."
Beide wußten, daß er die Maus war, mit der die Katze spielte. Eala genoß es, ihn ihre Macht spüren zu lassen.

„Gut, Rabharta, dann wollen wir fortfahren mit unserem vertraulichen Gespräch. Deine Feinde sind auch meine Feinde, was uns ja schon fast zu Freunden macht.
Zu diesem Siorc, einen weiten Weg hat er zurückgelegt, von Cill-airne bis hierher. Dennoch glaube ich nicht, daß seine treuen Freunde, die Fianna, wissen, daß er sich mit Dragan verbündet hat, dem schwarzen Wolf, der über den ganzen Südosten herrscht. Ich schätze, die beiden haben unseren alten Herrn schneller von seinem Thron gezerrt, als es uns beiden lieb sein kann. Du solltest ihn nicht aus den Augen verlieren. Fast jede Nacht verläßt er die Burg durch eine versteckte Pforte in der Außenmauer, um sich mit einem Mittelsmann dieses Thronräubers zu treffen."
Rabharta war verwundert über diese Zusammenarbeit.
„Warum sagst du mir das? Siorc gehört zur Königlichen Garde, du weißt selbst, daß ich hier keine Handhabe habe, um das zu verhindern. Du hingegen bräuchtest nur Arcán ein bißchen den Kopf zu verdrehen, und er würde dir seinen Kopf zu Füßen legen."
Eine schallende Ohrfeige war die Antwort.
„Ich warne euch, Rabharta! Mäßigt euren Ton, ich bin weder eures Königs noch Arcáns Hure. Das war alles, was ich euch zu sagen hatte. Verlaßt jetzt diesen Raum, sofort!"
Rabharta war erschrocken über die Wirkung seiner Worte.
„Entschuldige, ich wollte dir nicht zu nahe treten."
Beschämt schritt der Hauptmann auf den Gang. Er mußte jetzt überlegen, was zu tun war. Das Vertrauen, Tuan in seine Pläne einzuweihen, hatte er schon lange verloren. Er überlegte hin und her, wen er ausschicken könnte, um sich diesem Kerl an die Fersen zu heften. Aber seine Entscheidung war gefallen. Siorc war allein seine Sache.
Als er so durch die Steinringe der Burg schlenderte, glaubte er, Réalta zu sehen, die sich angeregt mit Cruimh zu unterhalten schien. Vorsichtig näherte er sich ihnen, bis er sie aufgeregt flüstern hörte.
„Du glaubst ja nicht, was ich mir auf meiner eigenen Burg anhören muß, Cruimh! Diese unverschämte Ziege. Kannst du sie mir nicht irgendwie vom Halse schaffen? Ich sage dir, nichts Gutes haftet an diesem Weib. Die wird unser aller Untergang sein. Ich sehe doch, wie sie Broc um ihre hübschen, schlanken Finger wickelt. Er folgt ihren Röcken wie ein Hündchen. Bald wird er uns ganz entgleiten. Du mußt etwas tun. Rede mit Tuan. Diese Frau muß meinen Hof verlassen."

Cruimh war sichtlich bemüht, die Königin zu beruhigen.
„Réalta, bitte beruhigt euch! Seht ihr denn nicht, daß die Zeit für uns arbeitet!"
Die Hochkönigin stutzte.
„Was? Wie das?"
„Nun, wenn er seine Zeit mit ihr vergeudet, kann er seinen Staatsgeschäften nicht nachgehen. Soll er all seine Kraft in sie stecken. Diese Frau kann euch nichts nehmen und nichts anhaben."
Rabharta lächelte und machte sich auf zu den Mannschaftsräumen der Königlichen Garde. Als er dort ankam, waren alle schon ausgeflogen. Nun gut, dann würde er sich die Zeit bis zum Abend eben anders vertreiben. Hunger überkam ihn. Er ging zurück zur Halle, wo er den König vorfand.
„Rabharta, mein Freund, seid gegrüßt. Komm, setz dich zu mir. Wir wollen gemeinsam essen. Geht es dir gut?"
Rabharta antwortete freundlich:
„Ja, danke und befindet ihr euch auch wohl, Herr?"
Der Hochkönig schüttete aus einem Krug Met in seinen Becher.
„Ach, heute morgen habe ich wieder gesehen, wie ungerecht das Leben ist. Statt reifer und schöner zu werden, werden die Menschen alt und häßlich. Eala, die zukünftige Hochdruidin, hast du sie schon einmal gesehen?"
Rabharta bemerkte, was er auch immer sagen würde, er befände sich auf dünnem Eis.
„Ja, so ab und an. Warum fragt ihr?"
Ein gieriger Blick zog über das Gesicht des Hochkönigs.
„Oh, könnte ich doch nur einmal in meinem Leben ein solches Vollweib besitzen. Aber ich sage dir, die hat bestimmt noch keiner angerührt oder aber der verkehrte. Stolz ist sie und unnahbar. Süßer ist sie bestimmt als alle Äpfel Tir nan Ogs, dem Land der Jugend.
Hast du noch nicht gesehen, wie sich ihre Brüste heben und senken bei jedem Atemzug, den sie tut oder wie makellos ihre Beine sind, wenn die Schlitze ihres Kleides sie entblößen?"
Rabharta war verlegen.
„Ich sah sie nur einmal nachts auf dem Gang, als ich austreten mußte und sie auf war, um sich einen Becher warmer Milch zu holen. Leider hatte ich es so eilig, daß ich ihr den Becher aus der Hand fegte."
Broc erwiderte aufgebracht:

„Du Narr, warum hast du sie nicht genommen? Es gibt doch sowieso keine Edelmänner mehr.“
Das war zuviel für den Hauptmann. Wortlos stand er auf. Vor Ealas Kammer blieb er stehen. Zaghaft klopfe er an. Ealas Stimme hallte durch die Tür:
„Wer ist da?“
Leise antwortete der Hauptmann.
„Ich, Rabharta. Darf ich eintreten?“
Eala öffnete ihm die Tür. Sie trug ein nachtblaues, enganliegendes Kleid, das die Formen ihres Körpers betonte.
„Habt ihr euch für heute nicht genug daneben benommen? Was gibt es denn dem noch hinzuzufügen?“
Rabharta atmete tief ein.
„Ich weiß nicht, wo die Pforte ist. Vielleicht könntet ihr mir erklären, wo ich sie finde oder mir zeigen, wo sie ist?“
Eala war überrascht.
„Ihr wollt selbst gehen? Ist das nicht etwas gefährlich? Und was ist, wenn euch etwas passiert?“
Rabharta war erstaunt über die Sorgen, die sie sich machte.
„Es wird mir schon nichts passieren, weil mir einfach nichts passieren darf. Wo ist die Pforte? Reitet er allein, oder hat er noch etwaige Begleiter dabei?“
„Allein, Rabharta. Aber das macht ihn nicht ungefährlicher. Dieser Mann trägt seinen Namen nicht unverdient.“
Ungeduldig wütete Rabhartas Herz.
„Wo ist die Pforte, bitte?“
Von der Entschlossenheit des Hauptmanns erstaunt, antwortete die Schattenbringerin:
„Auf der Rückseite der Burg. Zwischen dem ersten und dem zweiten Burgring befindet sich ein Brunnen. Von ihm aus kannst du einen großen Holunderbusch sehen, dahinter verbirgt sich die Pforte. Könnt ihr nicht einen eurer Männer gehen lassen? Ihr werdet hier dringender gebraucht.“
„Und das wißt ihr zu beurteilen, Eala?“
Energisch packte sie ihn an den Schultern.
„Ja, ich kann das beurteilen. Hier werden die Ränke geschmiedet und nicht dort draußen. Ihr seid ein guter Mann, was ich auch immer für euch empfinde, aber ich achte euch für das, was ihr und wie ihr es tut.“
Rabharta staunte nicht schlecht.

„Was empfindet ihr denn, Eala? Man sagte mir, Schattenbringerinnen seien zu Gefühlen gar nicht fähig, weil sie schon tot wären."
Mit einem Satz war sie bei ihm und preßte ihre Hand auf seine Lippen.
„Seid ihr wahnsinnig? Nehmt dieses Wort nie mehr in den Mund."
Der Hauptmann schmunzelte.
„Ihr wolltet mir gerade mitteilen, was ihr für mich empfindet."
Frech lachte sie ihm ins Gesicht.
„Was soll ich für euch empfinden? Nichts! Ihr seid ein Mann. Ich bin eine von der Anderen Seite. Ich werde eure Welt bald verlassen, und das tut mir nicht leid."
Er rückte näher zu ihr hin und glitt mit der Hand über ihren Rücken. Die Augen eines verletzten Rehes blickten ihn an, als sie leise sagte:
„Es würde zu keinem guten Ende führen. Es ist euch untersagt, mich so zu berühren. Menschliche Berührung, gleich welcher Art, ist mir mehr als zuwider. Ich kann dir ein Freund sein, mehr nicht."
Gedankenverloren stand er auf.
„Ich werde jetzt gehen. Bevor die Sonne untergeht, muß ich am Waldrand auf der anderen Seite sein und aufpassen, wenn der Fuchs seinen Bau verläßt."
Gerade als er sich umdrehte, um die Tür zu schließen, kam sie ihm entgegen. Für einen kleinen Augenblick flammte ein grünes Leuchten zwischen ihnen auf. Warmherzig sagte sie.
„Ich werde dich im Auge behalten, Hauptmann."
Dann drückte sie die Tür ins Schloß. Rabharta ging in sein Zimmer, zog seine wärmsten Sachen an und machte sich auf den Weg zu den Stallungen. Allerlei Volk war heute in der Burg, so daß er sie unauffällig mit ihnen verlassen konnte.
Schnell war seine tapfere Stute aufgezäumt. Bald hatte er die Burg hinter sich gelassen und den Waldrand erreicht. Dort stieg er ab. Die Kälte biß ihn selbst durch seinen dicken Mantel. Ständig ging er auf und ab, um wenigstens ein bißchen warm zu bleiben. Ein Feuer hätte zuviel Rauch gemacht, und er wäre vielleicht aufgefallen.
Gegen Abend bewölkte sich der Himmel, und ein kalter Nieselregen setzte ein. Auch wenn das Unterholz so dicht war, daß es Rabharta gute Deckung zu Tara hin gab, die nassen Tropfen konnte es nicht abhalten. Die Mondin leuchtete über das gewaltige Bauwerk. Silbern glitzerte es in der Nacht.

Endlich sah er, wie sich ein Reiter aus der Burg schlich. Das mußte Siorc sein. Rabharta wartete einige Zeit, bis der Reiter an ihm vorbei war. Nun saß er wieder auf und folgte ihm. Die nasse Satteldecke trug nicht unbedingt zur besseren Laune des Verfolgers bei. Spärlich beleuchtete die Mondin die Landschaft. Der Hauptmann mußte aufpassen, daß er nicht zu nahe an Siorc heranritt, sonst würde ihn dieser vielleicht bemerken. Aber er durfte den Abstand auch nicht zu groß werden lassen, sonst würde er ihn noch verlieren.

Der Regen hatte den Weg zur Breiten Straße, denn diesen hatte Siorc eingeschlagen, stark aufgeweicht. Schlamm spritzte an seinen Beinen hoch. Siorc drehte sich um und sah Rabharta. Mit Gewalt trieb er sein Pferd an. Dann, nach einer Wegbiegung, war er plötzlich verschwunden.

Mühsam folgte Rabharta, sein Pferd am Zügel führend, der Spur. Endlich hatte er die Stelle gefunden, wo Siorc den Weg verlassen hatte. Vor ihm lag ein Wildwechsel, dem er nachging, bis er zu einer großen Lichtung kam. Nichts und niemand war zu sehen.

Bald entdeckte er Fußspuren, die ihn zu einer großen, hohlen Eiche führten. Vorsichtig umschritt er den Baum, als er auf einmal eine Messerspitze an seinem Rücken spürte.

„Ja, macht man denn so etwas? Einen Gast des Hochkönigs zu verfolgen! Das wird Arcán aber gar nicht freuen, wenn er davon erfährt. Vielleicht kostet euch das sogar euren Rang, Hauptmann."

Rabharta hatte nicht die Absicht, sich ins Bockshorn jagen zu lassen.

„Und sicher wird es ihn auch beunruhigen, wenn er erfährt, daß sein neuer Liebling ein Späher der Fianna ist, der gemeinsame Sache mit einem Schurken in den Wyinklo-Bergen macht. Nun, junger Herr, unterbreitet mir euer Angebot."

Siorc lachte.

„Es wird kein Angebot geben, Hauptmann. Schöne Reise!"

Dann traf den Hauptmann ein harter Schlag auf den Hinterkopf.

Der Schwur

Mitten in der Nacht hatte Solasard seine Geliebte zu ihrer Hütte gebracht. Die Eifersucht ließ ihm keine Ruhe, bis er Amhrán dazu überredet hatte, sich ihren Pflegefall einmal ansehen zu dürfen. Schnell war Holz aufgelegt, und helle Flammen erhellten das Innere der Hütte.

Grimmig lag Scathcrobh wach. Daß er seine Kopf- und Barthaare seit Tagen nicht mehr geschoren hatte, ließ ihn nicht unbedingt friedlicher erscheinen. Amhrán ergriff als erste das Wort.

„Guten Abend, Scathcrobh, verzeih mir, daß ich dich heute so vernachlässige, aber sieh, mein Versprochener ist hier. Ich wollte dich ihm nur kurz vorstellen, damit er sieht, daß seine Eifersucht unbegründet ist."

Mürrisch fragte das Auge Taras:

„Und wer bist du? Was treibt dich auf die Straßen um diese Jahreszeit?"

Solasard reichte dem Mann die Hand.

„Mein Name ist Solasard mac Annir. Ich bin auf der Suche nach dem Blauen Schwert König Fionn mac Cumhails."

Scathcrobh mußte sich sehr beherrschen, um nicht aufzuspringen. Aber was hätte er denn auch tun können in seinem jetzigen Zustand.

„Weißt du, was es für Folgen hat, das Schwert in seinem Besitz zu haben?"

Selbstsicher antwortete Solasard:

„Natürlich, ich kann endlich Amhrán heiraten. Ich werde mein Leben wieder zurückgewinnen. Die Männer, die sich mir angeschlossen haben, sind viel erfahrener als ich, und trotzdem unterwerfen sie sich meiner Führung. Es ist keine leichte Bürde, diese Verantwortung zu tragen. Das Schlimme ist, daß ich weder weiß, wo das Blaue Schwert ist, noch wo sein rechtmäßiger Platz ist. Denn dorthin soll ich es laut meinem Geís bringen. Und all die Zeit werde ich nichts für Amhrán tun können. Ich will aber auch nicht, daß sie auf mich wartet, vielleicht werde ich nie zurückkehren, und dann hat sie ihr Leben an eine Hoffnung verschwendet. Ich weiß, wie stark unsere Liebe ist, aber kann ich ewige Treue von ihr erwarten? Ich weiß es nicht.

Ihr seht aus wie ein Krieger, der weiß, was Ehre bedeutet. Wollt ihr ein wenig auf sie aufpassen, wenn ihr wieder genesen seid? Leichteren Gewissens könnte ich meine Aufgabe lösen und zu ihr zurückkehren."

Lauthals brach die Wut aus Amhrán aus.
„Und ich? Werde ich vielleicht auch einmal gefragt? Ich möchte niemanden, der auf mich aufpaßt. Ich bin Frau genug, das allein zu tun. Du weißt selbst, daß ich sehr gut mit dem Messer und auch mit dem Schwert umgehen kann. Ich brauche keinen Wachhund, der mich auf Schritt und Tritt überwacht und schon gar nicht so einen wie Scathcrobh."
Dieser setzte sich vorsichtig auf.
„Amhrán, sei vernünftig! Noch bist du sicher hier, aber der Träger des Blauen Schwertes hat viel Macht in diesem Land, und man wird danach trachten, ihm diese wieder fortzunehmen. Du wirst die verletzbare Stelle von Solasard sein."
„Welche Macht?", fragte Solasards überrascht.
Scathcrobh wußte, daß er auf einem dünnen Grad wanderte, aber er wollte jede Gelegenheit nutzen, in Amhráns Nähe zu bleiben. Aus irgendeinem Gefühl heraus wußte er aber auch, daß nicht er es war, der Solasard die Wahrheit über das Blaue Schwert zu offenbaren hatte.
„Ich selbst weiß wenig über solche Dinge zu sagen. Aber Solasard hat recht, wenn er sich Sorgen um dich macht. Laß mich nur so lange bei dir bleiben, bis ich dir jede erdenkliche Kampfart beigebracht habe, damit du dich auch wirklich zu verteidigen weißt. Ist das für dich tragbar?"
Amhrán nickte.
„Gut, aber wirklich nur so lange. Ich bin nun müde. Auch morgen ist noch Zeit zum Reden. Solasard, ich möchte jetzt gern schlafen. Es ist spät und noch vor Morgengrauen hat diese Nacht ihr Ende. In der Versammlungshütte wird man dich bestimmt schon erwarten, um dich zur Gästehütte zu begleiten."
Stolz nahm er seine zukünftige Frau noch einmal in den Arm und küßte sie leidenschaftlich, bevor er ging. Scathcrobh stachen tausend Dolche in sein Herz. Schmerzvoll schloß er seine Augen, um den Körper nicht zu sehen, der sich heute mittag noch so gierig an ihn geschmiegt hatte.
Schweigend beschlossen sie die Begegnung, die für Scathcrobh viel Neues gebracht hatte. Das war nun Solasard mac Annir, der das Land bald in zwei Hälften teilen sollte. Er hatte einen klaren Blick, Hände, die zupacken konnten, die Weisheit zu erkennen, daß er nicht weise war, und er hatte Amhrán, eine Frau, die klug war und wußte, was sie wollte. Seltsame Zufälle. Jetzt mußte er nur noch Saileach nach Tara zurückschicken. Aber mit welcher Nachricht?

Nun, morgen würde er dem jungen Mann noch einmal auf den Zahn fühlen. Gerne hätte er sich Solasard angeschlossen. Er wußte nicht warum, aber er mochte ihn. Er schien eine natürliche Art zu haben, Menschen zu führen. Das war Scathcrobh gleich aufgefallen, als er von der Gemeinschaft sprach, die sich ihm angeschlossen hatte. Bestimmt würde er ein guter König werden, wenn man ihn ließe. Auf jeden Fall ein besserer als der versoffene Broc, dem immer mehr die Zügel entglitten. Solasard war noch jung, und wenn ihn die richtigen Hände formten, würde einmal ein großer Mann aus ihm werden.
Gerade als er einschlafen wollte, fragte ihn Amhrán:
„Das war es, nicht wahr? Du hast mich gesucht, oder?"
Scathcrobh wollte nicht mehr lügen.
„Ja."
Mehr Auskunft war er nicht bereit zu geben, und mehr wollte Amhrán auch nicht wissen. Es war merkwürdig, Solasard wieder zu begegnen. Obwohl er noch gar nicht solange unterwegs war, sah sie, daß eine Veränderung mit ihm vorgegangen war. Irgendwie hatte sie nicht mehr das Gefühl, auf der gleichen Stufe mit ihm zu stehen. Er sorgte sich nicht um sie, weil sie ihn liebte, sondern weil sie seinetwegen vielleicht in Gefahr sein konnte. Etwas war anders geworden in dieser kurzen Zeit, aber sie wußte nicht was. Für sie hatte sich aber ebenfalls einiges geändert, seit sie Misnéachard begegnet war. Das war wohl der Weg, auf dem sie erwachsen werden würde. Schlaf senkte sich über sie und wischte ihre letzten Gedanken fort.
Sie war sehr zerstreut, als sie den Morgengruß am Fluß sprach und auch jetzt, als sie mit Rhiannon am Frühstückstisch saß. Nur mit Mühe konnte sie dem Gespräch folgen.
„Amhrán, wo hast du nur deine Gedanken heute morgen? Ich freue mich ja für dich, daß Solasard da ist, aber wenn er dich so aus der Bahn wirft, wäre es besser, er würde schnell wieder fortgehen."
Gedankenverloren rührte das Mädchen in seinem Becher herum.
„Wer ist fort?"
Rhiannon gab auf und schwieg. Schließlich stand Amhrán auf, bereitete das Frühstück für Scathcrobh zu und brachte es ihm. Wenige Worte wechselten sie. Lieblos wusch sie ihn. Scathcrobh ertrug es mit Gleichmut. Dann klopfte es an der Tür. Ohne eine Antwort abzuwarten, trat Solasard ein.
„Einen guten Morgen wünsche ich euch. Scathcrobh, kann ich einen Augenblick alleine mit dir sprechen?"

Zornig drehte sich Amhrán um und ging zur Tür. So weit kam es noch, daß sie wie eine Dienstmagd hinausgeschickt wurde. Freundlich lächelte sie ihr Versprochener an. Ihr Blick ließ ihn heftig schlucken.
„Nun, Scathcrobh, für mich hat es den Anschein, daß du mehr über das Blaue Schwert weißt, als du sagen willst. Ich selbst bin auf der Suche nach einem Mann, der Neamhní heißt und mir wohl mehr darüber erzählen kann."
Eine Erinnerung suchte sich aus Scathcrobhs dunklem Geist den Weg an das Licht.
„Neamhní! Einen, der so heißt, habe ich getroffen, als ich auf der Breiten Straße war. Kurz vor Magh-Nuadhat haben wir in einem alten Wetterhäuschen übernachtet. Selten haben meine Augen einen Greis so hohen Alters gesehen und rüstig schien er auch zu sein. Aber ich kann mir nicht vorstellen, daß der dir weiterhelfen kann."
Solasard schmunzelte.
„Ich bin wahrlich noch nicht lange unterwegs, aber eines habe ich sehr schnell gelernt. Die Dinge sind selten das, was sie zu sein scheinen. Dieser Mann wird mir helfen. Ich weiß es. Die Hochelben haben es mich wissen lassen. Aber er ist nicht der Grund, warum ich dich noch einmal aufsuche, obwohl du verwundet bist und eigentlich der Ruhe bedürftest. Du scheinst mir ein Mann zu sein, der seine Ehre auf dem langen Weg des Lebens verloren hat. Wenn du sie nun wiedererlangen willst, kann ich dir dazu die Gelegenheit geben.
Ich möchte, daß du auf Amhrán aufpaßt, bis ich sie wieder nach Hause holen kann. Ich glaube dir bezüglich dessen, was du gestern nacht sagtest, und ich achte dich dafür, daß du mir so vieles sagtest, obwohl ich spürte, daß deine Lippen eigentlich versiegelt sein sollten. Wirst du das für mich tun?"
Mühsam stand Scathcrobh auf, kniete nieder, nahm sein Schwert, das neben seinem Lager lag und sprach:
„Ich schwöre, so wahr die Gebirge aus Stein sind, tot oder lebendig, lebendig oder tot, solange ich lebe soll ihr kein Mensch, kein Wesen, das auf dieser Erde wandelt, ein Leid antun. Das schwöre ich, Scathcrobh, dir, Solasard mac Annir."
Dann erhob er sich erschöpft und legte sich wieder hin.
„Ich danke dir, Scathcrobh. Es soll dein Schaden nicht sein, wenn ich sie wohlbehalten wieder in meine Arme schließen kann. Doch nun will ich mich von meiner Herzkönigin verabschieden und weiterziehen.

Lebe wohl, und möge die Große Mutter über dich wachen."
Dann schüttelten sich die beiden Männer zum Abschied herzlich die Hände, und Solasard ging hinaus. Dort saß Amhrán vor der Hütte und bibberte vor sich hin.
„Glaube ja nicht, daß du mich hintergehen kannst. Ich habe jedes Wort gehört. Ich brauche keine Amme, die auf mich aufpaßt. Und so eine wie Scathcrobh schon gar nicht! Solasard! Bist du denn blind. Er kam hierher, um mich zu finden. Woher willst du wissen, daß du ihm vertrauen kannst, daß er mir nichts antut?"
Solasard half ihr auf und führte sie zum Ufer des Sionna.
„Ich weiß es. Dieser Mann hat es mir geschworen. Aus welchen Gründen er dich auch immer gesucht haben mag, er wird dich ab jetzt beschützen. Ich fühle mich einfach besser dabei, wenn ich weiß, daß es jemanden gibt, der in deiner Nähe ist und auf dich aufpaßt."
Empört erwiderte Amhrán:
„Und ich? Was denkst du, wie ich mich dabei fühle? Nun gut, ich sehe schon, du wirst deine Meinung nicht ändern, und ich werde damit leben müssen. Aber glaube mir, dein Wachhund wird mir nur allzubald aus der Hand fressen."
Solasard lächelte in sich hinein.
„Wenn du dich da mal nicht täuschst. Aber laß uns nicht streiten, meine Schöne. Ich bin hier, um mich von dir zu verabschieden. Ich weiß nicht, wann wir uns wiedersehen werden, Amhrán. Ich glaube, was mir Scathcrobh erzählt hat. Wenn es hier wirklich um Macht geht und ich eine Figur in diesem Spiel bin, verstehe ich auch langsam, warum sich mir sogar ein Edler der Hochelben angeschlossen hat. Auf jeden Fall bist du hier bestimmt am sichersten aufgehoben.
Was ich jetzt sage, ist kein Scherz, hörst du?! Ich möchte, daß du tust, was immer Scathcrobh von dir verlangen mag. Wenn er dich gesucht hat und dich fand, werden das vielleicht noch ganz andere schaffen. Willst du mir das versprechen?"
Amhrán nickte einvernehmlich. Vielleicht hatte er ja doch recht.
„Ja, ich verspreche es dir, aber ich möchte auch, daß du auf dich aufpaßt. Ich will schließlich mit dir alt werden, wenn das alles vorüber ist."
Solasard umarmte seine Geliebte und drückte sie fest an sich. Zärtlich küßten sie sich für lange Zeit zum letzten Mal. Dann lösten sie sich voneinander, und Solasard ging davon. Lange noch starrte Amhrán auf den

Fluß, mit dem sich ihre Tränen vereinigten und zum großen Meer reisten. Solasard indessen hatte noch ein Gespräch mit Síochanta vor sich, auf deren Hütte er zustrebte. Er konnte es für sich selbst nicht klar nachvollziehen, aber er vertraute Scathcrobh. Dieser Mann hatte seine Ehre verloren, und der Schwertsucher spürte nur zu gut, daß er sich damit auch selbst und den Sinn seines Lebens verloren hatte. Auf Tara würde Scathcrob, als einer von vielen, nie eine Gelegenheit finden, sich von dem reinzuwaschen, was diesen Wandel verursacht hatte. Unter der Haut dieses Mannes schlug ein gerades Herz, aber er hatte es mit einem Wall aus Steinen umgeben, damit er es nicht mehr finden würde. Doch das Schlagen dieses Herzens konnte er nicht vor sich selbst verleugnen.
Er mußte ihm einfach vertrauen. Es war kein anderer da, dem er es sonst zutraute, auf Amhrán aufzupassen. Die Vergangenheit Scathcrobhs, welcher Art sie auch immer sein mochte, war der einzige Schutz für Amhrán.
An der Tür zu Síochantas Hütte stand sie selbst, um ihn zu empfangen.
„Tritt ein, Solasard mac Annir, und sei mir noch einmal willkommen."
Zaghaft folgte Solasard der Einladung in die spärlich beleuchtete Hütte und setzte sich an die Feuerstelle. Seine Gastgeberin tat es ihm gleich und reichte ihm einen Becher, aus dem es süßlich duftete.
Solasard antwortete:
„Danke, Síochanta, du hast mich gestern nacht gebeten, dich heute aufzusuchen, bevor ich aufbreche. Nun, hier bin ich."
Síochanta musterte ihn gründlich, bevor sie zu sprechen begann:
„Wenig weißt du vom Leben, Solasard mac Annir, einiges hast du in letzter Zeit dazugelernt, doch um die Bürde zu tragen, die dir vorbestimmt ist, mußt du noch einen weiten Weg gehen. Ich bin froh, daß mein Vater dich begleitet. Das mag ihm die Gelegenheit geben, dir unser Volk etwas näherzubringen."
Solasard war es leid, die Geschichte von der Last und der Bürde zu hören. Neugierig fragte er:
„Herrin, ich bitte dich, welche Last ist es denn, die ich auf meinen jugendlichen Schultern zu tragen habe?"
Síochanta ließ den jungen Mann nicht aus den Augen.
„Die Krone Erius."
Solasard spuckte vor Entsetzen den Trunk in das Feuer.
„Du scherzt. Ich habe keinen Tropfen königlichen Blutes in mir."
Síochanta blieb ruhig.

„Oh doch, du bist der letztgeborene Sohn von Fionn mac Cumhail. Und wenn dir dies nicht genug ist, dann sollte es der Geís sein, den deine Mutter über dich gesprochen hat bei deiner Geburt. Du wirst diesem Schicksal nicht entgehen, Solasard! Broc ist alt und alles andere als ein guter und gerechter König. Du bist der Frühjahrshirsch, der ihn fordern wird. Und du wirst ihn stürzen, wenn die Zeit dafür reif ist."

Ungläubig schüttelte Solasard den Kopf.

„Das kann nicht wahr sein. Ich glaube das nicht. Du erlaubst dir einen üblen Scherz mit mir."

Sanft lächelte Síochanta.

„Die Götter schützen dich. Es ist ihr Wille. Aber du mußt erst deine Aufgabe erfüllen. Diese zu überleben, wird schwer genug für dich sein. Höre nun, was ich dir zu sagen habe.

Schon jetzt versuchen deine Feinde, ein Netz um dich zu spannen. Deine Gefolgschaft ist über jeden Zweifel erhaben, und doch mußt du vorsichtig sein, daß sich kein Maulwurf einschleicht. Sei unvoreingenommen gegen jeden, aber wäge ab, wem du Vertrauen schenkst. Am Ende mag sich alles wenden. Hüte dich vor den Worten der Toten. Durch sie wirst du deine Seele verlieren, und doch magst du daraus einen Schatz gewinnen. Geh nun, deine Gefährten warten schon auf dich. Kostbare Hüter haben dir die Götter mit auf den Weg gegeben. Behalte dein gerades Herz, dann kann dir nichts geschehen."

Solasard hielt das ganze erst einmal für einen großen Irrtum, über den er ein andermal nachdenken würde. Dennoch machte er sich grübelnd mit seinem Gefolge auf den Weg. Die anderen sahen wohl, daß sich ihr Anführer über irgend etwas den Kopf zerbrach. Aber niemand wagte es, ihn in seinen anstrengenden Gedankengängen zu stören. Sogar Athraigh und Goworr, die sonst immer irgendwelche Späßchen auf den Lippen hatten, hielten sich bedeckt.

Sie waren ein gutes Stück vom Coven entfernt, als sich ihnen in einiger Entfernung jemand in den Weg stellte. Wie es auch immer aussah, es war auf jeden Fall eine Frau. Je näher sie kamen, um so bekannter wurde sie Solasard. Schließlich hielten sie vor ihr an. Höflich sagte Goworr:

„Mütterchen, mach den Weg frei, fünf wackere Männer begehren Durchlaß."

Die Alte lachte freundlich.

„Vier mögen weitergehen, doch euer Anführer mag ein bißchen bei mir verweilen, um über den Lauf der Welt zu plaudern."
Zweifelnd schauten seine Begleiter, doch Solasard nickte und stieg ab, während die anderen im Schritt weiterritten.
„Nun, Solasard mac Cumhail, wie ist es dir bis jetzt ergangen?"
Solasard rümpfte die Nase.
„Hör auf, mich so zu nennen. Wie soll es mir ergangen sein?"
Macha streichelte den Hals des Pferdes.
„Demnach freust du dich nicht, daß du eines Tages die Königswürde tragen wirst. Nun, das ist gut, so wirst du wenigstens kein hochmütiger König sein.
Bedenke auch dies. So sehr du dich dagegen wehren magst, das Volk braucht einen neuen König, und keinen anderen als dich wird es auf dem Thron Taras dulden, Solasard. Keinen anderen, vergiß das nicht. Dieses Land ist dein Land, und dieses Volk ist dein Volk. Es vertraut auf dich, enttäusche es nicht."
Solasard atmete tief ein und aus.
„Es ist alles so unglaublich, Macha, und was wird mit Amhrán, wenn das alles wahr und kein Hirngespinst ist?"
Spöttisch kniff sie ein Auge zu.
„Um Amhrán brauchst du dir gewiß die geringsten Sorgen zu machen. Sie ist eine Frau, in deren Adern Erius Blut fließt. Sie wird dich auf dem Thron erwarten, und aus ihrer Hand wirst du die Krone empfangen.
Kümmere dich nicht um sie. Die Mächtigsten halten ihre Hände über sie. Sie wird deine Frau, für dieses Leben. Aber auch sie muß den ihr vorgegebenen Weg gehen. Du wirst wenig Zeit haben, dir Gedanken über sie zu machen. Glaub mir das.
Vertraue denen, die dich begleiten. Ab morgen wird sich dein Leben ändern. Öffne deine Augen zum Sehen, Solasard, doch mißachte auch nicht das, was dein Herz fühlt. Eine schwierige Zeit bricht nun an. Du wirst verfolgt werden, nicht nur von Cluanaire. Das Land ist in Aufruhr, niemand weiß, wer du bist. Du wirst dir den Thron bitter erkämpfen müssen und mit teurem Blut dafür bezahlen."
Solasard strich sich seufzend durch die Haare.
„Gibt es denn keine Möglichkeit dem Ganzen zu entgehen? Ich bin doch bestimmt nicht der Richtige für den Thron. Ich weiß nichts von der Welt, vom Leben. Du weißt selbst, wie unerfahren ich bin."

Macha legte ihm eine Hand auf die Schulter.
„Du hast gute Freunde, Solasard, weise Ratgeber. Laß dir von Neamhní die Geschichte deines Vaters erzählen. Vieles wirst du daraus für dich gewinnen können."
Voller Sorge schaute er ihr in die Augen.
„Ich habe wohl keine andere Wahl. Wir werden sehen, was uns die Zukunft bringt. Ich bitte dich nur darum, auf Amhrán aufzupassen."
Die Göttin nickte ihm zu.
„Darum sorge dich nicht, auch ihre Geschichte wird dereinst ein gutes Ende finden. Leb denn wohl, Solasard."
Dann war sie verschwunden. Vor seinen Füßen lag ein herrlich roter Apfel. Er nahm ihn auf, steckte ihn in seinen Reisesack und stieg auf sein Pferd, den anderen zu folgen.
Als er sie erreicht hatte, fragte Athraigh neugierig:
„Was hattest du denn mit diesem alten Frauchen zu tun?"
Solasard schmunzelte.
„Mit diesem alten Frauchen habe ich meine letzte Samhain-Nacht verbracht."
Athraigh kicherte laut.
„Du meinst, sie war die, na, du weißt schon?"
Solasard nickte.
Athraigh konnte es einfach nicht fassen.
„Und später sah sie dann so aus, wie du sie mir beschrieben hattest? Solasard, das glaubst du doch selbst nicht."
Schmunzelnd ritten sie weiter. Als es dämmerte, erreichten sie die Breite Straße. Viel Volk war auf der Straße. Wahrscheinlich wollten einige das gute Reisewetter nutzen, um ihre Lebensmittel möglichst gewinnbringend auf den Märkten zu verkaufen. Schon jetzt gab es in Teilen des Landes Mangel an Nahrungsmitteln.
Wanderschmiede begegneten ihnen. Auch Leute des Fahrenden Volkes waren unterwegs. Doch heute ließ man Solasard und seine Gemeinschaft in Frieden, beachtete sie nicht einmal. Gemächlich zogen sie dahin. Bald würde es dunkel werden, bis dahin wollten sie ein anständiges Wetterhäuschen gefunden haben.
Die ersten Wetterhäuschen, die sie sahen, waren als solche nicht mehr zu gebrauchen. Eines war völlig niedergebrannt, dem zweiten fehlte das Dach und das dritte hatte so viele Löcher, daß sie gleich hätten im Freien schlafen

können. Schließlich hatten sie beim vierten Glück. Sie sahen schon von weitem, daß hier ein Feuerchen flackerte, über dem ein paar knusprige Vögel brieten.
Vorsichtig führten sie ihre Pferde hinter sich her. Da kam ihnen auch schon jemand aus der Hütte entgegen. Ohne nachzudenken, wußte Solasard, wer es war.

Tagträumer

Lange saßen sie beisammen, und noch immer hatten sie keine Lösung gefunden, ob sie den Menschen helfen sollten oder nicht.
Schweigend hatte Anam den Worten der Königin und ihres Sohnes, dem Weisen Rat und den fünf Meistern der Wandlung gelauscht. Während die anderen versuchten, diese Frage mit dem Kopf zu lösen oder aus dem Bauch heraus zu beantworten, schlug bei ihm laut das Herz. Als der Morgen schon lange angebrochen war, ergriff er das Wort.
„Lange habe ich geschwiegen, euch zugehört und eure Meinungen und Überlegungen gegeneinander abgewägt. Ich bin ein alter Mann, schon so alt, aber ich erinnere mich noch gut daran, wie ich barfuß durch die Wälder Erius streifte. Die Sonne auf dem Rücken, die Füße auf dem schattigen, weichen Waldboden.
Ich glaube, es geht hier nicht nur um das Menschenvolk. Ich denke, es geht hier auch um unsere Heimat, unsere Wurzeln. Ich möchte es nicht gerne sehen, wenn Néart und seine finsteren Gesellen diese Erde mit ihrer Anwesenheit besudeln. Sicher können wir im Augenblick wenig tun. Genauso wie die Menschen werden wir uns gedulden müssen, bis Néart Stellung bezogen hat. Dann können wir überlegen, wie wir vorgehen müssen.
Vielleicht retten wir zwei Welten, indem wir eine befreien. Sicher ist Geduld bitter, und mancher Schmerz wird uns peinigen, wenn die Síofra ihr Unwesen treiben, aber die Frucht unserer Geduld, der Sieg, wird dafür um so süßer sein.
Ich weiß wenig von den Menschen. Fast gänzlich habe ich die Erinnerung an sie verloren. Doch aus den Erzählungen Misnéachards habe ich gelernt, daß sie selbst sich vielleicht nicht verändert, wohl aber ihr Verhalten angepaßt haben. Im Angesicht der Síofra werden sie sich freuen, uns wiederzusehen."
Misnéachard nickte zustimmend.
„Es ist keine Welt wie unsere, aber auch wir haben nicht das Recht, die Síofra zu verurteilen. Nur zu gut kenne ich die Geschichte über ihren Eidbruch, als sie sich nicht auf unsere Seite stellten in der letzten Schlacht, sondern auf die Seite der bösen Menschen. Aber sie hatten ihre Gründe dafür und diese müssen wir achten.

Noch heute werde ich aufbrechen, um mich bei den Menschen umzusehen. Meine Schwester lebt, wie ihr wißt, unter ihnen. Sie werde ich aufsuchen, um Näheres zu erfahren. Und ich werde mir diesen Dragan ansehen. Sicherlich mag er eine Gefahr für Solasard sein, aber auch Drachen fallen, wenn ihnen das Bein weggleitet.
Wenn ich zurückkehre, werde ich mehr zu berichten haben. Dann wollen wir uns noch einmal hier einfinden. So ist es beschlossen? Wir helfen den Menschen?"
Laut hallte die Frage durch das Zelt.
Erst nachdem der Rat der Weisen nickte, stimmte auch die Königin zu und verkündete:
„Gut, so werden wir den Menschen helfen. Ein zweites Mal werden wir uns auf sie einlassen. Aber dieses Mal wird sie ein Wortbruch teuer zu stehen kommen.
Misnéachard, viel hast du mit deiner Liebe zu den Kurzlebigen bewegt, doch das gleiche Schicksal wirst du erleiden, wenn wir scheitern."
Lá und der Weise Rat erhoben sich und gingen hinaus. Nur der Prinz und die fünf Meister blieben zurück.
Schließlich standen vier der Kinder auf und stellten sich rund um den mächtigen Stamm der Eiche. Nebel wallte auf. Als Misnéachard seinen Blick auf den fünften Knaben richten wollte, saß ihm ein alter Greis gegenüber. Auda war geblieben.
„Schon lange folge ich dir auf dem Weg, den du eingeschlagen hast, sehe ich deinen Traum der Einen Welt Gestalt annehmen in deinen Gedanken, in deinem Tun. Wahrlich, nicht wenige deines Volkes halten dich deshalb für gefährlich."
Misnéachard war erstaunt.
„Warum das, Herr?"
Auda lächelte.
„Alle Lebewesen träumen, Misnéachard, aber nicht auf dieselbe Weise. Viele, die während der Nacht in der staubigen Tiefe ihres Verstandes träumen, wachen am nächsten Tag auf und entdecken, daß alles nur Wahn war. Tagträumer wie du allerdings sind gefährliche Wesen. Denn sie können ihren Tagtraum mit offenen Augen sehen, um ihn wahr zu machen. So wie du es tun wirst.
Du hast die Absicht, eine neue gemeinsame Welt zu schaffen – die Eine Welt - verlorengegangenen Einfluß wieder herzustellen und einzugliedern

in die Lücken menschlichen Lebens und Handelns, damit alle Völker weiter wachsen, sich durchdringen können.
Du wirst deinem Volk und den Menschen Erius den Traumpalast eines neuen Denkens bauen helfen. Ein so hochgestecktes Ziel wird den edlen Geist ihres Verstandes wecken und auch die Menschen eine wichtige Rolle spielen lassen.
Doch wie immer, wenn eine neue Einheit entsteht, wird es auch Verluste geben. Dieser Schuld werden sie dich und auch Solasard bezichtigen. Hoffe, daß es so sein möge, denn alles ist besser als das Scheitern. Zu viele werden in dem Kampf um die Eine Welt mit ihrer Ehre und ihrem unschuldigen Leben bezahlen. Dein Volk wird kleiner werden und dabei doch an Größe gewinnen. Dafür werden sie dich hassen und verehren, Misnéachard. Auch uns ging es so, als wir die Andere Welt schufen, denn sie bedeutete Rettung, aber auch den Verlust der alten Heimat.
Du wirst es nicht leicht haben. Oft wirst du einsam sein. Aber die Einsamkeit ist nicht nur die Schwester der Tränen, sie ist auch die Mutter der Kraft. Erinnere dich immer daran: Unsere schlechtesten Augenblicke entstehen oft in uns selbst. Sie wüten allein in unserem Herzen und in unserem Kopf. Wenn du glücklich sein willst, dann halte andere nicht für glücklicher, als du es bist."
Misnéachard verzog bitter sein Gesicht.
„Ich liebe eine Frau, die nie zu mir gehören wird, Herr."
Auda klopfte dem Prinzen auf die Schulter.
„Nur zu gut erinnere ich mich daran, wie du die Menschen um das eine beneidet hast, was dir fehlte und was sie besaßen. Diese Wichtigkeit, die sie ihrem Leben beimessen, die Leidenschaft ihrer Freuden und Leiden, das bange, aber süße Glück ihrer ewigen Verliebtheit. Dies ist nun auch dein Fluch, und noch so manche schwere Stunde steht dir bevor.
Aber du liebst nur dann, wenn du auch die Welt und alles Lebendige darin liebst, Misnéachard. Viele Seelen wohnen in den Herzen der Menschen, im Herzen Amhráns. Eine dieser Seelen liebt dich. Das ist der Honig im Schierlingsbecher deiner Liebe. Vergiß das nicht!
Ich werde bei dir sein, wenn du mich brauchst."
Auda gab ihm die Hand zum Gruß, und im nächsten Augenblick saß eine weiße Taube in der Hand des Prinzen, die aufstob und davonflog.
Während Misnéachard erschöpft im Grianán zurückblieb, wirbelte Saíle am Weißen Weiher um Néart herum.

„Du hast wirklich einen Weg gefunden? Sag mir wie."
Néart wußte nicht, ob er diese Freude schon so früh trüben sollte.
„Ich sagte, daß ich auch eine schlechte Nachricht habe, Saíle."
Diese hielt neugierig inne.
„Und die wäre?"
Ihr neuer Gefährte antwortete nur zögernd.
„Du kannst Eriu zwar betreten, aber du darfst nicht am Tag außer Haus gehen. Trifft dich auch nur das Licht eines Sonnenstrahls, wirst du zu Staub zerfallen."
Saíle war entsetzt, dennoch schien ihr der Preis nicht zu hoch zu sein.
„Dann werden wir ein Schloß bauen, das dem Sonnenlicht keinen Zutritt gewähren wird. Solasard wird das gerne für mich tun. Schließlich bin ich seine Mutter, und er verdankt mir ja auch den Thron."
Füchsisch lächelte Néart.
„Natürlich, meine Schöne. Wir beide werden ihn schon auf den Thron bringen."
Für sich dachte er allerdings: Um ihn dann ganz schnell wieder davon herunterzuholen.
Auch mit Dragan würde er ganz schnell fertig werden. Den würde er freundlicherweise den Síofra überlassen. Madhra, seinem willigen Gehilfen, würde er den Befehl über die Königliche Garde übertragen.
Sein Blick glitt über Sáiles Körper, der nur von einem durchsichtigen Gewand bedeckt war. Das würde die Mutter seiner Söhne werden, dann konnte sie ein Strahl der Sonne treffen. Solasard würde nicht lange auf dem Thron die Macht innehaben, um selbst einen Thronfolger hervorzubringen.
Rot funkelte der Wein in den Kristallgläsern, den Dragan von Alba schicken ließ. Wenn er erst einmal auf Tara herrschen würde, könnte er jeden Tag darin baden. Sáile, seine Hure, würde die schönsten Gewänder tragen, während sie darauf wartete, daß er ihr seine Gunst schenkte. Das wäre die einzige Pflicht, die sie haben würde. Ihm Lust zu bereiten und seine wilden Triebe zu befriedigen.
Ach, und wie wenig ahnte sie von seinen Plänen. Als Hochkönigin sah sie sich schon in ihren irren Träumen. Welch ein hübscher Einzug nach Tara würde das sein, mitten in der Nacht. Eine Hochkönigin verflucht von der Königin der Sidhi.
Geschmeidig pirschte er sich an sie heran. Von hinten umfaßte er ihre Brüste. Das war der Preis, den Sáile zu bezahlen hatte. Es widerte sie an,

diesem Lüstling zu Willen zu sein. Wie sehr hatte sie ihr erster Eindruck getäuscht. Aber sie wäre bereit, alles zu tun, um diese Welt zu verlassen. Gehorsam ließ sie alles über sich ergehen.
Freudestrahlend lag sie hernach neben ihm. Sollte er nur glauben, daß er ihrer sicher sei. Er glaubte wirklich, Sáile wüßte nichts von seinen dunklen Plänen. Von den heimlichen Besuchen Madhras.
Und dann war vor einigen Nächten auch noch diese schreckliche Alte hier aufgetaucht. Nur zu genau erinnerte sich Sáile an die Geschichten von den Síofra. Wenn sie als Kind nicht artig war, hatte ihre Mutter immer damit gedroht, daß diese sie holen würden. Damals waren sie nicht gekommen, um sie gegen häßliche und verkrüppelte Wechselbälger einzutauschen. Sáile hatte diese Geschichten nie geglaubt. Märchen, die sich bestimmt Mütter ausgedacht hatten, um ihre Kinder leichter erziehen zu können.
Es war ein heißer Tag gewesen, und Sáile hatte viel Wein getrunken. Frühzeitig hatte sie sich auf ihr Nachtlager begeben. Mit schwerem Kopf döste sie vor sich hin. Dann hörte sie, wie sich Néart mit jemandem unterhielt. Nun dies war nichts Neues, denn in letzter Zeit kamen und gingen viele Boten, die sie nicht kannte. Aber als sie diese krächzende Stimme hörte, wollte sie doch wissen, zu welchem Gesicht sie gehörte. Vorsichtig war sie aufgestanden und hatte sich zum Vorhang geschlichen, der den Schlafraum von dem großen Wohnraum trennte.
Langsam zog sie den Stoff leicht beiseite. Erschüttert vor Ekel mußte sie sich abwenden, als sie diese völlig verwahrloste und verkrüppelte Gestalt sah. Es schüttelte Sáile sogar, als sie nur noch diese furchtbare Stimme hörte, die zu Néart sprach.
„So mein Söhnchen, du willst dich mit uns verbünden. Welche Rolle hast du uns denn in deinem Spiel zugedacht?“
Néart erwiderte freundlich:
„Ihr sollt das tun, was ihr am besten könnt und was euch am meisten Freude macht: Unruhe stiften, Schrecken verbreiten und das Volk verängstigen. Ihr werdet in die Berge um Wyinklo ziehen. Dort lebt einer meiner Freunde. Er wird euch sagen, wann es Zeit ist loszuschlagen. Ich überlasse euch die ganze Insel, wenn ihr mir nur von Tara wegbleibt. In meinem Namen werdet ihr das ganze Menschenvolk unterjochen.“
Pryria schnurrte wie ein Kätzchen.

„Und was, edler Herr, ist der Lohn unserer Mühen? Noch mehr bewegt mich allerdings die Frage, was ist der Lohn deiner Mühen? Was erhoffst du dir davon?“
Néart atmete hörbar ein.
„Der Lohn ist ein geringer. Ich werde leider eine Welt opfern müssen, um über zwei zu herrschen. Eriu wird mit Krieg überzogen werden. Sicherlich werden sich diese Narren aus Tir na Samradh einmischen. Mit deiner Hilfe werden wir den Krieg gewinnen und vor den Toren des Sommerlandes stehen.
Gerne werden sie mir ihre Herrschaft überlassen. Die Sidhi können es sich nicht leisten, noch einmal eine Heimat zu verlieren. Das Volk wird immer kleiner, und ein Krieg würde zu viele Tote bedeuten. Daher werden sie sich freiwillig meinem Joch unterwerfen, und so werde ich der erste und einzige König über zwei Welten sein. Ist das nicht herrlich? Herrscher zu sein, über die Eine Welt.“
Ungeduldig fragte Pryria.
„Verzeih, wenn ich deine Ausführung so einfach übergehe, aber worin liegt denn nun unser Gewinn?“
Genüßlich hauchte Néart auf seine Fingernägel und rieb sie an seinem Hemd.
„Nun, Pryria, euer Lohn ist erstens, daß ich euch leben lasse, und zweitens überlasse ich euch den größten Teil von Eriu. Damit könnt ihr dann tun, wozu es euch beliebt!“
Die Alte kicherte albern.
„Alles? Was ist mit den Menschen?“
Nun lachte Néart auf.
„In meinem Plan von der Einen Welt ist kein Platz für die Menschen vorgesehen. Ich denke nicht, daß sie zu etwas anderem nütze sind, als sich über sich selbst Gedanken zu machen.
Eriu ist nur eine Stufe zum Thron über die Andere Welt.“
Pryria räusperte sich und spuckte vor sich.
„Die Andere Welt besteht aber nicht nur aus Tir na Samradh. Da gibt es noch viele Länder, die du erobern mußt, bevor du dich als König der Anderen Welt bezeichnen kannst. Da wäre Tir na mBan, das Land der Frauen, oder Tir Tairngire, das Land der Verheißung, oder Tir na nOg, das Land der ewigen Jugend, oder ...“
Schroff fuhr ihr Néart ins Wort.

„Genug, Pryria, es ist wirklich genug jetzt. Zerbrich dir nicht meinen Kopf. Tir na Samradh wird in meine Hände fallen. Das ist so gewiß wie der Lauf der Gestirne. Ich erwarte von dir und deinem Volk nur, daß ihr das tut, was ich sage und nicht, daß ihr euch meinen Kopf zerbrechen sollt."
Obwohl der Wein sie schläfrig gemacht hatte, konnte Sáile kaum ein Auge zumachen in jener Nacht. Dieser Mann, der da so friedlich neben ihr schlief, wollte ihre Welt zerstören, wollte sie benutzen, um an den Thron zu kommen, der doch ihr zustand. Ihr und ihrem Sohn.
Wo mochte er nur sein? Welche Gefahren hatte er schon bestanden, und welche warteten noch auf ihn? Sáile sorgte sich um ihren Sohn, er war der Mann, der sie auf den Thron bringen sollte. Alle Prüfungen des Schicksals würde er bestehen. Das Blut Fionn mac Cumhails floß in seinen Adern. Solasard würde seinen Teil der Aufgabe in Eriu erfüllen und Sáile hier. Die Frage war nur, wie sie das anstellen sollte. Néart liebte sie nicht, und auch sie liebte ihn nicht. Er würde sie sofort durchschauen, wenn sie so täte, als wäre sie in ihn verliebt. Sie war ein Spielzeug für ihn, sonst nichts. Er würde den Thron Taras erlangen mit oder ohne ihre Hilfe. Wenn sie ihn nicht beeinflussen konnte, dann mußte sie es mit jemandem anderen versuchen. Jemand, dem Néart vertraute, der Macht über ihn hatte, der ihn beeinflussen konnte. Madhra. Ihn würde sie in sich verliebt machen. Der Hund war Néarts Bindeglied zwischen Eriu und der Anderen Welt.
Noch wollte Néart nicht nach Eriu aufbrechen. Diese Reise würde er antreten, wenn alle Schlachten geschlagen waren und er nur noch auf den Thron steigen mußte.
Ihre Wahl war gefallen. Jetzt mußte sie den Köder vorbereiten. Sáile wußte, schon in den nächsten Tagen würde Madhra wieder zum Berichterstatten hierherkommen. Stets übernachtete er dann in einem Raum, der neben ihrem Schlafraum lag.
Zeltwände waren keine Mauern. Madhra würde genau merken, was da vor sich ging. Und Sáile wußte nicht, wann er das letzte Mal eine Frau besessen hatte. Mit Ausreden hielt sie sich den triebhaften Néart vom Leib.
Dann kam der Tag, an dem Madhra bei ihnen eintraf. Wie gut war sie vorbereitet. Kostbare Öle glänzten auf ihrer zarten Haut und umgaben sie mit einem verführerischen Duft. Ein gold schimmerndes Gewand lag auf ihrer Haut wie ein Hauch des Windes.

So trat sie in den großen Wohnraum. Madhra gingen die Augen über, obwohl er sich schnell wieder in der Gewalt hatte. Nicht so Néart, der empört war über ihren Aufzug. Schon leicht betrunken sagte er:
„Gehört es sich, so einem Gast entgegenzutreten? Madhra weiß, daß du meine Hure bist, du mußt das nicht noch unterstreichen."
Hämisch antwortete Sáile:
„Sicher weiß er das. Zu diesem Zweck hat er mich doch hierher gebracht. Aber ich dachte mir, wenn du schon so schlecht aussiehst, sollte doch wenigstens ich einen erfreulichen Anblick bieten, mein Liebster."
Schwungvoll wandte sie sich Madhra zu und lächelte ihn verführerisch an. Verschmitzt grinste er zurück.
„Néart, es ist genug. Wir haben über wichtigere Dinge zu reden als über Frauenzimmer."
Gereizt schaute Néart auf.
„Vielleicht braucht sie ja noch einen Mann, für mich putzt sie sich nicht so heraus. Aber du hast recht, es gibt Wichtigeres. Hast du Neuigkeiten für mich? Wie geht es Dragan? Was ist mit Solasard? Und gibt es etwas Neues von den Síofra?"
Madhra legte sich auf den Teppich vor der Feuerstelle und genoß die Wärme und den Wein in seinem Glas. Keinen Augenblick ließ er Sáile aus den Augen.
„Nun, Dragan kommt gut voran. Bald gehört ihm der ganze Süden, bis auf einige wenige widerständische Inselvölkchen im Meer der gehorsamen Unterwerfung.
Die Männer, die sich um ihn scharen, werden täglich mehr. Sicher hat das auch mit den Síofra zu tun. Scheinbar hat er sich zum Kampf gegen sie entschlossen. Opfer, die Pryria leider bringen muß, sonst erscheint er unglaubwürdig. Doch die armen Kerle sind froh, von ihrem Leid befreit zu sein.
Jetzt hängt alles davon ab, wie bald Solasard dieses verdammte Schwert findet. Von Cluanaire weiß ich, daß das noch nicht so bald der Fall sein kann. Im Augenblick wandert Solasard ziellos auf der Breiten Straße umher. Man sagt, ein alter, tattriger Greis gehöre jetzt auch zu seiner seltsamen Gemeinschaft.
Aber wenn es dir nichts ausmacht, reden wir morgen weiter. Ich bin erschöpft und möchte mich etwas im Gästeraum ausruhen."
Gierig lachte Néart seine Gespielin an.

„Tu das, mein Guter. Ich werde mich dann anderweitig unterhalten."
Madhra verbeugte sich höflich und zog sich zurück. Néarts Gesicht verwandelte sich in eine Fratze der Gier. Heftig schritt er auf Sáile zu, packte sie am Handgelenk und zerrte sie in den Schlafraum. Dort warf er sie auf das Lager.
„Dich werde ich lehren, so vor meinen Gästen zu erscheinen. Das kannst du mit dem törichten, alten Bock auf Almhuin machen, aber nicht mit mir."
Mit Gewalt riß er ihr den dünnen Stoff vom Leib. Kalt sagte Sáile:
„Tu dir keinen Zwang an. Es sind ja nicht meine Gewänder, sondern die deiner Hure."
Ein Schlag mit seiner Hand ließ ihre Nase bluten.
„Reize mich nicht, Sáile. Sonst breche ich dir das Genick."
Wieder traf sie seine Hand, der geflochtene Zopf wickelte sich um ihren Hals. Barsch schleuderte er sie auf den Boden. Schwer lastete sein Gewicht auf ihr. Dann packte er sie an dem Zopf und riß sie schroff zurück, daß sie auf die Knie fiel.
Rücksichtslos drang er in sie ein, trieb sie vorwärts mit der Gewalt seines Körpers und zwang sie doch, sich nicht zu rühren. Immer wieder zog er ihren Kopf zurück, verbiß sich in ihren Hals, brandmarkte sie mit seinem Zeichen. Sie hatte ihre Augen geschlossen und betete um Erlösung, aber sie wußte, so bald würde diese nicht kommen. Fest krallten sich seine Hände in ihren Rücken, immer tiefer stieß er in sie. Fast glaubte sie, daß er sie zerreiße. Dann bäumte er sich noch einmal auf und ergoß sich in sie. Mit Gewalt stieß er sie von seinem Lager.
„Du schläfst im Wohnraum, Hure! Ich will meine Ruhe haben heute nacht. Morgen brauche ich einen klaren Kopf."
Benommen kroch sie aus dem Raum und brach vor der Feuerstelle zusammen. Der Schlaf des Vergessens legte sich um sie. Mitten in der Nacht zuckte sie zusammen, als sie spürte, daß etwas ihre Haut berührte. Gerade wollte sie aufschreien, als sie sah, daß Madhra eine Decke über sie ausbreitete. Leise flüsterte er:
„Ich wollte etwas trinken und fand dich hier so zusammengekrümmt liegen. Es tut mir leid, daß ich dich hierher gebracht habe. Ich wußte nicht, daß er so ein Schwein ist."
Mühsam richtete sich die Frau auf.
„Es muß dir nicht leid tun. Durch ihn gelange ich auf den Thron Taras."
Madhra schüttelte ungläubig den Kopf.

„Noch immer dieser Traum? Ich dachte, du seist vernünftig geworden.“
Er stand auf und kehrte mit einem nassen Tuch ans Feuer zurück. Schmerzverzerrt zuckte die Frau, als der Mann ihr das Blut von Nase und Lippen wischte.
„Das, was du einen Traum nennst, ist das, was mir hilft, nicht wahnsinnig zu werden.“
Mitleidvoll betrachtete Madhra die Frau. Er wußte nur zu gut, daß hinter dieser Kälte die Leere eines einsamen Herzens schlug. Sanft strich er ihr zerzaustes Haar aus dem Gesicht und bedeckte ihre nackte Haut mit der Decke. Wehrlos ließ sie es geschehen.
„Du hast es nicht verdient, daß er dich so behandelt. Du bist eine harte, kalte Frau. Aber das ist zuviel. Er wird dir das nicht noch einmal antun. Ich verspreche es dir.“
Vorsichtig beugte er sich nach vorn und hauchte ihr einen Kuß auf die geschwollenen Lippen.
„Du darfst das nicht tun. Er wird mich sonst töten. Versprich mir, daß du nichts sagen wirst.“
Aus dem Schlafraum rief eine Stimme:
„Sáile, mit wem sprichst du da, verflucht?“

Die drei Schwestern

Gleich einem roten Feuerball erstrahlte die Sonne am morgendlichen Himmel. Langsam nur stieg sie höher, um ihre Tagesreise anzutreten. Amhrán hatte so lange in dieses rote Licht gesehen, bis ihre Augen jetzt überall, wo sie hinsah, einen grünen Fleck vor sich hatten. Müde rieb sie ihre Augen. Sie mußte sich zusammenreißen, damit ihre Sinne dem Morgenritual folgen konnten. Auch Rhiannon bemerkte, daß Amhrán an alles dachte, nur nicht an das, woran sie sollte. Sie verstand nur zu gut die aufgewühlten Gefühle dieser Kindfrau.
Nun, wenn Scathcrobh wieder genesen war, würde sie mit der Ausbildung der Jugendlichen beginnen. Dann würde sie nicht mehr soviel Zeit haben, sich ihren hübschen Kopf über dererlei Dinge zu zerbrechen. Es war nicht gut gewesen, daß Solasard hierher gekommen war. Sie hatte sich so gut eingelebt und nur noch wenig an Inis-Diomain gedacht.
Nun würde sich vielleicht das Heimweh wieder den Weg in ihr Herz bahnen und sie von ihrem eigentlichen Ziel ablenken. Das mußte die Hohepriesterin verhindern. Nur wer sich in völligem Gleichgewicht mit sich selbst befand, konnte diesen Weg der Weisheit und des Wissens antreten. Amhrán war ohnehin ein Mädchen, das sich leicht durch ihre Umwelt ablenken ließ, weil sie glaubte, sie verpasse etwas. Schon jetzt entging ihr nur wenig von dem, was im Coven vor sich ging. Sie hatte schnell begriffen, wie hier die Rollen verteilt waren und sich angepaßt. Amhrán war sehr wißbegierig, aber zuweilen trieb sie es auch zu weit mit ihrer Neugier. Sie mußte erst noch lernen, über die Grenzen ihrer Seele hinauszugehen, um sich und ihrem Gegenüber einen Spielraum zuzubilligen, der beiden Platz zum Wirken ließ. Rhiannon hatte keine Zweifel an ihr. Amhrán würde ihr Ziel erreichen. Vielleicht nicht so einfach wie sie es sich vorstellte und mit einigen Umwegen, aber der Weg eines jeden ist ein anderer.
Beim Frühstück saß Amhrán schweigend neben Rhiannon und schlürfte warme Milch mit Honig. Mit beiden Händen hielt sie den Becher und wärmte so ihre Finger. Vorsichtig fragte Rhiannon:
„Geht es dir gut? Du bist ja so schweigsam?“
Mürrisch antwortete Amhrán:

„Und! Muß ich immer fröhlich plappern? Ich bin doch nicht hier, um die Leute zu unterhalten. Oder ist mir da etwas entgangen?“
Rhiannon mochte es gar nicht, mit ihr zu reden, wenn sie in solcher Stimmung war. Aber sie hatte das Gespräch begonnen und mußte jetzt auch in den sauren Apfel beißen.
„Ist ja schon gut, Kind. Du mußt dich nicht aufregen. Ich möchte nicht mit dir streiten. Was ist denn los mit dir? Seit Solasard hier war bist du verändert.“
Amhrán mußte lachen. Diese Frau kannte sie einfach zu gut.
„Ach, Rhiannon. Ich weiß auch nicht, was gerade geschieht. Wahrscheinlich gibt es zuviele Männer in meinem kurzen Leben.“
Die alte Frau schmunzelte.
„So? Wie viele sind es denn?“
Amhrán kniff ihre Freundin leicht in den Arm.
„Ich mag es gar nicht, wenn du mich so veralberst. Da wäre Solasard, er ist der Mann, mit dem ich alt werden möchte und leben will. Da ist Misnéachard, der irgendwie mein Herz gestohlen hat und jetzt auch noch Scathcrobh, der mein Leibwächter im wahrsten Sinne des Wortes sein soll. Ist alles ein bißchen viel, oder nicht?“
Rhiannon erwiderte:
„Bis jetzt machst du das ganz gut. Vielleicht geht es ja besser, wenn du Misnéachard einfach vergißt. Wahrscheinlich wirst du ihn doch nicht wiedersehen. Warum denn Kraft an etwas verschwenden, was keine Zukunft hat?“
Amhrán schüttelte energisch den Kopf.
„Ich weiß, daß ich ihn wiedersehen werde. Er hat es mir versprochen. Vielleicht kommt er schon bald auf seinem Schimmel daher und entführt mich in sein Reich. Weißt du es?“
Verzweifelt schlug Rhiannon die Hand vor das Gesicht.
„Natürlich und dann heiratet ihr und werdet glücklich bis an euer Lebensende, nicht wahr? Amhrán, du weißt doch selbst, daß deine Zukunft hier liegt. Du bist deine Zukunft, nicht er. Aber du hast auch von Scathcrobh gesprochen. Was ist mit ihm?“
Das Mädchen faßte sein Haar zusammen, zwirbelte es zu einem Knoten und ließ ihn los.
„Nichts, nein, ich meine, Solasard hat ...“
Amhrán schluckte.
Die alte Frau stieß sie an.

„Würdest du dir bitte nicht jedes Wort aus der Nase ziehen lassen? Was hat Solasard?“
Das Mädchen faßte allen Mut zusammen.
„Solasard hat Scathcrobh schwören lassen, daß er mich beschützen soll, wenn er wieder vollständig geheilt ist.“
Rhiannon erblaßte.
„Er hat, bitte, was? Wie kommt er denn auf diesen Gedanken?“
Amhrán strich sich mit dem Zeigefinger über die Nase und rieb sie, als ob ihr dadurch etwas besseres einfallen sollte als die Wahrheit.
„Ich habe das auch nicht so ganz verstanden. Irgendwie hat es etwas mit diesem Blauen Schwert zu tun, das Solasard finden muß. Scathcrobh sagte, derjenige, der es findet, hätte ziemlich viel Macht im Land, und das wäre auch bei Solasard der Fall, wenn er es erst gefunden hat. Er gestand mir, daß er von Tara ausgesandt worden ist, um mich zu finden. Ich schätze, um von mir etwas über Solasard zu erfahren. Solasard sagte dann, wenn das Scathcrobh gelungen wäre, könnte es anderen ebenfalls gelingen. Deshalb würde ich jemanden brauchen, der mich vor solchen Leuten schützt. Und das ist Scathcrobh.“
Jetzt war die Farbe gänzlich aus Rhiannons Gesicht gewichen.
„Das würde ja bedeuten, daß man auf Tara weiß, daß du hier bist.“
Amhrán grübelte nach.
„Ja, was ist denn daran so schlimm. Tara ist weit, weit weg.“
Rhiannon war fassungslos.
„Verstehst du denn nicht, was das bedeutet?“
Das Mädchen zog die Augenbrauen zusammen.
„Was bedeutet das denn? Warum regst du dich so auf?“
Rhiannon schlug sich auf den Oberschenkel.
„Du scheinst es wirklich nicht zu verstehen. Damit man auf Tara Bescheid wissen konnte, muß es ihnen jemand gesagt haben. Und dieser jemand muß gewußt haben, daß du hier bist. Und das kann nur jemand aus dem Coven sein. Und ich weiß auch schon genau wer.“
Neugierig fragte Amhrán.
„Wer?“
Rhiannon warf einen Blick über den Tisch und schenkte Deirdre ein freundliches Nicken. Amhráns Herz hämmerte laut. Ausgerechnet die Frau, die sie nach Rhiannon ausbilden sollte, war eine Verräterin. Aber wem hatte sie es verraten, und wem auf Tara wären solche Nachrichten

wichtig. Sie mußte unbedingt Scathcrobh fragen, wer ihn ausgesandt hatte. „Amhrán? Wir werden sie nicht darauf ansprechen. Wir werden mehr erfahren, wenn sie sich in Sicherheit wähnt. Ich muß nun gehen, um noch etwas mit Síochanta zu klären. Außerdem werde ich heute abend nicht hier sein. In einem Dorf am anderen Ufer erwartet eine Frau ein Kind, und kürzlich ist die Hebamme gestorben, so daß wir um Hilfe gebeten wurden. Geh nun, Scathcrobh möchte bestimmt frühstücken. Heute abend magst du ihm ein gebratenes Huhn bringen, damit er uns nicht allzusehr vom Fleisch fällt."
Freundschaftlich zupfte die alte Frau das Ohrläppchen des Mädchens.
Als Amhrán die Krankenhütte betrat, hatte sie in ihrem Korb eine warme Honigmilch, eine dicke Scheibe Brot mit Quittenmarmelade und sogar ein gekochtes Ei. Wie ein hungriger Bär fiel er über die köstlichen Speisen her und hatte sie schnell verschlungen. Gierig fragte er:
„Und wo bleibt die Hauptspeise? Ich denke, ich soll dich beschützen, da mußt du mir aber etwas Besseres anbieten, als so ein mickriges Scheibchen Brot."
Seine Pflegerin lachte hell auf.
„Du bekommst heute abend ein ganzes gebratenes Huhn. Mehr gibt es jetzt nicht, sonst wirst du mir zu fett."
Herzlich lachten die beiden miteinander. Dann holte Amhrán Wasser vom Brunnen, wusch den Kranken und verband ihn neu.
„Sag einmal, Scathcrobh, warum solltest du mich eigentlich suchen?"
Reichte es nicht, daß das Wasser schon unangenehm kalt war, mußte man ihm dazu noch solche Fragen stellen?
„Eigentlich wollte ich nicht mit dir über diese Angelegenheit sprechen, aber wenn du mich schon fragst, will ich dir eine Antwort nicht schuldig bleiben. Aber ich weiß nur sehr wenig, so daß dich meine Antwort vielleicht nicht befriedigen wird.
Nun gut, einigen Leuten auf Tara ist wohl zu Ohren gekommen, daß sich jemand auf den Weg gemacht hat, das Blaue Schwert zu finden. Wie ich schon sagte ist dieses ein Schwert der Macht. Deshalb wollte man wohl einfach wissen, um was für einen Kerl es sich bei Solasard handelt."
Gespannt lauschte das Mädchen jedem seiner Worte.
„Und wer war da so neugierig?"
Scathcrobh zögerte mit einer Antwort. Doch dann entschied er sich, den Weg des Vertrauens einzuschlagen und sagte:
„Rabharta, der erste Hauptmann des Hochkönigs hat mich ausgeschickt. Aber er machte mir den Eindruck, als wisse niemand außer mir und ihm

von diesem Unterfangen. Ich sollte dich nur finden, ausfragen und wieder verschwinden. Dann tauchte Saileach auf und mit ihm das Unglück. Aber das mag ja nicht an ihm alleine liegen. Es wäre übrigens sehr nett, wenn du ihn heute nachmittag zu mir schicken würdest. Dann könnte ich ihn mit beruhigenden Nachrichten nach Hause schicken.
Rabharta ist ein guter Mann und hat bestimmt nichts Arges im Sinn. Ich glaube, er braucht diese Nachrichten dringend. Vielleicht kann er Solasard ja irgendwie helfen. Er ist zwar Broc treu ergeben, aber selbst er kann die Augen vor der Wahrheit nicht verschließen. Bist du damit einverstanden?"
Amhrán nickte.
„Scathcrobh? Du wirst dein Wort Solasard gegenüber halten, nicht wahr?"
Verwundert schaute er sie an.
„Ja, das weißt du doch! Amhrán, was ich dir jetzt sage bleibt unter uns. Ich habe es Solasard nicht sagen können, weil er sonst vor Sorge um dich umkommen würde. Als ich auf dem Weg hierher war, hat mir unterwegs ein sehr seltsamer Kahlkopf mit einem langen weißen Zopf das Angebot gemacht, mich reichlich zu belohnen, wenn ich dich töte. Hast du das verstanden? Die Jagd auf dich hat schon längst begonnen."
Totenbleich sank das Mädchen auf ihr Lager. Entsetzt richtete sich der Mann auf und setzte sich zu ihr. Fast tonlos fragte sie:
„Es war der Totenschädel, nicht wahr? Der Tod auf seinem schwarzen Pferd."
Scathcrobh zog sie in seinen Arm.
„Du kennst den Mann? Woher?"
Erinnerungen zogen auf.
„Er war auf unserer Hochzeit. Wegen ihm fand sie nicht statt. Er hat Solasard die Geschichte von diesem Geís erzählt."
Reglos verharrte sie.
„Amhrán, ich muß unbedingt einen Boten nach Tara schicken. Irgend etwas geht da draußen vor sich, und Rabharta muß davon erfahren. Ich werde bald wieder gesund sein. Von Tag zu Tag geht es mir besser. Wenn ich erst einmal wieder aufstehen kann, fangen wir sofort an, deine Verteidigung aufzubauen. Ich werde dich beschützen. Wenn es sein muß, sterbe ich für dich. Geh jetzt und hole Saileach!"
Einige Zeit später betrat Amhrán in Begleitung von Saileach die Hütte. Scathcrobh saß aufrecht auf seinem Lager und wartete schon.
„Gut, daß du hier bist, Junge. Amhrán, läßt du uns bitte allein? Ich habe noch andere Sachen mit Saileach zu besprechen."

Verständnisvoll ging sie hinaus.
„Wie geht es dir, Scathcrobh? Du siehst besser aus, als ich dich in Erinnerung hatte.“
Scathcrobh antwortete:
„Es geht mir auch schon besser. Aber ich habe dich nicht holen lassen, damit wir uns über mich unterhalten. Saileach, du mußt nach Hause zurückkehren. Ich habe wichtige Nachrichten, die so schnell wie möglich zu dem Hauptmann gebracht werden müssen.“
Saileach drehte den Kopf zur Seite wie ein verwundeter Hund.
„Und was soll ich dann hier?“
Scathcrobh schüttelte den Kopf.
„Was du hier sollst? Du wirst der Bote sein. Du kennst den Weg, weißt Bescheid, wie man im Wald überlebt, und du bist noch jung und abenteuerlustig. Ich gebe dir nun Gelegenheit, dich zu bewähren und ein gefährliches Abenteuer zu bestehen. Das ist doch toll! Oder nicht?“
Saileach bekam den Mund kaum zu.
„Ich? Und wie soll ich das schaffen, etwa auf deiner Schindmähre?“
Das Auge Taras lachte.
„Du wirst zu Fuß gehen. Das ist am unauffälligsten, außerdem bist du doch ganz gut zu Fuß.“
„Und was soll ich ausrichten?“, fragte der Junge.
„Du darfst nur mit Rabharta selbst sprechen, mit sonst niemanden. Das ist sehr, sehr wichtig. Hör jetzt gut zu. Du wirst ihm ausrichten, daß ich das Mädchen gefunden und sogar Solasard mac Annir gesehen habe. Der junge Mann weiß nicht einmal, was es mit dem Blauen Schwert auf sich hat. Aber er hat einen Hochelben, einen Zwerg, einen Mann aus dem Fahrenden Volk und einen Mann aus dem Kleinen Volk in seiner Gemeinschaft. Wenigstens der Hochelbe müßte wissen, was es mit dem Schwert auf sich hat. Ich weiß allerdings nicht, warum er ihm bis jetzt noch nichts darüber erzählt hat. Sag ihm, Solasard ist ein gerader Kerl, kein Betrüger. Außerdem richte ihm aus, daß ich hier bei dem Mädchen bleibe. Erzähle ihm von diesem Kerl mit dem Totenschädel und daß er mir angeboten hat, sie umzubringen. Ich werde hierbleiben und sie beschützen. Hast du das alles verstanden?“
Saileach zitterten die Hände vor Aufregung.
„Ja, ich habe alles verstanden. Du willst wirklich hierbleiben? Hast dich wohl in das Bienchen verguckt?“

Scathcrobh packte den Jungen am Hemd und fauchte ihm ins Ohr.
„Dieses Mädchen wird eines Tages vielleicht unsere Hochkönigin sein. Wenn du sie nicht achtest, werde ich dich auch nicht mehr achten. Laß dir von Amhrán Vorräte mitgeben, und gehe heute abend bevor es dunkel wird. Ich möchte nicht, daß dir jemand folgt. Sei vorsichtig, Junge, und paß auf dich auf! Du hast eine sehr kostbare Fracht. Vielleicht kannst du mir ja eine Nachricht zukommen lassen, daß du angekommen bist. Dein Vater wird stolz sein, solch einen Sohn zu haben."
Das glaubte Saileach wiederum nicht. Ein letztes Mal schüttelten sie sich die Hände. Dann ging der Junge. Er mußte es unbedingt bis Tara schaffen.
Erschöpft legte sich Scathcrobh zurück und schloß seine Augen. Tara tauchte vor seinem inneren Auge auf. Es war eine schöne Zeit dort gewesen, und er hatte gerne unter Rabharta gedient. Aber jetzt würde ein neuer Teil seines Lebens beginnen.
Er wußte nicht, was er für Amhrán empfand. Doch niemand würde ihr ein Leid antun, solange er an ihrer Seite war. Sicherlich konnte er sich dadurch nicht von seinen anderen Taten reinwaschen, aber das war die Gelegenheit, sein Leben grundlegend zu ändern. Endlich konnte er etwas Gutes mit Hilfe seiner Vergangenheit erreichen. Er würde jeden töten, der ihr zu nahe kam.
Selig entschlummerte er in Träumen von einer besseren Welt. Wach wurde er, als ihm der Duft von knusprigem Hühnchenfleisch in die Nase stieg. Witternd öffnete er die Augen und fand Amhrán auf seinem Lager vor, die einen Teller auf dem Schoß hatte, der fast überquoll vor Fleisch. Vorsichtig setzte er sich auf und nahm den Teller entgegen. Ohne ein Wort zu sagen, schlang er alles bis auf das kleinste Stück in sich hinein und rülpste dann laut, um zu bekunden, daß er satt sei.
Amhrán lachte auf.
„Ich schätze, wenn ich dir heute kein Fleisch gebracht hätte, wäre ich von dir verschlungen worden."
Scathcrobh blickte ernst in ihre Augen.
„Solange ich bei dir bin, wird dir keiner etwas antun. Und ich würde mir eher selbst die Hände abhacken, als dir ein Leid anzutun."
Langsam beugte er sich nach vorne und hauchte ihr einen Kuß auf die zarten Lippen. Sanft fuhr er fort zu sprechen.
„Ich erwarte nichts von dir, Amhrán. Keine Freundschaft, keine Liebe, du kannst mich ruhig hassen."

Wieder küßte er sie, erst auf die Oberlippe, dann auf die Unterlippe. Amhrán hatte die Augen geschlossen und bewegte sich nicht.
„Scathcrobh? Du mußt jetzt schlafen, sonst wirst du noch lange hier liegen. Schlaf gut."
Zärtlich küßte sie ihn auf die Stirn. Gerade als sie sich selbst niederlegen wollte, griff er noch einmal nach ihrer Hand und küßte sie in ihren Handteller. Wortlos schlüpfte Amhrán unter ihre Decke und war bald eingeschlafen. Während sie sich unruhig auf ihrem Lager hin und her warf, war in einer anderen Hütte jemand nur allzu wach. In der Hütte von Síochanta hatten einige Kerzen den Kampf gegen die Dunkelheit aufgenommen und verbreiteten den süßen Duft des Bienenwachses. In sich versunken saß sie vor einer silbernen flachen Schale, die mit klarem Wasser gefüllt war. So herrlich war dies Meisterwerk geformt, daß sich ihr edles Antlitz darin spiegelte und doch die Linien, die sich tausendfach ineinander verschlangen, davon nicht getrübt wurden.
Ihr helles Auge folgte den Linien, bis sie sich von ihnen lösen konnte und ein anderes Bild vor ihr auftauchte. Sie sah einen schönen Mann auf einem herrlichen Schimmel. Erhaben trabte er dahin im Tunnel der Zeit. Die Frau lächelte und wartete.
Mitten in der Nacht stand der Wind still und Ruhe senkte sich über den Wald. Amaranth, Alisma und Anatis, die Ältesten des Waldelbenvolkes saßen am Wegesrand und scherzten miteinander. Anatis schaute auf den Weg, als sie plötzlich weit entfernt eine Bewegung ausmachte. Die Greisin rieb die grünen Augen und hauchte fast stimmlos zu den beiden anderen.
„Seht dort vorne, ha, da schneit es, und dunkle Vögel fliegen im Schwall umher. Schaut auf, meine Schwestern!"
Neugierig rieben diese sich die Augen.
Alisma, die ein wenig jünger war als Anatis, blickte neugierig auf Amaranth, die jüngste der drei Ältesten. Diese kicherte leise vor sich hin und sagte:
„Sehnlichst erwartet wird der Reiter, der sich dort nähert, und schnell nähert er sich. Die dunklen Vögel aber, die du sahst, sind Erdklumpen, die die Hufe seines Rosses emporwerfen, und die Schneeflocken sind die Schaumtropfen vom Gebiß des eilenden Tieres. Das ist Misnéachard, der Sohn des Königlichen Paares zu Tir na Samradh, auf seinem Roß Lasair. Er sucht seine Schwester und wird seine Liebste finden."
Mit einem wissenden Lächeln blickten sie in die Sterne.

Der falsche Bote

Iolaranam, Sionnach und Seabhaceo ritten den ganzen Tag. Nur selten gönnten sie sich oder den Pferden eine Rast. Oft hatten die beiden versucht, den Nebelfalken auszufragen, aber er wollte ihnen die Überraschung nicht nehmen. Am Abend hatten sie dann beschlossen zu versuchen, im Dunkeln bis nach Cill-dara zu gelangen.
Der zunehmende Halbmond wurde immer wieder von schweren Gewitterwolken bedeckt. Müde und erschöpft hielten sie sich auf dem Rücken ihrer Pferde. Gaoth, der schwarze Hengst, hatte immer noch so viel Kraft, daß ihn Iolaranam oft zügeln mußte, damit er nicht weit nach vorne preschte. Schaum troff an seinem Körper herab, aber die Anstrengung, die ihm abverlangt wurde, schien ihn mehr zu erfreuen als zu schwächen. Er galoppierte so kraftvoll, als wolle er sich in den Waldboden graben.
Dann brach ein Gewitter über sie herein. Blitze zuckten vom Himmel, schlugen ein. Grausame Donner folgten. Die Pferde und auch ihre Reiter hatten Angst. Die Tiere drohten durchzugehen. Der Kampf um Ruhe ließ sie eher unruhiger werden und kostete die Reiter mehr Kraft, als daß es sie voranbrachte. So ließen sie ihnen freie Zügel und mit gestreckten Köpfen stürmten sie voran.
Regen preschte auf sie herein und durchnäßte sie in kurzer Zeit. Wind erhob sich. Die nackten Bäume ließen sich wachrütteln aus ihrem Winterschlaf und schlugen ihre Äste aneinander. Sie ritten im Herzen des Sturmes, bis das Gewitter all seine Kraft zur Erde zurückgegeben hatte. Endlich wurde der Himmel klarer, und der Weg leuchtete von weißen Kieselsteinen.
Verbissen krallte sich Sionnach in die Mähne ihrer Stute. Jeder Knochen im Leib tat ihr weh, aber sie wollte nicht vor der Leistung der Männer zurückstehen und um eine Rast bitten.
Die Kleider klebten an ihren Körpern. Wasser war in ihre Stiefel gelaufen. Auch Iolaranam wurde immer müder. Seabhaceo machte sich Sorgen um die beiden, aber es war nicht mehr weit. Lange Zeit ritten sie nun schon in der Dunkelheit. Auch Gaoth trabte nicht mehr so locker vor sich hin.
Endlich sahen sie den hellen Schein eines Feuers vor sich. Einmal noch nahmen sie alle Kraft zusammen und trieben ihre Pferde an. Schnell erreichten

sie das Wetterhäuschen, das an drei Seiten völlig aus Stein bestand. In der Mitte brannte ein freundliches Feuer.
Sehr langsam glitten sie vom Rücken ihrer Pferde, die sofort von Gleannglas und Sliabhan übernommen wurden, um sie zu versorgen. Sich gegenseitig stützend humpelten sie in das Haus wie Seeleute, die sich erst daran gewöhnen müssen, daß sich das Land unter ihren Füßen nicht bewegt. Die Wärme des Feuers tat ihnen gut. Decken wurden gebracht und um sie geschlungen. Cioná bereitete einen kräftigen und belebenden Kräutertrank. Dann erst blickte Iolaranam in die Runde. Sehr verdächtig kam ihm das strahlende Gesicht von Oighrigh vor. Doch als er seinen Blick weiterschweifen ließ, wußte er warum.
„Dich hätte ich so schnell nicht wieder bei uns erwartet, Shasza."
Die Waldelbin schenkte ihm ein verführerisches Lächeln und sagte:
„Mir hast du diesen Besuch auch nicht zu verdanken, aber Dair, dem Ältesten des Kleinen Volkes, schulde ich noch einen Gefallen. Er hat mir mit seinem schnellen Boten eine Nachricht für euch gesandt, bevor er sich weiter auf den Weg machte nach Cluain-maccu-Nois. Und hier bin ich."
Oighrigh strahlte wie die Mondin selbst.
„Ist das nicht herrlich! Ich wußte, ich würde sie wiedersehen. Stell dir vor, Iolaranam, sie hat sich ganz allein auf den Weg zu uns gemacht. Ist das nicht nett!"
Iolaranam war nach einem solchen Ritt nicht unbedingt in der Laune, diese Jugendschwärmerei zu ertragen.
„Ja, schon gut, Oighrigh! Aber was sind nun deine Neuigkeiten, Shasza. Was hat der Älteste des Kleinen Volkes mit uns zu tun? Ich dachte, der Führer dieses Volkes wäre ein Mann in meinem Alter."
Shasza schmunzelte, während Sionnach schon wieder einem Eifersuchtsanfall nahe war.
„Dair ist auch nicht der Anführer. Er ist der Weiseste dieses Volkes. Wenn es einen gibt, der am besten weiß, was im Land vorgeht, dann ist das Dair. Deshalb hat er mich ja auch zu euch geschickt."
Ungeduldig drehte Iolaranam den Becher in seiner Hand.
„Und was hat dir der gute Dair aufgetragen, uns auszurichten?"
Shasza mochte es gar nicht, sofort auf den Punkt zu kommen. Sei's drum.
„Nun gut, obwohl du heute deine Höflichkeit vergessen zu haben scheinst, werde ich es dir sagen, mein Lieber. Zuerst bat er mich, euch zu sagen, daß fast der ganze Südosten unterhalb der Breiten Straße in Dragans Hand

ist. Er weiß nicht, ob ihr schon von ihm gehört habt, aber auch er hat ernste Absichten, den Thron zu besteigen. Außerdem hat er mächtige Verbündete in den Síofra gefunden. Bösartige Dämonen, die den Menschen hier das Leben schwermachen und ihr Hauptlager in dem Gebirge um Wyinklo haben. Vor ihnen sollt ihr euch hüten.
Und auch vor einem falschen Freund, der sich euch vielleicht anschließen wird.“
Alle Blicke wandten sich zu Toit, der große Augen bekommen hatte.
„Herr, ich bin das nicht. Ihr habt mir das Leben gerettet. Glaubt mir!“
Mürrisch starrte Iolaranam in das Feuer und ließ sich von dem Spiel der Flammen gefangenhalten.
„Das war doch nicht alles, Shasza! Oder!? Es tut mir leid, wenn ich es an der dir zustehenden Gastfreundschaft mangeln lasse, aber ich habe einen anstrengenden Ritt hinter mir und möchte mich so bald wie möglich schlafen legen und ausruhen. Noch nicht einmal meinen Gefährten habe ich heute nacht so viel Zeit gewidmet wie dir. Würdest du bitte mit deiner Rede fortfahren?“
Energisch schüttelte sie ihr blondes Haar.
„Dann will ich das einmal tun. Außerdem weiß er, daß Neamhní, der Knappe Fionns, sich nicht mehr hier aufhält. Er ist Solasard entgegengezogen, um ihm zu helfen. Euer Weg war dennoch nicht vergebens, denn es gibt einen Mann auf Tara, den ihr kennenlernen sollt. Ihr dürft euch aber Tara nicht nähern.
Einer eurer Gefolgsleute hat sich mit diesem Dragan verbündet und macht jetzt gemeinsame Sache mit der Hochkönigin gegen Broc. Er würde euch sicherlich verraten, um vor dem König als treuer Untertan dazustehen. Dair wird euch mit diesem anderen Mann zusammenbringen.
Ich soll euch ausrichten, daß ihr die Breite Straße kreuzen und dort in der Nähe von Magh-Nuadhat rasten sollt. Dair wird den Mann dann zu euch schicken. Fallt nicht unnötig auf, die Königliche Garde greift jetzt schon Leute auf, wenn sie nur eine krumme Nase haben. Am schlimmsten ist Arcán, ihr Anführer. Er schändet eure Frauen und schreckt sogar vor Kindermord nicht zurück. Der Hochkönig hat Angst, seine Macht zu verlieren und läßt ihm freie Hand. Er und diese Síofra verbreiten soviel Schrecken im Land, daß es niemand wagt, sich gegen den Hochkönig zu erheben, und die Unterkönige kriechen um seinen Thron und wagen kein offenes Wort, aus Angst in Ungnade zu fallen.

Auf jeden Fall ist es sehr wichtig, daß ihr diesen Mann aus Tara trefft."
„Kommst du mit?", fragte Oighrigh neugierig.
Jetzt mußte auch Iolaranam wieder lächeln.
„Leute, es war ein harter Tag, laßt uns nun schlafen. Wir sind jetzt in Feindesland und müssen sehr, sehr aufmerksam sein. Glaslasair und Seabhaceo, ihr werdet die erste Wache übernehmen. Laßt uns ruhen. Wir werden unsere Kräfte noch brauchen."
Erschöpft zog Iolaranam die Decke fester um sich und war fast auf der Stelle eingeschlafen. Auch Sionnach war sofort weggeschlummert und schmiegte sich fest an ihren Geliebten. Seltsame Träume spukten durch ihren Kopf. Immer wieder tauchte diese häßliche Frau auf, die sie mit ihrer häßlichen Fratze angrinste.
Im Morgengrauen erwachte die Geliebte des Anführers. Shasza war fort. Die Pferde, die im hinteren Teil des Steinhauses untergebracht waren, schnaubten leise. Eine Krähe krächzte ihr Morgenlied, sehr zum Leidwesen Sionnachs. Immer noch erschöpft blieb sie liegen und hing ihren Gedanken nach.
Weite Kreise zog der Stein mit Namen Solasard in dem Wasser der Insel. Sie war froh, daß sie zu den wenigen gehören würde, die Widerstand gegen den Hochkönig aufbauten. Das Volk mußte aus dem Zustand der Angst geweckt werden. Sicherlich würde es Schwierigkeiten geben, aber wenn Iolaranam die Fianna der Insel vereinigen würde, könnte man den Hochkönig vielleicht stürzen. Aber wie sollte es danach weitergehen?
Von Solasard wußte man noch viel zu wenig und daß dieser Dragan den Thron nicht erringen durfte, war nur allzu klar. Welche andere Wahl, als auf Solasard zu setzen, hatten sie? Doch wie lange würde er brauchen, um das Schwert zu finden und seinen Anspruch geltend zu machen? Es mußte doch eine Möglichkeit geben, das Volk von den Schergen des Königs zu befreien. Man mußte ihn einfach mit einer anderen Angelegenheit so ablenken, daß ihm das Volk nebensächlich erschien.
Wer oder was würde dieser Köder sein? Wer würde Solasard die Zeit verschaffen, die er brauchte, um Brocs Nachfolge anzutreten. Eine Frage, die ihr Herz schon beantwortet hatte.
Langsam stieg die Sonne auf. Sionnach stand auf und ging hinter das Häuschen, wo sie einen gemauerten Brunnen fand. Sie warf den an einem Seil befestigten Eimer hinein und wusch sich mit dem ans Tageslicht beförderten Naß.

Auch Cioná war erwacht und bereitete einen Kräutertrank. Sofort duftete es herrlich nach Blüten, die erst der Frühling wieder hervorbringen würde. Bald waren alle wach und saßen um das Feuer, nachdem sie sich frisch gemacht hatten. Der Kräutertrank dampfte aus den Bechern. Oighrigh war der erste, der das Schweigen brach.
„Was werden wir jetzt tun? Und was ist mit Toit, wird er bei uns bleiben?"
Iolaranam wunderte sich nicht über die Anteilnahme des Jungen, auch er war lange genug einsam gewesen und wußte, wie es war, ein Ausgestoßener zu sein.
„Wir werden nach dem Frühstück zur Breiten Straße aufbrechen und sehen, was uns dort erwartet. Es war sehr nett von Shasza, uns diese Neuigkeit zu überbringen."
Vorsichtig nippte der Anführer an seinem Becher. Camchéachta räusperte sich.
„Der Junge hat recht! Was ist mit dem Kerl?"
Seabhaceo blickte mißtrauisch auf.
„Es sind schwierige Zeiten. Wir müssen noch mehr aufpassen als früher, um uns vor Verrat zu schützen. Es könnte gefährlich werden. Schließlich bist du nicht irgendwer, Iolaranam. Ich wäre dafür, wir trennen uns von dem Mann. Wir können ihm ja das Packpferd überlassen."
Auch Cioná äußerte sich.
„Almhuin und Nás, zwei mächtige Burgen, sind nur einen Katzensprung entfernt, und auf unsere Köpfe ist kein geringer Wert ausgesetzt. So ein dahergelaufener Kerl kann da leicht in Versuchung geführt werden. Ich denke auch, daß wir uns von ihm trennen sollten."
Da sprang Oighrigh empört auf.
„Ich weiß nicht mehr, ob ihr euch daran erinnert, aber ich erinnere mich noch sehr genau an den Tag, an dem ich fragte, warum wir uns eigentlich hier einmischen.
Damals war es genau der Camchéachta, der sich jetzt gegen Toit ausspricht, der sagte, daß uns das Volk braucht. Ich habe aus seinen Worten gelernt und frage jetzt euch, ist Toit nicht auch ein Teil unseres Volkes, das unsere Hilfe braucht? Und selbst wenn wir ihn jetzt verstoßen, wissen wir alle, daß er schon genug weiß, um uns zu verraten. Ist es nicht besser, ihn bei uns zu lassen?"
Da mischte sich der Betroffene endlich selbst ein.

„Es ist nett, Junge, daß du dich so für mich einsetzt. Ich weiß selbst, daß man nicht mehr Schimmel gerufen wird, wenn man Blässe heißt. Ich bin sehr dankbar, daß ihr mich aufgenommen habt. Eure Zweifel verstehe ich nur zu gut. Bitte laßt mich bei euch. Wenn mich Cluanaires Männer finden sollten, wüßten sie bestimmt Mittel und Wege, um alles Wichtige aus mir herauszuprügeln. Ich bin kein tapferer Mann, wie ihr es seid.
Selbst Oighrigh hat mehr Mut als ich. Ich werde euch sicherlich nicht zur Last fallen. Ich werde tun, was ihr verlangt, aber bitte, laßt mich bei euch bleiben, Herr!"
Verzweifelte Augen richteten sich auf Iolaranam. Der lächelte ihn freundlich an.
„Wahrlich, Oighrigh hat seinen Unterricht verstanden. Er trägt den Titel Fianna zu recht, und wir alle sollten uns schämen, nur darüber nachgedacht zu haben, diesen Mann seinem Schicksal zu überlassen. Natürlich bleibt er bei uns. Auch wenn du das bestimmt eines Tages bereuen wirst. Die Gefahren finden immer ihren Weg vor unsere Füße."
Toit strahlte über beide Backen.
„Das macht nichts. Die besten Männer Erius sind an meiner Seite und die wehrhaftesten Frauen."
Nachdem sie ihre Sachen in den Satteltaschen verstaut hatten, brachen sie auf. Ihre Reise verlief ohne Schwierigkeiten bis zum nächsten Morgen. Sie waren schon ein gutes Stück geritten, als Seabhaceo plötzlich anhielt und warnend seine linke Hand hob. Vorsichtig ritt Iolaranam an ihn heran.
„Was ist?", flüsterte er.
Seabhaceo deutete nach vorne.
„Riechst du das nicht? Da hat jemand ein sehr großes Feuer gemacht, siehst du die Rauchschwaden nicht?"
Iolaranam blickte in den Himmel. Riesige, weiße Rauchwolken zogen dahin. Wissenden Auges richtete er sich an Toit.
„Vielleicht magst du es heute schon bereuen, bei uns geblieben zu sein. Wir werden noch ein Stück vorwärts reiten, bis wir an einer Stelle sind, wo wir herausfinden können, was hier vorgeht. Verhaltet euch ruhig und reitet am Wegesrand. Wenn wir uns trennen müssen, treffen wir uns in Magh-Nuadhat."
Langsam ließen sie ihre Pferde im Schritt gehen. Bald konnten sie sehen, daß der Ort des Feuers wohl ein Dorf am Wegesrand gewesen sein mußte. Eine viertel Meile vor dem Dorf stiegen sie ab und ließen ihre Pferde bei

Toit zurück. Schweigend näherten sie sich. Kurz vor dem Dorf verließen sie den Weg und umschrieben im Wald einen Bogen, geschützt von dem Unterholz, das sich nach dem Wintersturm hier angesammelt hatte. Vorsichtig kamen sie daraus hervor und schauten sich um.
Kein Mensch war zu sehen, aber überall fanden sie Kühe, die erschlagen worden waren. Schafe, denen das Fell angezündet worden war und Krähen, die sich an den Tieren labten. Alle Holzhütten waren angezündet und vernichtet worden. Nur eine Scheune war unversehrt geblieben.
Noch bevor Oighrigh die erste Hütte oder das, was von ihr übrig war, betreten hatte, kam ihr Anführer daraus hervor. Blaß war sein Gesicht, gezeichnet von dem Entsetzen, das er in diesem ehemaligen Heim vorgefunden hatte. Nur schwer konnte er die Tränen der Verzweiflung zurückhalten.
In allen Hütten bot sich das gleiche Bild des Schreckens, überall war Blut, roch man die Angst. Ganze Familien hatten sie niedergemetzelt. Es war grausam zu sehen, wie Cíona aus jeder Hütte trat und nur den Kopf schütteln konnte. Hier gab es keine Überlebenden mehr. Mit jedem Schritt, den die Gefährten taten, wuchs ihr Zorn. Oighrigh, den Camchéachta von den Hütten wegzerrte, weinte bitterlich.
Dann gingen sie zu der Scheune hinüber. Iolaranam schwante nichts Gutes. Er bat Crónachan und Gormeala mit Oighrigh, die Scheune von außen zu sichern und den Jungen nicht aus den Augen zu verlieren und vor allem nicht in das Gebäude zu lassen. Zu gut kannte er die Handschrift der Königlichen Garde.
Vorsichtig zog er die große Tür zur Seite. Von Entsetzen gepackt fiel Iolaranam auf die Knie und bedeckte sein Gesicht mit seinen Händen. Hinter ihm würgte Sionnach und übergab sich. Glaslasair, die vorsichtshalber das Schwert gezogen hatte, steckte es wieder in die Scheide und hatte Tränen der Wut in den Augen. Camchéachta fand als erster die Sprache wieder.
„Cioná, sieh nach, ob du Überlebende finden oder Verletzten Linderung verschaffen kannst.“
Als Iolaranam sich wieder erhob, waren seine Augen zu Eis geworden. Es war kaum vorstellbar, daß es Wesen gab, die zu solcher Grausamkeit fähig waren. Da lagen Kinder mit durchgeschnittener Kehle und deren Mütter, die das Messer noch in der Hand hielten. Einigen Frauen war der Kopf abgehackt worden, Männer hatten sich selbst erstochen, andere la-

gen in tödlicher Umarmung Schulter an Schulter. Am schlimmsten jedoch war der Anblick von drei Frauen, die am Ende der Scheune gepfählt worden waren.

Cioná kam zu Iolaranam, der sich langsam einen Weg durch dieses Leid bahnte.

„Iolaranam, sie sind alle tot. Eine der Frauen auf den Pfählen lebt zwar noch, aber sie wird die nächste Stunde nicht überleben. Vielleicht kann sie dir sagen, was hier vorgefallen ist."

Der Anführer blickte nicht zur Seite, als er vor die Frau trat. In ihren braunen Augen brannte das Feuer unerträglicher Schmerzen. Blut lief an dem Stamm entlang. Die Fesseln, die ihr die Hände auf dem Rücken hielten, schnitten in ihr Fleisch.

Leise begann sie mit letzter Kraft zu sprechen:

„Herr, wer ihr auch immer seid, durchschneidet meine Fesseln. Es soll nicht heißen, ich wäre nicht frei in die Andere Welt getreten."

Iolaranam zog sein Messer und schnitt die Seile durch, die ihre Hände an den Leib banden.

„Wer war das?"

Mühsam formte sie die Worte.

„Arcán, das Schwein. Wir haben die Räuber Dragans mit Kühen für den Winter versorgt. Aber die hätten uns auch getötet, wenn wir es nicht getan hätten. Dies Schicksal war uns wohl so oder so vorbestimmt, aber durch die Hände dieses Schweines zu fallen, ist kein ehrenwerter Tod! Die Götter werden über uns lachen, am Tisch der Helden. Wer bist du?"

Der Anführer der Fianna schluckte.

„Ich bin Iolaranam, der Alptraum der Königlichen Garde. Und ich schwöre dir, Arcán wird niemals durch das Tor zur Anderen Welt treten. Wie ist es geschehen?"

„Sie haben uns hier zusammengetrieben und dann gefragt, wo diese Räuber ihr Versteck haben. Aber die Leute Erius sind keine Verräter. Wir haben geschwiegen. Die, die es hätten verraten können, hatten sie zuerst getötet. Und wir wollten es nicht wissen und hatten nie gefragt.

Dann zwang er die Mütter, ihren Kindern die Kehle durchzuschneiden. Die meisten taten das lieber selbst, als sie von der Hand dieser Ehrlosen sterben zu lassen. Dann mußten die Männer ihre Frauen und sich dann gegenseitig töten.

Uns drei haben sie gepfählt, damit wir den Räubern erzählen können, was geschieht, wenn ihnen Landsleute helfen. Mit den beiden anderen hatten sie noch Gnade, deren Pfähle waren spitz, doch meinen haben sie stumpf gelassen, damit er sich schön langsam durch meinen Körper bohrt."
Iolaranam atmete tief ein.
„Wir haben eine Heilerin bei uns, die dein Leiden beenden kann."
Die Frau griff langsam nach dem Mann und nahm seine Hand.
„Nein, mein Sohn, all diese Männer, Frauen und Kinder haben ihr Leid getragen. Auch ich habe Ehre, ich bin eine Frau Erius. Aber würdet ihr mir einen letzten Wunsch erfüllen?"
Iolaranam nickte.
„Bitte zündet die Scheune an, wenn ihr geht. Wir wollen alle gemeinsam durch das Tor zur Anderen Welt schreiten, willst du das tun?"
„Und du?"
Die Frau lächelte sanft.
„Ich werde tot sein, bevor du die Scheune verlassen hast. Ich danke dir, Iolaranam. Räche uns und vergiß uns nicht."
Mühsam nahm sich Iolaranam zusammen und nickte ihr zu. Als er schon einige Schritte gegangen war, drehte er sich noch einmal um.
„Ich werde dich niemals vergessen. Magst du mir deinen Namen nicht nennen?"
„Maegwin", flüsterte die Frau, dann fiel der Kopf auf ihre Schulter, und der Tod hauchte ihr das Leben aus.
Iolaranam hielt sein Versprechen.
In der Mitte des Dorfes errichteten sie einen Steinberg, für jeden der Toten legten sie einen Stein dort nieder, der ein Versprechen war, diese Schreckensherrschaft zu beenden.
Niedergeschlagen gingen sie zurück zu Toit, der bei den Pferden geblieben war. Als er ihre Gesichter sah, wagte er nicht, nach den Geschehnissen zu fragen. Seine neuen Gefährten würden es ihm erzählen, wenn sie bereit dazu waren.
Am späten Nachmittag setzten sie über ein kleines Flüßchen. Es waren nur noch wenige Meilen bis zur Breiten Straße. Sie galoppierten für eine lange Zeit, bis sich der Wald immer mehr verdichtete. Als es dunkel wurde, hatten sie die Straße erreicht und überquert.
Die Gemeinschaft fand einen ausgetretenen Weg, der von der Straße fortführte. Ihm folgten sie, um vielleicht auf ein Wetterhäuschen zu stoßen.

Vorsichtig gingen sie den Pfad entlang, jeder führte sein Pferd hinter sich her. Was sie fanden, war aber kein Wetterhäuschen, sondern eine weite Lichtung, an deren Ende ein seltsamer Sack lag. Jedenfalls glaubten sie, es sei ein Sack. Da konnte Oighrigh, der bei der Scheune zurückstehen mußte, seine Neugierde nicht länger bremsen und rannte dorthin. Schnell hatte er die Verschnürung mit seinem Messer durchtrennt und den Stoff heruntergezerrt. Seine Entdeckung ließ ihn laut rufen.
„Iolaranam, Camchéachta, schnell, da steckt ein Mensch drin. Ich glaube, er ist tot."
Eilenden Fußes rannten die beiden zu dem Jungen. Der Mann, den sie aus dem Sack holten, war über und über mit Wunden bedeckt, die schon verkrustet waren. Seine dunkelbraunen Haare waren völlig verfilzt. Auch Cioná kam herbei.
„Er lebt noch, aber er ist bewußtlos. Er muß vor längerer Zeit ausgepeitscht und dann noch einmal richtig verprügelt worden sein. Macht ein Feuer, damit ich etwas Warmes kochen kann, und schüttet ihm ein bißchen Wasser über, damit er wach wird."
Der Mann wurde an ein schnell entfachtes Feuer gebracht. Dann schüttelte ihn Cioná leicht, damit er wach wurde. Sofort kam Iolaranam heran.
„Wie ist dein Name, Mann, und wo kommst du her?"
Der Mann öffnete seine dunkelbraunen Augen.
„Mein Name ist Rabharta, und ich bin der erste Hauptmann Broc mac Cíocras."
Kurz durchfuhr Dúghorm ein Gedankenblitz, daß der erste Hauptmann auf Tara doch rothaarig war und grüne Augen hatte.
Dann erlosch der Gedanke.

Der erste Geís

Broc wachte auf, nachdem ihn der Hochdruide fast von seinem Nachtlager geworfen hatte. Noch nicht richtig wach, wischte er sich den Schlaf aus den Augen.
„Was ist denn los? Warum werde ich mitten in der Nacht geweckt?"
Tuan warf dem grauhaarigen Mann einen Hausmantel zu.
„Rabharta ist verschwunden. Vor wenigen Augenblicken fand man seine Stute wiehernd vor der Burg auf und ab laufend."
Der König strich über seine borstigen Bartstoppeln.
„Und? Was soll ich jetzt tun? Ihn suchen gehen?"
Wütend pochte Tuan auf den Tisch seines Herren.
„Herr, Rabharta ist euer erster Hauptmann, der Führer eures Heeres. Ihr solltet die Königliche Garde ausschicken, um ihn zu finden. Vielleicht ist er vom Pferd gestürzt und liegt auf irgendeinem Hügel oder in einer Grube!"
Mühselig suchte der König seine Kleider zusammen und zog sich an.
„Ist das ein Grund, mich so früh zu wecken? Das hättet ihr doch alleine in die Wege leiten können."
Tuan atmete ein und hielt die Luft an.
„Das Heer, Hoheit, und die Gewalt darüber obliegt mir nicht. Ich bin der Hochdruide, aber ihr seid der Hochkönig, der Befehlshaber der Königlichen Garde noch vor dem Tölpel Arcán.
Würdet ihr nun endlich euren Leibwächter rufen lassen, um den Hauptmann zu suchen. Es gibt so wenig Männer von Ehre auf dieser Burg, da ist einer wie er ein großer Verlust, wenn er nicht wiederkehrt."
Gemächlich bewegte sich der Hochkönig in die Küche, wo er sich zum Frühstück zunächst einmal etwas Met erwärmen ließ. Erst dann schickte er nach Arcán. Bald darauf stand der Mann vor ihm und grüßte ihn.
„Einen wundervollen Morgen wünsche ich euch, Herr. Wie kann ich euch dienen?"
Heftig winkte der König nach einem neu gefüllten Krug, ehe er antwortete.
„Rabharta ist verschwunden, unser guter Freund. Ich möchte, daß ihr und die Königliche Garde aufbrecht, um ihn zu suchen. Heute morgen stand nur sein Gaul vor der Tür."

Ungeduldig schlug der alte König mit dem Krug auf den Tisch. Der Anführer der Königlichen Garde entblößte sein Gebiß und antwortete:
„Wir werden ihn suchen, als hinge mein Leben davon ab. Nur ob wir ihn auch finden werden, kann ich euch nicht versprechen, Hoheit!"
Arcán drehte sich um und ging hinaus. Die fünfzig Mann der Königlichen Garde waren bald darauf aus der Burg geritten und suchten die Umgebung ab. Viel Mühe gaben sie sich allerdings nicht, waren sie doch froh, daß der Hauptmann endlich aus der Burg verschwunden war. Sie haßten ihn für seine Geradlinigkeit und Treue zum Thron, allen voran Arcán. Am späten Abend kehrten die Männer heim. Es war keine Spur zu finden.
Eala, die auf die Heimkehr der Garde gewartet hatte, ging mit sorgenvoller Miene auf ihre Kammer. Kurz darauf klopfte es an der Tür.
„Wer ist dort an der Tür?"
Leise flüsterte eine Stimme:
„Ich bin es, Measartha! Laßt mich ein."
Vorsichtig, sich nach allen Seiten absichernd, ließ die Frau den jungen Mann ein.
„Was kann ich für euch tun, Measartha?"
Aufgeregt fuhr der sich durch sein blondes Haar.
„Ich weiß nicht, wie ich es sagen soll. Ich bin wegen des Hauptmanns hier."
Langsam und stockend entließ Measartha die Worte aus seinem Mund. Eala lächelte über diese Schüchternheit.
„Auf, auf, nur gerade heraus damit, was ist mit Rabharta?"
Der junge Mann suchte sichtlich nach Worten, aber langsam und allmählich wurde er ruhiger.
„Nun, ich weiß nicht, wie ich es sagen soll. Aber ich habe ihn gestern vom Hof reiten sehen, nachdem er bei euch im Zimmer war. Vielleicht wißt ihr ja, wohin er geritten ist und könnt mir helfen, ihn zu finden."
Die Schattenbringerin warf einen Blick in die strahlenden, blauen Augen und sagte dann sanft:
„Ich fürchte, du wirst ihm nicht folgen können, wohin er auch gegangen sein mag."
Verwirrt schaute Measartha auf.
„Aber warum nicht? Ich bin sein Freund. Ich will ihm helfen."
Die Schattenbringerin nahm einen Kamm und begann, ihre Haare zu kämmen.

„Nun, einer von euch beiden muß die Stellung hier halten, und das ist deine Aufgabe. Auch meine Wege und Mittel sind nicht zu verachten. Laß mir diese Nacht, und morgen will ich dir mehr darüber sagen, wo er sein mag. Ihr mögt ihn sehr, diesen Mann, nicht wahr?"
Measartha nickte.
„Er hat immer an mich geglaubt. Es gab nie Zweifel für ihn, daß ich ihm eines Tages als erster Hauptmann folgen würde. Ich war wie ein Erz, das in einem tiefen Schacht schlief. Aber er hat aus dem Eisen ein gutes Schwert geschmiedet. Da ist meine Freundschaft nur ein geringer Gegenwert. Kommt ihr nicht in die großen Halle heute abend? Der König will morgen jagen, um etwas Wild auf den Tisch zu bringen. Er würde sich sicher freuen, euch an seinem Tisch zu begrüßen."
Dann nickte er ihr höflich zu und ging hinaus.
Nun denn, auf der Traumstraße würde sie heute Nacht nach Rabharta Ausschau halten. So ging sie in die Große Halle. Kaum hatte sie jene betreten, da winkte sie Broc schon an seinen Tisch.
„Setzt euch zu uns, meine Liebe, Cruimh, mein Königlicher Berater, gibt gerade ein paar lustige Geschichten zum Besten. Setzt euch, heute ist es lustig hier."
Eala tat, wie ihr geheißen und schon fuhr der Gnom fort zu erzählen.
„Eine alte Sau lief eines Tages mit ihrem Ferkel über den Hof des Bauern, um etwas zu fressen zu stehlen. Als sie sich gerade ihre Bäuche so richtig vollgeschlagen hatten, kam der Hofhund um die Ecke und jagte sie davon. Da sagte die alte Sau:
„Das mache ich nie, nie mehr wieder."
Daraufhin erwiderte das Ferkel:
„Ja, ja, das sagst du immer, immer wieder."
Alle lachten auf und forderten noch ein Geschichte, die der Mann auch gerne erzählte.
„Einmal ging eine Füchsin mit ihren drei Jungen an einem Haus vorbei. Drinnen war ein riesiges Gezeter und laute Stimmen drangen nach draußen. Da dachte die Füchsin, dies sei der Augenblick zu sehen, ob ihre Jungen genug gelernt hatten, um es in der Welt zu etwas zu bringen. So sagte sie zu dem Erstgeborenen:
„Nun, mein liebes Kind, wie viele Menschen sind wohl in diesem Hause?"
Das Kind schüttelte sein kleines Köpfchen und erwiderte:
„Woher soll ich das denn wissen? Ich bin ja noch nicht drinnen gewesen."

Die Mutter wandte sich dem zweiten Füchschen zu.
„Und du, weißt du, wie viele Menschen sich in diesem Haus befinden?"
Auch das zweite Junge schüttelte sein Köpfchen und sprach:
„Nein, ich weiß es nicht, aber ich kann mich hineinschleichen und sie zählen."
So fragte die Füchsin das Jüngste:
„Weißt du denn, wie viele Menschen in diesem Haus sein mögen?"
Da lachte das Kleine und antwortete:
„Nun, wenn es keine zwölf Männer sind, können es nur zwei Frauen sein."
Der Königliche Berater warf vor Lachen seinen Krug von dem Tisch. Eifrig winkte er einer Küchenhilfe, die ihm schnell einen neuen brachte.
Der König lachte Eala zu:
„So ist es im Leben, laßt uns noch eine andere Geschichte hören, dann wollen wir schlafen gehen. Morgen früh gehen wir auf die Jagd, da muß ich wach und ausgeschlafen sein. Werdet ihr uns die Gnade erweisen und an meiner Seite reiten? Bedenkt wohl, was ihr tut, wenn ihr mich abweist. Ich bin Broc mac Cíocras, der beste Jäger weit und breit.
Nicht vergebens gaben mir meine Eltern den Namen dieses Tieres, denn genauso verbissen wie ein Dachs bin ich. Wollt ihr mich nun begleiten, schöne Frau? Nach all den Überfällen durch diese Weisen Frauen bedarf ich angenehmerer Gesellschaft durch eine wunderschöne Frau, wie ihr es seid, zur Wiedergutmachung."
Eala blickte verlegen zur Hochkönigin, die sie freundlich anlächelte. Höflich antwortete sie:
„Könnte ich solch eine Einladung ausschlagen. Eine Ehre wird mir zuteil, um die mich manche Frau und mancher deiner Untertanen beneiden wird. So will ich denn morgen früh an eurer Seite reiten. Vielleicht gelingt es mir, ein Tier zu erlegen und es für euch zuzubereiten."
Geschmeichelt nickte der König und bat Cruimh, eine andere Geschichte zu erzählen. Dieser zögerte keinen Augenblick damit.
„Einmal zog eine alte Krähe mit ihrem Jungvogel auf das Feld, damit er sich in die Lüfte erheben mochte und fliegen lernen konnte, und so geschah es. Der Jungvogel lernte fliegen und hatte sich schon von seiner Mutter verabschiedet, da sagte diese:
„Höre mein Kind, nun kannst du fliegen, und die Himmel stehen dir offen, um unsere schöne Insel zu erkunden und deine eigene Familie zu

gründen. Aber ehe du mich jetzt verläßt, will ich dir noch einen Ratschlag mit auf den Weg geben."
Ungeduldig flatterte die junge Krähe.
„Sprich, denn es treibt mich voran."
So sagte seine Mutter:
„Wenn du einmal auf einem Acker landen solltest, um die Saat aufzupicken oder das erste Grün zu verspeisen, hab Acht auf die Menschen. Kommt einer und hat etwas unter dem Arm, so kann es ein Stock sein, den er nach dir werfen will. Dann fliege fort!"
„Das sehe ich ein", sagte die junge Krähe.
Da fuhr der Altvogel fort:
„Noch einen anderen Rat habe ich für dich. Sitzt du auf einem Feld und siehst, wie ein Mensch sich bückt, dann mache dich auf und davon. Denn bestimmt beugt er sich nach einem Stein, um nach dir zu werfen. Hat aber der Mann weder etwas unter dem Arm oder in der Hand und beugt er sich auch nicht nieder, so bist du sicher."
Da sagte die junge Krähe:
„Das ist ja alles schön und gut, was mache ich aber, wenn er den Stein in der Tasche trägt?"
Da rief die alte Krähe:
„Fort mit dir, du kennst dich schon besser in der Welt aus als ich."
Wieder grölten alle vor Lachen. Dann ließ der König das Schlafenslied auf der Harfe spielen, woraufhin sich der Hof in seine Gemächer zurückzog.
Auch Eala begab sich in ihre Kammer. Entspannt legte sie sich auf ihr Lager. Ihr Atem ging langsam und gleichmäßig. Dann führte sie ihre linke Hand zum Sonnengeflecht und versank in der Energie, die durch ihren Körper strahlte. Immer tiefer glitt sie, bis sie das Linientor wieder vor sich sah. Ihr Auge folgte den Linien, bis dieses Bild von Rabhartas Gesicht überlagert und verdrängt wurde. Die Gedanken der Schattenbringerin hallten durch den Raum, durch die Zeit, aber wenn sich die Lippen Rabhartas auch bewegten, die Stille der Traumstraße wurde nicht von ihnen gestört.
Er schien von einer Wand aus Glas umgeben zu sein, die alles zeigte, aber nichts hindurch ließ. Tränen liefen über seine Wangen, netzten das rote Haar. Flehentlich richteten sich die grünen Augen auf sie. Berge konnte sie erkennen, hohe Berge, sonst war nichts zu sehen im Nebel der Zeit.

Vergebens versuchte sie, ihn zu erreichen. Eine andere Macht war hier am Werk, eine Macht, die sie noch nie gespürt, noch nie bemerkt hatte und doch war sie um einiges älter als Eala.
Die Schattenbringerin fühlte, daß sie diese Verbindung nicht länger aufrechterhalten konnte. Immer mehr entfernte sich dieses traurige Antlitz. Dann verblaßte es gänzlich, und die Feuerlinien des Tores traten wieder hervor. Dort erholte sie sich, bis sie in einen tiefen, erholsamen Schlaf fiel. In dieser Nacht träumte sie nicht.
Am Morgen ging sie in die Halle, wo sie der Hof schon erwartete. Der Hochkönig war sehr erfreut, sie zu sehen. Draußen liefen aufgeregt die Hunde hin und her, und auch die Pferde schüttelten ihre Mähnen. Schließlich war es soweit. Alle saßen auf ihren Rössern und galoppierten aus der Burg.
Es war kein leichtes Vorwärtskommen im Wald. Der Regen hatte die Wege aufgeweicht, und manches Bächlein führte jetzt soviel Wasser, daß man sie nicht ohne weiteres durchschreiten konnte.
Bald hatten die Hunde die Spur eines Rudels aufgetan und den Leithirsch von dem Rudel getrennt. Laut bellend trieben sie das Tier vor sich her. Immer wieder verschwand es im Dickicht. Doch auch die Kräfte dieses mächtigen Tieres gingen einmal zur Neige. Schließlich jagten es die Treiber in einen Fluß und brachten es mit ihren Speeren zu Fall. Wieder suchte man die Spur des Rudels. Schwarzwild wollte man heute nicht jagen. Verletzte Keiler waren unberechenbar und mochten die Damen der Gesellschaft oder vielleicht sogar den Hochkönig selbst verletzen.
Eala hatte die ganze Zeit gut mit der Meute mitgehalten. Es tat ihr leid, daß die Menschen Tiere töten mußten, um zu leben. Sie selbst aß kaum Fleisch. Es berauschte ihre Sinne dermaßen, daß sie nicht mehr richtig denken konnte. Ihr Geist wurde schwerfällig davon.
Bald hatten sie einige Tiere erlegt, aber Eala war bei der Jagd noch auf etwas anderes gestoßen. An einer erdigen Stelle im Waldboden hatte sie etwas entdeckt. Sie hatte ihren Fund in einen Sack gesteckt und sich wieder den Reitern der Jagd angeschlossen, ohne daß überhaupt auffiel, daß sie abwesend gewesen war.
Am Nachmittag kehrte die Jagdgesellschaft zurück.
Nachdem sich Eala gewaschen und umgezogen hatte, machte sie sich mit ihrem Sack auf in die Küche. Dort zog sie ihrer Beute das Fell vom Leib, würzte sie, briet sie an und ließ sie über einem kleinen Feuer gar kochen.

Dies würde ein besonderer Braten werden, sogar Sahne fügte sie bei, um den strengen Geschmack etwas zu mildern.
Die Küchenhilfen waren erstaunt, wie gut sie sich in einer Küche auskannte und ließen sie gewähren. Aus trockenem Brot, Milch, Eier und Salz formte sie einen Teig, den sie in einem Handtuch an einem Kochlöffel in einen Kessel mit sprudelndem Wasser hängte.
Dann ging sie in ihre Kammer und zog ihr blaues Gewand an. Auf dem Weg zur Halle schaute sie noch einmal in der Küche nach dem Rechten und machte sich dann auf zum Platz an Tuans Seite, wo sie das Essen einnehmen wollte. Die Mägde hatte sie gebeten, dem König zuerst von ihrer Speise zu geben und dann die übrigen Leckereien auf den Tisch zu bringen.
Als sich die Halle gefüllt hatte, stand die Schattenbringerin auf und ergriff das Wort.
„Großer König und Königin, der ganze Hof sei mir gegrüßt. Nach einer langen Reise bin ich hier aufgenommen worden wie eine zweite Tochter. Nun möchte ich mich wenigstens bei unserem Hochkönig auf meine Weise erkenntlich zeigen."
Zweimal klatschte die Schattenbringerin in ihre Hände. Da kam auch schon eine der Mägde und brachte dem Hochkönig auf einer Holztafel den Braten mit der Soße und dem Knödel.
Eala fuhr fort zu sprechen.
„Ein wundervolles Tier hat sich von mir erlegen lassen, das wert ist, nur von euch verspeist zu werden. So laßt es euch schmecken."
Der Duft des Essens stieg Broc derart in die Nase, daß ihm das Wasser im Mund zusammenlief. Freundlich dankte er der Schattenbringerin.
„Eßt, dies ist eine Überraschung, die erst nach dem Festmahl verraten wird."
Damit mußte Broc sich zufrieden geben. Gierig stopfte er das Fleisch in sich hinein, tunkte den Kloß in die Soße und endete erst, als nichts mehr auf der Platte zu sehen war, außer Soßenresten!
Auch der Hof ließ sich das nun aufgetragene Festmahl schmecken. Musiker spielten auf, und schöne Mädchen tanzten durch die Bankreihen. Einige sangen Lieder von Liebe und Glück. Doch schließlich hatte auch dieses Mahl ein Ende. Gerade als die Magd die Platte des Königs forttrug, erinnerte er sich an die unbeantwortete Frage und stellte sie.
„Sag nun, schöne Eala, welches herrliche Tier habt ihr gefangen und für mich auf so köstliche Weise zubereitet?"
Unschuldig blickend antwortete die Schattenbringerin.

„Einen Dachs, Broc, einen Dachs. Hat er euch denn auch wirklich geschmeckt?“
Totenstille herrschte im Saal.

Noch lange ist das
Schwert nicht gefunden,
und viele Gefahren
lauern noch auf den Wegen
von Amhrán und Solasard.

Ihre Abenteuer in
der Alten Welt Erius
gehen weiter.

Anhang

Namen, Aussprache, Bedeutung

Name	Aussprache	Bedeutung
Aed mac Graine	Ed mac Gráin	Feuer, Sohn der Sonne
Aer	Ayr	Luft
Agunna	Águnna	
Albhine	Ilven	
Alisma	Alisma	Irland
Altán	Eltan	Schlucht
Amadán	Emaden	Narr
Amaranth	Amarant	Irland
Amhrán	Aura	Lied
Anam	Enam	Seele
Anathahan	Anáthahán	
Anatis	Ánátis	Irland
Anlaog	Anláog	
Arannan	Aranan	Zur Insel Aran gehörig
Arcán	Erkan	Ferkel
Arisch	Árisch	
Asis	Ásis	
Atatir	Átatir	
Athraigh	Eri	Wechsler
Auda	Aúda	
Báistigh	Basti	Regen
Banba	Banba	Irland
Bás	Bás	Tod
Blonag	Blonag	Die Dicke
Bodbh	Bów	Rabe
Bó	Bo	Kuh
Bran	Bren	Der Gesegnete
Bregon	Bregen	Kleiner Schuh
Broc mac Cíocras	Broc mac Kikras	Dachs, Sohn der Gier
Caitín	Kétin	Kätzchen (Weidenblüte)
Camchéachta	Camtschachta	Großer Bär
Caochán	Kischén	Maulwurf
Carmann	Karman	Garten
Carraig	Kerag	Fels
Carria	Cärria	Hirsch

Name	Aussprache	Bedeutung
Cian	Kian	Alter
Cioná	Kina	Stern
Cláirseach	Klersasch	Harfe
Cluanaire	Kluanarja	Schmeichler
Collach	Kollach	Eber
Colpan	Colpen	Taube
Conan	Conén	Der Kahle
Cormac mac Art	Cormec mac Art	Cormec, Sohn des Art
Cranda	Krenda	Krüppel
Croí	Kri	Herz
Crónachan	Crónachan	Dämmerung
Cruimh	Kriv	Made
Crunnchu	Crunschu	
Cúchulainn	Kuchulin	Held
Daighear	Dair	Feuer
Dair	Derj	Eiche
Dallóg	Dallog	Blind
Danu	Danu	Muttergöttin
Deirdre	Dirdri	Die Toberin
Dermit mac Cécht	Dermet mac Checht	Sohn der Pflugschar
Diarmaid mac Duibhne	Dermet	Der Neidlose
Dragan	Dregan	Drache
Draighean	Dráin	Schwarzdorn
Dreoilín	Drolin	Zaunkönig
Dúghorm mac Bradán	Dujoram mac Bredan	Blau, Sohn des Lachses
Eala	Ela	Schwan
Eas	Es	Wasserfall
Éber	Eber	Der Blonde
Eire	Erá	Irland
Eite	Etja	Flügel
Emergin	Emergin	Weißknie
Eochu mac Ercs	Echin mac Ercs	Sohn des Himmels
Erémón	Ermen	Der Pflüger
Ermit mac Cuill	Ormit mac Cwil	Sohn der Hasel
Ethniu	Enju	Kleines Feuer
Faolchú	Filcha	Wildhund
Fas	Fas	Wachsen

Name	Aussprache	Bedeutung
Fearnóg	Fjarnog	Erle
Fia	Fja	Reh
Fiagai	Fjagi	Jäger
Fiántas	Fiantas	Wildheit
Fimíneacht	Fiminasch	Heuchler
Fionn mac Cumhail	Fjon mac Cúal	Weiß, Sohn der Sklavin
Fodla	Fodla	Irland
Gaoth	Gi	Wind
Gealán	Galán	Schimmer
Glaslasair	Glasláser	Grüne Flamme
Gleannglas	Glenglas	Grünes Tal
Goleudydd	Goleudid	Glänzender Tag (walisisch)
Goll mac Morna	Goll	Der Einäugige
Gormeala	Goramela	Blauer Schwan
Goworr	Goworr	
Grainne	Grain	Sonne
Grian	Grian	Sonne
Halil	Chalil	arab.: Freund
Iolaranam	Iolaranam	Adlerseele
Iontas	Intes	Wunder
Ir	Ir	Spanischer Name
Íth	It	Durst
Lasair	Lasair	Flamme
Lá	La	Tag
Leoithne	Lonja	Leichte Brise
Luan	Luen	Der Wolf
Madhra	Medra	Hund
Maegwin	Megwin	Irland
Maghnis	Menis	Groß
Marú	Maru	Schlächter
Máthair	Metair	Mutter
Measartha	Mesarha	Der Maßvolle
Míl	Mil	Spanischer Name
Misnéachard	Mischnachard	Der Große Edle
Misniúil	Mischnjuil	Der Kühne
Neamhní	Nevni	Nichts
Néart	Njert	Stärke
Oiche	Icha	Nacht
Oighrigh	Airi	Eis

Name	Aussprache	Bedeutung
Oscar	Oscar	Der Hirschliebende
Rabharta	Raurta	Springflut
Réalta	Ralta	Stern
Rhiannon	Riánnen	walisische Pferdegöttin
Rigdonn	Rigdon	Brauner König
Ruad	Rúod	Der Rote
Sadv	Sadv	Alte Rehgöttin
Saileach	Seljach	Weide
Sáile	Salja	Salzwasser
Scath	Ska	Schatten
Scathcrobh	Skacrov	Schattenhand
Scota	Shcota	Die Irin
Seabhaceo	Shauko	Nebelfalke
Shasza	Shasza	
Shem	Shem	Gott schützt dich
Síochanta	Sishanta	Die Friedvolle
Sionnach	Shinach	Füchsin
Siorc mac Drochobair	Shirk mac Droschobar	Hai, Sohn des Unheils
Siúr	Shur	Schwester
Sliabhan	Shliaban	Weißer Berg
Solasard mac Annir	Solasard mac Enir	Großes Licht, Sohn des Mädchens
Spíon	Spin	Dorn
Súil	Sul	Auge
Tailte	Telte	Die Wohlgeformte
Taliesin	Taliesin	Seeburg
Talamh	Telaw	Erde
Tarbh	Tarew	Stier
Teanga	Tjenga	Zunge
Thorson	Thorson	Hammer
Tiné	Tjinja	Feuer
Toit	Tot	Rauch
Tuadh	Twód	
Tuan	Twon	Ganzheit
Uasal	Uasal	Der Edle
Uisce	Iskja	Wasser

Keltische Begriffe und ihre Bedeutung

Almhuin	Weiße Burg Fionn mac Cumhails bei Kildare
Beltainè	(gespr. Beltäin) Bel - Beal (Fruchtbarkeitsgöttin), tine - (Feuer) Beltainè ist eines der vier größten inselkeltischen Jahreszeitenfeste und wird am 1. Mai gefeiert, an dem die Zeit des Überflusses anbricht. Dieser Tag ist der Auftakt für die Sommerzeit. An ihm wird das Vieh zwischen zwei Feuern hindurchgetrieben, um es vor Krankheiten zu schützen, und der Hochkönig hält Gericht. Beltainè hat keine konkrete christliche Entsprechung.
Bracca	Hose.
cenn-fine	Die irische Gesellschaft bestand aus vielen Tuathas (Völkern), die sich einem König (rí) unterordneten. Ein Tuath wiederum gliederte sich in verschiedene fines (Clans), die zum Teil bis in die fünfte Generation zusammenlebten. Der cenn-fine, das Familienoberhaupt, ist meistens das älteste Mitglied der Familie.
Cerviden	Sagengestalt, Hirsch mit Menschenoberkörper.
Comoír	(gespr. Komor) Versammlung des Volkes im Zelt des Königlichen Paares von Tir na Samradh, Andere Welt.
Conaire Mór	Schwiegersohn Conns der Hundert Schlachten, Hochkönig von Tara; ist unbesiegbar, solange ihm das Trinken nicht verweigert wird. Ein Beispiel des eben noch vollkommenen, guten Königs, der von einem gewissen Zeitpunkt an beginnt, seine Gessa zu brechen. Selbst wenn er einen Freund wie Mac Cecht zur Seite hat, der alles Unglück zu vermeiden sucht, erfüllt sich sein Schicksal.

Connla — In der irischen Mythologie ein Riese, der aus Lehm das Leben auf der Erde nach den Sternenbildern formte, damit die Große Mutter ihnen Leben einhauchen konnte.
Er ist der Hüter des Brunnens der Weisheit.

Coven — Glaubensgemeinde, die in einer verlassenen Gegend zusammenlebt. Jene, die sich für diesen Weg entschieden haben, versorgen sich selbst und haben kaum Kontakt zur Außenwelt.

Dagda — Identisch mit Eochaid Ollathair. Sein Hauptname weist den Stamm des indoeuropäischen Wortes für Pferd auf, was ihn als einen Sonnengott kenntlich macht.
Ollathair bedeutet Allvater. Er ist der Herr über die inselkeltische Andere Welt. Er ist der schöpferische Gott, der gemeinsam mit der Großen Mutter Leben schafft. Er erneuert und erhält fortwährend den Kosmos.

Druide — Das Wort "Druide" bezeichnet die Priesterklasse in ihrer Gesamtheit, ohne sich auf eine besondere Kategorie wie Priester, Philosoph, Magier, Dichter, Musiker, Hellseher, Astrologe, Astronom, Arzt usw. festzulegen. Durch die Achtung vor den Göttern wird er zum Priester berufen und ist Bewahrer des Wissens und der Weisheit, Diener des Glaubens und Hüter der Tradition.
Der Druide ist Mittler zwischen den Göttern und den Menschen, deren Vertreter der König ist.

Fianna — Kampfverband zum Schutze des Reiches. Herausgebildet aus männlichen Jugendlichen, deren Eltern zu arm waren, um diese zu ernähren. Später offizieller Kampfverband unter der Herrschaft des Fionn mac Cumhail. Sie zogen ein halbes Jahr übers Land und lebten den Rest des Jahres am Hofe des Königs. Nach der Auflösung durch Broc bestand die Fianna nur im Untergrund. Iolaranam hat die Splittergruppen wieder vereint, zu denen jetzt auch Frauen gehörten.

Geís (Sing.)
Gessa (Pl.) — (gespr. gesh)
Ein Geís ist ein Ge- oder Verbot, das eine negative oder positive Verpflichtung darstellt, die bindend ist.

	Man unterscheidet Gessa, die sich nach Glücks- und Unglückstagen richten, andere tabuisieren wirkliche Gefahrenquellen, wiederum andere haben einen vorwiegend rituellen Charakter, bei dem es darum geht, sich einer Pflicht oder Aufgabe fortwährend bewußt zu werden.
Gilla	Position bei den Fianna, deren Zuständigkeit es ist, für Unterkunft und Nahrung zu sorgen und gegebenenfalls auch die Umgebung auszukundschaften.
Grianán	(gespr. Grianen) Sommerhaus oder Sommerzelt, Ort der Versammlung der Sidhi in Tir na Samradh, Sitz der Königlichen Familie.
Imbolc	Eines der vier größten inselkeltischen Jahreszeitenfeste, das am 1. Februar gefeiert wird. Imbolc ist die Verabschiedung des Winters, die durch die Reinigung der Seele und auch des Hauses den Göttern zu Ehren vollzogen wird. Dieses Fest findet seine christliche Entsprechung in Christi Erscheinung.
Lochaber	Zweischneidige, riesige Axt.
Lough	(gespr. Loch) See.
Lugh	Lugh - der Helle, der Scheinende Lugh ist ein irischer Sonnengott, der von den beiden großen Urvölkern Irlands, den Formorern und den Tuatha de Danaan, abstammt. Nach ihm ist das große Jahreszeitenfest Lughnasadh benannt, das Fest der Ernte.
Lughnasadh	Eines der vier größten inselkeltischen Jahreszeiten-Feste, das am 1. August gefeiert wird. Lughnasadh war die Beschwörung an die Götter, die Ernte vor Unheil zu bewahren. Mißernten brachten unweigerlich Hungersnot und Tod. Dieses Fest findet seine christliche Entsprechung im Erntedankfest.
Mac Cecht	Gatte Fodlas, König über Irland, sucht für Conaire Mór, den Hochkönig, Wasser.
Macha	Irische Muttergöttin, die zur Kriegsgöttin wurde und zur Triade der Morríghan gehört. Ihr Totemtier ist das Pferd.

Manannán mac Lyr	Meeresgott und Hochkönig der Tuatha de Danaan, nachdem sie sich in die Andere Welt zurückgezogen hatten. Er lebt auf der Insel Emain Avalach (Insel der Apfelbäume), von wo aus er sich auf Tir Tairngire um die abgeschiedenen Götter kümmert. Er umhüllt sie mit einem Mantel, der sie unsichtbar macht, und richtet ihre Festmähler aus, die sie vor Alter und Verfall schützen. Schweine, die er abends schlachtet, stehen am nächsten Tag wieder unverletzt in ihren Ställen.
Morríghan	Irische Souveränitätsgöttin, Teil der Triade Macha, Bodbh und Morríghan. Sie stellt die größte negative irische Muttergöttin dar, eine Kriegsgöttin. Die starke Betonung der Muttergöttin findet hier ihr Gegenstück im Konzept des unzerstörbaren Lebenskreislaufes, das den Tod als zurückgestautes Leben auffaßt, dem die Muttergottheit mit Hilfe des schöpferischen, zeugenden Gottes der Anderen Welt neue, individuelle Formen gibt.
Nás	Burg in der Nähe von Kildare.
Nuafairm	Newgrange, Grabanlage Braig na Bóinne, Eingänge zur Anderen Welt, Sitz der Götter Erius, spirituelle Mitte Irlands.
Oenghus	Sohn von Dagda und Muttergöttin Boand, Gott der Liebe und des Friedens.
Pryria	Anführerin der Síofra.
Samhain	(gespr. Sáu(w)en) Sam - Sommer, hain - Ende Samhain ist eines der vier größten inselkeltischen Jahreszeitenfeste und wird am 1. November gefeiert. Diese Nacht und der darauffolgende Tag kennzeichnen den Beginn des Winterhalbjahres. Bis zu diesem Datum muß das Vieh von den Sommerweiden zurück sein, überzählige Tiere werden als Wintervorrat geschlachtet, Tribute und Abgaben müssen bezahlt sein. Das Leben in den nächsten Monaten spielt sich nun überwiegend im Haus ab. Die Zeit des Geschichtenerzählens beginnt. Dieses Fest findet seine christliche Entsprechung in Allerheiligen.

Shire	(gespr. Sheier) Größtes Kaltblutpferd der Welt.
Sidhé	(gespr. Shi) sid - der Erdhügel Der oder die Sidhé (Singular), die Sidhi (Plural), deren Bewohner. Ursprünglich das göttliche Volk der Tuatha de Danaan, das von den Mílesern unter die Erde in die sogenannten Erdhügel oder auch sid vertrieben worden ist. Im irischen Volksglauben wurden diese zu Elben (Sidhi).
Síofra	(gespr. Shofra) Dämonen des Chaos. Sie zerstörten, damit Neues entstehen konnte.
Tara	Hügel zwischen Naven und Trim mit herrlichem Rundblick. Sitz des Lia Fál, dem Symbol der Königsherrschaft, Grabhügel der Muttergöttin Tea. Hochburg der irischen Hochkönige. Sitz der weltlichen Macht.
Tethra	Altirischer Totengott, ursprünglich Heerführer der Formorer.
Torques	Fester, zumeist goldener oder bronzener Halsring mit einer Öffnung. Der Torques ist Symbol der Macht, der Verehrung und des Schutzes. Ursprünglich wurde er von Göttern, Helden, Kriegern, Fürstinnen und Fürsten getragen. Anfangs war er Ausdrucks des weiblichen, zyklischen Prinzips und der Großen Mutter geweiht. Dann wurde er für die Krieger zum Zeichen der männlichen Macht und des Helden gemacht. Torques waren beliebte Dankesgaben für die Götter. Ein geschlossener Torques zeigte an, daß dessen Träger ein Sklave war.
Ulate	Einwohner von Ulster.

Erius Völker

Formorer

Die Formorer sind die Urbevölkerung Erius. Sie sind noch unfertig, wild, ohne Geist und Richtung. Kulturell stehen die Formorer für das Chaos der Masse, für die Ansammlung aller Möglichkeiten der Schöpfung und ihrer Fortentwicklung zum Einzelnen in seiner gesamten Mannigfaltigkeit.

Nemeds Volk

Nemeds Volk ist ursprünglich vom Schwarzen Meer aus aufgebrochen, um Eriu zu erobern. Sie lebten mit den Formorern friedlich zusammen, bis ihr Anführer Nemed starb und sie nach einem Aufstand wegen zu hohen Tributes von der Insel flüchten mußten. Eine Gruppe der Flüchtlinge ging in den Vorderen Orient nach Nordsyrien, eine andere kehrte zu ihren Wurzeln zurück.

Fir Bolg

Die Fir Bolg gehen zurück auf Nemeds Volk, das sich vom Schwarzen Meer aufgemacht hatte, Eriu zu erobern. Von den Formorern nach einem Aufstand besiegt und nun führerlos, teilte sich das Volk. Eine Gruppe entschwand in den Norden Syriens, eine andere kehrte zu ihren Ursprüngen zurück, um als Fir Bolg wieder nach Eriu aufzubrechen. Dort angekommen verbündeten sie sich mit den Fomorern und lebten in einer friedlichen Gemeinschaft.
Kulturell betrachtet sind die Fir Bolg Ordnungsbringer. Sie sind zielstrebig, ein Volk der Tat, die der Insel die Monarchie und ihre Herrschaftsregeln und so der weltlichen Macht Form und Rahmen gaben.

Tuatha de Danaan oder Hochelben oder Sidhi oder Großes Volk

Wie auch die Fir Bolg gehen die Tuatha de Danaan auf Nemeds Volk zurück, das vom Schwarzen Meer aufbrach, um Eriu zu erobern. Nach der Niederlage durch die Formorer flüchteten sie in den Mittleren Orient. Dort vermischten sie sich mit der ansässigen Bevölkerung und nahmen viele

kulturelle Einflüsse auf. Sie wandelten sich und wurden Hüter von Weisheit und Wissen, ein Volk des Geistes. Nach Jahren in der Verbannung kehrten sie nach Eriu zurück und wurden die Tuatha de Danaan, das Volk der Göttin Danu. Die Menschen nennen sie Elben oder die Hochelben, das Große Volk oder auch die Sidhi.
Sie sind die Kulturbringer Erius, stehen für die sakrale Macht, den Glauben an die Götter und den Zauber der ihnen eigenen Magie. Die Tuatha de Danaan sind unsterblich, es sei denn, sie entscheiden sich zu sterben oder werden getötet. Nachdem sie von den Mílesern besiegt wurden, gingen sie in Erdhügel, sogenannte Sidhi und nannten sich selbst danach Sidhi. Aus dieser Welt kehren sie immer wieder in die Alte Welt zurück, um dort nach dem Rechten zu sehen.

Waldelben

Auch die Waldelben gehen zurück auf die Tuatha de Danaan. Doch im Gegensatz zu den Hochelben entschieden sie sich nicht dafür in die Andere Welt zu gehen, sondern blieben in ihrer Alten Welt, die sie als ihre Heimat bezeichnen. Sie gingen mit den Bäumen eine Verbindung ein, die den Bäumen ein schier unendliches Alter schenkte und die Waldelben vor den neugierigen Augen der Menschen schützte.
Tagsüber nahmen die sie die Gestalt ihres Seelenbaumes an, um nachts wieder in ihrer eigenen Elbengestalt über die Erde zu eilen, als deren Hüter sie sich betrachten.

Kleines Volk

Lange Zeit lebten die Waldelben und die Menschen unbemerkt nebeneinander und doch gab es immer wieder Begegnungen, Verbindungen der beiden Völker, die nicht ohne Folgen blieben. Erst nur klein wuchs diese Gemeinschaft und gründete ein neues Volk, das Kleine Volk, das in Waldstädten lebt. Gemeinsam mit den Waldelben machten sie es sich zur Aufgabe, ihre Welt zu schützen und zu hüten. So wurden sie einander Augen und Ohren und hielten die Wacht über die Geschehnisse der Insel.

Itsasibela

Die Itsasibela atmen den Geist des Orients, gemeinsam mit den Tuatha de Danaan kamen sie nach Eriu. Dort verbanden sie sich mit den ältesten

Blutlinien, den Fomorern. Sie tragen die ganze Geschichte dieser Insel in ihrem Blut. Die Itsasibelas finden sich in jedem Volk der Insel wieder, doch eher schlafend, bis diese Seite einmal erweckt, sie voll erkenntnisfähig macht.

Götter

Die meisten Götter Erius gehen zurück auf die Tuatha de Danaan. Wie diese sind sie unsterblich, können aber immer wieder und in jeder beliebigen Lebensform auftreten. Erius Götter stehen vor allem für ihre Lebensfreude, selbst wenn sie als Schicksalsgötter auch den Tod bringen. Sie tanzen einen Reigen aus der kosmischen Vielfältigkeit, der sich durch alle Welten zieht.

Síofra

Die Síofra sind die andere Seite der Tuatha de Danaan. Nicht wie die Itsasibela durch die Kraft des Geistes gezähmt, verkörpern sie eine fast unkontrollierbare Kraft des kosmischen Chaos. Sie sind einäugig, einarmig, richten aber in der Masse unbeschreiblichen Schaden an. Sie sind die Gewalt, die das Tabula rasa lebt, damit das Neue, das Andere aus dem Schatten ins Licht treten kann.

Míleser

Mit den Mílesern betraten die ersten Menschen Eriu. Von Ägypten aus über Kreta nach Sizilien und von dort nach Spanien fanden sie den Weg in ihre neue Heimat. Waren die Tuatha de Danaan Kulturbringer, so schenkten die Míleser Eriu das Handwerk, die Möglichkeit für ein Volk zu überleben. Langhornrinder und deren Zucht, Windhunde, aus denen die Wolfshunde für die Jagd hervorgingen, die Verhüttung von Eisen und Silber sind nur einige Beispiele. Die Míleser sind Krieger, Eroberer, die mit Kraft Land einnehmen, um ihre Wurzeln darin zu versenken und auf immer dort zu bleiben.

Mearas

Aus einer mehr als engen Freundschaft zwischen Mensch und Pferd erwuchs diese einzigartige Rasse. Ein Wesen, das die andere Art so sehr liebt, daß sie diese völlig in sich aufnimmt und selbst entscheidet, wann welche Form in Erscheinung tritt. Einer Diener und Beschützer des anderen und dessen, dem er sich verpflichtet fühlt.

Zwerge

Nur wenige Zwerge fanden einen meist beschwerlichen Weg nach Eriu. Sie sind menschenähnliche, kleinwüchsige Wanderer, die sich aus der Heimat Thule aufgemacht haben, die einmalige Schmiedekunst Erius zu erlernen. Die Zwerge sind ein freundliches und gleichzeitig auch eigensinniges und zähes Volk, hilfsbereit, aber auch geheimniskrämerisch, wenn sie glauben, sich schützen zu müssen.

Die verschiedenen Gruppen

Inis-Diomain

Taliesin
(Druide)

Goleudydd
(Hohepriesterin)

Carraig
*(cenn-fine
Oberhaupt des
Familienclans)*

verheiratet mit

Néal
*(Carraigs
Schwester)*

Tiné

Shem
*(Schmied)
ehemals verheiratet
mit Cloigín*

Teanga
*(Sohn)
verheiratet
mit Leoithne*

Amadán
(Sohn)

Dreoilín
(Sohn)

Solasard
(Pflegesohn)

Amhrán
(Tochter)

Tarbh

Solasard's Gemeinschaft

Solasard mac Annir
(Sohn von Fionn mac Cumhail)

Goworr
(Zwerg)

Athraigh
(Fahrendes Volk)

Lyr
(Sidhé)

Draighean
(Kleines Volk)

Macha
(Das Göttergeschenk)

Coven

Síochanta
(Sidhé – Die Seherin und Stimme der Göttin)

Cláirseach
(Bardin)

Bó
(Druidin)

Deirdre
(Hohepriesterin)

Rhiannon
(Hohepriesterin)

Eite
(Schülerin)

Caitín
(Schülerin)

Sadv
(Schülerin)

Amhrán
(Schülerin)

Scathcrobh
(Beschützer von Amhrán)

Tir Na Samradh

Atatir Arisch Asis Agunna Auda
(Die Letzten der Großen Meister der Wandlung / Schöpfer der Anderen Welt)

Lá
(Königin)

Oiche
(König)

Misnéachard
(Prinz)

Anam Talamh Aer Daighear Uisce
(Der Rat der Weisen)

Madhra
(Welten wanderer)

Néart
(Sidhé)

Báistigh
(Sidhé)

Máthair
(Sidhé)

Fia
(Sidhé)

Gealán
(Gast)

Sáile
(Gast)

Fianna

Gleannglas
(Gilla/Kundschafter)

Sliabhan
(Gilla/Kundschafter)

Iolaranam
(Anführer)

Camchéachta
(Ratgeber)

Dúghorm
(Ratgeber)

Oighrigh

Síonnach

Cioná
(Heilerin)

Glaslasair

Crónachan

Gormeala

Seabhaceo

Tara

Tuan
(Ard drui/Hochdruide)

Broc mac Cíocras
(Ard ri/Hochkönig)

Réalta
(Hochkönigin)

Cruimh
(Zwerg/Königlicher Berater)

Rabharta
(Erster Hauptmann des Hochkönigs/ Befehlshaber über das Heer)

Arcán
(Anführer der Königlichen Garde/ Leibwächter des Hochkönigs)

Measartha
(Vertreter von Rabharta)

Eala
(Die Schattenbringerin)

Der keltische Baumkalender

Duir

(Eiche 10.06. - 07.07.)

○	1	2	3	4	5	6	7
☾	8	9	10	11	12	13	14
●	15	16	17	18	19	20	21
☽	22	23	24	25	26	27	28

13.06. Sommer-sonnenwende

Tinne

(Steineiche 08.07. - 04.08.)

○	1	2	3	4	5	6	7
☾	8	9	10	11	12	13	14
●	15	16	17	18	19	20	21
☽	22	23	24	25	26	27	28

02.08. Lughnasad

Coll

(Haselnuß 05.08. - 01.09.)

○	1	2	3	4	5	6	7
☾	8	9	10	11	12	13	14
●	15	16	17	18	19	20	21
☽	22	23	24	25	26	27	28

Muin

(Weinrebe 02.09. - 29.09.)

○	1	2	3	4	5	6	7
☾	8	9	10	11	12	13	14
●	15	16	17	18	19	20	21
☽	22	23	24	25	26	27	28

23.09. Herbst-Tag und nachtgleiche

Gort

(Efeu 30.09. - 27.10.)

○	1	2	3	4	5	6	7
☾	8	9	10	11	12	13	14
●	15	16	17	18	19	20	21
☽	22	23	24	25	26	27	28

Ngetal

(Schilfrohr 28.10. - 23.11.)

○	1	2	3	4	5	6	7
☾	8	9	10	11	12	13	14
●	15	16	17	18	19	20	21
☽	22	23	24	25	26	27	28

01.11. Samhain

Ruis

(Holunder 24.11. - 22.12.)

○	1	2	3	4	5	6	7
☾	8	9	10	11	12	13	14
●	15	16	17	18	19	20	21
☽	22	23	24	25	26	27	28

21.12. Winter-sonnenwende

Beth

(Birke 23.12. - 19.01.)

○	1	2	3	4	5	6	7
☾	8	9	10	11	12	13	14
●	15	16	17	18	19	20	21
☽	22	23	24	25	26	27	28

Luis

(Eberesche 20.01. - 16.02.)

○	1	2	3	4	5	6	7
☾	8	9	10	11	12	13	14
●	15	16	17	18	19	20	21
☽	22	23	24	25	26	27	28

02.02. Imbolc

Nion

(Traueresche 17.02. - 16.03.)

○	1	2	3	4	5	6	7
☾	8	9	10	11	12	13	14
●	15	16	17	18	19	20	21
☽	22	23	24	25	26	27	28

Fearn

(Erle 17.03. -13.04.)

○	1	2	3	4	5	6	7
☾	8	9	10	11	12	13	14
●	15	16	17	18	19	20	21
☽	22	23	24	25	26	27	28

20.03. Frühlings-Tag und nachtgleiche

Sáile

(Weide 14.04. - 11.05.)

○	1	2	3	4	5	6	7
☾	8	9	10	11	12	13	14
●	15	16	17	18	19	20	21
☽	22	23	24	25	26	27	28

01.05. Beltainè

Uath

(Weißdorn 12.05 - 08.06.)

○	1	2	3	4	5	6	7
☾	8	9	10	11	12	13	14
●	15	16	17	18	19	20	21
☽	22	23	24	25	26	27	28

Der namenlose Tag

(Mistel 09.06.)

○	1	2	3	4	5	6	7
☾	8	9	10	11	12	13	14
●	15	16	17	18	19	20	21
☽	22	23	24	25	26	27	28

Der Tag, der das Goldene Jahr (13 x 28 = 364 + 1) vollendet

Geographische Begriffe

Gestern	**Heute**
Aill de Mothar	Cliffs of Moher
Alba	Schottland
Ath-Luain	Athlone
Bealaclugga	Bealaclugga
Binn Gulbain	Benbulben
Ceann-mara	Kenmare
Cill-airne	Killarney
Cill-dara	Kildare
Clohanavowry	Giants Causeway
Cluain-maccu-Nois	Clonmacnoise
Conmacne-mara	Connemara
Culleum	gelegen im heutigen Country Tipperary
Duibh-linn	Dublin
Eriu	Irland
Gaillimh	Galway
Inbher Glai	River Bann
Inbher-Albhine	River Dilvin
Inis-Diomain	Ennistimon
Jona	schottische Insel
Loch-riabhach	Loughrea
Lough Dergdherc	Lough Derg
Luimneach	Limerick

Gestern	**Heute**
Magh-Nuadhat	Maynooth
Ros-cre	Roscrea
Siona	Shannon
Sliabh-Bladhma-Berge	Slieve Bloom Gebirge
Sliabh-Mis-Gebirge	Sliabh-Mis-Gebirge
Temhair Luchra	gelegen im heutigen Country Kerry
Tir na mBan	Land der Frauen
Tir na nOg	Land der ewigen Jugend
Tir na nOidhe	Land des Verderbens
Tir na Samradh	Land des Sommers
Tir nan Ogs	Land der Jugend
Tir Tairngire	Land der Verheißung
Traigh-Li	Tralee
Wyinklo	Wicklow

Auszug aus den Quellen

Titel	Autor	Verlag	
Anam Cara	John O´ Danohue	dtv	1997
Auf der Suche nach Merlin	Nikolai Tolstoy	Diederichs	1985
Baum und Blatt	J. R. R. Tolkien	Klett-Cotta	1982
Celtic Warriors	J.Mattews B. Stewart	Firebird Books	1988
Das geheime Wissen der Kelten	L. Lengyel	Herman Bauer	1969
Das keltische Tierorakel	P. + S. Carr-Gomm	Aurum	1994
Die Druiden	Jean Markale	Goldmann	1989
Die Druiden	F. Le Roux C.-J. Gyonvarch	Arun	1996
Die Göttin	Caitlín Matthews	Aurum	1989
Die Hohen Feste der Kelten	C.-J. Guyonvarc´h F. Le Roux	Arun	1997
Die keltische Frau	Jean Markale	Goldmann	1972
Die Seele der Erde	C. Zettel	Bastei Lübbe	1997
Die sieben Säulen der Weisheit	T. E. Lawrence	List	1936
Die Weiße Göttin	R. von Ranke-Graves	Rowohlt	1948
Fionn Mac Uail	M. Brunold	Im Waldgut	1984
Frauen in der keltischen Mythologie	M. Caldecott	Neue Erde	1988
Irland – Mythologie in der Landschaft	S. Botheroyd	Jürgen Häusser	1997
Keltische Sagen aus Irland	Hrs: M. Löpelmann	Eugen Diederichs	1944
Lady Gregory´s Complete Irish Mythology		Smithmark	1994
Lexikon der keltischen Mythologie	J. u. C. Mattews	Wilhelm Heyne	1988
Lexikon der keltischen Mythologie	S. u. P. Botheroyd	Diederichs	1992
Magie und Myhtologie der Kelten	M. Hope	Wilhelm Heyne	1987
Mythos und Kult bei Naturvölkern	Ad. E. Jensen	dtv	1951
Offenes Geheimnis	Rumi	Knaur	1994
The Celtic Traditions	C. Matthews	Element Books	1989
The Celtic Druids Year	J. King	A Blandfort Book	1994

Weitere Quellen können bei der Autorin erfragt werden

Danksagung der Verfasserin

Dieses Jahr wäre es wieder kaum möglich gewesen, meinen Traumtermin vom Dezember 1997 einzuhalten, hätten dieses Werk nicht so viele Hände mitgetragen. Allen voran bin ich Inge Gruber, Patricia Bender, Elke Gekischs und Katja Roller zu Dank verpflichtet, da sie den wichtigen Part des Abtippens meiner ziemlich diffusen Handschrift übernommen haben. Frau Gruber möchte ich noch einmal herzlich danken, weil sie freiwillig den Löwenanteil und zum Teil auch noch die Koordination unter den einzelnen Helferinnen übernommen hat.
Auch Ute Herzog, Alexandra Tiepoldt, Inge Gruber, Patti Bender, Bianca Telaar und Andreas Nitschke, die ihre Freizeit opferten, um Korrektur zu lesen, bin ich sehr verpflichtet.
Patti, die schon ein fester Bestandteil des Beltainè-Teams ist, danke ich für die Koordination mit der Druckerei Eisenhardt.
Damit ein Werk wie Beltainè sich richtig entfalten und wachsen kann, braucht es viel Energie und Ausdauer; damit dieser Strom nicht abriß, haben mich viele Freunde ein Stück des Weges mitgetragen. Allen voran möchte ich Andreas und Bia nennen. Ihre Freundschaft begleitet mich nun seit sechs Jahren und ist eine Wurzel meines Lebensbaumes geworden. Auch meine Lieben will ich nicht vergessen, als da wären: Nadja Hohler, Ute Herzog, Jörg Müller, Alex Tiepoldt, Patti Bender, Elke Gekischs und Thomas Eixler, mein Shugaar, deren Liebe mich über Wasser und Wolken trägt. Ein großes Dankeschön auch an meine Familie, die gerade dieses Jahr ganz besonders für mich da war.
Mr. Mike B., Clannad und den Herren Vivaldi und Ravel danke ich für die höchst inspirierende Musik.
Padraigh Padrigde möchte ich danken für seine fachliche und freund(schaft)liche Beratung in allen Fragen, die Irland und die Inselkelten betreffen. Ein ganz herzliches Dankeschön geht auch in meine zweite Heimat zu Críostóir mac Cárthaig vom University College, Dublin.
Sigrid Schaap und Markus Schirner möchte ich meinen Respekt und Dank aussprechen, ohne ihre Leidenschaft und Hilfsbereitschaft hätte ich vielleicht nicht meinen Weg zu den Weltenhütern gefunden. Als ich mit Sigrid am Briefkasten stand und sagte: "Weltenhüter, das wäre es", haben wir beide höchstens davon geträumt. Nun ist es wahr und gut, und Ralph Peters und Regine Zopf sind die wundervollsten Zieheltern, die man sich für ein so eigenes Wesen wie Beltainè nur wünschen kann. Danke.

Alle Wege sind ein Weg, möge die Große Mutter unsere Füße auf sichere Pfade führen und ihre Hand über uns halten.

Wehe meine Hand,
was hast du alles an weißem Papier beschrieben!
Dem Pergament wirst du zu Ruhm verhelfen.
Und selbst einst nur die kahle Spitze
eines Knochenhaufens bilden.

(anonym, aus dem 12. Jahrhundert)

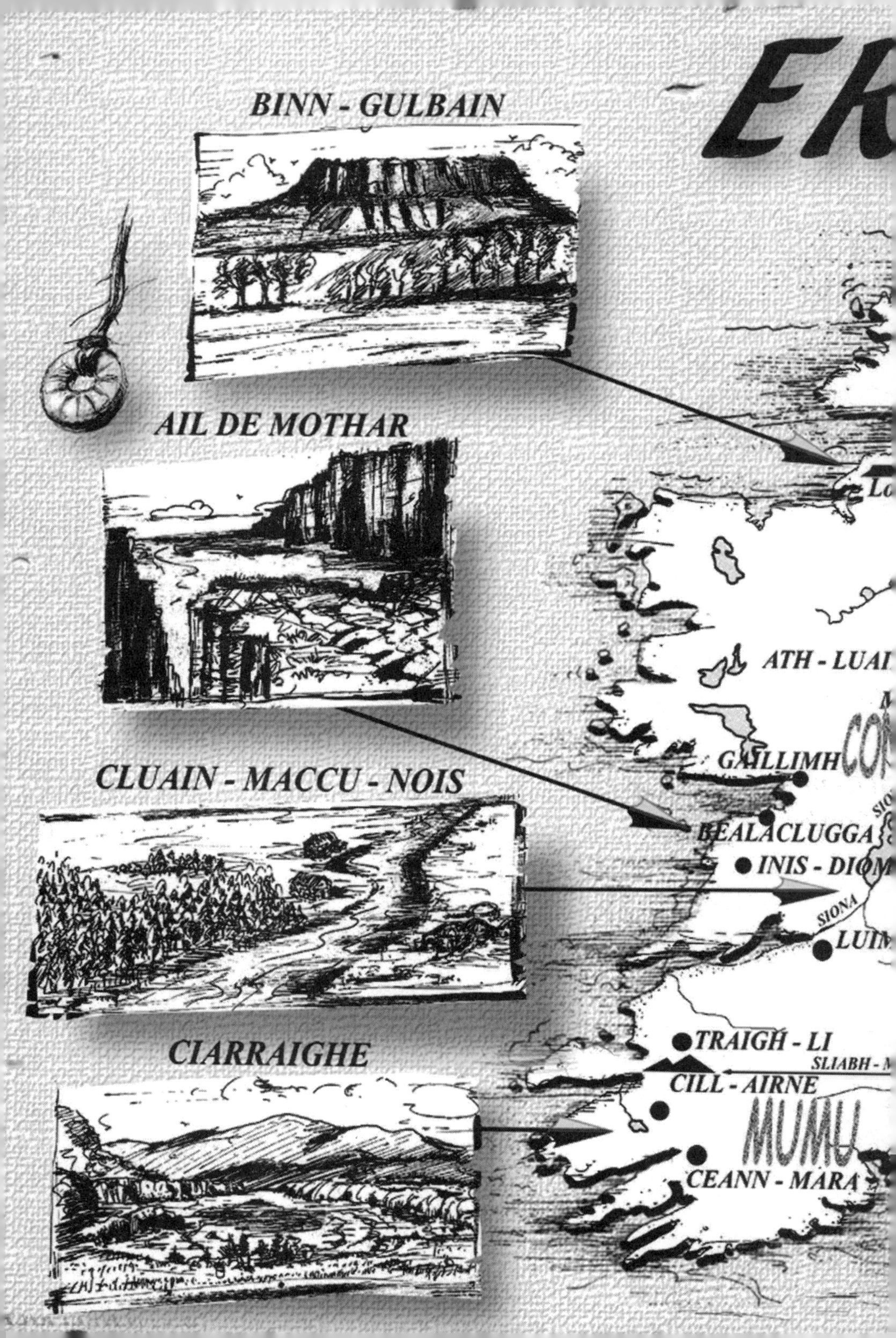
BINN - GULBAIN
AIL DE MOTHAR
CLUAIN - MACCU - NOIS
CIARRAIGHE
GAILLIMH
BEALACLUGGA
SIONA
TRAIGH - LI
CILL - AIRNE
MUMU
CEANN - MARA

TOPOGRAPHIE UND ILLUSTRATION : N.HELFRICH

Sollten Sie Fragen oder Anregungen zu dem Inhalt
dieses Buches haben, wenden Sie sich bitte an:

Chrismegan
Konrad-Adenauer-Str. 49
63322 Rödermark

Für Fragen an den Verlag wenden Sie sich bitte an:

Weltenhüter Verlag GmbH
Räderloher Weg 5
29348 Scharnhorst

Bereits erschienen ist: Buch 1, Der Aufbruch, aus der vierteiligen großen Roman-Saga „Beltainè – Die Eine Welt“

Chrismegan
Beltainè – Die Eine Welt
Buch 1: Der Aufbruch
276 Seiten plus Anhang, ISBN 3-929681-26-9

Lesen Sie demnächst: Buch drei und vier

Chrismegan
Beltainè – Die Eine Welt
Buch 3: Der Weg
ca. 280 Seiten, ISBN 3-929681-28-5
erscheint ca. Frühjahr 2003

Chrismegan
Beltainè – Die Eine Welt
Buch 4: Die Entscheidung
ca. 280 Seiten, ISBN 3-929681-29-3
erscheint ca. Sommer 2003

Bücher von Regine Zopf im Weltenhüter Verlag:

Botschaft der Liebe und des Friedens, Engel sprechen über ..., 120 Seiten
ISBN 3-929681-22-6

Reiki – Ein Weg sich selbst zu vervollkommnen
120 Seiten
ISBN 3-929681-09-9

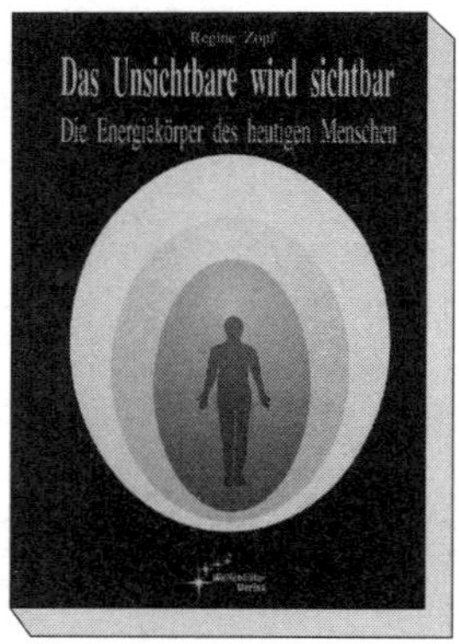

Das Unsichtbare wird sichtbar, Die Energiekörper ..., 185 Seiten
ISBN 3-929681-01-3

Das Unsichtbare wird sichtbar, Die Chakren...
190 S., 7 Farbabb.
ISBN 3-929681-00-5

Liebe – Der Schlüssel für das Neue Zeitalter
120 Seiten
ISBN 3-929681-13-7

Seelenpartner –
Begegnung im Licht
152 Seiten
ISBN 3-929681-18-8

Das Wunder von Reiki
Die sieben Grundregeln
einer erfolgreichen Reiki-
Arbeit, 134 S.,
ISBN 3-929681-14-5

Engel – Unsichtbare
Helfer, Wie Engel den
Menschen unterstützen,
155 Seiten
ISBN 3-929681-15-3

Maria
Engel der Liebe
Band 1: Die Lehre einer
neuen Spiritualität, 177 S.,
ISBN 3-929681-40-4

Die Vollendung, Eine
Erzählung über die Engel auf
Erden, 213 S.
ISBN 3-929681-06-4

Die Strahlen
der Erneuerung
182 Seiten
ISBN 3-929681-08-0

Weitere Bücher aus dem Weltenhüter Verlag:

Sabina Pilguj
Die Kraft der Tages-botschaften
Impulse, Anregungen und Denkanstöße für die Kinder der neuen Zeit,
208 Seiten
ISBN 3-929681-24-2

Ralph Peters
Das Pyramiden-Handbuch
Wirkung, Nutzen und Anwendung von Pyramiden...
80 Illustr., 151 Seiten
ISBN 3-929681-61-7

Johannes Martin
Das Vermächtnis der ewigen Liebe
Die Geschichte einer Heilung auf dem spirituellen Weg
270 Seiten
ISBN 3-929681-23-4

Wunderbare Kunst-Briefkarten Geschenkboxen:

Regine Zopf
Engel
10 Faltkarten
mit Umschlag
ISBN 3-929681-84-6

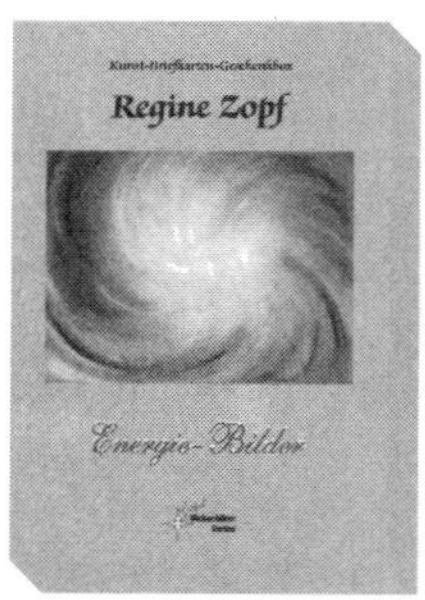

Regine Zopf
Energie-Bilder
10 Faltkarten
mit Umschlag
ISBN 3-929681-88-9

Regine Zopf
Feen, Devas, Elfen
10 Faltkarten
mit Umschlag
ISBN 3-929681-89-7

Regine Zopf
Die Chakren
10 Faltkarten
mit Umschlag
ISBN 3-929681-87-0

H.-R. Jahrbeck, **Das Leben kann so märchenhaft sein**
10 Faltkarten
mit Umschlag
ISBN 3-929681-86-2

Nike Kasis
Tanz ins Herz
10 Faltkarten
mit Umschlag
ISBN 3-929681-85-4